GREGG HURWITZ

AF217187

DER LETZTE ORPHAN

ORPHAN X

Der letzte Orphan

Gregg Hurwitz

Aus dem Amerikanischen
von Noah Sievernich

Die englische Originalausgabe erschien 2023 unter dem Titel »The Last Orphan« bei Minotaur Books, New York, an imprint of St.Martin's Publishing Group, New York

Deutsche Erstausgabe 2024
Copyright © 2023 Gregg Hurwitz
Copyright der deutschsprachigen Ausgabe © 2025 Ronin Hörverlag: Ronin Hörverlag, Heusteg 47, 91056 Erlangen
Umschlaggestaltung: by wayan-design unter Verwendung von Motiven von Depositphotos © trekandshoot (Richard Klotz), © MalkovKosta (Konstantin Malkov) und Arcangel © Tim Robinson
E-Book-Konvertierung: 3w+p GmbH
ISBN: 978-3-98955-559-4 (Printausgabe)
ISBN: 978-3-98955-061-2 (E-Book)
Für Informationen wende dich an Ronin Hörverlag, Heusteg 47, 91056 Erlangen
www.ronin-hoerverlag.de

An Caspian Dennis und Rowland White,
meine britischen Kopiloten
Besondere Beziehung in der Tat

Es ist der Geist sein eigner Raum, er kann
In sich selbst einen Himmel aus der Hölle,
Und aus dem Himmel eine Hölle schaffen.
– Milton, *Das verlorene Paradies*

Trotz dieser tiefen Zwiespältigkeit war ich doch in keiner
Weise ein Heuchler, denn mit beiden war es mir todernst.
– Robert Louis Stevenson, *Der seltsame Fall des Dr. Jekyll und
Mr. Hyde*

Prolog:
Hinter der scharlachroten Tür

Johnny war zweiundzwanzig Jahre alt und konnte nur an Sex denken. Es gab auch noch andere Dinge, da war er sich sicher, doch die verschwanden so tief im Nebel seines Unterbewusstseins, dass sie im Allgemeinen unbemerkt blieben. Nach der Highschool zog es ihn deswegen von Massachusetts nach Manhattan. Vorgeblich arbeitete er dort als Bühnenhilfe, doch eigentlich trieb er sich nur in der Theaterszene herum, um auf all die schönen, klugen und talentierten Frauen zu treffen, die sich von den Verheißungen des Big Apple anziehen ließen.

Zu seinem Glück besaß er markante Gesichtszüge, war ein begabter Pitcher, was ihn insgesamt sehr sportlich wirken ließ, und hatte ein wenig schauspielerisches Talent von seiner Mutter geerbt. Und nur zwanzig Minuten Training am Tag reichten aus, um sein Sixpack nicht in Gefahr zu bringen. Die Vorteile, die ihm diese Welt mitgegeben hatte, erschienen ihm fast schon unfair, also bemühte er sich, diese Geschenke mit Respekt zu ehren. Und mit Dankbarkeit.

Lacey war typisch amerikanisch – perfekte Kurven, rundes Gesicht mit Grübchen und langes Haar mit Pony. Sie war jung und makellos, er war jung und makellos – und er wusste genug, um zu wissen, dass er jede verdammte Sekunde dieser Phase seines Lebens schätzen sollte. Johnny Seabrook; ein ziemlich guter Name für ein Kind, dessen Opa Teppichleger war. Der eigentliche Familienname, Schetter, war auf Ellis Island aus offensichtlichen Gründen geändert worden. Seine Familie hatte vier Generationen gebraucht, um Needham hinter sich zu lassen und in die Wellesley Avenue zu ziehen. So akademisch sie jetzt auch waren, durch ihre Adern floss immer noch die Arbeiterklasse. Das liebte Johnny so sehr an New York. Jeder dort brannte darauf, sich neu zu erfinden, und solange man den Gefallen erwiderte, waren alle bereit, denjenigen zu akzeptieren, der man sein wollte.

Er und Lacey hatten wilden Sex, wann immer sie konnten. In der Mittagspause. Nachts auf seinem Futon, mit einer Unterbrechung, um einen Film zu schauen, dann noch zweimal, bevor sie einschliefen. Sie war großartig, zart und ihr Haar duftete nach grünen Äpfeln und Reichtum. Sie kam aus den Hamptons und war in der entsprechenden Partyszene vernetzt, auf die er bisher nur durch Reality-TV-Shows einen Blick hatte erhaschen können. Aber es schien, als ob es das wäre. *Das* – die Zukunft, von der er immer geträumt hatte.

Sie sahen einander erst seit ein paar Wochen, als sie sich nach einem ihrer mittäglichen Stelldicheins auf den Rücken drehte und von einer Party am Labor Day erzählte. Irgendein reicher Finanztyp, der ständig Partys veranstaltete, wie dieser Gatsby-Vogel aus dem Roman. Doch Lacey konnte aufgrund eines Familienausflugs an die Côte d'Azur nicht hingehen, ein Ort, der für Johnny so fantastisch war wie der fünfte Mond des Jupiters. Aber sie hatte kein Problem damit, dass er ohne sie hinfuhr. Sie hatte ihm sogar über ihr Konto ein Uber bestellt, weil sie wusste, dass er die Kohle nicht hatte. Sie sagte, einige ihrer Freundinnen würden dort sein und es sei in Ordnung, wenn er sich mit ihnen *treffen* wolle, denn schließlich war klar, dass sie sich auch mit ein paar Franzosen treffen würde. New Yorker Frauen, Mann! So anders als die Bostoner, unter denen er aufgewachsen war, mit ihrer Neuengland-Strenge, ihrer puritanischen Sachlichkeit und ihrem harten Arbeitsethos.

Der Ort liege in der Billionaire's Row, sagte Lacey, und als er nach der Adresse fragte, antwortete sie mit einem Wort: *Tartarus*. Einige der Residenzen dort trugen Namen, erklärte sie, wie in dieser Serie *The Cape*. Er hatte kein Papier zur Hand, doch auf dem Boden neben seinem Futon fand er einen Edding. Johnny notierte die Anschrift auf dem weißen Sohlenrahmen seiner Vans.

Am nächsten Samstag, kurz vor zehn Uhr abends, setzte ihn sein Uber am Ende einer kurvenreichen Straße ab, die wie eine Art royale Einfahrt aussah. Das waren nicht bloß Häuser am Meer, sondern Küstenpaläste. Eine weite Aussicht auf die Shinnecock Bay auf der einen Seite, weiche Sandstrände auf der anderen. Selbst zu dieser Stunde konnte Johnny das Rauschen der Wellen und die Schreie der Möwen hören, die sich im südwestlichen Sommerwind wiegten. Er konnte das Meer schmecken.

Johnny schwamm mit dem Strom und folgte den Leuten, die die Meadow Lane hinaufströmten, zu einem riesigen Haus mit einem privaten Steg. Cliquen und Grüppchen, in denen sich die Jungen und Schönen mit den reiferen, wohlgealterten Erwachsenen vermischten. Ein altmodisches Holzschild kündigte das Haus als Tartarus an, die großen Buchstaben waren mit dem Schottenmuster eines Kilts ausgefüllt. Das Mondlicht glitzerte auf dem Quarzstein der kreisförmigen Einfahrt, und Bedienstete in roten Westen parkten Fahrzeuge ein, die mehr wert waren als das Haus seiner Eltern. Er wurde zusammen mit einer Gruppe von Models im Kleinen Schwarzen durch ein Foyer von der Größe seines Wohnhauses geschleust, vorbei an einem tosenden Wasserfall und dann hinaus in den hinteren Bereich, wo die Party in vollem Gange war. Ein untersetzter Mann mit einer Warhol-Brille – irgendein berühmter Designer? – drehte sich um und bot ihm und den Frauen irgendwas zum Schnupfen von einem Silberlöffel an.

Johnny dachte, dass es unhöflich wäre, abzulehnen.

Die Party wurde immer wilder, grelle Lichter tanzten um ihn herum. Er lachte, und jeder, den er ansah, freute sich mit ihm.

Chinesische Papierlaternen flatterten im Wind und warfen einen rötlichen Schein auf die Köpfe der Gäste. Es gab Schneekrabbenscheren in Eiswannen, fröhlich leuchtende Kapseln, die neben Fenchelteiggebäck auf kleinen Tabletts gereicht wurden und die beste Coverband, die er je gehört hatte, lieferte extrem guten Achtzigerjahre-Rock ab. Im Gewühl der Menge glaubte er, dieses eine Supermodel und dann den Journalisten zu erkennen, der den Skandal mit der Weinflasche gehabt hatte. Da war dieser Politiker – Senator? Kongressabgeordnete? –, den er aus den Nachrichten kannte. All diese berühmten Menschen zusammengeschart, scherzend, trinkend, ziehend und fummelnd.

Jemand bekam auf dem Sprungbrett einen geblasen. Reiche Leute, Mann!

Nach zwei Poppers zur Anregung und der Hälfte seines dritten Gin Tonic stieß Johnny mit jemandem zusammen und hätte seinen Drink fast in ihr tiefes Dekolleté verschüttet. Es kostete ihn alle Mühe, seinen Blick loszureißen. Sie war eine Göttin. Bronzene Haut, die Haare zu einem Afro gestylt, ein lockeres, rückenfreies Sommerkleid. Ihre Wangenknochen waren mit Make-up-Strichen stark betont. Sie war so attraktiv, dass sie alles bisher Gekannte in den Schatten stellte.

Es fühlte sich falsch an, sie überhaupt anzuschauen. »Wow«, sagte er.

Sie machte eine königliche halbe Drehung, wobei ihre nackte Schulter fast sein Kinn berührte. Im Nacken hatte sie eine blau-goldene, gekreuzte Solidaritätsschleife tätowiert, mit einem kleinen vertikalen Schriftzug am linken Ende: *boston strong*.

Johnny fühlte sein Herz schneller schlagen; das Zeug war so gut, wie man es auf solchen Partys erwarten konnte. »Du kommst aus Boston, hm?« Er tippte sich mit dem Daumen auf die Brust: »Wellesley. Bist du wegen der Party hier?«

Sie sah ihn an. »Verstehst du es nicht?«

»Was denn?«

»Du bist ein Spielzeug wie ich. Ich suche nicht nach einem anderen Spielzeug. Ich bin auf der Suche nach einem Spieler.«

Ein Zigarettenmädchen ging zwischen ihnen hindurch, ein Tablett mit Cannabis-Zuckerwatte und einer reichen Auswahl an Joints umgeschnallt, und dann war die Göttin mit der Agilität eines Ninjas verschwunden, und er fragte sich, ob sie überhaupt real gewesen war.

Jetzt lachte er. Es war so lächerlich, dass er, Johnny Seabrook, der zweitbeste Highschool-Pitcher aus dem nicht allzu reichen Stadtteil von Wellesley, hier zwischen den Mächtigen und Berühmten war.

Die alten Kerle hatten Geld, das war sicher, aber er wusste, dass er hübscher war, als er es verdiente, also ließ er zumindest das für sich sprechen. Natürlich fiel ihm auf der anderen Seite des Weges die Rothaarige im roten Satinkleid ins Auge, und er hob sein Glas, um ihr zuzuprosten, bevor er merkte, dass er es irgendwo abgestellt hatte. Sie winkte ihn mit dem Finger heran, und er folgte ihr ins Haus. Sie spielten ein Versteckspiel für Erwachsene, und Johnny verfolgte sie durch die Menge von Raum zu Raum. Das Gebäude war verdammt noch mal dafür gebaut worden – mit Winkeln und Ritzen, Geheimgängen, versteckten Räumen hinter Bücherregalen.

Überall spielte sich verrückter Scheiß ab – Metallkübel voller Champagner, Tische, auf denen sich die Austern türmten, eine halbbekleidete Orgie auf den Ledersofas einer Bibliothek. An jeder Ecke stand ein anderer Typ im Smoking und balancierte ein Tablett mit Cocktails. Johnny schwebte durch eine Dunstwolke aus Haschischrauch – dem guten Zeug, das nach frischem Harz duftete. Der Kontakt mit dem Nebel verstärkte seinen Rausch, bis er sich fühlte, als würde er wahrhaftig durch die Halle schweben.

Er verlor das Mädchen in Rot aus den Augen, dann den Raum, in dem er sich befand, und schließlich sein Gesicht, das sich gummiartig anfühlte, als hätte sich etwas über seinen Schädel gestülpt. Er kam wieder zu sich; ausgestreckt auf einem Billardtisch mit einem Mann mit rötlichen, wabbeligen Wangen, der auf ihn herabblickte – der Moderator dieser einen Morgensendung – und dann bemerkte er, dass das Kinn des Kerls nass war und er seine Hand in Johnnys Jeans geschoben hatte.

Er probierte »Nein« zu sagen – doch es kam nur »Ne« heraus. Während er aus dem Zimmer stolperte, versuchte er, seinen Gürtel zu schließen, wobei sich der Boden strikt weigerte, fest zu bleiben. Alles hatte eine schreckliche Perspektive angenommen, als hätte er sich über das Geländer des Balkons gewagt, auf dem die Freiheit Spaß machte, und stünde nun auf dem Vorsprung, auf dem sie grenzenlos, schwindelerregend und erschreckend wurde. Er weinte, und er wünschte sich sein Highschool-Zimmer mit dem Red-Sox-Banner an der Wand und seine Mutter und seinen Vater und seine nerdig-coole kleine Schwester, die so viele Meinungen hatte – die meisten davon richtig –, und er fühlte sich so weit weg von zu Hause.

Und er dachte daran, was seine Eltern sagen würden und

auch seine Lehrer, und wie er sich das selbst eingebrockt hatte, weil er wusste, er könne ein großer Mann in der Welt sein, er war fähig so viel Spaß zu haben, ohne dass es Konsequenzen hätte, und es war alles so schmutzig und schrecklich. Und es war seine Schuld, weil er auf den Vorschlag eines Mädchens, das er nur halb kannte, eine Fahrt nach Gottweiß-wohin unternommen hatte, und er hatte seinem Körper alle Arten von Chemie-Scheiße zugeführt, ohne darüber nachzudenken, und jetzt bekam er, was er verdiente.

Orientierungslos taumelte er von Raum zu Raum, schien aber den Ausgang nicht zu finden. Die Villa war wie ein großes Labyrinth, in dem alles zu allem führte. Und jetzt weinte er und dachte daran, dass er niemandem erzählen konnte, was passiert war, und dass er nie wieder trinken oder Leute treffen wollte, und dass er nicht nach Hause gehen und seinen Eltern gegenübertreten konnte, und auf der Treppe tauchten die aufgedunsenen Gesichter der Partygäste auf. Eine Frau mit platinblonder Perücke strich ihm mit dem Daumen über die Wange und saugte seine Tränen von ihrer Fingerkuppe, und dann rannte er hoch, statt runter, nur um ihr zu entkommen.

Zwei Sicherheitstypen auf dem Treppenabsatz des dritten Stocks – einer fettleibig und schmierig, der andere durchtrainiert und mit akkurat frisiertem Haar – waren mit einer Frau beschäftigt, die sich mit einer pyrotechnischen Explosionskraft in eine Bodenvase erbrach. Johnny schlich sich unbemerkt an ihnen vorbei. Er wurde einen Moment lang ohnmächtig und dann …

… die Kunstwerke rutschten von den Wänden, aber wenigstens war es ruhig. Er musste nur wieder zu Atem kommen. Ihm wurde klar, dass er sich wahrscheinlich in der Nähe des Hauptschlafzimmers befand, denn hier oben war niemand, und er spürte, wie plötzlich sein Magen grummelte. Da war eine große Tür ohne Griff, die mit einem schicken scharlachroten Stoff – wie man ihn bei teuren Couches oft findet – gepolstert war, und er vermutete, dass es sich um das Badezimmer reicher Leute handeln könnte, also stieß er mit seiner Schulter dagegen, aber sie ließ sich nicht öffnen. Doch Johnny wollte nicht auf die Marmorfliesen kotzen, daher rammte er noch einmal kräftiger dagegen, woraufhin sie aufsprang und er drinnen auf einem hochflorigen Teppich landete und …

… er konnte nicht glauben, was er sah: ein Mann, der sich in seinem Stuhl zurücklehnte, den Kopf zurückgeworfen, die Lippen vor Lust geschürzt, in das Licht von hundert Sünden getaucht …

…

… drehte sich auf dem Stuhl, das Gesicht von Wut verzerrt …

…

… ein Schlag, der direkt durch sein Schulterblatt und nach vorne hinaus ging …

…

… er kotzte, während er taumelnd eine enge Dienstbotentreppe hinunterschlitterte …

…

… jemand jagte ihn, schrie …

…

… straucheln und dann eine Stufe nach der anderen hinunterfallen …

…

… die Erinnerung daran, dass er in den falschen Raum gestolpert war, was er dort gesehen hatte, was niemand sehen sollte …

…

… frische Luft traf ihn, und er wurde so wach, wie es noch ging.

Blut tropfte aus dem Ohr, sein linkes Knie war verdreht, und ein purpurroter Fleck breitete sich auf der Brust seines billigen Hemdes aus. Johnny schnappte nach Luft, als er durch die Terrassentür an der Seite der Villa hinausstürzte und seine Vans auf dem gepflegten Bermudagras ins Rutschen gerieten.

Der trostlose Hinterhof war unbeleuchtet – zweifellos mit Absicht.

Keine Anzeichen von Leben. Die Villa war groß, der Hinterhof bestimmt vierhundert Meter entfernt.

Die Coverband machte Bruce Springsteen alle Ehre.

– *liddle gurl is yer daddy home, did he go 'n' leave ya all alone* – Er konnte nicht dorthin gehen. Er konnte keinem dieser verrückten reichen Leute trauen. *Hilfe*, sagte er, oder zumindest dachte er das, aber das Wort war in seinem Kopf.

Sein Gürtel war immer noch offen, und die Scham über das, was er zugelassen hatte, schwoll wie eine Welle an und drohte ihn zu ertränken. Er konnte keine Hilfe holen, würde nie darüber reden können.

Vor ihm versperrte eine Baumreihe in weiten Teilen den Golfrasen des benachbarten Anwesens. Das Haus war zwar nur anderthalb Kilometer entfernt, wirkte jedoch so unerreichbar wie eine Burg auf einem Hügel. Der Wind hatte von Norden gedreht und brachte von der Bucht und dem Marschland den widerlichen Gestank der Ebbe mit sich; frische, salzige Luft, die faulig geworden war.

Trunken vor Schmerz schwenkte Johnny seinen Kopf in Richtung der Vorderseite des Hauses, seine Sicht war geblendet und verschwommen, die Konturen der Dinge verschmolzen miteinander. Ein Lichtfleck ergoss sich an der Seite der immensen kreisförmigen Einfahrt.

Die Bediensteten. Er konnte den Bediensteten vertrauen.

Schritte hinter ihm, die die Treppe hinunterhämmerten, ein nahender Donner.

Er schwankte ein wenig, die Finger gespreizt auf seinem Oberkörper über der nassen Stelle, wo die Brust auf die Schulter traf. Aus dem Durchschussloch sickerte immer mehr Blut, dunkel wie Tinte.

War er ... war er wirklich angeschossen worden?

... und das Springsteen-Double sang von einem Messer, kantig und stumpf und ...

Er bewegte sich auf die Bediensteten zu, fummelte sein iPhone aus der Tasche, tippte mit dem Daumen auf die drei Ziffern, aber seine Finger waren taub, gefühllos, und das glatte Gehäuse rutschte ihm aus der Hand, bevor er auf *Anruf* drücken konnte. Er ging in die Knie, um es aufzuheben, aber er kam nicht hoch. Blut tropfte von seiner Unterlippe, er weinte und das rötliche Gesicht des Morgensendungsmoderators ging ihm nicht mehr aus dem Kopf. Zum ersten Mal in seinem zauberhaften Leben verstand er, was es bedeutete, sich vergewaltigt und erniedrigt zu fühlen, und konnte sich nicht vorstellen, jemals darüber zu sprechen. Und dann kamen die Schritte von hinten heran, leise auf dem satten Gras, und ein Schatten streckte sich schlank und unheimlich unter den säuselnden Blättern hervor.

Er konnte sein eigenes Gesicht auf dem obsidianfarbenen Bildschirm seines Telefons sehen, das gerade so außerhalb seiner Reichweite lag, und dann sah er ein anderes Gesicht über seiner Schulter auftauchen, die Visage des Mannes aus dem Raum hinter der scharlachroten Tür.

Irgendwo im Hinterhof dröhnte unbeeindruckt die Musik,

und dort, direkt über ihm, schwebte sie, diese schreckliche Grimasse, unmenschlich und leer wie die eines Geistes, und der Rest des Körpers verlor sich im Schatten, und Johnny wimmerte und sabberte Blut und tastete nach dem Telefon im Gras, seine Fingerspitzen streiften es, der Bildschirm erwachte zum Leben, der grüne Anrufkreis war nur Millimeter von seinen Fingerspitzen entfernt.

Doch da hörte er einen dumpfen Schlag, und seine Hand wurde heiß vor Schmerz. Er sah, dass sie in den Rasen gepfählt worden war.

Er öffnete den Mund, aber alles, was herauskam, war ein Luftzug, und dann packte der Mann ihn an den Haaren, und eine Stimme flüsterte ihm ins Ohr: »Ungezogener Junge.«

Das Messer glitt mit einem Ruck aus Johnnys Hand, und dann wurde sein Kopf nach hinten gerissen, so dass die Kehle frei lag. Der Schmerz wurde eins mit dem Gesang, sein Herz pochte wie die ferne Musik, seine Ohren dröhnten im Rhythmus des Schlagzeugs, seine Nerven waren *on fiii-ire*.

1.
Halten Sie mal

Es war nicht das erste Mal, dass Evan Wodka auf der Spitze eines Gletschers getrunken hatte. Aber es war das erste Mal, dass er mit dem ausdrücklichen Ziel, Wodka zu trinken, auf einen Gletscher gestiegen war.

Nicht irgendein Gletscher, sondern der Langjökull, das Ungetüm in der Nähe der isländischen Hauptstadt. Tausendfünfhundert Meter über dem Meeresspiegel war die Luft so kalt, dass Evan sie zwischen seinen Zähnen spürte, selbst im kamingewärmten Inneren der Pop-up-Bar.

Es hatte einiger Navigation bedurft, um hierherzugelangen. Ein Anschlussflug nach Reykjavik, gefolgt von einer Reise über die Tundra, die so turbulent war, dass sich seine Eingeweide anfühlten, als wären sie von einem Industrietrockner durchgeschüttelt worden.

Er war vor zwanzig Minuten an den exakten Koordinaten – 64.565653°N, 20.024822°W – angekommen, Zeit genug, um das Taubheitsgefühl in seinen Fingerspitzen abzuschütteln und einen ersten Schluck von der handgemachten Spirituose zu nehmen. Ihr Name leitete sich von dem Wort für *Rauch* ab. Reyka hatte eine Gerstenbasis, die mit Wasser angereichert wurde, das man aus dem Gestein eines viertausend Jahre alten Lavastroms filterte, was es zur reinsten Flüssigkeit der Welt machte.

Die Bar hier inmitten des trostlosen Nirgendwo war kaum mehr als eine karge Holzkonstruktion aus Balken und Wänden. Gern genutzte Schachbretter auf Tischen. Ein Vierergespann stämmiger Isländer in Fußballtrikots. Panoramafenster mit Blick auf kilometerlange, blendend weiße

Tundra. Dekorative Papageientaucher lugten zwischen den Flaschen auf den Regalen hervor.

Evan nahm einen weiteren Schluck von der limitierten Auflage, für die er über sechstausend Kilometer gereist war. Seidiges Mundgefühl, Rosé und Lavendel, ein Hauch von Getreide im Abgang. Er stellte sein aus Gletschereis gefertigtes Schnapsglas auf den Tresen vor sich ab.

Prompt wurde es vom Ellbogen eines Fußballfans aus dem Quartett zertrümmert, als dieser sich betrunken drehte, um nach der Taille einer vorbeigehenden Touristin zu greifen. Evan atmete gleichmäßig aus und wischte die Eisreste von der Bar. Obwohl die jungen Männer rüpelhaft und eingebildet waren und einen zu hohen Alkoholpegel hatten, konnte er spüren, dass sie keine schlechten Kerle waren. Aber sie waren auf dem besten Weg, solche zu werden, wenn nicht schleunigst jemand eine Kurskorrektur vornahm.

Auf Evans anderer Seite prahlte ein hohlwangiger Rentner vor einer Schar australischer Studentinnen und jedem in Hörweite damit, dass er Mitglied des legendären Viking-Squad-S.W.A.T.-Teams gewesen war, der isländischen Spezialeinheiten, bekannt als Sérsveit ríkislögreglustjóra. Der gutaussehende Mann, der seine besten Jahre bereits hinter sich hatte, sonnte sich im Glanz der Aufmerksamkeit, die ihm die jungen Frauen schenkten.

Beschwingt und amüsiert kämpften sich die Australierinnen durch seine Aussprache. Gut gebaut, mit schönem Lächeln und großzügigem Lachen, hingen sie an seinen Worten, genauso erfreut über die ungewöhnliche Gesellschaft, wie er es war.

»Wir haben kein stehendes Heer«, erklärte der ehemalige Polizist in nahezu perfektem Englisch. »Wir sind also die letzte

Verteidigungslinie, wenn es darum geht, tödlichen Bedrohungen zu begegnen.«

Evan beugte sich vor und signalisierte dem Barkeeper seinen Durst. Als dieser ihm einschenkte, schnappte sich ein anderer Fußballer den Shot unter der Flasche weg und stürzte ihn hinunter.

Evan starrte auf die Wodkapfütze, die sich unter seinen Händen auf der Bar gebildet hatte. Dann blickte er zum Barkeeper, einem blassen Nordischen mit Haaren aus Draht. »Möchten Sie mit ihnen sprechen?«, sagte Evan ruhig. »Oder soll ich?«

Der Barkeeper zuckte mit den Schultern. »Sie sind zu viert. Und wir sind hier weit draußen. Da gibt es nichts zu sprechen.«

»Nun«, sagte Evan. »Nicht nichts.«

Der Barkeeper gab ihm einen neuen Shot, den er diesmal bei der Übergabe sicherte. »Amerikaner?«, fragte er. »Weshalb sind Sie nach Island gekommen? Geschäftlich? Wale beobachten?«

Evan hob das Schnapsglas. »Das hier.«

»Sie sind den ganzen Weg hierhergeflogen?« Der Mund des Barkeepers klappte ungläubig auf. »Für Wodka?«

Warum nicht?, dachte Evan.

Er war an einem Punkt in seinem Leben angelangt, an dem er endlich in der Lage war, sich kleine Vergnügungen zu gönnen. Seine Kindheit war, gelinde gesagt, rau und chaotisch gewesen. Es hatte ihn durch eine Reihe von Pflegefamilien geschleudert und im Alter von zwölf Jahren aus jedem Anschein eines normalen Lebens gerissen, damit er zum Attentäter ausgebildet werden konnte. Das streng geheime Regierungsprogramm sollte ihn zu einer entbehrlichen Waffe machen, die Missionen ausführen konnte, welche nach internationalem Recht illegal waren. Orphans wurden ausschließlich für Solo-Operationen ausgebildet – ohne Kontakt zu Gleichaltrigen, ohne Unterstützung, ohne Rückendeckung. Wäre Jack Johns, Evans Ausbilder und Vaterfigur, nicht gewesen, hätte das Programm wahrscheinlich erfolgreich das letzte Fünkchen Menschlichkeit in ihm ausgelöscht. Der schwierige Teil war nicht, ihn in einen Killer zu verwandeln, das hatte Jack ihm von Anfang an beigebracht. Der schwierige Teil war, seine Menschlichkeit zu erhalten. Diese beiden gegensätzlichen Triebe zu vereinen, war die große Herausforderung in Evans Leben.

Nach mehr als zehn Jahren, die er damit verbracht hatte, nicht genehmigte Anschläge rund um den Globus zu verüben, hatte Evan das Programm eigenmächtig verlassen und Jack durch einen plötzlichen Schicksalsschlag verloren. Seitdem hatte er sich dazu verpflichtet, unter dem Radar zu bleiben und seine Fähigkeiten zu nutzen, um anderen zu helfen, die genauso machtlos waren, wie er es als kleiner Junge gewesen war – mit Missionen, die er als der Nowhere Man durchführte.

Im Moment genoss er eine Pause zwischen den Aufträgen. Das, was einer Familie oder einer operativen Partnerin am nächsten kam – eine sechzehnjährige Hackerin namens Joey Morales – hatte einen unbefristeten Urlaub genommen, um ihre Unabhängigkeit zu erkunden, was auch immer das heißen mochte. Entgegen all seiner ihm eingeprägten Gewohnheiten hatte er eine persönliche, wenn auch undefinierte Beziehung mit einer Staatsanwältin namens Mia Hall begonnen, so dass er vor zwei Monaten an ihrer Seite gewesen war, als ihr Krankenbett in eine lebensbedrohliche Operation geschoben wurde. Die Operation hatte sie ins Koma fallen lassen, ohne dass eine klare Prognose hatte gestellt werden können. Ihr zehnjähriger Sohn Peter, ein weiterer der wenigen Auserwählten, zu denen Evan eine menschliche Bindung verspürte, befand sich nun in den fähigen Händen von Mias Bruder und ihrer Schwägerin. In der gemeinsamen Abwesenheit von Joey und Mia war es in Los Angeles ruhig genug geworden, dass Evan die wilde Einsamkeit der Freiheit wiederentdecken konnte.

Zu seiner Linken fuhr der isländische Ex-Polizist fort. »Fallschirmspringen und Hafensicherheit, so etwas in der Art. Drogen und Sprengstoff.«

»Sprengstoff«, gurrte eine der Australierinnen. »Cool.«

»Betrachten Sie mich als einen echten James Bond«, fuhr der Alte fort. »Aber noch härter.«

»Härter als Bond?«

Auf Evans anderer Seite riefen die Fußballer »Skál!«, stürzten ihre Schnapsgläser zusammen hinunter und leckten Eis und Wodka von ihren Handflächen. Ein älterer Mann begleitete seine Frau an der rüpelhaften Gruppe vorbei und erntete dafür Spott. Der Größte der Vierergruppe, rotgesichtig und ungepflegt, schlug dem Ehemann auf die Schulter, so dass dieser taumelnd auf die Tür zustürzte.

Das zog Evans Aufmerksamkeit nun vollkommen auf sich.

Der große Mann trug Hosenträger, die sich ideal zum Greifen eigneten. Ein anderer hatte einen praktischen Handgelenksgips; Evan mochte es immer, wenn ein Großmaul seinen eigenen Knüppel mitbrachte. Der Mann, der Evans Shot genommen hatte, trug ein flaches metallenes Lippenpiercing in der Größe eines Vierteldollars, auf dem eine Rune eingeprägt war; Evan hatte sein Wissen über die isländischen Runen seit einigen Jahrzehnten nicht mehr aufgefrischt, aber er glaubte, dass es sich um das Symbol für Schutz im Kampf handelte. Und der vierte Mann trug eine Brille mit massivem Titangestell, ideal, um das empfindliche Fleisch um die Augenhöhlen herum einzudrücken.

Zwischen den beiden Gruppen eingeklemmt, kauerte sich Evan weiter in sich zusammen und nahm noch einen Schluck. Er liebte das Trinken.

Aber er war kein Trinker.

»Was war das Lustigste, das Sie je bei Ihrer Arbeit gesehen haben?« Die Australierinnen scharten sich nun enger um den Polizisten, um ihn zu betören.

»Als mein Partner Rafn sich beim Pinkeln versehentlich in den Fuß geschossen hat. Direkt durch die Oberseite seines Stiefels!«

Gelächter. Die nächste Getränkerunde kam für die Damen – ein ekelhaftes Gebräu aus rosa Grapefruit, Holunderblütensirup und Soda, gekrönt mit einer Kirschtomate. Es sah aus wie ein Salat in einem Glas.

Das Geplänkel ging weiter. »Und was war das Unheimlichste, das Sie gesehen haben?«

Der altehrwürdige Polizist fuhr sich mit der Hand durch sein ergrautes Haar. »Nun, ich könnte es Ihnen sagen. Aber dann ...«

Während die Australierinnen lachten und ihn anflehten, schloss Evan die Augen und schmeckte noch einmal die Reyka-Spezialität. Sie war unangemessen weich, der Abgang kurz und einen Hauch von würzigem Zedernholz hinterlassend.

Er bewunderte Wodka. Basiselemente, die einem strengen Prozess unterzogen, destilliert und gefiltert wurden, bis das Ergebnis in seine reinste Essenz verwandelt war.

Als schmächtiger Junge hatte Evan selbst einen ähnlichen Prozess durchlaufen. Nahkampf, Netzwerk-Infiltrierung, Messerkampf, Psyops, SERE-Taktiken – er hatte eine akribische Ausbildung absolviert, um mehr zu werden, als seine bescheidene Herkunft vermuten ließ.

Wie Jack immer zu ihm gesagt hatte: *Ein Diamant ist nur ein Klumpen Kohle, der mit Druck umzugehen weiß.*

In einem Anflug von aggressiver Belustigung schlug einer der Fußballer mit der Faust gegen die Theke, so dass ein gläserner Aschenbecher an Evans Wange vorbei nach oben flog. Er zerschellte auf dem Boden neben seinen Stiefeln.

Er ignorierte sie. Instinktiv warf er einen Blick auf das Roam-Zone, das Hightech-Hochsicherheitstelefon, das ihn überallhin begleitete. Nachdem er sich als Nowhere Man für jemanden eingesetzt hatte, verlangte er als einzige Bezahlung, dass diese Person seine ansonsten geheime Telefonnummer – 855-2-NOWHERE – an einen anderen Hilfsbedürftigen weitergab. Er wusste nie, wann das Telefon klingeln, in welcher Art von Leben-oder-Tod-Notlage sich der Anrufer befinden würde, oder was er tun müsste, um zu helfen. Die einzige Konstante war die erste Frage, die er jedes Mal stellte, wenn er abnahm: *Brauchen Sie meine Hilfe?*

Das robuste Telefon zeigte keine verpassten Anrufe an.

Der Polizist zu seiner Linken ließ sich zu einer neuen Geschichte hinreißen. »… kennen Sie die geothermischen Becken?«

»Sicher! Die natürlichen Quellen. Wir kommen gerade von der Blauen Lagune. Oh mein Gott, diese Farbe! Und der Nebel.«

»Nun, es gibt einen weniger bekannten Kurort eine Stunde östlich von Akureyri. Wir sind stolz auf die niedrige Kriminalitätsrate, aber ein Unternehmen hat unsere Gastfreundschaft ausgenutzt und uns als Umschlagplatz von der EU nach Nordamerika verwendet. Meth. Erhebliche Mengen aus Dresden.«

Evan beugte sich über die Theke, das Schnapsglas fester umfassend, die eisige Wölbung klebte an seiner Handfläche.

»Wir werden also in der Abenddämmerung zu einem Lavafeld in Mývatn gerufen. Dichter Dampf wie ein Vorhang. Aufgewühltes Wasser, von unten erhitzt. Herzzerreißend schön.« Der ehemalige Polizist hielt einen Moment inne. »Dieses eisige Blau, eine Farbe, von der man nicht glauben kann, dass Gott sie erschaffen kann. Wir kommen dort an und …«

Die jungen Frauen lehnten sich näher heran. »Und?«

»In dem blauen, blauen Wasser trieb ein armdickes Band aus Purpur wie ein Farbklecks. Ich watete ihm hinterher, wie es so herumschwappte, folgte dem Blut wie ein Hai. Und dann sah ich es. Es trieb gegen eine Wand aus versteinerter Lava. Wasserverquollen. Den Kopf in einem Winkel, der anatomisch keinen Sinn ergab.« Der Polizist tippte mit den Fingerspitzen auf die Oberfläche der Bar. »Die Schlinge hatte sich durch den größten Teil des Halses gearbeitet. Der Kerl muss sich höllisch gewehrt haben.«

»Wer war das?«, fragte eine der Australierinnen atemlos.

»Ein deutscher Drogenboss. Derjenige, der die Operation eingefädelt hatte.«

»Und wer … wer hat ihn getötet?«

Auf Evans anderer Seite stampften die Fußballer jetzt mit den Füßen und sangen ein Trinklied. Aber sein Ohr war auf die Geschichte eingestellt, die das ehemalige Mitglied des Sérsveit ríkislögreglustjóra erzählte.

»Glaubt ihr an Märchen?«, fragte der Polizist.

Die Frauen starrten ihn mit glasigen Augen an.

»Es gab einen Killer der Regierung, bekannt als Orphan X«, fuhr er fort. »Stellen Sie sich ihn als den großen bösen Wolf vor. Wahrscheinlich Amerikaner, vielleicht auch Brite. Keiner wusste, wer er war. Niemand hat es je herausgefunden. Möglicherweise existierte er gar nicht. Vielleicht war er nur ein Name, den man den bösen Männern zuflüsterte, damit sie nachts nicht so gut schlafen konnten.«

»Glauben Sie, er war echt?«

»Ich habe sein Werk gesehen.«

»Der tote deutsche Drogenbaron?«

»Und fünf seiner Kollegen, die übel zugerichtet in einer Scheune am Fuße des Námafjall-Gebirges gefunden worden waren. Ihr Versteck. Das Gemetzel …« Der Polizist schüttelte den Kopf. »Es entsprach unserer nationalen Mordrate aus dem vorangegangenen Jahrzehnt. Niemand hatte den Attentäter kommen oder gehen sehen. Keine Fußabdrücke, keine Reifenspuren, keine Augenzeugen. Man sagt, so sei er zu seinem Spitznamen gekommen. Seinem anderen Spitznamen.«

»Wie lautet er?« Die Australierinnen waren jetzt gefangen, beugten sich vor und stocherten mit ihren Strohhalmen in ihren Getränken herum.

»*Der Nowhere Man*. Es heißt, dass er die Welt der Spione verlassen hat. Aber er ist immer noch da. In den Schatten.«

»Das ist nicht wahr«, sagte eine der Frauen. »Das kann nicht wahr sein.«

»Er hat eine geheime Telefonnummer. So heißt es zumindest. Die Nummer wird herumgereicht, und wenn man ihn anruft, meldet er sich mit: *Kann ich Ihnen helfen?*«

Evan schüttelte den Kopf. Nur minimal.

Der pensionierte Polizist fixierte ihn. »Was?«

»*Kann ich Ihnen helfen?*«, wiederholte Evan. »Das klingt … unterwürfig.«

»Dieser Mann ist alles andere als unterwürfig«, sagte der Polizist.

»Ich könnte mir vorstellen, dass er etwas Bestimmteres sagen würde«, bot Evan an. »Etwa: *Brauchen Sie meine Hilfe?*«

»Egal, was er sagt, er ist niemand, den man auf den Fersen haben will.«

»Wie sieht er aus?«, fragte eine andere der jungen Frauen.

»Wie jeder und niemand«, sagte der Polizist und richtete seine Aufmerksamkeit von dem Mann zurück auf die Clique. »Es gibt nur wenige Informationen über ihn. Gewöhnliche Größe, gewöhnliche Statur. Ein durchschnittlicher Typ, nicht besonders gutaussehend.«

Die Frauen waren atemlos.

Der Polizist fuhr fort. »Er gelangt überall hin, sagt man. Zu allem fähig. Fürchtet sich vor nichts.«

»Niemand hat vor nichts Angst«, sagte Evan.

Der Polizist warf ihm einen irritierenden Blick zu. »Was weiß ein Tourist wie Sie schon von einem Mann wie ihm? Einem Mann, der Drogendealer, Terroristen und Staatsoberhäupter getötet hat? Ich habe die Leichen, die er hinterlassen hat, mit meinen eigenen Augen gesehen.«

Evan zuckte mit den Schultern. Er winkte dem Barkeeper, ihm noch etwas einzuschenken. Es würde sein Letzter sein. Er hatte eine lange, zähneknirschende Fahrt zurück in die Hauptstadt vor sich und einen noch längeren Flug von dort.

Der Polizist schlug die Hände zusammen und blies hinein. »Es heißt, er sei direkt in das Hauptquartier einiger der furchterregendsten Männer der Welt gelaufen. Zwanzig zu eins in der Unterzahl. Und wenn sie ihn verhöhnen, zuckt er nicht einmal mit der Wimper. Er starrt sie nur an und sagt …«

Die theatralische Pause war schon zu lang.

»Sehe ich so aus, als könnte man mir Angst einjagen?«

Evan verschluckte sich fast an seinem Reyka.

Der Polizist drehte sich auf dem Hocker zu ihm um. »Ist was?«

Evan wischte sich den Mund ab. »Es ist nur … das klingt nicht gerade kernig.«

»Okay, Sie Klugscheißer – und was ist Ihr Vorschlag?«

Bevor Evan antworten konnte, blaffte der Fußballfan mit der gepiercten Lippe seinem Freund etwas ins Ohr, beugte sich dann vor und nahm der nächstbesten Australierin ein Glas aus der Hand. Er schüttete es sich den baumstammartigen Hals hinunter, schlug das Glas auf den Boden und brüllte, bis ihm die Stimme versagte.

Evan drehte sich auf seinem Barhocker, um sich der Vierergruppe zuzuwenden. »Jetzt«, sagte er, »fangt ihr an, meine Geduld auf die Probe zu stellen.«

Der Mann sah auf ihn herab. »Wir wollen deine Geduld nicht auf die Probe stellen.« Seine Stimme war heiser vom Alkohol. Er legte eine Hand auf Evans Schulter und drückte zu. »Was soll ich denn tun?«

»Entschuldige dich bei ihr«, sagte Evan. »Das wäre gut.«

Der Mann lachte ein vertrocknetes Lachen.

Seine Freunde verteilten sich hinter ihm und schoben die Barhocker beiseite, um Platz zu schaffen.

Evan seufzte. Er streckte dem Polizisten sein Schnapsglas hin. »Halten Sie mal.«

Überrascht nahm der Mann den Wodka entgegen, den Mund leicht geöffnet.

Evan stützte seine Hände auf die Theke und beugte sich zu den Australierinnen vor. »Würden Sie mich einen Moment entschuldigen?«

In seinem peripheren Blickfeld nahm er die Fußballer wahr und bewertete die ihm zur Verfügung stehenden Requisiten.

Die roten Hosenträger waren aus strapazierfähigem Gummi mit Metallklammern.

Die Titanbrille saß so hoch auf dem Nasenrücken, dass sie den Knorpel durchstoßen konnte.

Der Gips schwebte in einer niedrigen Deckung und war nur einen Drehkick davon entfernt, gegen den wartenden Kiefer zu schlagen.

Evan spürte, wie sich der Griff um seine Schulter verstärkte. Er hielt seinen Blick auf die Vereinigung seiner Hände gerichtet, die auf dem Rand der Bar lagen. Er nahm den Raum um sich herum wahr.

Die halbleere Flasche stand eine Armlänge entfernt bei den Bierhähnen.

Der Hocker unter ihm: robuste Konstruktion, ausreichend dicke Beine zum Stoßen.

Ein Klecks verschütteten Alkohols auf dem Boden, gleich hinter den Absätzen des Mannes, der auf ihn zu drängte.

»Ich weiß, dass du dich für groß hältst«, sagte Evan leise. »Und eure Überzahl und die Tatsache, dass du in deinem Heimatland bist, machen dich selbstbewusst.«

Er stand auf.

Hinter ihm gab eine der Australierinnen ein nervöses Kichern von sich und der Polizist sog scharf die Luft ein.

»Aber ich möchte, dass du mich ansiehst.« Evan hob den Blick, um den des Mannes zu erwidern, und schob seinen rechten Fuß ein wenig zurück, um seinen Stand zu festigen. »Sieh mich genau an, und dann frag dich ...«

Er begutachtete den Mann, der über ihm schwebte, mit dem Runenpiercing am Kinn wie ein Soul-Patch-Bart. Verlockend. Evan sagte: »Sehe ich aus wie jemand, der Angst hat?«

Die Flugbegleiterin blieb mit dem Getränkewagen an Evans Gangplatz stehen. Zuvor hatte er um einen Beutel mit Eis für seine Knöchel gebeten.

Sie brachte ein keckes, wenn auch müdes Lächeln zustande.

»Möchten Sie etwas?«

»Welche Wodkas haben Sie denn?«

Sie ratterte die kurze Liste herunter.

Evan sagte: »Wasser ist gut, danke.«

Während sie einschenkte, ertönte über die Lautsprecher die Durchsage, dass sie in vierzig Minuten mit dem Landeanflug auf den LAX beginnen würden. Sie stellte das Getränk auf seinen Klapptisch, den er zum Entsetzen seines Sitznachbarn kräftig mit einem antibakteriellen Tuch geschrubbt hatte.

Die Flugbegleiterin wies mit dem Kinn auf den Beutel mit größtenteils geschmolzenem Eis, das gegen seine Hand gedrückt war. »Soll ich das für Sie nehmen?«

Evan entfernte den tropfenden Beutel und enthüllte einen bösen Bluterguss an den Knöcheln des Ring- und Mittelfingers seiner linken Hand. Durch eine umliegende gelb-blaue Schwellung hindurch bildete eine Reihe von geplatzten Blutgefäßen ein unvollkommenes Schneeflockenmuster. Als er ihr den Eisbeutel reichte, blieb ihr Blick an den schmerzhaften Stellen hängen.

»Meine Güte, das sieht ja furchtbar aus. Was ist das?«

»Ich glaube«, sagte er, »es ist die isländische Rune für Schutz im Kampf.«

2.
Dieser ganze lästige Zen-Scheiß

Wenige Minuten vor Mitternacht befand sich Evan auf der königsblauen Polsterung einer Trainingsmatte auf Händen und Knien und hielt die Tabletop-Position. Die Schultern direkt über den Handgelenken, die Hüften über den Knien, alle Gelenke in einem sauberen Winkel von neunzig Grad. Aber eine Sache war anders. Seine Handflächen, die auf die Matte drückten, waren so gedreht, dass seine Finger gerade nach hinten zu seinen Knien zeigten.

Es sah bizarr aus, als hätte ihm jemand die Hände abgetrennt und in der falschen Richtung wieder aufgesetzt.

Die Dehnung in seinen Unterarmen, die den Schock einiger gut platzierter Schläge auf dem Langjökull absorbiert hatten, erreichte ein biblisches Ausmaß an Intensität.

Er dehnte sich in der Stille seines Penthouse, 21A des Castle Heights Residential Towers. Sein Nacken tat auch weh. Kneipenkämpfer – vor allem die großen – neigten dazu, Leute in Schwitzkästen zu nehmen, ohne zu verstehen, dass man dadurch in ihre Deckung geriet und leichten Zugang zur Leiste, zum Bauch, zum verletzlichen Fußrücken hatte. Ausatmend zog Evan seine Hüften noch ein paar Millimeter zurück, die Faszien seiner Arme zerrten intensiver an den Muskeln und Nervenfasern.

Er hatte vergessen, einzuatmen. Er konzentrierte sich, hier an diesem Fleckchen Erde, einem modernen Wunderland aus Gussbeton und Edelstahleinbauten, das so karg und kalt war wie die skandinavische Landschaft, die er wenige Stunden zuvor durchquert hatte.

Es gab Trainingsstationen und Geräte zur Bewegungserkennung. Es gab vom Boden bis zur Decke reichende kugelsichere Fenster und einziehbare Sicherheits-Sonnenschirme mit diskreter Panzerung. Es gab einen Wodka-Tiefkühltresor und einen Tresor ganz anderer Art, der hinter der Dusche im Hauptschlafzimmer versteckt war. Es gab ein schwebendes Bett, das mit Hilfe von Herkules-Magneten einen Meter über dem Boden gehalten wurde, und eine Aloe-Vera-Pflanze namens Vera III., die von Vernachlässigung lebte. Es gab ein zeremoniell dekoriertes Katana und einen vertikalen Garten, der durch Tröpfchenbewässerung gespeist wurde. Es gab eine Discokugel und eine Klettwand mit kompatiblen Ganzkörperanzügen, mit denen man sich an sie kletten konnte, wenn man dagegen sprang.

Die letzten beiden waren eine lange Geschichte.

Der Schmerz in seinen Armen wich einem tauben Kribbeln, dann einer stechenden Milchsäureausschüttung, und schließlich gab er auf. Er atmete die Stille ein. Die Klimaanlage hier blieb auf kühle neunzehn Grad eingestellt, der freistehende Kamin hatte Ruhezeit. Wie es seine Gewohnheit war, hatte er das Outfit, das er auf dem Ausflug getragen hatte, bereits verbrannt und abermals die identische Kleidung angezogen. Er mochte die Kälte, die Stille, das Fehlen äußerer Reize. Alles hier fühlte sich gefroren, steril und sicher an, wie eine Eisgruft, in der er sich zur vampirischen Verjüngung ausruhen konnte.

Seit er aus dem Orphanprogramm geflohen war, fristete er sein Dasein im Fegefeuer als Nowhere Man. Er verfügte über praktisch unbegrenzte finanzielle Mittel und eine herausragende Fähigkeit, im Namen anderer freiberuflich Vergeltung zu üben. Dabei achtete er darauf, dass er seine Fähigkeiten im Einklang mit den Zehn Geboten einsetzte, die er von Jack erhalten hatte – eine Reihe von Regeln, die sicherstellen sollten, dass er bei den Einsätzen gesund blieb.

Angesichts der früheren Missionen, die er als Orphan X durchgeführt hatte, wurde er von den höchsten Stellen der US-Regierung als Gefahrenquelle betrachtet. Die Präsidentin hatte ihn inoffiziell begnadigt, wobei sie zur Bedingung gemacht hatte, dass er alle außerplanmäßigen Aktivitäten als Nowhere Man einstellte.

Er war nicht sehr gut darin, alle außerplanmäßigen Aktivitäten einzustellen.

Aber er blieb in Sicherheit, solange niemand etwas herausfand. Nicht der Staat, nicht die NSA. Nicht die CIA oder das FBI. Nicht die verantwortliche Secret Service Special Agentin Naomi Templeton, die ihn so unerbittlich verfolgte, wie es ihr Job erforderte. Nicht Präsidentin Victoria Donahue-Carr, die selbst die Bedingungen für seine inoffizielle Begnadigung festgelegt hatte.

Solange das RoamZone ruhig blieb, brauchte er sich keine Sorgen zu machen.

Er könnte sich hier einfach entspannen, eine kleine Pause einlegen und sich vergewissern – das RoamZone klingelte.

Evan entließ seine Hände, ging zurück auf die Fersen und schüttelte seine Hände aus, bis der Schmerz nachließ.

Die Anrufer-ID zeigte nichts an. Neugierde erfasste ihn.

Er meldete sich, wie er es immer tat. »Brauchen Sie meine Hilfe?«

Eine leichte Verzögerung; der Anruf wurde rund um den Globus durch mehr als ein Dutzend virtuelle Software-Telefonvermittlungsziele geleitet.

Dann ertönte ein Schluchzen.

Wenn er als Nowhere Man ans Telefon ging, war er daran

gewöhnt. Er sprach oft mit Menschen in ihrem schlimmsten Moment der Verzweiflung.

Er wartete.

Und dann erkannte er, wer da weinte. Joey Morales.

Nachdem sie aus dem Orphanprogramm geflohen war, hatte er sie entgegen all seinen Wünschen und seinen Vorschriften als Einzelkämpfer retten müssen. Doch in gewisser Weise hatte sie auch ihn gerettet. Eine unglaubliche familiäre Bindung zwischen einer jugendlichen Hackerin und einem erwachsenen Attentäter, die ihn immer noch verwirrte. Vor ihr hatte er die Intensität von Zuneigung nicht verstanden. Auch die Verletzlichkeit; wie der Schmerz eines anderen noch mehr Qualen bereiten konnte als der eigene.

Er war nicht darauf trainiert worden, den Schmerz anderer Menschen zu berücksichtigen. Man hatte ihm beigebracht, seinen eigenen kaum wahrzunehmen.

Er hielt den Ansturm der Fragen zurück – *Was ist passiert? Hat dich jemand verletzt? Wen muss ich verstümmeln?* – und zwang sich zu warten.

Das Fünfte Gebot: *Wenn du nicht weißt, was du tun sollst, tu gar nichts.*

»Okay«, sagte er. »Es ist Okay.«

Joey hörte nicht auf zu weinen, seelenzerreißende Schreie, die in etwas übergingen, das wie eine Panikattacke klang – ruckartiges Einatmen, hastiges Ausatmen.

Irgendwie zwang sie sich zu einer halb geformten Bitte. »Mach, dass es aufhört.«

»Ich werde atmen«, sagte er leise. »Und du passt dich mir an. Okay?«

»…k-kay.«

Er atmete hörbar und langsam. Zuerst waren sie nicht synchron, aber dann begann sie, sich dem Rhythmus seiner Atmung anzupassen.

»Atme langsamer aus«, sagte er ihr. »Doppelt so lang.«

»Das tue ich!«

»Nein. Hör zu.« Er machte es vor. »Platz schaffen für mehr Sauerstoff.«

Es dauerte fünf volle Minuten, bis sie seine Atmung widerspiegelte. Dann hielten sie den Rhythmus für weitere zwei.

Schließlich fragte er: »Was ist passiert?«

Das RoamZone verfügte über eine Vielzahl von Funktionen – einen selbstreparierenden Bildschirm, Nanotech-Batterien, ein Anti-Gravity-Schutzcase. Außerdem konnte man damit ein zerbrochenes Fenster aufhebeln. Er tippte auf das holografische Display und sah zu, wie Joeys Worte tanzten, während das RoamZone ihre Stimme übertrug.

»Nichts«, sagte sie. »Es muss nicht immer irgendwas passiert sein, X.«

Er hatte ihre Schallwellen auf Orange eingestellt, so dass sie wie eine Flamme flackerten. Das war alles, was er im Moment von ihr hatte.

»Wo bist du?«, fragte er.

»Ein kleines Motel außerhalb von Phoenix.«

Es überraschte ihn nicht, dass ihr improvisierter Roadtrip in Arizona geendet hatte. Oder dass sie dort von Panik ergriffen worden war. Bevor ihre geliebte Tante – die ihr wie eine Mutter gewesen war – gestorben war, hatte Joey das erste unschuldige, unkomplizierte Jahrzehnt ihrer Kindheit bei ihr verbracht. Und dann waren die Pflegefamilien gekommen. Und ihre kurze Zeit in der Orphanausbildung. Nichts von alledem war unschuldig. Und schon gar nicht unkompliziert.

»Weißt du, was sie immer gesagt hat? Meine Tante? Wenn ich etwas Lustiges gemacht habe, hat sie gesagt: *Ich habe ein*

Monster erschaffen. Und das gefiel mir, denn es bedeutete, dass sie stolz darauf war, dass ich das Beste von ihr übernommen hatte. Sie war so wahnsinnig witzig. Egal, was für eine Scheiße wir gerade durchmachten. Und …« Sie schnitt mit einem scharfen Einatmen ab.

Joey hasste es zu weinen und kämpfte die ganze Zeit dagegen an.

Evan gab ihr Zeit. Es gab nichts anderes, was er ihr geben konnte.

Ihre Stimme zitterte leicht, drohte aber nicht zu brechen. »Sie war die einzige Person, die da war, als ich auf die Welt kam, die letzte Verbindung zu … ich weiß nicht, zu mir. Meinem kleinen Ich. Auf ihren Schultern reiten, Geburtstagskuchen, all das. Verstehst du?«

Die einzigen Antworten, die Evan einfielen, waren banal und abweisend.

Er hörte ein schlürfendes Geräusch – Hund leckte Joeys salziges Gesicht ab. Evan hatte den Rhodesian Ridgeback als Welpen aus einem Hundekampfring gerettet und ihn Joey geschenkt. Sie hatte sich geweigert, ihm einen Namen zu geben, weil sie sich nicht an ihn binden wollte, und als die beiden unzertrennlich geworden waren, war der Name geblieben.

Evan hörte aufmerksam zu, seine Sinne waren in höchster Alarmbereitschaft. Eines der Ziele der Meditation, die er praktizierte, war es, alles so zu erleben, als würde es zum ersten Mal geschehen. Denn das war jedes Mal der Fall.

»Es ist einfach … gekommen«, sagte Joey. »All dieses Zeug. Fuck, Gefühle sind scheiße. Und sie lassen mich nicht in Ruhe. Zum Beispiel war ich heute traurig über einen alten Mann, der allein an einer Bushaltestelle saß. Er hatte einen kleinen Hut und alles.«

Eine Pause.

»Na komm, Hund. Lass uns etwas Wasser holen.« Sie stöhnte leise auf, als sie sich erhob.

Evan konzentrierte sich auf das Geräusch. »Warum stöhnst du?«

»Ich stöhne nicht, X. Jesus. Ich habe ein zartes, weibliches Ausatmen vollzogen.«

»Warum?«

»Nichts. Ich bin nur in der Hüfte verspannt.«

Er schloss die Augen und ging in sich. »Schmerzen an der Vorderseite des Gelenks?«

Jetzt eine längere Pause.

»Ja. Woher weißt du das?«

»Hast du dich heute erschrocken? Hat dich etwas erschreckt?«

»Nein«, sagte sie mit leicht zugänglicher jugendlicher Irritation. »Ich habe mich nicht …«

Eine Eingebung ließ sie innehalten. Er gab ihr die Stille.

»Nun, irgendein Idiot in einem Volvo hat mich vorhin fast angefahren«, sagte sie nachdenklich. »An einer Kreuzung. Aber ich bin fürs Fahren in Gefechtssituationen ausgebildet, es ist also nicht so, dass ich Angst hatte.«

Er wartete.

»Aber vielleicht habe ich mich verkrampft. Für etwa eine Femtosekunde.«

Er wartete noch etwas.

»Warum? Warum hast du das gefragt?«

»Der Psoas ist der erste Muskel, der aktiviert wird, wenn man in den Kampf oder die Flucht geht. Weißt du, wie man ihn löst?«

»Natürlich weiß ich, wie ich meinen Psoas entlasten kann. Ich bin keine Amateurin.« Scharfe Geräusche, als das Telefon hingeworfen wurde. Er wartete, während sie stöhnte und herumschlurfte. Dann hörte er, wie sich ihr Atem zerklüftete, überging in erschütternde Entlastungen und sich schließlich wieder entspannte.

Als sie wieder den Hörer aufnahm, war ihre Stimme viel gedämpfter. Sie klang erschöpft, ausgelaugt. »Kann ich mich nicht einfach mit all dem nicht beschäftigen?«, fragte sie. »Emotionen oder was auch immer.«

Sie war im Allgemeinen so energiegeladen und koffeiniert, dass er diese ruhigeren Momente mit ihr genoss, selbst am Telefon. Er stellte sich ihr breites Lächeln vor, das ein Grübchen in ihre rechte Wange zauberte. Diese durchscheinenden smaragdgrünen Augen, rein wie Edelsteine. Das schwarzbraune Haar, das zur Seite gekämmt war, um den rasierten Streifen über ihrem rechten Ohr zu zeigen.

Er wusste, dass sie jetzt schläfrig war, er konnte es an ihrer Stimme hören, wie die Worte langsamer wurden, wie ihre Oberlider schwer wurden. Sie würde sich jetzt mit dem hundertzehnpfündigen Ridgeback auf dem Bett zusammenrollen und sich in einen Kokon wickeln. Er kannte diese Phase. Die Chrysalis, in der alles zusammensackte, formlos und hoffnungslos, ein Ur-Reset, bevor neue Struktur und Bedeutung Einzug halten konnte.

Er sagte: »Sicher.«

»Und was dann?«

»Du wirst weniger fühlen …«

»Nehm ich.«

»Beziehungsweise gar nichts.«

Eine Pause.

Er sagte: »Wie man etwas tut, so tut man alles.«

»Komm mir nicht mit diesem ganzen lästigen Zen-Scheiß. Die Gebote sind nur für die Ausbildung.«

»Richtig.«

Ein langes Schweigen.

»Ich bin unter anderem deshalb gegangen, um ... keine Ahnung, um mich selbst zu finden. Ich weiß, das klingt dumm. Aber was ist, wenn es nichts Neues zu finden gibt?«

»Was soll das heißen?«

»Ich meine, ich wurde als Orphan ausgebildet, auch wenn ich die Ausbildung nie abgeschlossen habe. Aber was ist, wenn das alles ist, was ich kann? Was, wenn ich wirklich eine Killerin sein soll, wie –«

Sie hielt inne, aber er wusste, worauf ihre Worte hinausliefen:

Wie du.

»Ich versteh schon«, fuhr sie fort und sammelte sich wieder. »Ich bin erst sechzehn. Aber viel stärker als die meisten sogenannten Erwachsenen. Musste Mozart auch warten, bis er achtzehn war, um Klavier spielen zu dürfen?«

»Er hat niemanden mit seinen Sonaten umgebracht.«

»Das ist nicht der Punkt.«

»Es gibt Orte, von denen man nicht mehr zurückkehren kann.«

»Du bist dorthin gegangen. Warum sollte ich nicht?«

»Die Kosten«, sagte er.

Dieses Schweigen war noch länger.

»Ich bin im Moment so kaputt, X. Einfach verdammt kaputt. Die ganze Zeit.«

»*Die Wunde ist der Ort, an dem das Licht in dich eindringt.*«

»Scharfsinnig. Ist dir das auf Anhieb eingefallen?«

»Nein, einem muslimischen Dichter aus dem dreizehnten Jahrhundert. Es ist seit bald tausend Jahren im Umlauf.«

»Was bedeutet das?«

»Poesie bedeutet nie etwas. Sie evoziert.«

»Gut. Was evoziert sie?«

»Wenn ich es beschreiben könnte, wäre es keine Poesie.«

»Superhilfreich. Also, was soll ich tun?«

»Entweder du lässt es los«, sagte er, »oder du gehst damit unter.«

»Den Schmerz?«

»Nein.«

»Was dann?«

»Die Vorstellung, dass der Schmerz dich einzigartig macht.« Ihre Worte wurden langsamer, zogen sich in die Länge.

»Okay. Was passiert dann?«

»Ich weiß es nicht. So weit bin ich noch nicht gekommen. Aber vielleicht erhellt es …«

»Was?«

»Was eigentlich einzigartig an dir ist.«

»Und was ist eigentlich einzigartig an mir?«

»Was ich bis jetzt gesehen habe? Deine Fähigkeit, enorme Mengen an Red Vines zu essen.«

»Du bist das Letzte.« Am Rande des Schlafes wurde ihr Tonfall intensiver.

»Du bist auch das Letzte.«

»Nacht, X.«

»Nacht, Josephine.«

3.
Die Poklatscher

Am nächsten Tag machte Evan seine zweimal wöchentlich stattfindende Runde durch die Safe Houses, die er im Groß-raum Los Angeles unterhielt, um sich zu vergewissern, dass sie bewohnt aussahen, und um seine Ausrüstungsgegen-stände und Ersatzfahrzeuge zu überprüfen. Wie es schon zur Routine geworden war, landete er schließlich beim Haus von Mias Bruder und ihrer Schwägerin, um Peter im Garten zu besuchen.

Evans Beziehung zu Mia war ein Wirrwarr aus Anfängen und Unterbrechungen; und obwohl sie zweifellos die Konturen seines geheimen Lebens erahnte, durfte sie als Staatsanwäl-tin niemals wissen, wer er wirklich war, sonst wäre sie ge-zwungen gewesen, ihn zu verhaften. Trotz alledem hatten sie ein grundlegendes Vertrauen zueinander, vor allem, wenn es um ihren zehnjährigen Sohn ging. Mia hatte Evan gebeten, auf Peter aufzupassen, sofern auf dem OP-Tisch etwas schiefging, um den tugendhaften Einfluss der alten Schule auf ihn auszuüben, den Evan in seiner eigenen Kind-heit nie gehabt hatte. Als Mia ins Koma gefallen war, hatte er versucht, dieses Versprechen so gut es ging einzulösen.

Es war die erste seiner ständigen Verpflichtungen, die einen anderen Menschen betraf.

Er und Peter aßen Sandwiches auf dem Terrassentisch, während Peters Tante und Onkel drinnen herumlärmten und sich aus verschiedenen Zimmern auf eine Art anschrien, die Evan fälschlicherweise für Streit hielt.

Die in gleichschenklige Dreiecke halbierten Sandwiches be-standen aus Kinderwurst, gelbem Senf und Wonder Bread.

Mit der Zunge schob Peter einen zerkauten Klumpen durch die teilweise zusammengebissenen Zähne und entblößte seine Lippen, um Evan das Ergebnis zu zeigen.

»Sieh dir das an, Evan Smoak.« Peter hatte eine raue Stimme, die alles, was er sagte, auf unerklärliche Weise amüsant klingen ließ. »Wurst-Knete!«

Er beugte sich vor und ließ den Brei auf den Pappteller tropfen. Dann zerdrückte er ihn mit den Fingern und baute einen stärkehaltigen Schneemann. Er hielt inne, blickte auf. »Warum isst du nicht?«

Evan betrachtete die unförmige Wurst-Knete, die von den Spuren des Kool-Aid auf Peters Zunge rot gefärbt war, und tat sein Bestes, um die Zwangsneurose zu beruhigen, die sein Stammhirn wie Wespen umschwärmte. »Keinen Hunger.«

Der süßliche Geruch von Tropical Fruit kitzelte Evans Muskelgedächtnis. Er starrte auf die Teller, die vor ihnen standen, die Art von Essen, die er im Fernsehen gesehen hatte, als er im Pflegeheim aufwuchs. Die meisten Leute verstanden nicht, wie arm man sein konnte. Die Art von Armut, bei der Wurst zu teuer war und man deshalb Mayonnaise-Sandwiches zum Abendessen aß. Diese Art von Armut war mit einer heimlichen Scham verbunden, die sich in die Seele einbrannte.

»Okay. Wusstest du« – Peter grub mit einem schmutzigen Fingernagel an einem Stück Brot, das zwischen seinen Vorderzähnen steckte – »dass deine Pobacken, wenn sie waagerecht wären, klatschen würden, wenn du die Treppe hochgehst?«

»Daran habe ich noch gar nicht gedacht.«

»Wäre das nicht witzig?«

»Nein.«

»Warum nicht?«

»Wir würden es einfach als normal betrachten. Wie Fußstapfen.«

Peter lachte dieses große Lachen mit offenem Mund, dass seine kohlefarbenen Augen leuchten ließ. »Dann wären ja in Einkaufszentren und so, in den Treppenhäusern, alle Poklatscher. Wie eine Herde von Poklatschern.«

»Wenn du eine Garagenband gründest«, sagte Evan, »sollte das ihr Name sein.«

»Eine Herde Poklatscher?«

»Oder ganz klassisch: die Poklatscher.«

»Wie die Beatles.«

»Mit härterem Schlagzeug.«

Peters Lächeln verblasste. Er sah unruhig aus. Er stocherte in seinem übriggelassenen halben Sandwich herum, warf eine Weintraube hoch und versuchte, sie mit dem Mund aufzufangen.

Evan beobachtete ihn, um den Stimmungsumschwung abzuschätzen. Der Versuch, für ein Kind da zu sein, fiel ihm schwer.

»In der Schule –«, Peter hielt inne. Er ließ seinen Finger in die andere Faust gleiten und drückte sie.

»Was?«

»Also, Mrs. Reimenschnitter sagt, dass man Mädchen und Jungen gleich behandeln muss. Aber das macht keinen Sinn. Weil ich ein Mädchen nicht einfach umhauen würde, weißt du? Ich sollte behutsamer sein. Und Onkel Wally ist anders als Tante Janet. Und du bist anders als Mommy.«

»Wie das?«

»Sie ist schlauer.«

»Schön«, sagte Evan.

»Und der Poklatscher-Witz würde ihr nicht so gut gefallen.«

»Vielleicht.«

»Würde er nicht. Sie würde nur so tun, als ob er ihr gefällt.«
Peter kaute auf seiner Lippe, senkte den Blick, und Evan
konnte spüren, wie seine Gedanken bei seiner Mutter verweilten. »Aber Mädchen behandeln mich anders! Woher soll
ich dann wissen, was ich tun soll?«

Evan kannte die Eselsbrücke für die zehn wichtigsten Druck-
punkte, mit denen man beim Kyusho Jitsu maximale
Schmerzen verursacht. Aber Geschlechteraufklärung für
Grundschüler war bei weitem nicht sein Fachgebiet. Er
betete um eine Unterbrechung, eine Ablenkung, Granatbe-
schuss, irgendwas.

Aber Peter machte weiter. »Ich kann Onkel Wally nicht
fragen, denn er sagt immer nur falsche Sachen. Und Tante
Janet erzählt das Gegenteil von dem, was er sagt – eigentlich
sollte sie also recht haben, aber sie liegt einfach nur anders
falsch als Onkel Wally.«

»Ich finde«, sagte Evan, »dass die Leute einem zeigen, wie sie
behandelt werden wollen, wenn man ihnen Aufmerksamkeit schenkt. Ich denke, das ist etwas, das Mrs. Durchdenwald
—«

»Reimenschnitter!«

»– verstehen würde. Man kann selten etwas falsch machen,
wenn man sanft ist. Besonders bei Mädchen.«

Peter grübelte darüber nach. Er nahm einen Schluck Kool-
Aid, der seine Lippen rot glühen ließ. »Du bist nicht immer
sanft.«

Evan sagte: »Nein.«

»Aber nur, wenn du es nicht sein musst?«

»Das ist richtig.«

Eine leichte Brise rührte die goldenen Blätter an den
Bäumen. Der Rasen war mit Erdhörnchenhügeln übersät
und hatte die Form einer Niere. Wally hatte ein Spielgerät

mit einer verkürzten Kletterwand gebaut, die falsch herum montiert worden war. Es gab ein rostiges Skateboard im Unkraut, ein von der Sonne ausgeblichenes Frisbee und einen billigen Kickertisch unter der Nylonmarkise der Veranda. Hier gab es Liebe. Aber es fehlte so viel aus dem Leben, das Peter vorher geführt hatte.

Der Junge starrte auf seinen Zeigefinger, der in seiner kleinen Faust steckte, und drückte sie mit Impulsen zusammen, die seine Knöchel weiß werden ließen. »Ich habe Mom gestern vorgelesen, wie sie es gesagt haben. Und …«

»Und was?«

»Ich habe versucht, sie dazu zu bringen, meinen Finger zu drücken. Aber sie hat's nicht gemacht. Was, wenn …?«

Der Wind zerzauste den blonden Scheitel in Peters Gesicht. Evan konnte sehen, wie er versuchte, die Worte zu finden, und dachte: *Bitte frag nicht.*

Peter faltete seine Hände am Rand des Tisches. Diese Haltung hatte etwas Förmliches an sich, das Evan das Herz brach. »Was ist, wenn sie nicht mehr aufwacht?«

Eine quälende Frage, die eine ehrliche Antwort verdiente.

»Es wäre schrecklich«, sagte Evan. »Und dann würden wir damit fertig werden.«

Der nächste Halt war Joeys vorübergehend verlassene Wohnung. Sie hatte Evan per SMS gebeten vorbeizufahren, weil sie einen manuellen Neustart auf einem ihrer Server benötigte. Ein Speicherleck in der von ihr geschriebenen Videoaufzeichnungssoftware hatte das System sich aufhängen lassen, als sie versuchte, aus der Ferne darauf zuzugreifen.

Um zu gewährleisten, dass sie als Sechzehnjährige hier sicher allein leben konnte, hatte er das Gebäude über ein Wirrwarr von Briefkastenfirmen gekauft und mit zusätzlichen Sicherheitsmaßnahmen ausgestattet. Da Joey aber nun mal Joey war, hatte sie es schnell durchschaut und ihn für übervorsichtig und paranoid gehalten. Er hatte ihr erklärt, dass dies seine besten Eigenschaften seien.

Als er sich dem Gebäude näherte, bewunderte er die digitale Sprechanlage aus Edelstahl an der Eingangstür. Bevor er den Code eintippen konnte, drängelte sich ein Student mit einem überladenen Rucksack vor ihn und benutzte seinen Schlüssel.

»Mann«, bemerkte der Typ. »Heute ist es verdammt heiß.« Er schwang sich hinein und hielt Evan die Tür auf.

»Lassen Sie mich nicht rein«, sagte Evan. »Sie wissen nicht, wer ich bin.«

»Alter, komm schon«, erwiderte der Typ. »Du siehst nicht aus, als ob du ein Problem wärst.«

»Und wenn es genau darum geht?«, entgegnete Evan.

Als er im Foyer stand, starrte der Junge ihn an und schwitzte plötzlich etwas stärker. »Ähm«, sagte er.

Ohne den Blickkontakt abzubrechen, schwang Evan die Tür zwischen ihnen zu. Der Mann beobachtete ihn durch das Glas – wie erstarrt. Evan tippte den Code ein, öffnete selbst die Tür und schob sich an dem Mann vorbei zur Treppe.

Joeys Wohnung roch nach ihr, Vanille-Lotion, Red Vines und Dr. Pepper. Ihre massive Hardware-Station, ein kreisrunder Schreibtisch mit aufgehängten Monitoren, je drei übereinander, gab das schläfrige Surren des Ruhemodus von sich. Das schicke Körbchen von Hund, dem Hund, stand in der Ecke, der Wassernapf mit dem Totenkopf war leer. Joeys Sammlung von Rubik-Cubes, die alle ordentlich gelöst waren, lag auf der Fensterbank. Hier war lange nicht gelüftet worden.

Er öffnete ein Fenster, stieg durch den schmalen Eingang in

das kreisrunde Innere ihres Schreibtischs und stieß mit den Fingerknöcheln gegen ihre Maus.

Die Monitore summten auf. Für eine Sekunde glaubte er in der relativen Stille das Klappern von Joey zu hören, die einen ihrer Rubik-Cubes löste.

Er setzte sich in ihren Gamingsessel, der so stark nach hinten kippte, dass er fast auf den Boden fiel. Er verstellte die Lehne des Stuhls, betätigte den KVM-Schalter, wie sie es ihm gesagt hatte, führte den Neustart durch und beobachtete einen Moment lang, wie sich die Bildschirme rekonfigurierten.

Sein Blick blieb an einem von ihnen hängen, und ihm stockte der Atem.

Einzelheiten über seinen biologischen Vater, den Mann, den er nie gekannt hatte. Jacob Baridon, ein waschechter Rodeo-Cowboy, so klischeehaft und lächerlich das auch war. Gegen Evans Willen hatte Joey ihn ausfindig gemacht. Die offene Akte zeigte, dass sie eine Debitkarte von einem Girokonto ausgegraben hatte, das vor drei Monaten aufgelöst worden war. Eine Reihe von Tankstellenabrechnungen, die sich um die Stadt Blessing, Texas, gruppierten, und ein paar weitere Einzelposten vom *Mixed Blessing*, einer örtlichen Bar.

Bevor er tiefer graben konnte, verschwanden die Bildschirme und wurden durch Bilder von Joey auf allen Monitoren ersetzt. Sie sahen alle wütend aus. »Warum schnüffelst du hier herum?«

»Das Gleiche könnte ich dich fragen.«

Sie lag auf dem Bett in einem Hotelzimmer, um sie herum das Geschirr des Zimmerservices verstreut, und Hund, der Hund, streckte sich unbeholfen neben ihr auf dem Bett aus. Sein Kopf hing falsch herum vom Rand der Matratze, das Maul zu einem Lächeln verzogen, die Zunge rollte sich fröhlich zusammen.

Die vielen Joeys sagten: »Ich habe dich gebeten, meinen Server neu zu starten, nicht, alle Dateien zu durchstöbern.« »Warum suchst du den Mann, der … mein biologischer …?« »Für dich, X. Ich meine, er ist da draußen. Wie kannst du ihn nicht finden wollen? Ihn wenigstens sehen wollen? Einfach schon, damit du es hinter dir lassen kannst? Er ist dein Vater.« »Ich habe keinen Vater«, sagte Evan. »Jack. Jack war mein Vater.«

»Ich meine, wenn ich die Möglichkeit hätte, mit meinem …« »Du bist da draußen und suchst nach Antworten. Ich nicht.« Sie atmete aus und lehnte sich vom Bildschirm zurück. Hund versuchte, sich ganz auf das Bett hochzuziehen, aber unter ihm rutschten die Decken weg. Er landete mit einem dumpfen Aufprall auf dem Teppich, hob verlegen den Kopf und verlor sich dann im olympischen Wettkampf des Leckens im Schritt.

»Gut.« Joey fummelte an einem Armband aus gewebten Metallfasern herum, das er ihr geschenkt hatte und dessen magnetischer Verschluss von Totenköpfen aus Edelstahl gebildet wurde, die aneinander klirrten. »Ich bin nur bis zu einer Stadt gekommen, in der er vor ein paar Monaten war.«

»Lass es sein.«

»Ich habe doch schon okay gesagt.«

Er starrte sie an. Alle Joeys starrten zurück. Einer ihrer Todesblicke war im Allgemeinen vernichtend; in zweihundertsiebzig Grad von ihnen umzingelt, fühlte es sich nuklear an. »Wie geht es deinem Psoas?«, fragte er.

»War noch nie besser. Und deiner?« Sie verschwand von den Bildschirmen und ließ ihn auf ihrem Stuhl zurück. Er hatte nicht lange Zeit, die Stille zu genießen.

Sein RoamZone vibrierte und gab den charakteristischen Ton von sich.

Er holte es aus der Hosentasche und sah die vertraute Anrufer-ID, die um den Planeten herum weitergeleitet wurde. Jedes Mal, wenn sie in den letzten zwei Monaten aufgeleuchtet hatte, hatte er gefühlt, wie sich sein Herzschlag beschleunigte.

Er machte sich auf das Schlimmste gefasst und nahm an. Peters Stimme ertönte, laut und bewegt. »Es geht um Mom!«

Evans Stimme blieb so ruhig wie eh und je. »Was ist passiert?«

»Sie ist aufgewacht!«

4.
Dringendere Ziele

Die Straßen von Beverly Hills betrieben gerne Namedropping. Evan parkte einen Block entfernt von der Kreuzung George Burns Road und Gracie Allen Drive, einem wichtigen Knotenpunkt des Cedars-Sinai Medical Center, wo Mia die letzten zwei Monate im Koma gelegen hatte. Es war ein herrlicher Tag. Die Art von Wetter, die L. A. wie in einem Traum erscheinen ließ, die Art von goldener Sonne, die seit jeher Glücksucher und Abenteurer anlockte.

Eine ungewohnte Erregung kribbelte hinter Evans Rippen. In einem atemlosen Anfall hatte Peter ihn am Telefon aufgeklärt: Mia war wach und unversehrt. Das war alles, was Evan hatte hören müssen.

Eine heiße Brise trug den Duft von Gyros von einem nahen Imbisswagen heran. Ein Trio von Krankenschwestern in Kitteln ging vorbei und schlürfte eisgekühlte Starbucks-Getränke aus Bechern in der Größe von Futtersäcken. Auf der anderen Seite der Kreuzung streckte sich medizinisches Personal, das gerade Pause hatte, auf den breiten Betonstufen des Thalians Health Center aus. Gesichter wurden in Handys vergraben oder dem blauen Himmel entgegen gereckt. Ein gebückter Mann ratterte über den Zebrastreifen und zerrte an einem Infusionsständer, der Wind riss an seinem Krankenhauskittel und drohte gewisse Stellen zu enthüllen.

Als er an einem Parkplatz vorbeikam, überprüfte Evan die Fahrzeuge und inspizierte die Nummernschilder. Ein Buick Enclave mit getönten Scheiben stand auf dem vorderen Platz. Ein im hinteren Teil fensterloser Lieferwagen mit dem Logo des Roten Kreuzes fuhr an dem nahegelegenen Kiosk vorbei. Evan schenkte ihm besondere Aufmerksamkeit; beim Herfahren hatte er ihn bereits auf der Straße hinter sich entdeckt. Ein Obdachloser saß auf dem Bordstein und betrachtete eine Zeitung, die er verkehrt herum hielt. Sein Mantel war zerrissen, seine Schuhe abgenutzt, aber nicht löchrig. Evan hielt seinen Kopf gesenkt und ging weiter.

Palmen säumten die Mittelinsel zwischen dem Nord- und dem Südturm, damit niemand vergaß, dass man sich in Südkalifornien befand.

Evan bog unter dem Überhang des Südturms in die Parkzone ein, lehnte sich mit dem Rücken an einen Betonpfeiler und spähte hinaus. Der Lieferwagen des Roten Kreuzes rollte weiter durch den Parkplatz und wieder hinaus. Er bewegte sich gleichmäßig in seine Richtung. Er beobachtete ihn, bis er vorbeifuhr und links auf den San Vicente einbog.

Der Buick blieb stehen.

Der Obdachlose war jetzt auf den Beinen und kratzte sich immer wieder am Hinterkopf. Das koffeingestärkte Krankenschwester-Trio verschwand im Thalians. Der Mann mit der Infusionsstange bewegte sich langsam, aber stetig in Evans Richtung.

Gab es Muster in den Bewegungen? Oder schrieb er den Bewegungen Muster zu?

Große Einrichtungen mit ihren Sicherheitsvorkehrungen – den Pförtnerhäuschen, den Überwachungskameras – machten ihn nervös. Mia war eine der wenigen Personen, die das Risiko wert waren.

Evan zog sich von der Säule zurück, betrat das Krankenhaus durch die automatischen Glasschiebetüren und fuhr zur Plaza-Ebene hinauf. Mia hatte die Dauer ihres Komas in dem neuen Gebäude für Intensivpflege einen Block weiter nördlich verbracht, aber Peter hatte ihm mitgeteilt, dass sie heute zur Bildgebung in den Südturm verlegt worden war.

Auf der Ebene, die wie eine Epidermis auf dem Parkhaus lag, herrschte reges Treiben. Ein ehrgeizig benannter Heilgarten – ein erhöhter, von Teakholzbänken gesäumter Xeriscaping-Spiralgang – unterbrach den Wellbeton der Hochhäuser. Das einschläfernde Rinnsal des Wassers bildete den Hintergrund für die Menschen, die sich an Tischen, Bänken und Topfpflanzen unterhielten. Eine Henry-Moore-Skulptur zerlegte eine liegende Figur in drei Klumpen aus Bronzeguss, die wie Hundehaufen aussahen. Zwei Mittelschülerinnen mit den Glatzen einer Chemotherapie saßen auf einer Bank in der Nähe der Brücke zum Mitarbeiterparkplatz, starrten auf ein iPhone-Display und kicherten. Mit schlaftrunkenen Augen nippte ein Vater vor der Cafeteria an einem Kaffee und wiegte ein Neugeborenes mit Hörgerät. Eine Reihe himmelblauer Sonnenschirme, deren Unterseite mit Wolkenmustern verziert war, spendete wohltuenden Schatten.

Es gab schlimmere Orte, um krank zu sein.

Patienten und Arbeiter strömten zwischen den Gebäuden hindurch. Evan verlor sich in der Strömung und schlug einen gewundenen Weg ein, um mögliche Verfolger aufzuspüren. Als er um eine Biegung im Garten kam, sah er den Mann mit der Infusionsstange aus einer Tür auf der anderen Seite des Platzes kommen. Er bewegte sich zügiger als zuvor. Auch weniger gebückt.

Evan spürte, wie sich sein Puls leicht beschleunigte.

Von ihm abgewandt, schlich er sich unter einen der Sonnenschirme und ließ seinen Blick über die Menge schweifen. Eine schwangere Mutter hütete zwei Kleinkinder mit geflochtenen Zöpfen. Die Mittelschülerinnen waren in ihre iPhones vertieft. Eine erschöpfte Mutter stapfte mit einem Baby in einer Trage vorbei.

Als Evan einen weiteren Schritt zurücktrat, stieß er mit einem stämmigen Mann mit Vokuhila, einem Nike-Dri-FIT-Tanktop und einem Besucher-Namensschild zusammen, das ihn als Frank B. auswies.

»Was zum Teufel?«, bellte Frank B.

Evan ließ seinen Blick auf die Füße des Mannes fallen. Er trug Flip-Flops, ungeeignetes Schuhwerk für Observierung oder Verfolgung.

Frank B. bückte sich und wischte wütend über einen Fleck auf seinen Cargo-Shorts. »Warum passt du nicht auf, wo du hingehst?«

Aber Evan schenkte ihm keine Aufmerksamkeit mehr. Er hatte sein Augenmerk bereits auf den Mann mit dem Infusionsständer und auf den Schatten gerichtet, der von einem der Betonvorsprünge des Gebäudes geworfen wurde. Ein weiterer Mann tauchte dort aus der Dunkelheit auf, sein Gang war ihm vertraut.

Der Obdachlose von der Straße, der sich auf seinen Turnschuhen flink fortbewegte. Evan kniff die Augen zusammen, wodurch zwar die Sicht etwas verschwamm, er aber auch die ganze Weite des Platzes erfassen konnte. Durch das Getümmel hindurch erkannte er Figuren, die sich im Einklang bewegten, als wären sie durch unsichtbare Fäden verbunden. Er hörte jetzt seinen eigenen Atem, ein Rauschen in den Ohren, spürte seinen Herzschlag seitlich in seinem Hals ticken, fühlte die Helligkeit der Mittagssonne, ein Splitter in seinem Auge. Die Fußgänger um ihn herum unterhielten sich und eilten weiter, verloren im Alltagstrott, die Handys an die Wangen gedrückt, die Münder in Bewegung. Sie waren tonlos, ihre Worte gingen wegen dringenderen Zielen unter.

Der Obdachlose schnitt ihm den Weg in der einen Richtung ab, der Mann im Kittel mit der Infusionsstange in der anderen, die Köpfe von drei anderen an den Tischen bei den Heilungsgärten schwenkten herum. Koordinierte Bewegungsabläufe, Sichtlinien.

Das Dritte Gebot sprang Evan an – *Beherrsche deine Umgebung* – und in Sekundenbruchteilen ging er die Pläne und Blaupausen durch, die er in seinem Kopf gespeichert hatte. Dienstaufzug hinter der Rezeption des Südturms. Ein Abstellraum im obersten Stockwerk mit einer Zugangsluke zum Dach. Die Hintertür der Cafeteria-Küche, die in ein Gewirr von Korridoren mit beschränktem Zugang führte. Wenn er es bis zum Medical Offices Tower schaffen würde, gäbe es Ausgänge zur Third Street und zum Sherbourne Drive. Aber er wusste nicht, wie viel Personal sie mitgebracht hatten oder wie weit sie das Netz ausgeworfen hatten.

Am besten wäre es, im Parkhaus unter seinen Füßen zu verschwinden – Müllcontainer, Treppen, Aufzüge, unzählige Fahrzeuge, eine Abwasserleitung, die ihn unter die Erde brachte.

Evan trat wieder unter den Sonnenschirm zurück und drängte sich an Frank B. vorbei, um sich gegen den Holzpfosten zu stemmen.

»Hey, Chef, jetzt gehst du mir aber wirklich auf die Nerven.«

Auf der anderen Seite des Platzes blieb der Mann im Krankenhauskittel stehen und ließ seinen Blick über die Menge schweifen. Er blieb an Evan hängen. Der Mann schob den Infusionsständer weg, der vierzig oder fünfzig Zentimeter rollte und dann umkippte.

Er streifte sich den Mantel ab, der in der Brise wogend zu

Boden ging. Darunter trug er figurbetonte Laufkleidung. Um seinen Hals gehängt, jetzt in seinen Händen, ein dickläufiger Granatwerfer.

Evan spürte es, die Umwandlung einer potenziellen Bedrohung in eine akute Gefahr. Ein Klopfen in seinen Knochen, ein Feuern der Nerven, ein Einprägen kleinerer Phänomene wie das gestochen scharfe Glitzern des Sonnenlichts. Eine Brise, die den Schweiß an seinem Haaransatz kühlte. Der Mann, der Evan von der Seite anpöbelte. Der Adamsapfel, der lethargisch wippte.

Unbewusst war Evan zu einem beruhigenden Atemmuster übergegangen – zwei Sekunden einatmen, vier Sekunden ausatmen. Sein Muskelgedächtnis gab das Tempo vor, verlangsamte ihn, beruhigte ihn. Das war es, was sein taktisches Training ihn gelehrt hatte. Das wirkliche Leben zu verlangsamen, bis es sich wie in Zeitlupe bewegte.

Das war es, was das Erleben der Gegenwart ausmachte. Die Leute dachten, dass eine Superkraft darin bestand, schnell zu sein, wenn alle anderen langsam waren. Aber das war nicht so nützlich, wie langsam zu sein, wenn alle anderen schnell waren.

Eine Dreiviertelsekunde war vergangen. Keiner der Umstehenden auf dem Platz hatte auf die Störung reagiert. Die Infusionsstange des Mannes war noch nicht auf dem Boden aufgeschlagen. Der Granatwerfer mit dem dicken Lauf hob sich noch, um auf Evan zu zielen.

Der leuchtend orangefarbene Streifen um die Mündung wies darauf hin, dass es sich um eine nicht-tödliche Waffe handelte. Aus dieser Entfernung konnte Evan nicht sicher sein, aber es sah wie eine 40mm aus, die für nicht-tödliche Geschosse ausgelegt war. Die mit Reizstoffpulver gefüllten Schaumstoffnasen und die Hartplastikhüllen der Geschosse reichten bis zu vierzig Meter weit. Trotz ihres beruhigenden Namens konnten sie aus nächster Nähe schwere Schäden verursachen.

Der Obdachlose rechts von Evan hatte auch einen 40mm Werfer dabei. Die drei Männer in der Nähe des Heilgartens erhoben sich nun und holten unter den Tischen identische Waffen hervor. Etwa ein Dutzend weiterer Männer, die auf dem Platz verteilt waren, gaben sich auf ähnliche Weise zu erkennen.

Wie ein Flashmob, nur weniger unterhaltsam.

Der einzige Trost war, dass die leuchtend orangefarbenen Streifen die Männer gut sichtbar machten.

Einen Moment lang herrschte vollkommene Stille. Dann schrie jemand.

Evan hob den Schirm aus dem beschwerten Sockel und stürmte auf das Treppenhaus zum Parkhaus zu.

Er sprang durch den Heilgarten, den Schirm wie einen Schild vor sich haltend, Agavenpflanzen peitschten gegen seine Waden. Schreie und Getümmel. Ein Geschoss heulte auf und schlug mit so viel Wucht gegen den Schirm, dass dieser ihm fast aus den Händen gerissen wurde. Ein anderes flog über ihn hinweg. Ein drittes schleuderte einen Erdklumpen neben seinen Stiefel und bespritzte dessen Vorderseite mit Schmutz. Er drängte sich an einer Bank vorbei, stolperte über einen Bodenstrahler aus Edelstahl und stürzte durch die Menge. Das harte Segeltuch schob die Leute beiseite, versperrte ihm aber auch die Sicht, wobei das Wolkenmuster auf verstören- de Art beruhigend wirkte. Es war eine regelrechte Panik aus- gebrochen, die Leute schrien und drängten zu den Ausgän- gen. Evan prallte zwischen ein paar Leuten hin und her, verlor fast den Halt und bekam einen Spritzer lauwarmen Kaffees von der Seite ab. Als er über eine offene Betonfläche sprintete, spürte er ein paar Männer hinter sich, die sich durch die Menge der Umstehenden zwängten und Kreise zogen, um ihre Reihen zu schließen.

Die Fragen überschlugen sich: *Wer steckt dahinter? Warum mit nicht-tödlichen Waffen? Wollten sie ihn lebendig, um ihn zu foltern? Um Informationen zu bekommen?*

Sein Atem blieb unbeeindruckt, ein Metronom, das wie von selbst lief.

Eine Salve von Geschossen schlug in der Schirm ein, und dann schlug eines direkt durch und verfehlte Evans Wange so knapp, dass seine Augen von den Chemikalien brannten. Das nächste riss einen Teil des Stoffes weg und brachte ihn zum Stillstand. Er starrte durch die Fetzen der Plane auf den falschen Obdachlosen, der direkt vor ihm stand.

Der Mann hantierte mit dem Scharnier des Raketenwerfers. Er blickte auf. Er und Evan standen am Rande des Platzes, nicht mehr als einen halben Meter voneinander entfernt, und die Menge wirbelte um sie herum.

Der Typ sagte: »Scheiße«, kurz bevor Evan ihm den Schirmständer auf den Solarplexus stieß. Er flog zurück und krachte in eine Mülltonne, der Raketenwerfer klapperte davon.

Ein Projektil prallte an Evans Seite ab, drehte ihn um hundertachtzig Grad und schickte eine Flamme von Nervenschmerzen durch seinen Unterarm.

Sechs Männer näherten sich von hinten.

Evan richtete sich auf, die ARES 1911 in der Hand. Die versteckten Magneten seines Woolrich-Shirts hatten sich widerstandslos voneinander gelöst, als er sie direkt durch das Hemd aus dem Holster gezogen hatte.

Aber seine Verfolger schossen nicht-tödlich.

Und er wusste nicht, wer sie waren. Es könnten Polizisten sein, das FBI, eine vom Staat eingesetzte Söldnergruppe.

Das Erste Gebot: *Keine voreiligen Schlüsse.*

Die Magnetknöpfe fanden ihre Gegenstücke, klatschten zusammen, und das Hemd zog sich wieder über Evans Oberkörper. Er schwenkte das Visier, zielte auf die Metallglieder eines an Ketten aufgehängten Cafeteria-Schildes, drückte den Abzug.

Und verfehlte.

Ein Sekundenbruchteil der Ungläubigkeit.

Es war ein einfacher Schuss, etwa sechs Meter ohne Hindernis zwischen ihm und dem Ziel. Kein lebhafter Wind, keine Schatten, keine ablenkenden Spiegelungen. Er bewegte sich, sicher, aber er drehte sich nicht. Er war darauf trainiert worden, mit links und rechts zu schießen, aus einer Rolle heraus, aus dem Wasser kommend, kopfüber, im freien Fall. Orphan X war kein perfekter Schütze wie Tommy Stojack, sein Waffenmeister mit den neun Fingern. Er verfehlte viele Schüsse. Aber dies war kein Schuss, den er verfehlte.

Niemals.

Eine winzige, aber dennoch bedeutsame Verschlechterung seiner Schießreflexe. Eine Achtelsekunde war vergangen, vielleicht weniger.

Er konnte sich keine Zeit zum Nachdenken leisten. Sich zu ärgern war ein Luxus für später.

Den Abzug zurücksetzen. Visierbild. Sanftes, sauberes Abdrücken.

Er schoss erneut auf eine der Ketten, die das baumelnde Schild hielten, und der Schuss sprühte Funken, als er die Verbindung durchtrennte. Das Schild schwang wie eine Sense herab und traf einen seiner Verfolger seitlich am Kopf. Er stürzte in seinen Partner und schleuderte sie beide über einen Tisch, der daraufhin umkippte.

Ein hinterherlaufendes Paar mit den gleichen Waffen füllte

den Raum, den die anderen gerade noch eingenommen hatten; der Effekt war unheimlich, als wären dieselben Männer wieder aufgerichtet worden, ein Paar Bowlingkegel. Sie zielten nur unvollkommen, ihre rüttelnden Schritte ließen ihre Mündungen wackeln.

Evan rannte in ihre Richtung, aber nicht auf sie zu. Als ihre Geschosse über ihm hochgingen, wich er hart zur Seite aus und schwenkte im letzten Moment Richtung Wand. Er sprang und stieß einen Stiefel einen Meter hoch in die Betonwand, um Halt zu finden, nahm Schwung und holte zu einem linken Cross aus. Seine Faust traf den Anführer am Kiefer, riss seinen Kopf herum und schleuderte ihn auf seinen Partner.

Vier Männer, die jetzt zu Evans Füßen auf dem Boden lagen, blinzelten zu ihm auf und krabbelten zu ihren Waffen. Ein Projektil schlug an seiner Schulter ein und riss einen Fetzen seines Hemdes wie eine Schulterklappe hoch. Ein weiteres Geschoss durchschlug das Fenster der Cafeteria und zerschmetterte den Niesschutz an der Salatbar.

Er rannte, bahnte sich einen Weg durch die Menge, den Kopf gesenkt, sich duckend und schlängelnd, um eine unvollkommene Linie zum Treppenhaus des Parkhauses zu ziehen. Jetzt war es leichter, seine Verfolger auszumachen, denn sie waren die einzigen, die auf ihn zuliefen. Er sprang über einen umgestürzten Tisch, machte eine Rolle, tauchte auf und stand dem Mann gegenüber, der bis eben in den Krankenhauskittel gehüllt gewesen war. Der Lauf der Waffe zeigte direkt auf Evan. Ein Schuss aus dieser Nähe würde ihm den Schädel einschlagen.

Der Mann ließ die Waffe ruckartig sinken und zielte auf Evans Brust. Evan verpasste dem Lauf einen Fersenhieb, der dessen Bewegung beschleunigte, so dass er nach unten peitschte und den Fuß des Mannes anvisierte.

Der Abzug klackte, und das Projektil wurde mit einem lauten Knall abgeschossen. Der Mann stieß einen spitzen Schrei aus, griff nach seinem zerfetzten Turnschuh und hüpfte auf einem Fuß. Evan fegte an ihm vorbei und fing den 40mm Werfer auf, als dieser dem anderen entglitt.

Er drehte sich und verpasste den beiden nächstbesten Männern Schenkelschüsse, bevor die drei hinter ihnen sich bereit machten, eine Salve in seine Richtung abzufeuern.

Evan legte sich mit dem hüpfenden Agenten an und kam gerade noch rechtzeitig hinter ihn, um ihm die drei Geschosse in den Rücken zu lenken. Er zitterte in Evans Griff, das Gesicht vor Schmerz verzogen.

Er sagte: »Tut mir leid«, und ließ ihn fallen.

Evan stürzte rückwärts über einen Zweiertisch und kroch in Richtung Treppenhaus, als eine neue Runde von Geschossen in die Tischplatte einschlug. Teakholzlatten splitterten, und der umgestürzte Tisch bewegte sich vor ihn wie von Geisterhand.

Mit einer improvisierten Rolle stieß er gegen die Tür zum Treppenhaus, kam auf die Beine und taumelte über die Schwelle in die Mitte von vier bewaffneten Männern, die in voller Kampfausrüstung nach oben stiegen.

Er hatte sich auf dem Treppenabsatz versehentlich mitten unter sie gemischt, wie ein Schutzbefohlener in einer diamantenen Formation von Leibwächtern.

An ihren schwarzen Battle Dress Uniformen waren Aufnäher angebracht, die sie als Mitglieder des Secret Service Counter Assault Teams auswiesen. Aus allen Richtungen blinzelten sie ihn durch ihre taktischen Schutzbrillen an.

»Ihr werdet mich hier rauslassen wollen«, sagte Evan.

Stattdessen rissen zwei der CAT-Mitglieder ihre Granatwerfer hoch und bewiesen damit, dass sie tatsächlich dumm genug waren, sich selbst aus nächster Nähe ins Gesicht zu schießen. Evan duckte sich und schlug die Läufe zur Seite. Die Waffen feuerten, die Geschosse prallten von den Betonwänden ab und trafen die Helme der Männer. Ihre Köpfe knickten nach vorne und sie brachen zusammen.

Die verbleibenden Einsatzkräfte starrten Evan an und hielten ihre Waffen hilflos in einer niedrigeren Bereitschaftsposition. Er packte den Lauf des nächstgelegenen Granatwerfers, drehte seinen Besitzer zu seinem Partner und stieß sie gegen das Panikschloss. Der Mechanismus des Metallrechtecks gab nach, die Tür öffnete sich, und sie stürzten ins Getümmel.

Evan drehte sich um und eilte die Treppe hinunter, wobei er fünf, sechs Stufen auf einmal übersprang. Eine Seite des Treppenhauses war in Abständen mit Öffnungen versehen, was frische Luft von draußen hereinbrachte und ihn daran erinnerte, wie weit er sich über dem Boden befand. Sich am Geländer festhaltend schraubte er sich nach unten, so schnell er seine Füße unter sich halten konnte. Der vierte Stock flog an ihm vorbei, jetzt der dritte.

Schon hörte er Unruhe im Erdgeschoss, eine Tür knarrte auf, weitere Stiefel hämmerten auf den Boden des Treppenhauses und kamen ihm entgegen.

Er riskierte einen Blick über das Geländer und erblickte behandschuhte Hände an der Treppe unter ihm. Schreie von oben, CAT-Mitglieder, die hineinströmten und ihn von oben und unten bedrängten.

Hämmernde Schritte kamen auf ihn zu. Als er den Treppenabsatz im zweiten Stock erreichte, stürmte ihm eine Wand von Einsatzkräften entgegen. Er glitt an ihren ausgestreckten Handschuhen vorbei und sprang durch die Lücke in der

Wand über dem Geländer, wobei er mit der Hüfte gegen den Betonsims stieß, um seinen Schwung zu bremsen.

Er glitt ins Leere.

Er befand sich immer noch ein Stockwerk über der Straße, aber es war seine einzige Hoffnung. Er betete um eine Markise, einen Wäschewagen, einen fliegenden Teppich.

Er hatte kein Glück.

Unten wartete nur ein Lieferwagen.

Der Wagen des Roten Kreuzes.

Er krachte mit dem Bauch auf die Motorhaube, und das Metall reagierte mit einem gedämpften Donnerschlag.

Er starrte durch die Frontscheibe direkt auf Special Agent Naomi Templeton.

5.
Etwas, das älter war als die Furcht

Templeton saß auf dem Beifahrersitz, die Kopfhörer über ihr stumpf geschnittenes blondes Haar geklemmt. Der Fahrer, ein hagerer junger Mann, der aussah, als käme er gerade aus einem Verkehrsunfall, hatte sich auf dem Fahrersitz zurückgelehnt und die Arme vor dem Gesicht verschränkt, wie ein B-Movie-Darsteller, der sich gegen ein heranstürmendes Monster wehrt. Durch einen Spalt in der Trennwand konnte Evan einen Blick auf die hochmoderne Überwachungsanlage im Fond werfen, vier Männer in einem Nest aus Ausrüstung, die durch ihre zugeknöpften Hemden schwitzten.

Evans Ohren klingelten von dem Aufprall, und sein Kinn pochte an der Stelle, an der es auf die Motorhaube des Wagens geknallt war.

Er und Naomi blinzelten einander an.

In Panik griff der Fahrer nach seiner Pistole und hob sie an die Windschutzscheibe. Evan befahl seinen Muskeln, ihn von der Motorhaube zu rollen, aber sie zögerten, weil sie von der Landung wie betäubt waren. Naomi schrie den Fahrer an und griff nach seinen Armen, jedoch konnte sie ihn nicht erreichen, bevor er Evan ins Gesicht schoss.

Die Dienstpistole des Secret Service, eine P229 in .357 SIG, feuerte Kugeln mit einer Kraft von 686 Joule und einer Mündungsgeschwindigkeit von 411 Meter pro Sekunde ab.

Evans Stirn war kaum einen Meter von der Mündung entfernt, nur die Windschutzscheibe lag zwischen ihnen.

Ehrfürchtig beobachtete er, wie sich das Glas vor seinem Gesicht zu einem Spinnennetz verformte, als die Risse sich von der Einschlagstelle ausbreiteten.

Aber es gab keinen Einschlag, keinen Lichtblitz im letzten Moment, keine graue Substanz, die hinten aus seinem Schädel heraussspritzte. Die Scheibe war undurchsichtig geworden, durchzogen mit Rissen, und da bemerkte er die kleine Ansammlung von Blei, die zwanzig Zentimeter von seiner Nase entfernt in der Mitte der Scheibe ruhte.

Kugelsicheres Glas. In einem Einsatzwagen.

Drinnen schrie Naomi den Fahrer an, während sie sich über die Konsole lehnte und ihn entwaffnete.

Evan beschloss, nicht in der Nähe zu bleiben.

Er rutschte seitlich von der Motorhaube, Knöchel und Knie schrien auf, als seine Stiefel auf den Beton trafen. Seine Flanke war gestaucht, und seine Ellbogen schmerzten.

Überall strömten die Menschen aus dem Südturm, eine chaotische Evakuierung, die von bewaffneten Helfern überwacht wurde. Seltsamerweise schien inmitten des Trubels niemand von ihm Notiz zu nehmen.

Ein vertrautes Dröhnen übertönte das Klingeln in Evans Kopf, und dann warf ihn eine Windböe fast um, ein Black Hawk setzte mitten auf dem Gracie Allen Drive auf. Zwei weitere kamen über ihm in sein Sichtfeld. Jetzt war die Kreuzung von dunklen Geländewagen verstopft, die mit heulenden Sirenen aus allen Richtungen heranrauschten und jeden Fluchtweg versperrten. Die Agenten brüllten in ihre Funkgeräte und erhielten überlaute Antworten aus diesen.

»... Schüsse im Erdgeschoss abgefeuert. Ich wiederhole: Schüsse ...«

»... umschalten auf tödlich ...«

Evan befand sich im Auge des Sturms, und seine einzige Hoffnung bestand darin, sich in diesem Strudel zu verlieren.

Sie würden erwarten, dass er weglief.

Stattdessen lief er dorthin zurück, wo es angefangen hatte.

Als er unter dem Überhang hindurchstolperte, hörte er, wie Naomi aus dem Wagen stieg, seine Bewegungen verfolgte und in ihr Funkgerät schrie.

Ein Strom von CAT-Mitgliedern drängte sich aus dem Treppenhaus, aus dem er sich gerade herausgeschleudert hatte. Sie blieben stehen und drehten ihre Köpfe, um ihn inmitten des Getümmels zu entdecken.

Aber er war schon drinnen, und die Glastüren zum Empfang öffneten sich einladend. Er nickte der Empfangsdame zu und schlurfte an zwei Undercover-Agenten vorbei, die hinausjoggten und die Menge draußen im Auge behielten.

Über ihre Funkgeräte hörte er Naomis Stimme: »... keine scharfe Munition! Er hat nicht auf uns geschossen. Ich wiederhole: Er hat nicht auf uns geschossen.«

»... erhielt bereits Befehle von der ...«

»Bleiben Sie auf nicht-tödlich!«

Ein Verkäufer im Rollkragenpullover lehnte sich aus der Tür des Geschenkeladens und betrachtete die vorbeiziehenden Menschenmassen.

Evan duckte sich in den Laden und setzte sich eine Netzkappe auf, auf deren weißer, bauschiger Vorderseite in aufgeblasenen Buchstaben *Tacofornia!* stand. Er schnappte sich einen Strauß lilafarbener Blumen, drehte sich um und hielt sie so, dass sie teilweise sein Gesicht verdeckten.

Einige Krankenschwestern evakuierten Patienten in Rollstühlen. Ein anderer Agent stand an der Rezeption und lotste sie hinaus, während er in sein Funkgerät sprach: »Wir holen noch ein paar vom Dach. Ich sichere die Lobby.«

Evan ging zügig auf das Herz des Krankenhauses zu, stieß mit dem Ellbogen gegen einen automatischen Türöffner, und die robuste Tür zum Korridor schwang auf. Er huschte in

Richtung eines Treppenhausschildes, das um eine Ecke zeigte.

Ein einzelnes Paar Schritte beschleunigte in der Lobby, ein Funkgerät hallte wider auf den harten Oberflächen: »Ich komme jetzt runter und sichere die Treppe.«

Er erhöhte das Tempo und trabte den langen Korridor hinunter, bevor er in die Querhalle einbog.

Und dann ertönte Naomis Stimme hinter ihm, gleich um die Kurve. »Okay, okay. Die Mitglieder des Alpha-Teams nehmen jeweils eine Treppe und gehen vom Erdgeschoss aus nach oben, um ihn zu fangen. Ich habe die Lobby.«

»… tödlich, wenn wir …«

»Nein! Benutzen Sie nicht …«

»… es mit Orphan X zu tun haben. Ich lasse mir nichts gefallen …«

Er konnte Naomi jetzt sprinten hören, ihr Atem ging schwerer.

So nah war er ihr noch nie gewesen, seit dem Katz-und-Maus-Spiel in ihrer Wohnung in D. C.

»Ausschließlich nicht-tödlich!« Ein untypischer Ton der Besorgnis belebte Naomis Stimme. »Das sind die Einsatzregeln von ganz oben! Bestätigen!«

Das hintere Treppenhaus lag vor ihm. Evan schlüpfte hinein, drückte die Tür zu, jagte nach oben und auf den ersten Treppenabsatz, Zierpflanzen schlugen gegen seinen Oberschenkel.

Schritte weit oben, hämmernde Stiefel. Er beugte sich vor und spähte das Treppenhaus hinauf. In der Nähe des obersten Stockwerks waren behandschuhte Hände zu sehen, die zügig am Geländer herunterglitten.

Er würde sie auf der Treppe bekämpfen. Ein Nahkampf würde ihren zahlenmäßigen Vorteil schmälern. Enger Raum,

Metallgeländer, Betonwände. Er würde sich den Weg zur Dachplattform erobern müssen, und dann andere Treppenhäuser und Feuerleitern auskundschaften oder sich noch einmal im Südturm verstecken.

Und dann hörte er es.

Andere Schritte, näher an ihm, zwei Drittel tiefer. Leise Schritte, unbeholfen und eilig.

Ein oder mehrere Zivilisten waren zwischen ihm und den absteigenden CAT-Mitgliedern gefangen, die angespannt genug waren, um tödliche Munition einzusetzen. Das Zehnte Gebot dröhnte in seinem Kopf: *Lass niemals einen Unschuldigen sterben.*

Evan erstarrte auf dem Treppenabsatz, seine Gedanken überschlugen sich bei den verschiedenen Zivilisten, die er auf dem Plateau oben gesehen hatte. *Schwangere Mutter mit Zwillingskindern. Chemo-kahle Mittelschülerinnen. Vater und Baby mit Hörgerät. Eine erschöpfte Mutter, die ein Baby in einer Trage trug.*

Evan konnte nicht riskieren, dass jemand von ihnen in das Kreuzfeuer geriet. Und er konnte es sich nicht leisten, zu einem anderen Plan überzugehen. Zum ersten Mal machte sich Angst breit, eiskaltes Cortisol und Adrenalin schossen durch seinen Blutkreislauf.

Die Schritte der Zivilisten kamen näher, das Geräusch wurde unverkennbar.

Flip-Flop. Flip-Flop.

Evan spürte, wie sich sein Magen vor Erkenntnis umdrehte, kurz bevor eine fleischige Hand nach dem Geländer griff. Ein pummeliges Gesicht, scharlachrot vor Angst und umrahmt von einem Vokuhila, blickte auf Evan herab.

Frank B.

Der Typ mit dem ärmellosen Dri-FIT, der mit Evan unter dem Schirm zusammengestoßen war.

Frank B. stand der Mund offen, die kantigen weißen Zähne wirkten noch weißer vor seinem geröteten Gesicht.

Evan sagte: »Verdammt noch mal.«

Das Zehnte Gebot machte keine Ausnahme für Arschlöcher. Fluchend wich er zurück und sprang die Treppe hinunter. Er schlug hart gegen das Geländer und stürzte in den Korridor, wobei ihm die *Tacofornia!*-Kappe vom Kopf purzelte. Er hatte die Blumen immer noch in der Hand, für den unwahrscheinlichen Fall, dass er eine weitere List entwickeln könnte, aber nun zog er zusätzlich seine ARES.

Naomi Templeton stand zehn Meter von ihm entfernt in dem kahlen Korridor. Sie zielte auf sein Gesicht.

Er zielte auf sie.

Ihre Brust hob sich, und er konnte eine Rötung an ihrem Hals sehen, wo ihr weißes Button-up unter der Kevlar-Weste hervorlugte. Sie trug ihr Haar zweckmäßig geschnitten – einen kurzen Pony, einen nicht viel längeren Pferdeschwanz, darunter tummelten sich lose Strähnen in ihrem verschwitzten Nacken. Mit ihren eisblauen Augen und den definierten Gesichtszügen fiel sie auf, aber sie schien ihr Aussehen immer herunterzuspielen, als ob sie sich über die Art von Aufmerksamkeit ärgerte, die es ihr bringen könnte.

Nur sie beide, allein in der Zwischenhalle.

Sie hätten genauso gut auf ihrem eigenen Planeten sein können. »Zivilist auf der Treppe«, sagte er. »Geben Sie es durch.«

Sie hielt ihre Pistole auf seine Körpermitte gerichtet und neigte das Mikrofon ihres Schulterfunkgeräts zu ihren Lippen. »Nicht schießen auf der nordwestlichen Treppe. Ich wiederhole, keine Feuererlaubnis auf der Treppe.«

Der Herzschlag flatterte in seiner Kehle. Der Griff des vorderen Rahmens, achtzehn Linien pro Zoll, gegen die innere Krümmung seiner Finger. Das hochprofilierte Zielfernrohr visierte ihren Nasenrücken an.

Er wusste, dass er den Schuss abfeuern und sich in Sicherheit rollen konnte. Sie würde keine Chance haben.

Die hochgezogenen Augenbrauen entblößten das Weiß ihrer Augäpfel, aber ihr Griff war fest. Nichts anderes hätte er erwartet.

Er konnte seinen Atem schmecken, bitter und heiß. Er spürte etwas, das älter war als die Furcht, etwas, das tief in seiner DNA steckte. Die verängstigte Kapitulation der Beute, aufgespießt im Maul eines Raubtiers.

Seit seinem zwölften Lebensjahr war jeder Tag eine Vorbereitung für diesen einen Moment gewesen.

»Okay«, sagte er – mehr zu sich selbst als zu ihr. Und er steckte seine Pistole in das Halfter.

Er hielt die Hände weit auseinander, seine rechte Faust umklammerte noch immer den lächerlichen Blumenstrauß. Er wich einen Schritt von ihr zurück, und sie senkte ihre SIG Sauer und feuerte, wobei sich das Geschoss einige Zentimeter vor seinem Stiefel in den Kacheln verankerte. Splitter spritzten ihm ins Schienbein, hartes Prasseln wie bei Graupel.

»Keine Bewegung.«

»Gar keine?«, fragte Evan. »Oder kann ich die Hortensien fallen lassen?«

Naomi sah unsicher aus. »Lassen Sie die Hortensien fallen.«

Er ließ sie los.

»Hände hoch! Hände hoch!«

Er hob die Handflächen nach oben.

Die Geräusche der Männer auf der Treppe kamen jetzt näher, donnerten zu ihnen hinunter. Er konnte Bewegungen durch die geschlossenen Türen hinter ihm wahrnehmen und auch an Naomi vorbei den Korridor entlang.

Die Schlinge zog sich zu.

»Lassen Sie sich von mir festnehmen, X«, sagte sie. »Die CAT-Jungs haben nervöse Finger. Im besten Fall brechen sie Ihnen die Rippen mit einer Gummikugel. Im schlimmsten Fall stirbt jemand.«

Schweigend und mit ruhigem Blick griff sie nach einer Nylontasche an ihrem Gürtel und zog eine Spritze mit einer klaren blauen Flüssigkeit heraus. Angesichts des Ausmaßes der taktischen Operation vermutete er, dass sie Etorphin benutzte, ein halbsynthetisches Opioid, das dreitausendmal stärker war als Morphium und von Tierärzten zur Sedierung großer Tiere verwendet wurde. Er hätte etwas auf den Menschen Angepasstes bevorzugt, aber er war nicht in der Lage, pingelig zu werden. Der Korridor war schwammig, die hellen Lichter verwirrend.

Sie biss die Plastikkappe ab und spuckte sie zur Seite. »Ich muss das in Ihre Schulter stechen. Ich muss Ihr Wort haben, dass Sie mich das tun lassen.«

Rufe und Schritte, noch näher, überall um sie herum. Ein Schrei von der Treppe, zweifellos Frank B., der überholt wurde. Evan und Naomi starrten sich gegenseitig an. Niemand sonst auf der Welt.

»Bitte«, sagte sie mit dem leisesten Zittern in ihrer Stimme.

Evan verschränkte die Finger im Nacken und ging in die Knie, eins nach dem anderen.

Also nicht mit einem Knall. Sondern winselnd.

Naomi bewegte sich vorwärts, ihr Schatten fiel auf ihn und blockte das grelle Licht ab. Sie hielt ihre Waffe gezogen, die Nadel in ihrer rechten Hand bereit.

Jetzt stand sie über ihm.

Er sah zu ihr auf. Sie sah auf ihn herab.

Er spürte, wie ihr Atem die Luft aufwirbelte, wie er über seine Wangen strich. In ihren Augen lag großer Respekt.

»Danke«, sagte sie.

Ein Stich direkt durch das Hemd in das Fleisch seiner Schulter. Das unterschwellige Feuer der Injektion.

Sie steckte ihre SIG ein und hielt seinen Kopf mit der anderen Hand fest.

Schwach lehnte er sich an sie.

Irgendwo, in riesiger Entfernung, hörte er Türen aufschlagen, Stimmen und Rufe. Unzählige Schatten flackerten an den weißen, grellen Krankenhauswänden entlang. Seine Muskeln begannen zu zittern, und dann sackte er in die Fötusstellung.

Das Letzte, was er spürte, war Naomis Hand, die sanft seine Wange abfing, damit sein Kopf nicht auf den Boden schlug.

6.
Gefechtserprobung

»Das, was du am besten können solltest, ist, dich zu irren«, sagt Jack.

Das Arbeitszimmer leuchtet im Feuer bernsteinfarben. Es überzieht Jacks Lesebrille, das geschliffene Kristallglas mit dem Fingerbreit Whiskey darin, die Bücherregale aus Walnussholz und sogar die stockentengrünen Wände.

Evan sitzt auf dem abgenutzten Ledersofa, den Ellbogen auf einen Haufen staubiger Bücher gestützt. Mit seinen zwölf Jahren ist er noch so klein, dass die Spitzen seiner Turnschuhe kaum über den Boden kratzen. Einer seiner Schnürsenkel ist offen und baumelt bei jeder Bewegung. Er weiß, dass das Jack wahrscheinlich wahnsinnig macht, aber die Rebellion ist so klein, dass man sie übersehen kann.

Seine Stimme wie eine Straße aus immer gleichem Schotter, fährt Jack fort. »Achte auf alles, was du nicht weißt und was du falsch machst, solange du noch Zeit hast, etwas daraus lernen.«

Einen Großteil der heutigen Stunde hat sich Evan unruhig gefühlt, seine Gedanken waren zerstreut. »Bevor was passiert?«

»Bevor du getötet wirst«, sagt Jack in einem Ton, der andeutet, dass dies die naivste Frage ist, die er je gehört hat. »Deshalb steht das Erste Gebot an erster Stelle.«

»Keine voreiligen Schlüsse.«

»Genau. Wenn man erst auf den Kopf geschlagen werden muss, um etwas über sich selbst zu lernen, wird man zu jemandem, der glaubt, dass Menschen nur dann lernen, wenn man ihnen auf den Kopf schlägt.«

»Und das ist schlecht?«, fragt Evan.

»Junge, so jemanden nennt man ein Arschloch.« Jack nimmt

einen Schluck von seinem Whiskey. Schließt die Augen, während er schluckt. Der Alkohol macht etwas mit ihm, wärmt ihn, macht ihn offener. Evan fühlt sich ebenfalls warm. Das Arbeitszimmer ist der einzige Ort des Virginia-Bauernhauses, den man als gemütlich bezeichnen könnte.

Auf Jacks breitem Knie liegt ein altes, leinengebundenes Buch, kastanienbraun und zerfleddert, die Buchstaben auf dem Buchrücken längst verblasst. »Du musst dir das alles in kleinen Schritten erarbeiten und dich steigern. Deshalb kommt jetzt das Zweite Gebot.«

»Wie man etwas tut, so tut man alles. Das ist es, was ich wissen muss, um ein Attentäter zu sein?«

»Ein Attentäter zu sein, ist einfach. Ich erziehe dich dazu, gefährlich zu sein.«

»Muss man nicht bedrohlich sein, um ein Attentäter zu sein?«

»Es gibt viele Möglichkeiten, beängstigend zu sein. Man kann gefährlich denken. Du kannst ein einschüchternder Konversationsspezialist sein oder –«

»Konversationsspezialist?«, fragt Evan. »Ich will Leute fertig machen und so. Sollte ein Orphan nicht gefürchtet werden?«

»Gefürchtet?« Jack schüttelt den Kopf, nur leicht, aber Evan spürt die Verachtung bis ins Rückenmark. Obwohl er lieber sterben würde, als es laut zuzugeben, will er Jack niemals enttäuschen. So hat er noch nie für einen anderen Menschen empfunden, und das Gefühl ist ebenso erschreckend wie verwirrend.

»Furcht ist nie das Ziel. Wenn du erst ein Orphan bist, ein echter Orphan?« Jack beugt sich vor und fixiert Evan mit einem Blick. In seinen dunklen Pupillen spiegeln sich die Flammen des Kamins. »Dann wird die Welt deinen Namen nie erfahren.«

Evan spürt sie in seiner Brust, die Einsamkeit, die ihn sein Leben lang begleitet hat, ein schwarzes Loch der Furcht. Sein unterer Rücken schmerzt immer noch vom Üben der traditionellen vier-

zig Judowürfe; sein Kata-Guruma muss verbessert werden, sein Oberkörper ist nicht stabil genug, um das Schulterrad zu tragen. Jack klappt das Buch über Militärstrategie auf und liest weiter.
»Herz und Psyche eines Kämpfers waren schon immer die entscheidenden Faktoren der Kriegsführung, wichtiger als Zahlen und Ausrüstung.« *Er hebt seinen kantigen Schädel, wie der Catcher in einem Baseballspiel. Das Feuer bräunt die Haut seines Gesichts.* »Wen habe ich zitiert?«

»John Boyd.«

Jack zieht eine Grimasse. »Nein. Generalmajor F. W. von Mellenthin.«

Evan sagt: »War er nicht ein Nazi?«

»Ein brillanter Nazi. Glaubst du, du kommst weiter, ohne von deinen Feinden zu lernen?«

Jack leert das Glas, erhebt sich und stellt es auf dem Kaminsims neben dem gerahmten Bild seiner verstorbenen Frau Clara ab. Sie steht an einem schwarzen Sandstrand, ein paar Schritte weit in der Brandung, das leichte Sommerkleid hängt ihr bis zu den Knien. Sie lacht und starrt mit einer Zuneigung in die Kamera, die Evan sich nicht vorstellen kann. Er kann sich nicht vorstellen, wie frei sich Jack an diesem Tag gefühlt haben muss – mit einer Frau, die ihn so ansieht. Obwohl Evan Clara nie kennengelernt hat, scheint sie der belebende Geist des Bauernhauses und von Jack selbst zu sein.

»Wie war sie?«, *fragt Evan, und Jack folgt seinem Blick auf das Foto.*

Einen Moment lang entspannt sich Jacks Gesicht. Dann nimmt er wieder Haltung an. »Studiere jetzt deinen Musashi«, *sagt er.* »Es sei denn, deine empfindliche Moral wird auch von japanischen Kriegern verletzt.«

Evan lässt sich die Enttäuschung wegen Jacks Umleitung nicht anmerken. »Ich begreife immer noch nicht, warum ich über all diese alten Leute lesen muss.«

Jack setzt sich wieder auf seinen Platz. Er gibt Evans Frage nach. »Du wirst allein sein. Die meiste Zeit deines Lebens.« Er hebt das ehrwürdige Buch hoch. »Diese Denker sind vorerst die einzigen Gefährten. Verstehst du?«

»Ja.«

»Umgib dich nicht mit Gleichgesinnten. Sonst wirst du eingeschränkt oder radikalisiert.«

»Wodurch?«

Jack wirkt gleichsam irritiert und amüsiert, eine seiner bevorzugten Einstellungen. »Wer zum Teufel weiß das schon? Die Nachrichten, die Gesellschaft, die Militärindustrie. Die einzige Hoffnung besteht darin, für alle Perspektiven offen zu bleiben, die sich bieten.«

Evan rutscht auf der Couch hin und her und zieht eine Grimasse. »Was?«, sagt Jack. »Du bist schon den ganzen Tag unkonzentriert.«

»Es ist nichts.«

»Verschwende keine Zeit.«

Jack hasst Nicht-Antworten; Evan hätte es besser wissen müssen. »Mein unterer Rücken ist steif«, sagt er. »Das ist alles.« Jack gestikuliert mit dem Schwenker, der Whiskey droht über den Rand zu schwappen. »Steh auf und streck dich. Dangling Pose, Yin-Stil.«

Evan gehorcht und winkelt seine Beine an, so dass seine Brust auf den Oberschenkeln ruht und sein Hintern in die Luft ragt. Er stellt sich seinen Kopf als eine Bowlingkugel vor, die an seiner Wirbelsäule zieht und neue Räume öffnet.

»Lass den Schmerz beiseite«, sagt Jack. »Lass ihn zu. Aber lass dich nicht von ihm beherrschen.«

Evans Beine zittern, aber er hält die Pose, lässt seinen Kopf *schwerer werden, so dass sich seine Wirbelsäule verlängert und sein Scheitel sich Millimeter für Millimeter dem Boden nähert. Nach ein paar Minuten schnippt Jack mit den Fingern. »Roll dich jetzt ein –«*

Evans Stimme, die gedämpft gegen seine Jeans dröhnt, gesellt sich zu Jacks: »– ein Wirbel nach dem anderen.«

Evan steht auf und setzt sich wieder.

Jack mustert ihn einen Moment, dann klappt er das Buch zu und lässt eine Staubwolke aufwirbeln. Er legt es auf die Kante der Armlehne: Die Lesezeit ist vorbei.

Dann spürt Evan es, dieses Aufflackern menschlicher Verbundenheit, wenn Jack sich einen Spalt weit öffnet und ihn einlässt. Jack winkt mit der Hand Richtung Bücherwand. »Gefechtserprobung«, sagt er. »Das ist es, was wir hier tun. Für das, was kommen wird.«

Evan versucht, die Angst aus seiner Stimme zu tilgen. »Was wird kommen?«

»Du wirst geschlagen und verprügelt werden, und du wirst böse aussehen im Gesicht. Wenn du das tust, sieht es nicht immer wie das Böse aus. Manchmal sieht es aus wie ...« Jack zupft an seinem Mund, schwielige Finger raspeln über seine Bartstoppeln. »Macht. Jemand, der die Unendlichkeit der menschlichen Möglichkeiten besser kennt als du und das ausnutzt, um anderen zu schaden. Das wird furchtbar sein. Es wird dich schlimmer treffen als Überlebenstraining, Würgegriffe oder Folterverhöre. Denn es wird in dich eindringen, tief in dein Mark. Aber du darfst dich davon nicht kleinkriegen lassen.«

Evan vertraut Jack inzwischen genug, um zu riskieren, vor ihm Schwäche zu zeigen. »Und wenn doch?«

Jack denkt darüber nach und wägt das Gewicht der Frage ab. Das ist es, was Evan an ihm am meisten respektiert; er gibt keine vorgefertigten Antworten wie die meisten Erwachsenen.

Schließlich sagt er: »Wenn du nicht weiterkommst, denk daran, dass du physische Probleme intellektuell und intellektuelle Probleme emotional lösen kannst. Man kann emotionale Probleme psychologisch und psychologische Probleme spirituell lösen. Das sind die Speichen des Rades – geht eine kaputt, kann man sich auf eine andere stützen.«

»Ich verstehe das nicht. Wie soll ich ein Problem auf eine andere Art und Weise lösen?«

»Wie geht es deinem Rücken?«

Evan bewegt sich von einer Seite zur anderen. Es fühlt sich erstaunlich leicht an. »Besser.«

»Wie geht es deinem Gehirn? So wie es ist?«

Evan verzieht das Gesicht zu einem Lächeln. »Besser.«

»Da haben wir's.«

»Oh«, sagt Evan. Und dann: »Oh.«

Jack macht eine müde Pause, die Schatten fangen sich in den Falten unter seinen Augen. »Der emotionale Teil wird am schwierigsten sein, denn du hast einen harten Weg hinter dir und ich muss noch mehr harte Wege mit dir gehen. Das muss einfach so sein.«

Evan nickt. »Okay.«

»Wir machen aus dir einen echten, gebildeten Menschen. Nicht einen deiner anti-intellektuellen Straßenschläger oder einen dandyhaften Ivy Leaguer. Wir wollen das ganze Wissen, ohne uns zu verstellen. Mens corpus animus.«

Die ganze Sache fühlt sich plötzlich erdrückend an. Evan atmet tief durch. »Wie zum Teufel soll ich das alles schaffen? Ich bin nur ein weggeworfenes Pflegekind aus East Baltimore.«

Jack stützt seine Hände auf die Armlehne und lehnt sich vor, als wolle er sich erheben. Sein Körper ist angespannt, wie eine Schlange, sein Gesicht errötet und seine Augen sind dunkler, als Evan sie je gesehen hat. »Hör auf damit!«

Es ist das erste Mal, dass Evan sieht, wie Jack die Fassung verliert. Er ist der am wenigsten urteilende Mann, den Evan je getroffen hat, und dies nur auf die richtige Art und Weise. Wenn er also jetzt wütend ist, dann über etwas, das es wert ist, wütend zu sein. Evan ist verängstigt und insgeheim begeistert, als hätte er sich bis zu etwas Wertvollem nach unten gegraben.

»Du hast einen Wert. Du hast einen. Du.« Jack stößt ihm einen oft gebrochenen Zeigefinger entgegen, das Gelenk ist geschwollen. »Nicht der Scheiß, den du lernst, oder das, was du leistest, oder wer du glaubst, für die Außenwelt zu sein – und am allerwenigsten durch die beschissenen Situationen, in die ich dich stecken werde. Wenn du keinen Wert hast, hat niemand einen.«

Da war sie. Die erste von Jacks inoffiziellen Regeln.

»Hast du mich verstanden?«, fragt er, immer noch wütend. Evan ist verblüfft, seine Kehle ist trocken.

»Verstehst du mich?«

»Ja«, sagt Evan. »Ja, Sir.«

Während Jacks verhaltenem Ausbruch ist das Buch über militärische Strategie auf den Boden gefallen. Er hebt es auf und prüft den Einband auf Beschädigungen. Dann schiebt er es in den dafür vorgesehenen Schlitz im Regal und drückt es mit den Fingerknöcheln in die richtige Position.

Jack setzt sich wieder hin, seine Gesichtszüge tragen noch immer die Spuren seines Zorns. »Wage es nicht, so arrogant zu sein, das zu vergessen.«

»Das werde ich nicht, Sir.«

Evan fühlt sich rau und verwundet und gleichzeitig zutiefst respektiert. Er fragt sich, wie all diese Dinge zur selben Zeit zutreffen können.

Lange Zeit atmen sie den Duft des Feuers, der Kiefer und der

Buche ein und lauschen dem beruhigenden Knistern des Pflan-
zensafts.

Mehr gibt es wohl nicht zu sagen.

7.
High-Value-Target

Als Evan die Oberflächenspannung des Bewusstseins durchbrach, war das Erste, was ihm auffiel, die Windel. Er trug eine Windel. Das zerknitterte Futter war zum Glück trocken. Es dauerte einen Moment, bis er feststellte, dass er saß. Eine harte Polsterung unter ihm, Metall an seinem Rücken. Eine Bank? Ein Stuhl im Verhörraum?

Warten. Ein Summen unter seinen Beinen. Bewegung. Ein Hubschrauber? Nein – Fahrzeugtransport. Keine Toilettenpausen erlaubt.

Seine Augen fühlten sich verkrustet und geschwollen an. Er öffnete sie, aber es machte keinen Unterschied.

Schwärze.

Na gut. Dann eben eine Spuckschutzhaube. Nein, etwas Undurchsichtiges, wie ein Sandsack.

Die Ohren abgedichtet, die Welt verstummt. Ohrenschützer. Er richtete seine Aufmerksamkeit auf seine Gehörgänge und spürte den leisesten Druck darin. Ohrenstöpsel unter den Ohrenschützern. Das schien zu viel des Guten zu sein.

Overkill war eine Sprache, die er fließend beherrschte.

Ein beißender chemischer Geschmack überzog seinen Rachen. Seine Zunge war an den Boden des Mundes gedrängt, durch … Plastik? Ein Mundschutz. Er spürte, wie das Band an seinem Hals scheuerte. Seine Atemwege waren offen, aber er würde nicht sprechen können.

Der Sauerstoff schien spärlich zu sein, aber er wusste, dass dies nur eine Illusion war. Sie würden sich nicht so viel Mühe machen, nur um ihn ersticken zu lassen.

Seine oberste Priorität war es, nicht zu hyperventilieren.

Langsam und gleichmäßig einatmen. Langsam und gleichmäßig ausatmen. Noch einmal.

Noch einmal.

Er atmete so leise, dass kein Beobachter es bemerken würde. Es war nicht von Vorteil, wenn jemand wusste, dass er gerade wach war.

Als Nächstes konzentrierte er sich auf seine Haut. Schwerer Stoff, der atmungsaktiv war und ein wenig nachgab. Wahrscheinlich ein Baumwoll-Polyester-Gemisch. Ein Standard-Gefängnisoverall, möglicherweise orange für die höchste Sicherheitsstufe. Der Stoff war weich an seinen Fußspitzen. Ohne sich zu bewegen, veränderte er den Druck seiner Füße auf den Boden, um das Nachgeben zu testen. Einwegpantoffeln mit biegsamen Sohlen.

Er lehnte seine Waden unauffällig nach außen, mit wenig Erfolg: eine Fußfessel mit Hochsicherheitsschellen an jedem Ende. Die Stange war unnachgiebig, ein eingliedriger Stab, wahrscheinlich aus rostfreiem Stahl. Soweit er das beurteilen konnte, waren die Handschellen auch mit dem Boden verschraubt. Nein, nicht am Boden. Eine metallene Fußstütze?

Das Gewicht zerrte an seinen Unterarmen. Er nutzte die gleiche Nicht-Bewegung wie zuvor, um den Spielraum seiner Arme zu testen. Identische Stangen und Handschellen an den Handgelenken, wobei sie an den Armlehnen seines Sitzes befestigt waren. Ein Fixierungsstuhl, der mit der Fahrzeugkabine verbunden war.

Er war leicht vornübergebeugt und hatte ein Stechen in der linken Seite. Als das Fahrzeug schaukelte, wippte er ein wenig mehr als nötig und stieß auf einen harten Widerstand, der auf eine Sicherheitskette hindeutete, die sein Handgelenk mit seinem Fußgelenk verband.

Als er sich noch mehr zusammenkrümmte, spürte er, wie das

Metall in seinen Adamsapfel biss und der Druck auf seine Gliedmaßen zunahm, als ob er von einer massiven Klaue umklammert wäre. Sie hatten eine Würgekette hinzugefügt, die die Edelstahlstangen miteinander verband, die zwischen seinen Beinen hindurch, seinen Rücken hinauf und um seine Kehle geschlungen waren. Er bemerkte zusätzliche Druckbänder an seinem Oberkörper und seinen Beinen. Biegsame Fesseln, die an Ort und Stelle festgezurrt waren.

Er war glücklicher Empfänger der High-Value-Target-Behandlung. Die Erkenntnis gab ihm ein wenig mehr, womit er arbeiten konnte.

Sie hatten ihn einem Ganzkörperscan unterzogen, während er bewusstlos gewesen war, um nach geheimen Gegenständen wie einer Nähnadel zu suchen, die unter den Schwielen seiner Hand eingegraben war, oder nach versteckter Schmuggelware wie einer als Zäpfchen getarnten Bazooka.

Sie hatten im Vorfeld Spähtrupps eingesetzt, um die Transportrouten zu überprüfen und Unterschlupfmöglichkeiten entlang des Weges ausfindig zu machen – Polizei- und Feuerwehrstationen, Regierungsgebäude mit geschlossenen Garagen, Militärstützpunkte.

Sie hatten mehrere Konvois aus drei Fahrzeugen zusammengestellt, jedes mit einem Fahrer, einem Teamchef, zwei Schützen und zwei mit nicht-tödlichen Waffen ausgerüsteten Helfern.

Sie hatten dafür gesorgt, dass niemand in den anderen Transportfahrzeugen wusste, in welchem Konvoi er sich befand, und dass jeder Konvoi eine andere Route und einen eigenen verschlüsselten Kommunikationskanal hatte.

Sie hatten ihn weder in einen unauffälligen, fensterlosen Industrie-Kastenwagen noch in ein übermäßig auffälliges, minenresistentes, gegen Angriffe aus dem Hinterhalt geschütztes leichtes taktisches Fahrzeug gesetzt, sondern in einen gepanzerten Geländewagen, der sich absetzen und sich in den Verkehr einfügen konnte, sobald sie das Einsatzgebiet verlassen hatten.

Sie würden jeden Konvoi aus der Luft überwachen, wahrscheinlich mit einem voll ausgerüsteten und bewaffneten Black Hawk, einem AC-130 Spectre Gunship und einer Staffel F-16s, die auf der Landebahn des nächstgelegenen Luftwaffenstützpunkts in El Segundo bereitgehalten wurde. Vielleicht sogar eine schnelle Eingreiftruppe von Boeing Little Bird AH-6 für den Fall, dass es sportlich wurde.

Er war der Star eines Multimillionen-Dollar-Balls.

Es wäre schön gewesen, der Empfänger von so viel Aufmerksamkeit zu sein, wenn er jemand gewesen wäre, der Aufmerksamkeit mochte.

Sein Körper schmerzte an zahllosen Stellen, und sein Kopf pochte von der Opioidspritze. Er machte eine stille innere Bestandsaufnahme. Viele Prellungen und Schmerzen, vielleicht eine gebrochene Rippe von dem Sturz auf den Rot-Kreuz-Wagen, aber nichts, was eine Operation oder eine Frakturverkleinerung erfordern würde. Der Schmerz war präsent und nicht zu leugnen, aber er ließ ihn nicht ganz herein. Er konnte es sich im Moment nicht leisten, Ressourcen für körperliche Leiden aufzuwenden.

Sie hatten die totale Kontrolle über seine Person. Sie hatten die totale Kontrolle über seine körperlichen Funktionen. Sie hatten die totale Kontrolle über seine Zukunft.

Ihm wurde klar, dass er das, was ihm widerfahren war, jetzt aufarbeiten musste, denn ihm war bewusst, dass noch mehr kommen würde.

Tief einatmen. Ganz ausatmen, Platz für Sauerstoff schaffen, wie Jack es ihm gezeigt hatte und wie er es Joey beigebracht hatte. Er griff nach der Meditation, fand sie, verlor sie, fand sie wieder. Er verweilte dort in der relativen Ruhe und sammelte seinen Mut.

Dann öffnete er sein Inneres ein wenig für Gedanken an die Gefangennahme. Unglücklicherweise war das die einzige Öffnung, die es brauchte, damit sich Bilder ihren Weg hinein bahnen konnten. Ein kalter Schlag auf sein Nervensystem, ein Kaleidoskop von Schrecken wie …

… ihre Handfläche an seiner Wange …

… Blumen, die gegen seinen Oberschenkel schlagen …

… Windschutzscheibe aus Spinnweben …

… die umkippende Infusionsstange.

Es war wie ein Krieg mit dem Wind, jede Empfindung stach neu in ihn hinein, ließ Vergangenheit und Gegenwart verschwimmen, und plötzlich stand er – mit einer Makarow-Pistole in der Hand – hinter einem rundlichen Mann, nach vorne gesackt, das Gesicht in seiner Schüssel Suppe, der Hinterkopf fehlend.

Auf einem Knie, mit schlankem, jugendlichem Hals, Blut auf den Asphalt sabbernd, während der Mystery Man, die Augen hinter einer Ray-Ban Sonnenbrille versteckt, auf ihn hinabblickt. Auf der Matratze auf dem Boden zwischen den Etagenbetten schlafend, während die anderen Jungen, von der Morgensonne aufgeweckt, ihn wachtrampeln.

Das ist Ethan – oder Evan. Seine erste Vermittlung verlief nicht ganz erfolgreich. Er redet nicht viel. Aber ich bin mir sicher, dass ihr alle dafür sorgen werdet, dass er sich willkommen fühlt.

Ein Baby-Mobile läutet ein Kinderlied, Muster an der Decke, ganz oben, ein Pferd, ein Löwe, ein Zebra, Schreie irgendwo im Haus – ein Schlaganfall, ich glaube, sie hatte noch einen –, rot blinkende Lichter durch die Fensterscheibe, die die Tiere verdunkeln, das Lied klingt aus, seine winzige, winzige Hand greift

nach einem glatten, weißen Geländer, und ein raues Schluchzen
aus einem anderen Zimmer, keine Musik, die es übertönt.

Das Transportfahrzeug überfuhr ein Schlagloch und warf ihn zurück in die Gefangenschaft seiner Fesseln, in Dunkelheit gehüllt, mit eingeschränkten Sinnen.

Der Schweiß rann ihm den Nacken hinunter. Der Geruch der französischen Bratensoße, deren Dunst er in der Cafeteria auf der Plaza des Krankenhauses abbekommen hatte, stieg jetzt von seiner Haut auf. Und seine Atmung, die für ihn da war, wie sie es immer war. Solange er atmen konnte, ging es ihm gut. Er gönnte sich eine kurze Atempause und konzentrierte sich dann wieder.

Er spulte seine Erinnerung zurück und spielte sie Empfindung für Empfindung ab, vorwärts und rückwärts und wieder vorwärts, zog Splitter alter, miteinander verbundener Erlebnisse heraus und löschte sie aus seinem Nervensystem, bis jeder Nadelstich der Emotion seine Schärfe verlor. Bis sie sich mit dem Pochen seines Herzens und den Rädern auf der unebenen Straße verbanden. Bis er nicht mehr von Sicht, Ton und Stimme abgeschnitten war, von sich selbst getrennt. Bis er in der Lage war, seine Gedanken und Gefühle zu beobachten, klar zu sehen, was er über Jahre in Schach gehalten hatte.

Die Panik war die ganze Zeit über da gewesen, ein ständiges Winken, der Weg, den er nicht eingeschlagen hatte. Er blickte jetzt in diese bodenlose Dunkelheit, nahm sie mit Respekt zur Kenntnis.

Dann schloss er die Tür. Es war Zeit, an die Arbeit zu gehen.

8.

Ein verdammtes Selfie mit Orphan X

Evan richtete sich so weit auf, wie es die Fesseln zuließen, und täuschte ein Würgen vor. Er würgte gegen den Mundschutz, die Knie wippten, die Schultern rüttelten das Metall in seinem Rücken auf.

»Scheiße – er erstickt. Er erstickt.«

»Nimm die verdammte Haube ab, sofort!«

»Vorsichtig, warte, vorsichtig, nicht …«

Hände packten ihn an den Schultern. Der GI-Sandsack wurde ihm vom Kopf gerissen. Er sabberte um den Mundschutz herum und ließ seine Augen flattern, die Pupillen so weit hochgerollt, dass sie in den Augenhöhlen verschwanden.

Die behandschuhten Hände packten grob seinen Kopf an Kinn und Scheitel. Jemand löste das Plastikband und riss den Knebel von seinem Mund ab, dann wurden die Ohrenschützer angehoben und die Ohrstöpsel herausgezerrt.

Die Klemme am Kopf wurde gelöst, und danach hörte er das Klappern voll ausgerüsteter Körper, die zurückschnellten und auf der Bank gegenüber von ihm Position einnahmen, wobei alle einen großen Sicherheitsabstand hielten.

Er öffnete die Augen.

Er war in der Tat mit Handschellen gefesselt, mit Stäben und Ketten gesichert und an einen Fixierungsstuhl geschnallt, der in einem Metallrahmen im hinteren Teil eines gepanzerten Geländewagens mit verdunkelten Scheiben stand. Die Inneneinrichtung war so umgebaut worden, dass die Sitzbänke einander gegenüberstanden.

Tatsächlich trug er Einwegpantoffeln mit weichen Sohlen

und einen normalen Gefängnisoverall, der allerdings nicht orange, sondern schwarz war.

In Wirklichkeit waren es zwei Schützen. Sie trugen Schutzwesten über schwarzen Battle Dress Uniformen, Select Fire SR-16s mit SureFire-Schalldämpfern, SIG P229s in Drop-Leg-Holstern und doppelte Blendgranaten, die in Taschen steckten.

In der Tat gab es zwei Sicherheitsmänner, die mit den altbekannten Granatwerfern bewaffnet waren und verschiedene Reizgassprays und Schockgeräte aus diversen Gürtel- und Hosentaschen ragen ließen.

Ihm gegenüber saß Naomi Templeton, die selbst die Rolle der Teamchefin spielte.

Evan hörte sofort auf zu würgen und ließ sein Gesicht zur Ruhe kommen. Die Augen der Männer wölbten sich unter ihren taktischen Schutzbrillen. Die Beine wippten vor Adrenalin. Sie konnten ihre Augen nicht von ihm abwenden. Nur Naomi wirkte unaufgeregt.

Evan räusperte sich. Einmal. »Sind Sie sich sicher, dass Sie genug Feuerkraft im Gepäck haben?«

Naomis Lippen spannten sich, ein Beinahe-Lächeln. »Vielleicht.«

Der jüngere der beiden Schützen atmete schwer, sein Finger war um den Abzug gekrümmt, anstatt auf dem Rahmen zu ruhen. »Sie sind es wirklich?«, fragte er. Ein Blick zu Naomi. »Kann ich …«

»Was?« Sie klang nicht erfreut.

»Wenn ich hier auf der Bank bleibe, kann ich dann ein Selfie mit Orphan X machen?«

»Nein, Chip, du kannst auf keinen Fall ein verdammtes Selfie mit Orphan X machen«, sagte sie.

Chip zuckte zweimal mit dem Kopf und nickte. »Okay.«

Ein hupendes Auto. Entferntes Kinderlachen. Das Wimmern eines Rasenmähers, jemand benutzte einen Laubbläser. Selbst bei angestrengtem Lauschen konnte Evan kaum den Black Hawk über ihm ausmachen.

»SR-16s sind eine schlechte Wahl in einem so engen Raum«, sagte er zu Naomi. »Sie sollten es besser wissen.«

»Standardverfahren für CAT«, erwiderte sie. »Sie verstehen schon, Jungs und ihr Spielzeug. So vorhersehbar.«

Evan beobachtete den Agenten mit dem Babygesicht. Chips Nackenmuskeln hatten sich angespannt, und die Falten auf seiner Stirn lagen mittig zwischen den Brauen. Verängstigt.

»Es ist okay«, sagte Evan zu ihm. »Atme tief durch.«

»Mir geht es gut.«

»Deine Waffe ist nicht gesichert. Und der Typ neben dir würde sich wahrscheinlich besser fühlen, wenn du die Finger außerhalb des Abzugsbügels platzieren würdest.«

Chips Kehle wippte bei einem kräftigen Schlucken. Er nahm den Finger weg.

Evan blickte so weit nach unten, wie es die Würgekette zuließ. »Mein Overall«, sagte er. »All das und ich bekomme nicht einmal Orange?«

»Wir dachten, Schwarz steht Ihnen besser.«

»Außerdem falle ich so weniger auf, falls wir angegriffen werden und den Konvoi wechseln müssen.«

»Vielleicht auch das.«

»Das würde ich gerne sehen«, sagte der andere CAT-Agent. Sein graues Haar lugte unter dem Helm hervor und rahmte sein breites, zynisches Gesicht. Ein verblichener Permanentmarker auf seinem Helm wies ihn als Paddy aus. »Nicht einmal Sie könnten sich einen Fluchtplan hierfür ausdenken. Nicht einmal, wenn Sie ein Jahr dafür Zeit hätten.«

»Nein?«, stutzte Evan.

»Auf keinen Fall.«

Evan grinste. Auch in Naomis Gesicht konnte er Belustigung erkennen. Chip wirkte immer noch atemlos. »Wie denn?«

Evan holte tief Luft und überlegte. »Ich würde warten, bis der Konvoi ein relativ dicht besiedeltes Gebiet erreicht, wie die Vororte, durch die wir gerade fahren.« Er zuckte mit dem Kinn zu den verdunkelten Fenstern, durch die er gehört hatte, wie der Garten gepflegt wurde. »Ich hätte vorab einen Komplizen beauftragt, sich in jede Satelliten-TV-Schüssel im Umkreis von fünf Kilometern zu hacken und sie so umzukonfigurieren, dass sie sporadische elektromagnetische Impulse auf der Frequenz aussenden, die auch von Boden-Luft-Zielsystemen verwendet wird. Die Black Hawks« – er schaute hinauf, als könnte er durch das Dach blicken – »und das AC-130 Gunship, das Sie auf dem Luftwaffenstützpunkt in Los Angeles in Bereitschaft haben, würden sekündlich mit Hunderten von Alarmen des Raketenzielsystems überflutet werden. Das neutralisiert eure Lufthoheit.«

»Kein Hacker könnte das tun.«

Evan dachte an Joeys Finger, die ihre Tastaturen mit übernatürlicher Geschicklichkeit bearbeiteten, und an eine halb gekaute Red Vine, die aus ihrem Mund baumelte, während sie sie freihändig verschlang. »Keiner, den Sie kennen.«

»Woher sollte er überhaupt wissen, welcher Konvoi Sie transportiert?«

»Er«, sagte Evan und genoss das angenommene Pronomen, »hätte bereits Zugriff auf die Visual-Feeds der Black Hawks. Aus der Luft ist es relativ einfach zu erkennen, welcher Konvoi am vorsichtigsten fährt. Sobald das feststeht, würden wir einen massiven EMP aus allen Sattelitenschüsseln in der Umgebung abfeuern, um die Zielerfassung und die visuelle Verfolgung auszuschalten und die gesamte Kommunikation zu unterbrechen. Das würde auch die Zündungen der Motoren ausschalten.«

»Also würden wir abgewürgt.«

Er nickte nachdrücklich. »Genau hier.«

»Gut«, sagte einer der Sicherheitsmänner und schaltete sich in das Gespräch ein. »Dann was? Man müsste schon ein ganzes Armeeregiment aufmarschieren lassen, um es mit uns aufzunehmen.«

»Sicher«, sagte Evan. »Wenn ich so denken würde wie du.«

Paddy wurde zunehmend unruhig. »Dann erleuchten Sie uns«, sagte er, »mit Ihrer speziellen Art von magischem Denken.«

»Ich würde jemanden mit einem Tankwagen voll flüssigem Stickstoff schicken, der in uns hineinfährt.« Evan amüsierte sich köstlich über das Bild von Tommy Stojack, der einen riesigen Tankwagen lenkte, mit heruntergelassenen Fenstern, den Kopf hinausgestreckt in eine Brise, die seinen Biker-Schnurrbart zerzauste, während er Rauch aus der Spitze seiner Camel Wide zog. »Im Fixierungsstuhl wäre ich am sichersten für die Kollision. Danke dafür. Dann würde mein Fahrer die Ventile des Tankwagens öffnen und die gepanzerte Wand direkt hinter euren Köpfen bespritzen.«

Die Männer blickten nervös um sich. Chips Daumen glitt hinüber zu seinem Sicherheitsgurt, um ihn zu überprüfen.

»Jetzt hat die Karosserie Minustemperaturen«, fuhr Evan fort. »Und weil sie gleich wie eine Eisplatte einbricht und das einströmende Gas diejenigen von uns zu ersticken droht, die nicht das Pech haben, einen GI-Sandsack über dem Kopf zu haben, der eine gewisse Filterung bietet, machen sich alle aus dem Staub. In weiser Voraussicht. Sobald ihr euch von dem gefährdeten Fahrzeug entfernt habt, bildet die Wolke aus flüssigem Stickstoff eine Sichtbarriere und stört eure helm- und waffengestützte Wärmesicht.«

»Okay«, sagte Naomi, die sich endlich auch ins Getümmel stürzte. Sie lehnte sich zu Evan und stützte die Ellbogen auf die Knie. »Und was jetzt? Sie und Ihr Superheldenfahrer sind immer noch von schwer bewaffneten Transferspezialisten aus drei Konvoifahrzeugen umzingelt.«

»Neben einer Gasmaske würde mein Fahrer einen Abreiß-overall tragen, von dem er sich freimachen würde, nachdem er meine Fesseln gelöst hätte.«

»Was trägt er drunter?«, fragte Paddy. »Moment – ich rate mal. Superman-Unterhosen.«

»Nein«, sagte Evan. »Nur eine schwarze Battle Dress Uniform, Schutzweste, Helm und taktische Schutzbrille, und er würde eine SR-16 mit einer SIG P229 in einem Drop-Leg-Holster tragen. Jungs und ihr Spielzeug. So vorhersehbar.«

Das Lächeln des Mannes verblasste auf seinem Gesicht.

Evan fuhr fort: »Er würde mich aus der Wolke aus flüssigem Stickstoff holen ...«

Naomis Augen leuchteten, sie war aufgeregt. »Und in der Aufregung könnten wir ihn mit einem von uns verwechseln.«

»Genau, bis er mich zu einem Black Hawk mit einem geklonten IFoF-Signal führt, das während der gehackten visuellen Übertragungen gestohlen wurde.« Evan stellte sich einen Hubschrauber und einen Piloten vor, der von seinem Freund Aragón Urrea, einem unkonventionellen Geschäftsmann mit unbegrenzten extralegalen Ressourcen, bereitgestellt wurde. »Er würde jetzt gerade landen, während Ihr echter Black Hawk noch damit beschäftigt wäre, ein paar Hundert falschen Raketenwarnungen auszuweichen. Sie alle helfen ihm freundlicherweise, mich an Bord des Hubschraubers zu bringen. Er begleitet mich natürlich. Und bevor Sie merken, dass Sie reingelegt wurden, sind wir schon wieder weg.«

Auf dem Rücksitz des Geländewagens herrschte Stille. Naomi starrte Evan nachdenklich an und legte den Kopf schief. Die Männer sahen unruhig aus.

»Nun«, sagte der ältere Agent, »heute wird es nicht so kommen.«

»Ja«, entgegnete Evan mit einem Hauch von Resignation in der Stimme. »Eine andere Geschichte für eine andere Zeit.«

Das Einzige, was er in diesem Moment wusste, war, dass nichts so laufen würde, wie es jemals zuvor gelaufen war.

Naomi hielt den Sandsack um eine Hand gewickelt. »Ich lasse die Ohrenschützer und den Mundschutz weg«, sagte sie. »Aber ich werde Ihnen das hier wieder über den Kopf stülpen, okay?«

Evan nickte. »Ich könnte ein wenig Ruhe gebrauchen.«

9.
All diese Jahre

Von dem Sandsack vermummt und im Fixierungsstuhl gefangen, wurde Evan aus dem Geländewagen getragen. Wie auf einer Sänfte, nur weniger luxuriös.

Er hatte sich die Bewegungen so genau wie möglich gemerkt. Nach einer weiteren Viertelstunde im Geländewagen wurde er durch ein rasselndes Tor gebracht, drei Stufen hinauf, durch eine Tür mit einem zischenden hydraulischen Schließer, einen langen Korridor entlang, in dem die Lüftungsschlitze der Klimaanlage und die harten Oberflächen deutlich widerhallten, und schließlich in einen Raum, den er aufgrund des Nachhalls der Schritte als mittelgroß einschätzte.

Sorgfältig wurde er abgesetzt.

Türen wurden geöffnet und geschlossen, Stiefel rieben über den Boden. Dann Stille.

Bis auf das Geräusch von jemandem, der mit ihm im Raum atmete. Er roch eine Spur von etwas Fruchtigem und Vanille, ein billiges Drogerieshampoo.

»Agent Templeton«, sagte er. »Würden Sie mir bitte die Haube abnehmen?«

»Das darf ich nicht.«

Eine lange Pause, in der ihre Schuhe hin und her klapperten, während sie auf und ab ging.

Dann sagte sie: »Scheiß drauf«, hob den Sack an, und Evan blinzelte in das plötzlich in seine Augen einfallende Licht.

Das Zimmer war ein karger Kasten, die Wände weiß gestrichen. Kein Spiegel, keine Möbel, nichts außer einer Einbauleuchte in der Decke, viereinhalb Meter hoch, weit außerhalb der Reichweite.

Nur er, an den Fixierungsstuhl gebunden. Naomi, vor ihm stehend. Und ein einzelner, ebenfalls weißer Klapptisch, auf dem ein großer Monitor stand, der mit dicken Kabeln an eine Steckdose in der Wand angeschlossen war. Ein dazugehöriger Computer war nicht zu sehen.

Der Tisch war drei Meter von Evan entfernt. Naomi hielt einen halben Meter Abstand.

Evan und Naomi waren sich so oft über den Weg gelaufen, dass er ein Dossier von ihr erstellt hatte.

Ihr verstorbener Vater war eine Legende im Service, hatte die *große Show* – das Personenschutzteam des Präsidenten – über mehrere Regierungen hinweg geleitet. Ihr Nachname genoss in Regierungskreisen eine fast heilige Aura. Zu Beginn ihrer Laufbahn hatte man ihr Vetternwirtschaft nachgesagt, obwohl ihr Vater sie beruflich tatsächlich kaum unterstützt hatte. Sie hatte sich aufgrund ihres unbestreitbaren Talents in der Hierarchie der Behörde nach oben gearbeitet und sich dabei, stets versucht, sich zu beweisen, viele gute Angewohnheiten angeeignet.

Sie war unermüdlich.

Eine Zeit lang starrten sie einander an. Nach so vielen Jahren des Umkreisens fühlte es sich surreal an, sich von Angesicht zu Angesicht gegenüberzustehen.

Evan brach das Schweigen. »Eine Windel? Wirklich?«

»Das tut mir leid«, sagte sie.

»Sie durchsuchen meine Kleidung?«

»Ja. Und Ihr Fahrzeug. Sprengstoffspürhunde haben es ein paar Blocks vom Krankenhaus entfernt ausgemacht. Es sei denn, jemand anderes fährt einen Truck mit einem kleinen

Arsenal, das in Tresoren auf der Ladefläche eingeschlossen ist.«

Er war nicht beunruhigt. Sie würden nichts weiter finden als eine gefälschte Zulassung, eine unter falschem Namen abgeschlossene Versicherung und Munition, einschließlich eines wiederverwendbaren, ungelenkten russischen Raketenwerfers, den er kürzlich erworben, aber noch nicht ausprobiert hatte. Sein erster Gedanke, Tommy zu bitten, ihm einen Ersatz zu besorgen, wurde von einem Gefühl des Grauens unterbrochen.

Er würde wahrscheinlich nie wieder freie Luft atmen.

Naomi verschränkte die Arme. Sie hatte ihre Schutzkleidung ausgezogen, ihr schlechtsitzendes, gestärktes weißes Hemd sah trotz alledem immer noch gut an ihr aus. In der Ecke der linken Vordertasche ihrer schiefergrauen Ripstop-Hose steckte ein silberner Kugelschreiberclip. Sie trug weder Schmuck noch eine Uhr, dafür aber leichte taktische Schuhe mit kontrastfarbenen Schnürsenkeln aus Paracord, die eng geschnürt waren, um perfekten Halt zu gewährleisten.

»Sie hätten mich erschießen können«, sagte sie. »Aber Sie haben es nicht getan.«

Er starrte sie an.

»Sie sind ein Killer, der jahrelang einen Freibrief hatte«, sagte sie. »Sie glauben nicht an das Gesetz.«

»Ich glaube nicht, dass das Gesetz immer ausreichend ist«, sagte Evan. »Aber ich denke, es ist notwendig.«

»Sie sind also da, um die Lücken zu füllen? Wie eine Art personifizierter ziviler Ungehorsam?«, sagte sie, und ihre Wangen erröteten plötzlich. Sie schien zu bemerken, dass sie näher an ihn herangerückt war, trat einen Schritt zurück und schüttelte den Kopf. »All diese Jahre.«

»All diese Jahre.« Evan nickte.

»Sie haben nicht ein einziges Mal Informationen über das Programm durchsickern lassen oder ein Manifest zusammengeschustert.«

»Ich versuche, mich nicht über etwas zu beschweren, gegen das ich nicht selbst etwas tue. Und wenn ich tatsächlich etwas tue, habe ich keine Zeit, mich zu beschweren.«

Ihr Mund sprang auf. Und schloss sich wieder. Sie trug kein Make-up, aber ihre Lippen wirkten auf ihrem blassen Teint sehr rot. »Sie wohnen also hier in der Gegend?«

»Ich wohne nirgendwo.«

»Richtig. Der Nowhere Man. Hilft den Hoffnungslosen, ein Mord nach dem anderen.«

»Nicht den Hoffnungslosen. Machtlosen.«

Der Druck auf seinen Knöcheln, seinen Leisten, seinem Schoß, seinen Handgelenken, seinen Schultern, seiner Brust und seinem Hals drohte eine klaustrophobische Panikattacke zu provozieren. Sein Kinn juckte, aber er widerstand dem Drang, es auf die Brust zu legen, um es an den Riemen zu reiben. Er durfte seinem Unbehagen keinen Raum geben.

Naomi lehnte sich gegen den Tisch.

»Warum helfen Sie den Menschen?«, fragte sie. »Um zu sühnen?«

»Nichts so Erhabenes.«

»Was dann?«

»Aufgrund dessen, was Sie – die Regierung – aus mir gemacht haben, gibt es nur eine Sache, in der ich hervorragend bin. Und unter extrem eingeschränkten Umständen kann ich es auf eine Art und Weise tun, die …«

»Was? Moralisch ist?«

»Nein.« Er dachte darüber nach. »… gut ist.«

»Gut?«

»Ja.«

»Warum dürfen Sie entscheiden, was gut ist?«

Er dachte darüber nach. Die Würgekette verdrehte sich leicht, als er schluckte, zwickte in die Haut seines Halses. Er brauchte eine Weile, um Worte zu finden, die nicht mit Klischees überladen waren.

»Man kommt um das Leiden nicht herum«, sagte er. »Aber wenn jemand von einer anderen Person terrorisiert wird, ist das etwas anderes. Wenn jemand nicht das Opfer spielt, nicht behauptet, im Namen eines anderen zu leiden, oder ein Märtyrer für sich selbst zu sein. Nicht wegen irgendwelcher Ideen oder Ideale oder irgendeines metaphysischen Schwachsinns. Wenn es zu schmerzhaft für all das ist. Sobald man es in ihren Augen sieht. Knochentiefer Schmerz.« Seine Stimme hatte sich verhärtet, und er nahm sich einen Moment Zeit, um das, was er in seiner Brust aufsteigen fühlte, zu unterdrücken. »Sie leiden aus keinem anderen Grund, als dass jemand anderes es will. Dann ist es bedeutungslos, woher sie kommen oder welche Hautfarbe sie haben oder wen sie ficken oder heiraten oder anbeten oder wählen wollen. Sie haben Schmerzen. Und zu versuchen, das zu lindern? Das ist das, was dem Guten am nächsten kommt.«

Das war auch der Grund, warum er seine Klienten die nächste Person auswählen ließ, an die er seine geheime Telefonnummer weitergab. Denn sie verstanden das Leiden. Sie konnten es sehen und wussten, wann es real war.

So viel hatte er noch nie auf einmal gesprochen. Niemals.

Naomi hatte sich nicht bewegt. Ihre Aufmerksamkeit war so sehr auf ihn gerichtet, dass sie ohne das sanfte Heben und Senken ihres Brustkorbs wie ein eingefrorenes Bild auf einem Display hätte wirken können.

Sie fragte: »Dann töten Sie für sie?«

Er beobachtete ihr Gesicht genau, kein übermäßiger Einsatz der Stirnmuskeln als Zeichen der Unaufrichtigkeit. Nein, er vertraute ihr. Das bedeutete, dass sie sich ehrlich über das streiten konnten, worüber sie nicht einer Meinung waren.

»Dann eskaliere ich die Situation so weit, wie es nötig ist«, sagte er. »Das ist es, womit meine Gegner nicht rechnen.«

»Mit jemandem, der provozierend wird?«

Die Luft war kühl, und seine Kehle fühlte sich noch immer rau an, überzogen von einem chemischen Nachgeschmack. Er befeuchtete seine Lippen. »Jemand, der mehr eskalieren kann als sie selbst.«

»Sie waren ziemlich effektiv.«

»Es ist erstaunlich, was man erreichen kann, wenn man in die Welt hinausgeht und nicht das Gefühl hat, dass sie einem etwas schuldet.«

Ein gedämpfter Laut der Belustigung entkam ihr. »Das sollte mein Motto werden.«

Er senkte den Blick und deutete auf den Fixierungsstuhl, an den er gefesselt war. »Sie waren auch ziemlich effektiv.«

»Wir haben Sie vor ein paar Monaten auf dem Weg zum Krankenhaus identifiziert«, sagte sie. »Eine Überwachungskamera im Parkhaus. Ihr Gesicht war verschwommen, aber wir konnten Ihren Gang erkennen.«

Es musste sich um den Zeitpunkt handeln, an dem er Mia zu ihrer Operation begleitet hatte. Aufgrund der ärztlichen Schweigepflicht gab es nur wenige Kameras in den privaten Bereichen des Krankenhauses, so dass sie nicht in der Lage gewesen wären, seinen Weg aufzuzeichnen und ihn mit ihr in Verbindung zu bringen – ein kleiner Segen. Er wunderte sich über das Ausmaß der NSA-Überwachung, die sie im ganzen Land betrieben haben mussten, um ihn in einem Parkhaus am westlichen Rand der Nation zu finden.

»Wir haben es seitdem überwacht. Allein der Arbeitsaufwand.« Naomi schüttelte den Kopf. »Sie können sich nicht vorstellen, was es gekostet hat, Sie zu fangen.«

»Sie hätten einfach nett fragen können.«

»Das habe ich.« Ihr Lächeln war melancholisch, sogar trübsinnig. »Am Ende.« Ein Ton riss sie aus dem Moment. Naomi zog die Luft scharf ein.

Sie kramte ihr schwarzes Smartphone aus der Tasche. Ein kurzer Blick auf die eingehende Nachricht, dann wandte sie sich von Evan ab, nahm eine aberwitzig kleine, hinter dem Monitor versteckte Fernbedienung in die Hand, drückte darauf und trat zurück.

Der Verschlüsselungscode scrollte über den Bildschirm. Einen Moment später wurde er schwarz.

Dann flackerte er wieder zum Leben.

Er sah sich der Präsidentin der Vereinigten Staaten gegenüber.

10.
Prometheus für Arme

Als ehemalige Verfassungsrechtlerin kleidete sich Präsidentin Victoria Donahue-Carr wie eine unerschrockene Weltführerin. Sie trug einen mitternachtsblauen Hosenanzug, wobei der Blazer ihre Schultern betonte. Ihre Haltung war aufrecht, aber leicht nach vorne gelehnt, die Hände auf der Schreibunterlage des Resolute Desks gefaltet. Zu beiden Seiten wachten die Nationalflaggen, Old Glory und das präsidentielle Wappen vor einem Hintergrund in der Farbe ihres Anzugs. Schwere kastanienbraune Vorhänge verdeckten das Trio der hohen Fenster, die auf den South Lawn blickten. Nichts anderes im Blickfeld der Kamera, die sie aufnahm.

Gefesselt in seinem Stuhl wie Prometheus für Arme, erwiderte Evan den Blick, den sie ihm über den Monitor entgegenwarf. Jetzt verstand er das Hochleistungskabel und den Verschlüsselungscode noch besser.

»Orphan X«, sagte sie. »Wie geht es Ihnen?«

»Ist das eine rhetorische Frage?«, erkundigte er sich. Nur ein kleines Geplänkel zwischen ihm und der Führerin der freien Welt.

Donahue-Carr schürzte nachdenklich ihre Lippen. »Ja.«

»In diesem Fall«, sagte Evan, »gut, danke.«

Außerhalb der Sichtweite der Monitorkamera unterdrückte Naomi ein Grinsen.

»Sie haben gegen die Bedingungen Ihrer informellen Begnadigung verstoßen«, sagte die Präsidentin.

Evan erwiderte: »Okay.«

Ihre Miene verriet, dass sie etwas weniger Prägnantes erwartet hatte. »Wir haben Sie, wie angekündigt, aufgespürt. Und jetzt haben wir Sie in Gewahrsam.«

Er spürte erneut den Biss der Würgekette an seiner Kehle. »Das ist offensichtlich.«

Sie blinzelte zweimal voller Unbehagen, ihr zweiter nonverbaler Hinweis. »Wir müssen entscheiden, was wir als Nächstes mit Ihnen machen.«

»Okay.«

»Ihr Verhalten ist nicht nur jenseits des amerikanischen und internationalen Rechts, sondern auch zweifelsfrei verräterisch.«

»Okay.«

»Mein Vorgänger wäre sicher einverstanden.«

»Wäre er noch da«, fügte Evan hinzu.

Dies ließ Donahue-Carr kurz innehalten. »Solche Taten sind mit dem Tod zu bestrafen.«

»Okay.«

»Es sei denn ...«

Das Verhalten eines Gebrauchtwagenhändlers schien der Oberbefehlshaberin nicht angemessen zu sein, aber wer war Evan, darüber zu urteilen?

Die Präsidentin wirkte verunsichert, weil er nicht antwortete. »Agent Templeton. Sind Sie noch dran?«

Naomi trat in das Blickfeld der Kamera. »Ja, Ms. President.«

»Können wir ihm trauen?«

»Ja«, sagte Naomi mit einer Unmittelbarkeit und Überzeugung, die Evan nicht im Geringsten überraschte.

Der Blick der Präsidentin richtete sich wieder auf Evan. »Können wir Ihnen vertrauen?«

»Ich kann mir keine Umstände vorstellen, unter denen es weniger wichtig wäre, Ihre Fragen zu beantworten.«

»Nun«, sagte sie, »dann ist das so.« Ein weiterer kritischer Blick auf Naomi. »Sind Sie sich da sicher, Agent Templeton?«

»So sicher, wie ich mir bei so etwas Verrücktem sein kann, Ms. President.«

Donahue-Carr teilte ihre Hände, bemerkte, dass sie es getan hatte, und verschränkte ihre Finger erneut. »Sie sind es«, entgegnete sie zu Evan. »Sie sind der letzte Orphan.«

»Nicht ganz«, sagte Evan. »Es gibt immer noch ein paar da draußen, die nicht zu den Guten gehören.«

»Und Sie glauben, dass Sie zu den Guten gehören?«

»Stellen Sie sich vor, was es mit meinem Selbstwertgefühl anstellen würde, wenn ich das nicht täte.«

Naomi wandte sich von den beiden ab und täuschte einen Hustenanfall vor, um sich den Mund zuzuhalten.

»Templeton?«, sagte die Präsidentin forsch. »Warum kommen wir nicht zur Sache?«

»Ja, Ms. President.«

Donahue-Carr betrachtete Evan mit ihrem besten stählernen Blick. »Orphan X«, sagte sie. »Wir brauchen Ihre Hilfe.«

Evan lachte.

Sie sah verwirrt aus. »Ich hätte nicht gedacht, dass das so amüsant wäre.«

»Insider-Witz«, sagte Evan.

»Dann lasse ich Sie beide jetzt allein«, verkündete Donahue-Carr knapp. Sie beugte sich vor, um eine Taste außerhalb des Bildschirms zu berühren, zögerte gerade lange genug, um ihren raschen Abgang zu untergraben, und der Bildschirm wurde wieder schwarz.

Naomi seufzte. »Was denken Sie?«, fragte sie.

Evan sagte: »Die Performance könnte noch etwas Arbeit gebrauchen.«

»Und der Technik-Patzer am Ende hat dem Ganzen etwas Actionfilm-Flair genommen.«

»Jetzt kommt die Verkaufsnummer, oder? Was wird's denn: Urlaub in den Poconos?«

»Nicht so glamourös«, sagte Naomi. »Eine weitere Mission.«

»Die, wenn ich sie erfülle, meine informelle Begnadigung wiederherstellt.«

»Mehr oder weniger.«

»Lassen Sie mich eines klarstellen«, sagte Evan. »Ich werde nie wieder für die Regierung arbeiten.«

»Wollen Sie das Ziel nicht kennenlernen?« Naomi schaltete den Bildschirm mit einem Tippen auf die Mini-Fernbedienung wieder ein.

»Habe ich eine Wahl?«

»Sie können jederzeit Ihre Augen schließen.«

Es erschien ein Dossier mit Überwachungsfotos eines koboldhaften Mannes in den Vierzigern. Schlank an Brust und Taille, scharfsinnige Augen, dünnes, mattblondes Haar, das am Scheitel bewusst zerzaust war. Er hatte einen ausgeprägten Witwenspitz, und am Hinterkopf zeichnete sich schwach eine Mönchstonsur ab.

»Luke Devine«, sagte Naomi.

»Wer ist das?«

»Eine Art Oligarch, nehme ich an. Jemand, der gelernt hat, Macht gegen mehr Macht einzutauschen.«

Evan studierte die Bilder von Devine. Sogar auf den Fotos wirkte er ätherisch, wie Ziggy Stardust mit seinem kräftigen Tänzerleib und dem geisterhaften Blick. »Ist das nicht die Art, wie das Spiel gespielt wird?«

»Ja«, sagte Naomi. »Aber er ist wirklich gut darin.«

»Und das macht ihn für Sie problematisch.«

»Wir glauben, dass er eine unverkennbare gegenwärtige Gefahr für die nationale Sicherheit darstellt.«

»Das sagen Sie auch über mich.«

»Ja. Aber er ist wirklich gefährlich. Er kommt aus dem privaten Bankwesen.«

»Man reiche mir das Riechsalz«, sagte Evan.

»Ein paar Dutzend zu hundert Prozent ihm gehörende Unternehmen und Gesellschaften mit beschränkter Haftung, eine Privatinsel bei Saint Croix, Penthouses in London, Moskau, Peking und Zürich, ein Anwesen in den Hamptons, eine Superyacht – Sie wissen schon; das, worauf es ankommt. Aber was kann er wirklich gut, was macht ihn gefährlich? Sein Talent, Menschen zu manipulieren. Ich halte nichts von Personenkult, jedoch scheint es, dass er die Gabe hat, jeden dazu zu bringen, so ziemlich alles zu tun, was er will.«

»Das lässt ihn über den Dingen stehen.«

»Mit sauberen Händen. Er war ein typischer aufstrebender Machtspieler, aber vor etwa einem Jahr schien er auf Hyperdrive zu gehen. Und jetzt ist er so weit voraus, dass die Gesetze ihn nicht mehr einholen können.«

Evan war mit dem Werdegang von Männern wie Devine vertraut. Sie erlangten einen gewissen Einfluss und begannen dann, einen neuen Raum jenseits der Ränder ihrer Unternehmungen zu spüren. Ein Ort, an dem sich die Grenzen zwischen Finanzinstitutionen, politischen Einflussmöglichkeiten und internationalem Recht auflösten. Unerforschte Gewässer, in denen die alten Präzedenzfälle und Vorschriften nicht mehr griffen. Wo mehr auf dem Spiel stand. Wo eine andere Art von Macht geschmiedet und ausgeübt wurde.

»Würden Sie bitte meine Würgekette lockern?«

Naomi wandte sich vom Bildschirm ab. Sie nahm ihre Pistole aus dem Halfter und legte sie auf den Tisch. Sie kam vorsichtig näher, umkreiste ihn. Er konnte ihr Shampoo jetzt noch deutlicher riechen. Auch wenn sie außer Sichtweite war, konnte er ihren Atem hören, der leicht vom Adrenalin angeheizt war. Dann spürte er, wie ihre Fingerknöchel seinen Nacken berührten. Kühle, glatte Haut.

Ein bisschen Druck, ein Schnappen, und die Kette fiel ab.

Wieder ihre Schritte, als sie zurückging. Sie stand jetzt näher bei ihm. Sie war gut gebaut, ihre Schlüsselbeine waren ausgeprägt, die Oberschenkel einer gut trainierten Schwimmerin. »Das tut mir leid.«

Er sagte: »Ich weiß.«

Sie ging zurück zum Tisch, drehte ihr Haar zu einem kurzen Pferdeschwanz und schnappte sich ein Gummiband, das sie um ihr Handgelenk getragen hatte. »Devine bleibt ungebunden. Einzelkind, Eltern kurz hintereinander an COVID verstorben, keine lebenden Verwandten. Bekannte Partner und frühere Beziehungen sind hier zusammengestellt.« Eine Geste auf den Bildschirm. »Und heute? Schmeißt er Partys! Dekadente, hedonistische Partys. Und raten Sie mal, wer dort alles auftaucht? Ein Haufen attraktiver junger Männer und Frauen. Und jeder, der etwas auf sich hält. Politiker, Prominente, Finanziers, ausländische Botschafter, Industrielle, Akademiker, Milliardäre, Königshäuser, CEOs, berühmte Wissenschaftler …«

»Die perfekten Leute, um sie mit dem zu erpressen, was auf einer Party mit so vielen hübschen jungen Männern und Frauen so alles passieren kann …«

»Erpressung? Viel zu gefährlich! Warum stattdessen nicht einfach eine gigantische Zuweisung für einen Hedge-Fonds verlangen?«

»Ich weiß, wie es läuft«, sagte Evan. »Besorg dir eine Vollmacht für die Investitionen, park den Fonds in einem nichtmeldepflichtigen Land, steck das Geld in den S&P, kassier deine zweiundzwanzig Prozent Verwaltungsgebühren, und schon hast du eine legale Cashcow fürs Leben. Na und?«

»Was, wenn es gar nicht um das Geld geht? Was ist, wenn es um ein Druckmittel geht?«

»Für das Übliche? Waffenhandel, Geldwäscherei, Drogen-handel …«

Naomi sagte: »Größer.«

Evan dehnte seinen Nacken, die Gelenke knackten. »Informationen?«

»Wärmer«, erwiderte Naomi. »Jemand, der ausreichend Einfluss auf genug mächtige Menschen haben kann … Sagen wir, er könnte sein eigener Nationalstaat werden. Dann wäre er in der Lage, die Politik zu gestalten. Finanziell, rechtlich, gesellschaftlich. Er hätte direkten Kontakt zu ausländischen Regierungen. Er will nicht nur das Spiel spielen. Er will das Spiel leiten.«

»Ah«, sagte Evan. »Ich könnte mir vorstellen, dass so jemand ziemlich unbequem wäre, wenn man die Präsidentin der Vereinigten Staaten ist.«

»Jemand, der sich in den demokratischen Prozess einmischt? Das ist nicht unangenehm. Es ist unhaltbar.«

»Jeder, der sich einen Lobbyisten leisten kann, mischt sich in den demokratischen Prozess ein«, sagte Evan. »Warum ist Devine eine Bedrohung für die Präsidentin? Ganz konkret.«

»Wie kommen Sie darauf, dass es eine Besonderheit gibt?«

»Meine wenigen Berührungen mit der Realpolitik haben mich gelehrt, dass vage zivile Anliegen keine Interventionen erfordern, bei denen meine Dienste gefragt sind.«

Naomi blinzelte ihn an, ihr Unterkiefer schob sich vor, so dass ihre Zähne in einer angespannten Linie aufeinandertrafen. Schließlich atmete sie erleichtert aus. »In Devines schwarzem Buch stehen zwei wichtige liberale Senatoren, die einen Wahlgang über den Haufen werfen könnten. Was auch immer er gegen sie in der Hand hat, sorgt dafür, dass sie sich bei bestimmten Abstimmungen an ihm orientieren.«

»Wie zum Beispiel?«

»Wie zum Beispiel das Eine-Billion-Dollar-Umweltgesetz, das Präsidentin Donahue-Carr durchzusetzen versucht.«

»Das, von dem ihre Wiederwahl abhängt?«

»So funktioniert Politik«, sagte Templeton. »Wenn man wiedergewählt werden will, muss man etwas zustande bringen. Die Präsidentin kann mit den Senatoren die üblichen Machtspiele spielen, Gefälligkeiten tauschen und so weiter. Aber sie kann nicht Luke Devine verpflichtet sein, um den Planeten zu retten.«

»Klingt erfreulich eindeutig.«

»Er ist ein Schurke, Orphan X.«

»Wie ich.«

»Nein«, sagte sie. »Ganz und gar nicht wie Sie.«

»Unser Staatsoberhaupt, eine ehemalige Verfassungsrechtlerin, ist also bereit, *außerhalb des amerikanischen und internationalen Rechts* zu handeln, um sich dieser Unannehmlichkeit zu entledigen.«

Naomi holte tief Luft und hielt sie einen Moment lang an. »Devine hat einen fast unvorstellbaren Einfluss erlangt. Er ist bereit, ihn nach Belieben einzusetzen. Wir verstehen nicht wirklich, was er will, was ihn motiviert. Und keine seiner Machenschaften ist technisch gesehen illegal.«

»Deshalb brauchen Sie jemanden, den Sie zu kennen abstreiten können, um ihn zu neutralisieren. Jemanden, von dem Sie sich nicht reinwaschen müssen. Jemanden, der entbehrlich ist.«

»Ja.« Naomi schaute betrübt. »Hören Sie «, sagte sie. »Das alles hier ist so eine Verteidigungsministeriums-geheime-Hand-schläge-Scheiße. Ich fühle mich auch nicht wohl dabei. Ich habe normalerweise nichts mit Agentenbeauftragung zu tun. Das ist nicht mein Zuständigkeitsbereich.«

»Warum sind Sie dann hier?«

»Weil die Präsidentin mir vertraut. Und ich die Einzige bin, die Sie kennt. So gut, wie man Sie kennen kann.«

»Die Aufgabe ist es also, seine Superyacht zu infiltrieren, während ich an diesen Stuhl fixiert bin, und ihn mit meiner Fußfessel zu erdrosseln?«

Naomi schien ratlos zu sein.

»Ja«, sagte sie. Sie sprach mit ernstem Gesicht, aber er konnte sehen, wie sich die Haut um ihre Augen zusammenzog. Er zeigte Erbarmen und grinste zuerst.

»Wir wissen beide, dass Sie irgendwann das Sicherheitsthea-ter beenden und mich freilassen müssen, oder?«, sagte Evan. »Sparen wir einfach Zeit und tun es jetzt. Betrachten Sie mich als ausreichend eingeschüchtert, um zu kooperieren. Oder soll ich Sie erst anlügen, vielleicht ein paar Tränen vergießen und Ihnen sagen, dass ich alles tue, was Sie wollen?«

»Nach all unseren Bemühungen wäre das das Mindeste.«

Er hielt ihren Blick fest. Nach einem Moment ging sie zu ihm hinüber. Schaute hinunter. Er war nah genug, um die golde-nen Flecken in ihren Augen zu sehen. Sie streckte eine Hand nach dem Gurt an seiner Brust aus. Ihre Finger zitterten leicht. Ihr Knie streifte seine Fingerknöchel.

Sein Blick blieb auf dem ihren haften. Der Druck in seiner Brust ließ nach. Zum ersten Mal seit Stunden atmete er voll-ständig aus. Er ließ seine Hände unbeweglich in den Hand-schellen, um sie nicht zu erschrecken.

Sie atmete aus. Ihr Atem roch sauber – nach Tee und Minze.

»Das reicht fürs Erste«, sagte sie und ging ein paar Schritte zurück.

»Haben Sie irgendwelche Daten von mir erfasst oder irgendetwas dokumentiert, während ich bewusstlos war?«, fragte er. »Fotos, biometrische Daten – irgendetwas?«

»Nein.«

»Lügen Sie mich nicht an.«

»Das tue ich nicht. Und ich werde es nicht tun.«

Er sah sie an. Er glaubte ihr. »Hier sind meine Bedingungen«, sagte er.

»Sie sind kaum in der Lage –«

»Sie werden mich in keiner Weise erkennungsdienstlich erfassen. Wenn Sie das tun, werde ich Ihnen nicht helfen. Ich will raus aus diesem Stuhl. Ich will aus diesem Gebäude raus. Ich bleibe nicht in einer Regierungseinrichtung.«

Sie hustete einen Ton des Unglaubens heraus. »Wo wollen Sie denn bleiben?«

»Das Beverly Hills Hotel wird für den Moment ausreichen. Wenn Sie mich einsetzen wollen, müssen sie mir den Freiraum dazu lassen. Und ich will meine Kleidung. Ich will mein Telefon.«

»Wir untersuchen Ihr Telefon.«

»Verschwenden Sie nicht Ihre Zeit. Sie werden es nie hacken. Es hat drei Dutzend Autowipe-Funktionen. Geben Sie es mir.«

»Warum?«

»Sie wollen, dass ich einen Auftrag für Sie erledige. Es ist eines der Werkzeuge, die ich für diese Mission benötige.«

»Sie werden uns also helfen?«

»Ich werde nichts für Sie tun. Aber ich werde mich nach bestem Willen bemühen, zu sehen, ob Ihr Auftrag mit etwas übereinstimmt, das ich für erstrebenswert halte.«

Das Sechste Gebot, an das er sich seit Jahren nicht mehr hatte erinnern müssen: *Hinterfrage deine Befehle.*

»Das ist nicht gut genug«, sagte Naomi.

»Sie haben mir gesagt, dass Sie mich nicht anlügen werden. Ich werde Sie auch nicht anlügen. Damit das klar ist: Das ist die einzige Vereinbarung, die Sie von mir bekommen werden. Jemals. Rufen Sie Ihren Chef an. Rufen Sie den Direktor des Secret Service an. Rufen Sie die Präsidentin an. Sagen Sie ihnen, sie sollen meine Bedingungen erfüllen. Oder mich ins Gefängnis werfen. Oder töten.«

Sie lehnte sich noch einmal gegen den Tisch und betrachtete ihn. Er konnte Stiefel auf dem Korridor hören, das gleichmäßige Brummen der Klimaanlage über ihm. Falls Naomi zwischendurch blinzelte, so bemerkte er es nicht.

»In diesem Moment wird ein verdecktes Multi-Agency-Operationsteam zusammengestellt, morgen fliegt es ein«, sagte sie schließlich. »Sie werden zwecks Briefings und Transport zu Ihnen stoßen. Wenn Ihre Bedingungen erfüllt werden – und das ist ein verdammt großes Wenn – wird das Team die ganze Zeit bei Ihnen sein.«

»Das werden wir sehen«, sagte Evan.

»Sie werden Zugang zu all unseren Datenbanken, Waffen und Materialien haben und mit einem privaten Transportmittel fliegen. Bessere Voraussetzungen kann man nicht haben.«

Evan riss die Hände hoch und ließ die Handschellen von seinen Handgelenken gleiten. Zusammen mit der Edelstahlstange, die sie verband, fielen sie zu Boden. Den Kugelschreiber, den er aus Naomis Tasche entwendet hatte, ließ er hinterherfallen, aber er behielt den schlanken silbernen Clip, den er abgebrochen hatte. Er würde genauso nützlich für die Fußfesseln sein, falls die Idioten im Flur zu lange mit dem

Hauptschlüssel brauchten. Er rieb sich erst das eine, dann das andere Handgelenk. Dann erst bemerkte er, wie Naomi ihn ansah.

Ihr Mund war leicht geöffnet, aber sie sah weniger alarmiert als vielmehr resigniert aus. Ihre letzte Behauptung hing noch in der Luft: *Bessere Voraussetzungen kann man nicht haben.*

Er nickte ihr wohlwollend zu. »Sie würden sich wundern.«

11.
Der große böse Orphan

Das Beverly Hills Hotel, das auf einer Anhöhe über dem Sunset Boulevard thronte, war das klassische Hollywood-Modell einer palastartigen Villa, deren Kuppeln und Veranden in kitschigem Pfirsich gehalten waren. Von den weitläufigen Gärten über die Bungalows hinter Bananenstauden und Hibiskus bis hin zu dem mit Deko-Möbeln geschmückten Hauptgebäude kannte Evan es gut.

Deshalb hatte er sich dafür entschieden.

Das Dritte Gebot: *Beherrsche deine Umgebung.*

Er trug seine eigene Kleidung und war dankenswerterweise windelfrei. Mit äußerster Vorsicht befreite Naomi ihn vor dem Aussteigen aus dem Fixierungsstuhl und fesselte seine Handgelenke mit Kabelbindern hinter seinem Rücken. Das LAPD hatte ein paar Einheiten bereitgestellt, die am Rande des Eingangs mit dem roten Teppich verweilten und versuchten, ihre Aufregung zu verbergen.

Zum Entsetzen der leger gekleideten Gäste wurde Evan von einem Kader von Agenten hereingeschleust, vorbei am ständig brennenden Kamin in der Lobby, mit dem Aufzug in den vierten und obersten Stock und in eine Suite mit Balkon und Jacuzzi, deren Inneneinrichtung in apricot, creme und grün gehalten war.

Die Agenten trugen diskrete taktische Kleidung, damit sie nicht furchterregend, sondern nur einschüchternd wirkten. Doch ihre verdeckt getragenen Pistolen und Gewehre waren nicht annähernd so unauffällig, wie sie zu glauben schienen. Jetzt, wo sie im Zimmer waren, holte Paddy die SR-16 aus der Tasche, die er unter dem Mantel getragen hatte. Aus einem

Abstand von drei Metern zielte er damit auf Evans Kopf. Chip folgte seinem Beispiel. Die anderen bildeten ein Hufeisen um Evan und das Bett und präsentierten ihm ihre Gewehrläufe in einem Winkel von zweihundertsiebzig Grad. Naomi war die Einzige, die bereit war, in seiner Reichweite zu stehen. Sie hielt einen Pelican-Pistolenkoffer an ihrer Seite.

Evan sprang auf, zog die Knie an die Brust und schob die mit Kabelbindern gefesselten Handgelenke unter seinen Stiefeln entlang, um seine Hände vor dem Körper zu haben. Er führte sie zum Mund, biss fest auf den hervorstehenden Plastikstreifen und zog die Manschetten noch fester zu. Dann hob er die Arme und schlug die Vereinigung der Handgelenke gegen seine Hüfte. Die Kabelbinder sprangen auf.

Alle Männer im Raum entsicherten ihre Waffen gleichzeitig, wobei ein einzelnes, metallisches Klicken ertönte, dem sofort ein schwächeres Klicken folgte, als sie ihre Abzüge in Anschlag brachten.

Evan saß auf dem makellos gemachten Kingsize-Bett und sank in den Luxus der meergrünen Bettdecke ein. »Ich sehe, wir haben immer noch Vertrauensprobleme.«

»Deswegen.« Naomi stellte den Pelican-Koffer auf einem absurd überdimensionierten Beistelltisch ab und öffnete die Verschlüsse. Aus den Schaumstoffinlays zog sie eine dicke, gummibeschichtete Fußfessel mit einem unheimlich aussehenden Verschlussmechanismus aus Stahl. »Manipulationssicheres GPS, stoß- und schlagfest. Die wird Sie bis zum morgigen Missions-Briefing begleiten.«

Auf ihre Geste hin trat Paddy vor. Naomi drehte die Schelle und drückte seinen Daumen auf ein Sensorquadrat an der Seite, woraufhin das Gerät mit einem leisen Dröhnen aufschnappte, als ob sich die Tür eines Löwenkäfigs öffnete.

»Meine Männer werden im angrenzenden Zimmer sein«,

sagte Naomi und nickte in Richtung einer Innentür. Sie nahm eine Metallscheibe von der Größe eines Hockey-Pucks aus dem Pelican-Koffer. »Wir haben dafür gesorgt, dass die überall in der Suite installiert werden – im Flur, nebenan, in den Lüftungsschächten, an der Decke, vor den Fenstern, unter dem Balkon ...«

Evan sagte: »Und wenn ich ihnen zu nahe komme, spielen sie das Hauptmotiv aus Beethovens Fünfter.«

»Nicht nur das.« Vorsichtig ging sie auf ihn zu, kniete vor ihm nieder. Die Männer wirkten nervös, aber in Evans Nähe hatte sie Selbstsicherheit erlangt. Oder war es Vertrauen?

Sie hielt die Fußfessel weit auf. Er hob das Bein seiner Cargohose hoch und streckte seinen Knöchel vor. Und sie ließ die Schnalle direkt über dem oberen Ende seines Stiefels einrasten.

»In der Fessel ist ein Sprengschnur-Ring eingebettet.« Sie erhob sich, stand in seiner Reichweite. »Wenn Sie die Grenzen dieser Suite überschreiten, wird Ihr Fuß durch Nitropenta sauber abgetrennt.«

»Ein Schock war nicht genug?«

»Das kann sie auch.«

Naomi holte ein Klappmesser aus ihrer Tasche und beugte sich über ihn. Sie schob die Metallspitze unter den Kabelbinder, der sich noch um sein linkes Handgelenk schnürte und zerrte daran, so dass sich die Plastikmanschette löste. Ihr Gesicht war ganz nah, eine Haarsträhne glitt an ihrer Schläfe vorbei und verfing sich in ihrem Mundwinkel. Getrockneter Schweiß glitzerte auf ihrer Wange an der weichen Stelle vor ihrem Ohr. Mit einer weiteren selbstsicheren Drehung ihrer Klinge durchtrennte sie die rechte Manschette. »Aber wir dachten uns, dass Sie eine stärkere Abschreckung brauchen.« Mit einem Ruck aus dem Handgelenk klappte sie das Messer zu und ließ es wieder in ihrer Tasche verschwinden. »Sie wissen schon, während wir unsere Arbeitsbeziehung weiter verbessern.«

Ein junger Mann mit schmalen Gesichtszügen und einem dunklen Haarschopf trat durch die Eingangstür. Er trug einen Overall und einen Werkzeuggürtel und hatte die klischeehafte schwarze Tasche dabei – ein technischer Sicherheitsermittler wie aus dem Cast eines B-Movies.

»Agent Templeton, mein Team – ähm – mein Team hat die Einheiten in Position gebracht.« Er hielt sein Gesicht gesenkt, ohne Blickkontakt, und eher zu Chip und Paddy gerichtet. »Die Überwachungszentrale ist nebenan für Sie eingerichtet. Gemäß Ihrer Vereinbarung mit dem – ähm – High-Value-Target wird das Video den Raum nicht verlassen, und er kann die Löschung nach der morgigen Teambesprechung persönlich beaufsichtigen.« Sein Kopf und seine schmalen Schultern drehten sich wieder in Richtung Naomi. »Der Chef hat gesagt, dass sie unten schlafen können, ähm, damit Sie nicht in die Verlegenheit kommen müssen.«

»Was meinen Sie mit Verlegenheit?«, fragte Naomi.

»Ich sage nur, dass es Ihnen ja – ähm – wahrscheinlich unangenehm ist, bei den Männern zu schlafen.«

»Unangenehm«, erwiderte sie. »Wie fühle ich mich sonst noch?«

»Komm schon, Templeton«, sagte Paddy. »Lass den Kerl in Ruhe. Kein Grund, empfindlich zu werden.«

»Empfindlich?«, empörte sie sich. »Wenn wir jetzt noch *hysterisch* einbauen könnten, hätten wir das Bingo komplett.« Sie schaute zu Evan hinüber, schürzte die Lippen und zwinkerte ihm zu, während ihr weitere Strähnen über die Augen schwangen. Dann sah sie wieder zu den Männern, die sich allesamt unwohl fühlten. »Mein Gott, Team, das war nur ein

Scherz«, sagte sie, und der Raum schien aufzuatmen. »Ich bin froh, dass ich meine eigene Suite habe. Lächelt doch mal, Jungs.«

Chip schüttelte den Kopf und verkniff sich ein Grinsen. »Templeton.«

Naomi ging auf die Tür zu, der Großteil der Männer folgte ihr. Sie hielt inne und wandte sich wieder zu Evan. »Versuchen Sie, sich zu benehmen. Ausnahmsweise.«

Er salutierte mit zwei Fingern.

»Und ihr Jungs?« Ein Seitenblick zu Paddy und Chip. »Versaut es nicht.«

Eine Drehung ihrer breiten Schultern, ein Fächer aus strohblondem Haar, und sie war weg. Die anderen schlurften hinter ihr her, weniger leichtfüßig als sie.

Jetzt waren nur noch Paddy, Chip und eine offene Nebentür zu ihrer Überwachungssuite übrig. Ein Strauß weißer Rosen auf dem Beistelltisch am Fenster verströmte einen Hauch von Parfüm und das Aroma frisch geschnittener Stiele. Naomis Schritte und die Geräusche ihrer Männer verhallten auf dem Flur.

Als Evan sich wieder auf den Raum konzentrierte, betrachtete Paddy einen schlanken Controller, der plötzlich in seinen Händen aufgetaucht war. Er grinste schief, was Evan überhaupt nicht gefiel.

Chip sagte: »Ich bin mir nicht sicher, ob wir …«

Paddys breite Faust betätigte das Gerät. Ein Stromschlag traf Evans Knöchel, blockierte sein Bein und schleuderte ihn aus dem Bett. Während er sich auf dem Boden krümmte, konnte er gerade noch das Klingeln des Fahrstuhls im Flur wahrnehmen, der sich hinter Naomi schloss und sie aus dem Stockwerk trug.

Es war nicht nur der Elektroschock, mindestens fünfzigtausend Volt, die durch Evans Nervensystem geflossen waren. Es war nicht nur der scharfe, stechende Schmerz oder die heftigen Muskelkrämpfe, die seine Beine, seine Hüften, die unteren Bauchmuskeln blockierten, seinen Hals mit Adern überzogen und seine Augäpfel hervorquellen ließen. Es war nicht einmal die kurzfristige Lähmung, das Wissen, dass sein Fleisch und seine Fasern ihm nicht mehr gehorchten, dass sie der Gnade eines Stroms ausgeliefert waren, der von Elektroden am inneren Rand der Fußfessel, die um seinen Knöchel geschraubt war, ausging. Es war der geistige Schleier, das Wissen in Echtzeit, dass seine kognitiven Funktionen fragmentiert und in ein schneeweißes Rauschen verwandelt wurden, dass er auf den Teppich sabberte, wie ein betäubter Fisch zitterte und kaum noch etwas begreifen konnte –

... *Handfläche an seiner Wange* ...

... *Windschutzscheibe aus Spinnweben* ...

... *nicht einen Schuss hatte er jemals verfehlt* ...

– und dann hörte er eine Stimme, hauchdünn und verzerrt. »Sag *aaah*.«

Als Evan wieder zu sich kam, beugte sich Paddy über sein Gesicht, eine Kniescheibe direkt auf sein Herz gepresst, was seine Rippen extrem zusammendrückte. Paddy richtete sich auf und steckte mit einem zufriedenen Gesichtsausdruck ein Wattestäbchen in ein Reagenzglas. Evan spürte ein raues Gefühl in seinem Mund und erkannte, dass Paddy ihm eine DNA-Probe von der Wange gekratzt hatte, während er außer Gefecht gewesen war.

Evan konnte immer noch nicht atmen.

Jetzt schwebte ein iPhone über seiner Nase, der Kamerablitz zuckte durch seine geweiteten Pupillen, als ein Foto von ihm gemacht wurde. Der Druck fiel von seiner Brust ab, Paddy erhob sich und starrte auf ihn herab. »Für einen Kerl mit

einem so großen Ruf«, sagte Paddy, »siehst du nicht besonders gut aus.«

»Scheiße, Paddy.« Chip lehnte an der Wand, die Arme verschränkt, als wolle er ein Zittern unterdrücken. »Es ist noch
nicht zu spät, es zu vergessen.«

»Vergessen?« Paddy hielt das Reagenzglas gegen das Licht
und grinste es an. »Hast du eine Ahnung, was das auf dem
Schwarzmarkt einbringen wird?« Er steckte die DNA-Probe in
seine Brusttasche und tätschelte sie zur Sicherheit. »Wir
werden uns nicht in den Job einmischen. Wir müssen nur
abwarten, bis die Zeit reif ist.« Er ging in den angrenzenden
Raum. »Und jetzt lass uns die Überwachungskameras ein-
schalten und dem großen bösen Orphan eine Auszeit
gönnen.«

Nachdem sie die Nebentür geschlossen hatten, lag Evan
noch einige Minuten lang auf dem Teppich und versuchte,
zu Atem zu kommen. Dann hievte er sich auf die Matratze
und blieb auch dort noch ein paar Minuten liegen.

... *ein rundlicher Mann, nach vorne gesackt, das Gesicht in
seiner Schüssel Suppe* ...

... *der Mystery Man blickte auf ihn hinab* ...

... *ein Pferd, ein Löwe, ein Zebra* ...

Aus dem Heizungsschacht über ihm blinkte ein Licht, zweifellos eine der vielen versteckten stecknadelkopfgroßen
Überwachungskameras.

Als er sich aufsetzte, stöhnte er angesichts des Schmerzes in
seinen Bauchmuskeln auf. Vier Stockwerke über dem Boden
in einem Gebäude gefangen, das von unzähligen Polizisten
und Agenten bewacht wurde, das der besten Überwachung
unterlag, die der Regierung der Vereinigten Staaten zur Verfügung stand, zusätzlich eingesperrt durch einen unsichtba-

ren Zaun, dessen Überschreiten ihn zum Amputierten machen würde.

Er brauchte Hilfe.

Er nahm sein RoamZone heraus und blickte darauf hinunter. Er konnte sein Spiegelbild auf dem Display aus organischem Polyether-Thioharnstoff sehen. Es hatte keinen Sinn, einen Anruf zu tätigen, denn alles, was er sagte, würde mitgehört werden. Aber er hatte eine andere Idee.

Er tippte den Bildschirm an, um das Telefon zum Leben zu erwecken, und überlegte, was er als Nächstes tun würde, entschied sich dafür. Dann dagegen. Dann wieder dafür.

Er verdeckte den Bildschirm vor den Blicken möglicher Kameras und tippte eine Reihe kurzer SMS ein. Danach tat er etwas, was er noch nie zuvor getan hatte.

Er demaskierte sein GPS.

12.
Fun, Fun, Fun

Palm Springs war Candy McClure wie auf den Leib geschnitten. Der ganze Retro-Amerika-Kitsch, Rentnerwohnungen, die sich um künstliche Seen mit Wasserspielen gruppierten, Vintage-Boutiquen, die von schwulen Paaren im Ruhestand geführt wurden, die den besten und schlechtesten Geschmack hatten. Letzte Woche hatte sie einen Porzellanpelikan gekauft, dessen Kopf nach hinten geneigt und dessen Schnabel aufgesperrt war, so dass man Regenschirme darin abstellen konnte.

Sie besaß keine Regenschirme, aber sie schaute ihn sich gerne in der Ecke ihres Airbnbs an, als wäre sie ein normaler Mensch, der normale Dinge sammelt.

Sie liebte den Palm Canyon Drive mit seinen zotteligen Palmen, deren abgestorbene Wedel sich unter den Kronen kräuselten wie die Hälse bärtiger Drachen. Und die Menschen hier, die direkt aus den 1950er Jahren stammten. Weiße Paare und ältere Leute, die Oldtimer fuhren und ein breites Spektrum an Polo-Shirt-Farben und künstlich gebräunten Hauttönen zur Schau stellten.

In der Nähe des Stadtzentrums besuchte sie einen Kochkurs, um zu lernen, wie man Soufflés backte, weil sie sich verdammt langweilte und sie dachte, sie sollte wenigstens etwas versuchen, bei dem sie spektakulär scheitern konnte. In der Großküche saßen ernsthafte Hausfrauen, wohlerzogene Rentner, die sie *Schätzchen* nannten, und ein paar ehrgeizige Studenten vom Community College. Sie hatte das Glück, einen Platz neben einem Duo von Arschlöchern aus dem Casino zu bekommen. Blackjack-Dealer mit stacheligem

Haar und Philadelphia-Akzent, die selbstbewusst darüber scherzten, dass sie Schürzen trugen, und Mehl auf ihre Hemden streuten, um Brüste zu zeichnen. Sie waren in ihren späten Zwanzigern, und doch galt das für sie immer noch als Witz.

Sie hatte einmal einen Diplomaten in einem Café in Saint-Germain-des-Prés mit einer Fleischgabel aus rostfreiem Stahl unschädlich gemacht, deren Zinken genau den Abstand von Augenhöhlen hatten, und war versucht, hier dasselbe zu tun. Vor allem, weil die besagten Arschlöcher nach jedem anzüglichen Witz einen Blick auf sie warfen, um zu prüfen, ob ihre männlichen Bro-Raufereien so atemberaubend waren, dass es ihr Interesse weckte.

Sie war nichtssagend angezogen, aber das Problem war, dass sie auch nichtssagend gekleidet immer noch verdammt sexy war. Um die Aufmerksamkeit der Männer nicht auf sich zu ziehen, musste sie eher zwei als eine Stunde eher aufstehen, nur um ihren animalischen Reiz ein wenig abzuschwächen. Es war alles so ärgerlich, das pawlowsche Geifern, das Gerangel darum, ihr nahe zu sein, die Anmachsprüche, die sie oft genug gehört hatte, um jeden Möchtegern-Schürzenjäger auf Anhieb zu durchleuchten, selbst wenn sie nicht zur Virtuosin der psychologischen Beobachtung ausgebildet wäre.

Candy war der Typ Frau, über den sich andere Frauen bei Männern beschwerten und behaupteten, dass es Frauen wie sie nicht gäbe. Zumindest ihr Äußeres. Und das war das Problem. Wenn sie ihr Inneres sähen – all die zerbrochenen und schmutzigen Teile –, würden sie wahrscheinlich bemerken, dass sie nicht anders war als sie. Und vielleicht würde ihr das helfen, es selbst zu erkennen.

Aber niemand sah sie auf diese Weise.

Also hatte sie sich damit abgefunden, wie eine fleischgewordene Göttin durch die Welt zu streifen, die mit einem Hüftschwung, einem Schulterzucken oder einem unterwürfigen Augenaufschlag jede Tür öffnen konnte, hinter die sie blicken wollte. Es war so einfach, dass sie vor Langeweile krank wurde. Seit das Programm aufgelöst worden war – und damit auch ihre Rolle als Orphan V – hatte sie keine Herausforderung mehr gefunden, die tückisch genug gewesen wäre, um ihren Motor warmlaufen zu lassen, geschweige denn, ihn zum Laufen zu bringen. Hier war sie also in Palm Springs und backte ein verdammtes Soufflé neben den Gebrüdern Dumm. Ein surrealer Abstecher für ein Mädchen, das einst auf Geheiß eines geheimen und illegalen Regierungsprogramms dem Kinderpflegesystem entrissen und in den Künsten der Liquidierung, Verstümmelung und der kreativen Entsorgung menschlicher Überreste geschult worden war.

Sie hatte ihre Fingerschale mit Pfeffer verschüttet und Eigelbspritzer auf ihrer Kochschürze, weil sie das Ei zu hart aufgeschlagen hatte.

Ein weiteres Kichern von der Seite. »Die da mag's dreckig.«

Sie blickte nicht hinüber, sondern spürte, wie die Hitze der Augen der Casino-Dealer über ihren Körper kroch.

Die Lehrerin, eine mausgraue Frau mit zittriger Stimme, verkündete: »Und jetzt würfeln wir die Vidalia-Zwiebeln!«

Candy griff nach einer Zwiebel und warf sie spielerisch in Richtung ihres Schneidebretts zurück. Bevor sie sie mit ihrer anderen Hand wieder auffangen konnte, wurde sie von einem der benachbarten Männer abgefangen, der mit seinem Fitnessstudio-Arm in ihren Bereich eindrang. »Ich sehe, dass du Hilfe brauchst. Ich koche immer, wenn ich Mädchen zu Besuch habe. Ich zeige dir gern ein paar meiner

Tricks.« Ein breites Lächeln zeigte perfekte kieferorthopädische Arbeit. »Küche oder Schlafzimmer.«

Endlich begegnete sie seinen Augen. Hellblau, stumpf und leer wie ein Schwimmbad, das niemand benutzte.

Ohne sich umzudrehen, griff sie nach dem Kochmesser, ließ es in einem dreifachen Salto durch die Luft schneiden, bevor sie es am Griff packte und die Spitze seitlich mit einer fließenden Bewegung in Richtung seiner Hand stieß.

Er riss gleichzeitig die Finger auseinander und die Augen auf. Sein Blick senkte sich, um zu prüfen, ob seine Handfläche noch unversehrt war.

Das war sie.

Aber die Zwiebel war in der Mitte aufgespießt. Sie zog die Zwiebel von der Klinge und legte sie unter ihren Handballen auf das Schneidebrett. Ihre Hände bewegten sich blitzschnell, das Messer klapperte wie eine Maschinenpistole gegen das Brett, bis keine Zwiebel mehr übrig war, sondern nur noch ein kleiner Haufen gewürfelter Perfektion.

Es hatte sie drei Sekunden gekostet, vielleicht vier.

Jetzt warf sie ihm wieder ihren Blick zu, den Blick, der Diamanten zum Schmelzen bringen konnte. »Hör zu« – sie sah auf sein Namensschild – »Tanner. Du bist ziemlich arrogant. Und denkst dabei noch, dass das charmant sei. Aber in Wirklichkeit bedeutet es nur, dass du nie den Mut hattest, etwas zu versuchen, was das Risiko birgt, dich zu demütigen. Dein Macho-Gehabe funktioniert vielleicht bei kleingeistigen Club-Girls mit Minihandtaschen und Selfie-Duckfaces. Aber ich bin nicht so ein Mädchen. Ich bin eine Frau. Und wenn du jemals so gesegnet wärst, dass du den Altar meiner Matratze erreichst, um zu versuchen, mich mit deinen *Schlafzimmer-Tricks* zu verführen, würde dich der Ritt in Stücke reißen.«

Tanners Lippen waren aufgesprungen und bildeten ein fast perfektes *O*, und er lehnte sich von ihr weg, als wolle er sich nicht verbrennen.

Bevor Candy fortfahren konnte, meldete sich ihr Wegwerf-Telefon aus der weiten Vordertasche ihrer Schürze: Eine wilde Cherie Currie verkündete der Welt: *I'm your ch-ch-ch-cherry bomb!*

»Entschuldige mich einen Moment«, sagte sie und griff nach ihrem Telefon. Tanner, immer noch benommen, nutzte die Gelegenheit, um einen Schritt zurückzutreten.

Als Candy sah, von wem die SMS stammten, schoss ihr ein Adrenalinpfeil mitten in die Brust.

Die Nachricht kam von der einzigen lebenden Person, die ihren Herzschlag noch beschleunigen konnte. Eine weitere menschliche Waffe auf der Flucht vor der Regierung, die sie geschaffen hatte. Zuerst waren sie Feinde gewesen. Ein früher Zusammenstoß mit ihm hatte ihren Rücken gezeichnet und ruiniert, mit Narbengewebe überzogen, das noch immer brannte, wenn das Wetter umschlug. Aber das war genauso ihre Schuld wie seine.

Sie waren nicht wirklich Freunde. Sie waren gelegentliche Verbündete. Und so etwas wie Liebhaber, die sich noch nicht um Sex gekümmert hatten.

Sie las die Reihe kurzer SMS und verdichtete die enthaltenen Informationen zu einem Gedanken: *Heilige Scheiße.*

Aber auch: *Fun, Fun, Fun. Endlich.*

Im Kopf schmiedete sie bereits einen Plan. Bis Los Angeles waren es hundertzwanzig Minuten Fahrt, aber angesichts der Vorarbeit, die sie dort leisten musste, wäre es vielleicht besser, ein Flugzeug zu nehmen und sechzig wertvolle Minuten zu sparen. Auf der Fahrt hierher war sie am Bermuda Dunes Airport vorbeigekommen und hatte ein paar Cessnas gesehen. Ihr Privatpilotenschein war zwar nicht auf dem neuesten Stand, aber sie konnte mit einem einmotorigen Flugzeug umgehen, und die Wahrscheinlichkeit einer FAA-Rampenkontrolle war gering.

Außerdem hatte sie so die Möglichkeit, ein Flugzeug zu stehlen, es auf dem Flughafen von Santa Monica abzusetzen und mit einem gestohlenen Auto zu verschwinden, bevor jemand herausfand, dass sie ihr Rufzeichen gefälscht hatte. Sie zog die Schürze aus und ließ sie auf die Arbeitsplatte fallen.

Die Klasse war zum Stillstand gekommen, alle Augen waren auf sie gerichtet. Aber sie kümmerte sich nicht mehr um den Unterricht, die Soufflés oder die Fortsetzung von Tanners Benimmunterricht.

Sie musste einen Jüngling in Nöten retten.

13.
Angespannter Schließmuskel

Chip beugte sich über den Tisch, auf dem das provisorische Kontrollzentrum errichtet worden war, und starrte auf diverse Geheimdienst-Laptops, über die Schallwellen und Überwachungsbilder, RF, Bluetooth und drahtlose Übertragungsprotokolle tanzten. Hinter ihm lümmelte Paddy auf dem seidenen, kunstvoll getufteten Sofa mit dem Zimmerservice-Tablett auf seinem nicht unbeträchtlichen Bauch und zog eine Steakpommes nach der anderen durch einen Ketchup-Hügel. Drei große Monitore kreierten ein Mosaik von Evan aus jedem erdenklichen Blickwinkel. Er lag auf seinem Bett, die Beine übereinandergeschlagen, die Hände im Nacken verschränkt – ein ruhender Huck Finn, wie Duchamp ihn dargestellt hätte.

Ein Schweißfilm brachte Chips Stirn zum Glänzen. »Er hat fünf SMS verschickt.«

Paddy benutzte eine weitere Pommes als Transportmittel für Ketchup, steckte sie sich in den Mund und griff nach einer Flasche Pellegrino. »Wie du bereits gesagt hast.«

Chip hatte die GMI-Kommunikation von Evans Telefon mit einem von der DARPA nachgerüsteten Gerät aufgezeichnet, das den Stingray-IMSI-Catchern nachempfunden war, die von den Agencies mit den drei Buchstaben zum Abhören und Aufzeichnen von SIM-Karten-Aktivitäten und zum Abfangen von Textnachrichten verwendet wurden. »Sie sind stark Ende-zu-Ende-verschlüsselt. Ich kann nicht sagen, was darin steht und an wen sie gegangen sind.«

»Kann man den Verschlüsselungscode nicht mit GSM Active Key Extraction herausfinden?«

»Ich versuche es, aber es ist auch eine Substitutions-Chiffre dabei. Die fünfte Nachricht scheint die kürzeste zu sein. Nur drei Worte. Ich habe das Kryptoanalysetool darauf angesetzt, wie Adnan empfohlen hat. Ich schätze; eine halbe Stunde.« Chip starrte ohnmächtig auf den Code, der sich über den Bildschirm bewegte, mehr als eine Billion geknackter Hashes, die auf einen einzigen Schlüssel abzielten.

Paddy grinste. »Vielleicht steht im letzten Text *Ich liebe dich.*« Chip stieß sich von dem überladenen Tisch ab und stöhnte übertrieben. »Das bezweifle ich.«

»Was soll er tun?«, stutzte Paddy. »Er kann sein Zimmer nicht verlassen, zumindest nicht mit beiden Füßen. Wir haben Männer in den unteren Etagen und LAPD-Einheiten im Erdgeschoss. Warum so nervös?«

Chip warf einen Blick zu seinem Partner hinüber. Paddy sagte: »Was?«

»Ich denke, wir sollten den DNA-Abstrich runterspülen. Wenn Templeton das herausfindet, sind wir dran.«

»Auf keinen Fall«, sagte Paddy. »Das Ding ist mehr wert, als wir in unserem ganzen Leben verdienen, und zwar hundertmal.« Mit einem Ächzen richtete er sich auf. »Bevor du auch nur daran denkst, kalte Füße zu bekommen, denk an drei Dinge: Du bist jetzt bereits ein Komplize, du bist mit den Unterhaltszahlungen im Rückstand, und deine neue Freundin ist schwanger.« Er tippte mit dem Finger auf Evan, der friedlich auf verschiedenen Monitoren ruhte. »Währenddessen rennt dieser« – er suchte einen Moment nach dem Wort – »Terrorist seit Jahrzehnten herum, scheißt auf unsere Gesetze und Normen und lebt wie ein Prinz. Weißt du, wie hoch meine Rente in drei Jahren sein wird?«

»Das heißt nicht, dass wir –«

»42 768 Dollar. Wie viel macht das? Etwas mehr als drei

Riesen im Monat? Hypothek von tausendachthundert, Miete und Versicherung, Lebensmittel und all der andere Scheiß lassen mir wie viel übrig? Genug, um mit Cathy einmal die Woche zu Red Lobster und ins Kino zu gehen? Zweiundzwanzig Jahre lang habe ich meinen Körper für die Verfassung geopfert. Und dieser verdammte Kriminelle wird im Beverly Hills Hotel untergebracht? Nee, nee. So nicht.«

»Moment!« Chip drehte sich wieder zu seinem Computerbildschirm um. »Sieht aus, als hätten wir ein Byte. Warte – zwei.«

Ein größerer Monitor meldete eine Bewegung im Flur – eine LAPD-Beamtin schritt heran. Chip wandte sich wieder der Codebreaking-Software zu. »PD im Anmarsch«, sagte er. »Mach die Tür auf.«

Es folgte ein zügiges Klopfen.

Paddy schlurfte durch den Raum und öffnete. In der Tür stand eine Polizistin in einer marineblauen Uniform, die ein paar Nummern zu eng war. Ihr Haar war unter einer vorschriftsmäßigen Schirmmütze mit einer Krempe aus Lackleder hochgesteckt. Auf ihrem Namensschild stand *Sanchez*.

»Ich will Sie nicht beunruhigen«, sagte die Frau, als sie an ihm vorbei in den Raum ging, »aber unten gibt es ein wenig Action.« Sie stellte einen schwarzen taktischen Stiefel auf das Bett, winkelte ihr Knie an, um ihren Schritt zu entblößen, und öffnete die beiden oberen Druckknöpfe ihres Hemdes. Der rote Spitzen-BH lugte hervor und deutete das Dekolleté eines Country-Stars an. »Die Jungs von der Außenstelle in L. A. meinten, dass auch ihr hier oben etwas Action verdient habt.«

Paddy ließ sich wieder auf das Sofa fallen, lachte und klatschte in die Hände. »Das gibt's doch nicht. Rodriguez hat dich geschickt?« Ein Blick auf Chip, dessen Aufmerksamkeit zwischen dem sich langsam entschlüsselnden Text und dem Schwingen von Candys Hüften geteilt war. »Wenigstens bekommen wir Sachleistungen.«

Sie lugte unter dem Rand der Mütze hervor und drehte ihren Oberkörper so, dass ein weiterer Druckknopf nachgab. Die SIG Sauers der Männer steckten in ihren Hüftholstern. Doch bei ihrer Schnelligkeit hätten sie genauso gut in der Minibar eingeschlossen sein können.

Das Klingeln des Laptops riss Chip aus seiner hormonellen Trance und sein Kopf kippte zurück. »Ich habe es geknackt!« Er las die Worte und seine Muskeln spannten sich an.

Paddy beugte sich vor, obwohl das Zentrum seiner Neugierde woanders lag. »Was steht da?«

Chip saß jetzt stark überstreckt in seinem Stuhl, ein Anzeichen für einen angespannten Schließmuskel und eingezogene Hoden – eine Darbietung ausgewachsener Angst.

Paddy sagte: »Und?«

Die Worte quollen aus Chips Lippen, flach und tonlos: »*Bitte töte niemanden.*«

Als sie wieder zu Candy blickten, hatte sie ihr bestes Lächeln aufgesetzt und vier Sätze von Flex-Cuff-Handfesseln aus einer Faust gefächert.

»Seid ihr Jungs bereit für die Party?«

14.
Trotz ihrer Verschiedenheit

Als Evan sich auf der meergrünen Bettdecke zurücklehnte, hörte er eine Reihe von Schlägen aus dem Zimmer nebenan. Ein hoher, klarer Ton von Haut, die auf Haut traf – eine Ohrfeige? Ein geräuschvoller Aufprall, vielleicht ein Körper, der auf den Teppich schlug. Ein Stuhl kippte um, nicht unter lautem Klappern, sondern so, als wäre er durch das Gewicht eines Mannes umgekippt. Ein Grunzen. Und noch eins.

Ein auf Vokallaute reduzierter, hastig gedämpfter Ausruf.

Das schrille Zippen der Flex-Cuffs, die zugezogen wurden. Dann ein weiterer Satz. Zwei weitere Geräusche wie von Reißverschlüssen – Knöchel diesmal, nicht Handgelenke? Ein bisschen mehr Rascheln und Aufruhr.

Das war wirklich nicht fair.

Die Verbindungstür knallte auf, schlug gegen die Wand und schwang zurück, ohne dass sie in den Angeln stand.

Dann flog Paddy heran, sein gekrümmter Körper beschrieb einen niedrigen Bogen durch die Luft. Er schlug auf dem Teppich am Fußende von Evans Bett auf und gab ein Seelöwenbellen von sich, als sein Atem ihn verließ.

Schließlich löste Evan seine Hände aus dem Nacken und setzte sich auf, wobei sich die Memory-Foam-Matratze angenehm unter ihm anpasste.

Paddy wälzte sich auf dem Boden und rang nach Sauerstoff. Er war gefesselt worden, die Handgelenke hinter dem Rücken, die Knöchel fixiert, die beiden Sätze Flex-Cuffs mit etwas verbunden, das sein Gürtel zu sein schien. Seine Hose war einige Zentimeter heruntergerutscht und enthüllte weiß-blau karierte Boxershorts an einem ausgefransten Bund.

Nach einer dramatischen Pause kam Candy herein, ihr LAPD-Uniformhemd zuknöpfend. »Hallo, Schatz«, sagte sie. »Wie war dein Tag?«

»Ich schaue nur nach vorn«, sagte Evan.

»Angesichts der Sprengschnur dachte ich, ich bringe den Daumen lieber an einem Stück zu dir. Aber es ist immer noch Zeit, ihn zu entfernen, wenn du das möchtest.«

Das Weiße in Paddys Augen war ausgeprägt, und das nicht nur, weil ihm die Luft aus den Lungen genommen worden war.

»Verlockend«, sagte Evan.

Trotz ihrer Verschiedenheit fühlte sich Evan aufgrund ihrer gemeinsamen Herkunft als Orphans mit Candy wohl; sie sprachen die gleiche Sprache mit unterschiedlichen Akzenten.

Paddy rang nach Atem und krümmte sich noch mehr.

Evan ging zu ihm hinüber, grub die Spitze seines Stiefels in seine Rippen und drehte ihn auf die Seite. Paddys Finger ragten wie ein verkürzter Hahnenschwanz von dem Rücken, die Kuppen waren durch den Mangel an Durchblutung weiß geworden.

In der Hocke führte Evan Paddys blutleeren Daumen zu dem Sensorquadrat auf der gummibeschichteten Schelle. Der stählerne Verriegelungsmechanismus löste sich, und er lenkte die Manschette vom Bein weg.

»Was sollen wir damit machen?«, fragte er.

Candy zuckte mit den Schultern. »Ihr ein neues Zuhause suchen?«

»Was verwenden wir als Sicherheitsabdruck?«

Candy überlegte einen Moment, dann zog sie einen von

Paddys Schuhen und die Socke aus und drückte seinen großen Zeh auf den Sensor. Sie reichte Evan die Manschette zurück, und er legte sie um den nackten Knöchel.

Paddy gab ein leises Wimmern von sich, sein Gesicht wurde lila. Schleim befeuchtete seine Oberlippe.

»Du hast die Datenbanken nebenan gelöscht?«, fragte Evan.

»Mit einem USB-Eraser in Militärqualität«, antwortete Candy. »Da ist nichts mehr drauf. Die Kameras sind auch ausge-schaltet.«

Paddys Lungen gaben endlich nach und er holte ruckartig Luft.

Evan kramte in Paddys Jackentasche und zog den Tupfer mit seiner DNA heraus. Dann fand er Paddys iPhone, nutzte noch einmal den Daumenabdruck des gefesselten Mannes, löschte das Foto von seinem Gesicht und stellte sicher, dass es nicht in die Cloud hochgeladen worden war. Als er ins Badezim-mer ging, ließ er das Telefon auf den Boden fallen, zertrüm-merte es mit dem Absatz seines Stiefels und spülte die Scher-ben herunter.

Als er wieder herauskam, hatte Candy die Vorhänge zur Seite gezogen und war auf den Balkon gegangen, wo sie eine strapazierfähige Angelschnur am Geländer hochholte. Die Dämmerung hatte begonnen in den Abend überzugehen und warf ein Zeitungsgrau über die fröhliche Einrichtung des Zimmers.

Rote Flecken bedeckten Paddys Gesicht, und seine Lippen schürzten sich. Evan machte einen Umweg, um durch die Tür in das Verbindungszimmer zu spähen. Chip war mit Ka-belbindern an den Stuhl gefesselt und lag bäuchlings auf dem Bett, den Kopf so gedreht, dass er keuchende Atemzüge machen konnte.

Es sah ein bisschen so aus, als ob der Stuhl ihn zu Tode rammeln würde.

Als Evan sich in seine eigene Suite zurückzog, hatte Candy bereits das andere Ende der Angelschnur eingeholt – ein schwarzes Seil aus geflochtenen Polyesterfasern befand sich daran. Als sie begann, das zweite, dickere Seil einzuholen, überprüfte Evan seinen Kopfkissenbezug auf ausgefallene Haare. Es waren keine zu finden.

Als er sich umdrehte, war Candy gerade dabei, das dickere Seil am Balkongeländer zu befestigen. »Ich konnte auf die Schnelle keine gute Abseilausrüstung auftreiben.« Sie entfernte eine Tasche, die am Seil befestigt war, kramte darin und warf etwas nach Evan. Es traf ihn an der Brust, und er fing es auf, bevor es zu Boden fiel. Ein Paar Handschuhe – nein, zwei Paar. »Wir werden uns also hinuntergleiten lassen.«

Er zog beide an, taktische Handschuhe und ein dickes Lederpaar, wie man sie in Stahlwerken trug. Candy hatte sich bereits auf das Geländer gelehnt. Sie nahm ihre LAPD-Mütze ab, blickte zu ihm zurück, wobei der Wind ihr Haar durcheinanderwirbelte, und zwinkerte ihm zu. Dann verschwand sie aus seinem Blickfeld.

Evan spähte hinüber. Unten verschwand das Hochseil in einer tropischen Oase aus lippenstiftrosa Springkräutern. Ein duftendes Auffangtuch.

Er ging wieder hinein und schrieb eine Notiz für Naomi Templeton auf das geschmackvolle Briefpapier des Hotels.
Ich melde mich. – X

Er steckte den Zettel in einen Umschlag, rollte ihn zu einer Röhre zusammen und beugte sich über Paddy. »Sag *aaah*.«
Paddy atmete schwer, seine Lippen waren mit klebrigem,

weißem Speichel verschmiert, aber er gehorchte. Evan schob ihm die Nachricht in den Mund.

»Um die Manschette zu lösen, muss man nur deinen großen Zeh an den Knöchel bringen«, sagte er. »Wenn du kein guter Akrobat bist, solltest du darauf achten, dass der Bombentechniker eine ruhige Hand hat, wenn er die Schnur zerschneidet. Sprengschnüre können sehr launisch sein. Es könnte sicherer sein, stattdessen den Zeh abzuschneiden.«

Er bewegte sich auf den Balkon, schwang ein Bein hinüber, nahm das Seil in seine beiden behandschuhten Hände und flog so rasch hinunter, dass das Leder an seinen Handflächen rauchte.

Seine Stiefel stießen auf den Boden, und er zog die dampfenden Außenhandschuhe mit einer schnellen Bewegung seiner Handgelenke aus. Candy stand dort in den tropischen Blumen und wartete über einem offenen Seesack. Sie hatte sich bereits ihrer LAPD-Uniform entledigt und ein leichtes Sommerkleid, einen breitkrempigen Strohhut und eine riesige Audrey-Hepburn-Sonnenbrille angezogen. Im Seesack befand sich ein Shirt mit Havana-Joe-Aufdruck und eine weiße Baseballkappe von Ralph Lauren für Evan.

Während er sie überstreifte, schob sie sich hinter ihn und spähte durch ein Dickicht aus kastanienbraunen Bananenstauden hinaus. Sie strich über seinen Rücken, der Stoff ihres Kleides war dünn genug, dass er ihre Nacktheit spürte.

Der North Crescent Drive war nur wenige Schritte über einen kurzen Streifen gepflegten Rasen, der von Straßenlaternen gesprenkelt war, entfernt. Auf den verschiedenen Wegen zwischen den Bungalows flanierten einige Gäste, gut gebräunte Männer in teurer Freizeitkleidung, dekoriert mit Kindern und jüngeren Frauen, die ihren Hintern beim Spinning trainierten. Candy hatte sich so gekleidet, dass sie genau in die Rolle der heißen Vorstadthausfrau passte. Es gab so viele verlockende weibliche Rollen im Handbuch des Social Engineerings, und sie schien die gefährlichste aus jeder Kategorie zu verkörpern.

Eine Reihe von Polizeiautos säumte den Bordstein, hier und da unterbrochen von zivilen Fahrzeugen. Candy hob einen Schlüsselanhänger, und ein Mercedes-Geländewagen, der gegenüber von ihnen geparkt war, blinkte auf.

Sie ertappte Evan dabei, wie er sie bewunderte.

»Was?«

»Jedes Mal, wenn ich dich sehe, bist du jemand anderes«, sagte er. »Welche bist du wirklich?«

»Alle«, antwortete sie.

Er bot seinen Arm an. Sie schlang ihre Hand darum. Sie traten aus den Gärten, mischten sich kurz unter die anderen Gäste auf dem Weg und stiegen in den Mercedes.

Als sie vom Bordstein wegfuhren, bedachte Candy zwei Beamte, die an einem Streifenwagen lehnten, mit einer eleganten Neigung ihres Kopfes. Sie grinsten wölfisch zurück.

Sie bog auf den Sunset ein und ließ das Beverly Hills Hotel hinter sich.

»Wir sollten uns trennen«, sagte Evan. »Du kannst mich in Westwood absetzen.«

»Von mir aus«, entgegnete Candy. »Ich warte darauf, dass ein Soufflé aufgeht.«

Er hatte keine Ahnung, was er davon halten sollte.

Sie fuhren ein paar Kilometer schweigend, achteten auf die Spiegel und die vorbeifahrenden Autos. Am östlichen Rand des UCLA Medical Centers hielt sie an, um ihn aussteigen zu lassen.

Als er sich umdrehte, um sich zu verabschieden, küsste sie ihn unverblümt auf den Mund. Ihre Lippen waren weich, klebrig von einem glänzenden Lippenstift, der penetrant und doch köstlich nach Zuckerkeksen roch. Sie zog sich zurück und ließ ihn erröten.

Er konnte den Lippenstift auf seinem Mund spüren. Er öffnete die Tür, zögerte und schaute zurück. »Ich schulde dir was«, sagte er.

Er konnte ihre Augen nicht sehen, nur sein eigenes Spiegelbild in ihrer dunklen Sonnenbrille. Ihre Lippen öffneten sich und zeigten eine Sichel perfekter weißer Zähne. »Nächstes Mal«, sagte sie, »sollten wir wenigstens« – sie beugte sich näher vor, flüsterte das Verb.

Er hatte kaum das Trittbrett überwunden, als sie anfuhr und die Beifahrertür durch die Wucht ihrer Beschleunigung zuschlug. Er sah zu, wie sich der Mercedes in den Verkehr einreihte, den Geschmack ihrer Lippen noch auf seinen.

15.
Ein akuter Fall von Miesepetrigkeit

Die Ralph-Lauren-Cap tief über die Augen gezogen, pirschte sich Evan bei Anbruch der Dunkelheit in Richtung Castle Heights. Er konzentrierte sich so gut es ging und wandte sein Gesicht von den Sicherheitskameras der Geschäfte, Geldautomaten und Ampeln ab, die Raser fotografierten. Das Dritte Gebot verlangte, dass er seine Umgebung beherrschte, aber er spürte, wie sein Fokus die Außenwelt mit dem felsigen Terrain seiner inneren Landschaft verschwimmen ließ.

... eine Nadel sticht durch sein Hemd ...

Sein RoamZone knackte unter dem Absatz seines Stiefels und er schmiss die Trümmer in einen Abwasserkanal. Vor den Kinosälen standen Gruppen von Studenten, lachten und machten Selfies. Er ging an einem Café vorbei, aus dem der Duft von Shisha und gegrilltem Fleisch wehte, an einem Straßenmusiker, der eine abgenutzte Gitarre mit nur noch zwei Saiten spielte, und an einer Green-Cross-Apotheke, in deren Nähe ihn der erdige Geruch von Gras umfing.

... Windschutzscheibe aus Spinnweben ...

Er hatte sich während seiner Gefangenschaft zusammengerissen, aber als er den Bürgersteig an seinen Fersen fühlte, den kandierten Geruch von Vape-Pens sowie das ranzige Aroma von Fett und Kartoffeln aus der Imbissbude einen Block weiter einatmete, spürte er, wie sich die Teile seiner Gefangenschaft in ihm bewegten, scharfe Bruchstücke mit gezackten Kanten.

... ein rundlicher Mann, nach vorne gesackt, das Gesicht in seiner Schüssel Suppe ...

Er näherte sich nun der Lobby, Bilder und Empfindungen

wirbelten durcheinander, die Barriere zwischen Vergangenheit und Gegenwart war so dünn wie die Eisschicht auf einem gut geschüttelten Martini. Er riss seine Gedanken zusammen und trat durch die Glastüren ein. Joaquin begrüßte ihn hinter dem Sicherheitspult.

»Hallo, Mr. Smoak.«

... die Füße der anderen Jungs, die ihn wachhämmern ...

Evan versuchte, sich auf Joaquins Worte zu konzentrieren, verlor sie und erkannte anhand von Tonfall und Kadenz, was er sagte: »Smalltalk, Smalltalk, Smalltalk.« Joaquin grinste ihn an und wollte den Aufzug rufen. »Smalltalk?«

Evan nickte, ahnte, was er meinte, und zwang sich zu einer Antwort durch den verengten Kanal seiner Kehle. »Smalltalk.«

... Granatwerfer mit breitem Lauf ...

Auf tauben Beinen bewegte er sich zur Aufzugstür. Eine hektische Bewegung vom Sofa gegenüber den hohen Fenstern, die auf den Wilshire Boulevard hinausgingen. Und dann kam Lorilee Smithson, 3F, auf ihn zugestürmt.

Er wandte sich ab, als er den Aufzug betrat, aber sie stieg mit ihm ein und zwitscherte ihm an die Schulter. »Smalltalk-Smalltalk-Smalltalk-Smalltalk.«

Er sagte: »Aha.«

»Smalltalk-Smalltalk.« Sie sah ihn jetzt an, ihr mit Botox *verbessertes* Gesicht verwandelte sich in ihre beste Annäherung an freundliche Besorgnis. Der Moment verlangte, dass er ihren Blick erwiderte. Er starrte sie an und bemühte sich, die Konzentration zu halten.

Sie legte ihm eine manikürte Hand auf die Schulter –

... eine Handfläche an seiner Wange ...

– und beugte sich vor, ihr Gesicht mit Foundation verschmiert. Ihr Parfüm roch kränklich-süß, schwer nach Orchidee. Eine seltene Falte zeichnete den Raum zwischen ihren Augenbrauen. Er zwang sich, in die Gegenwart zurückzukehren und ihre Worte aufzunehmen. »Sieht aus, als hätte da jemand einen akuten Fall von Miesepetrigkeit.«

Er spannte die Muskeln seiner Wangen an, zog seinen Mund in so etwas Ähnliches wie eine angenehm ruhende Form. »Small–«, sagte er, »talk.« Seine Augen stachen an ihrem üppigen Ausschnitt vorbei auf die Aufzugsnummern. Ein Klingeln für den dritten Stock, Lorilees Stockwerk, und dann lehnte er seinen Arm an die Tür, als wolle er das Auseinandergleiten beschleunigen, und geleitete sie hinaus.

Sie starrte ihn blinzelnd an, bis sich der Fahrstuhl wieder schloss und sie aus dem Blickfeld verschwinden ließ.

Er atmete aus, ließ sich gegen die Wand sinken und stützte sich mit der Hüfte gegen das dicke Metallgeländer.

Sinfonie der Paranoia.

Er verließ den Aufzug.

... eine Makarow-Pistole in der Hand ...

Ging den Flur entlang.

... leuchtend orangefarbener Streifen um den Lauf ...

Öffnete die Tür seines Appartements.

... sein Fleisch und seine Fasern gehorchen ihm nicht mehr ...

Er zog sich aus, Stiefel, Socken, Boxershorts, schob das Bündel in den Kamin, schürte zwei Zedernholzscheite an und verbrannte alle Spuren der Außenwelt, die ihn befleckt hatten.

... Schweiß kühlt an seinem Haaransatz ...

Unter die Dusche, die so heiß war, dass sie Striemen verursachte, und er schrubbte seine Arme, Beine und Brust mit Pfefferminzseife, die seine Haut sauber brannte.

... Blut auf den Asphalt sabbernd ...

Dann lehnte er sich über das Waschbecken und schnitt sich die Fingernägel, wobei er zwanghaft mit dem Daumen über die unebenen Stellen fuhr und sie immer tiefer schnitt, bis er am Nagelbett war.

... gestochen scharfes Sonnenlicht ...

Achtsam fegte er die Nägel auf, spülte und bürstete die Oberflächen, die sie berührt hatten, wusch und schrubbte seine Hände und verließ das Badezimmer.

... die umkippende Infusionsstange ...

In dem begehbaren Kleiderschrank zog er sich an, aber da waren Flusen auf seinem Hemd, die er aufhob und zum Mülleimer im Schlafzimmer brachte. Doch da blieb ein winziges Staubkügelchen auf dem Gussbetonboden, und er bückte sich, um seinen Daumen darauf zu drücken, aber er sah, dass da noch mehr Staubkörnchen an der Fußleiste waren, und sie waren überall, und wie sollte er die akzeptable Menge des Staubs bestimmen, den er auf dem Boden lassen konnte, anstatt ihn in den Mülleimer zu befördern, denn *wie man etwas tut, so tut man alles.*

... Muster an der Decke, ganz oben ...

Es war seine Zwangsneurose, die ihn anschrie, und er versuchte, das fehlgeleitete Betriebssystem in den Griff zu bekommen, aber alles, was er sehen konnte, waren Staub und Flusen, und alles, was er fühlen konnte, waren die winzigen Zacken auf seinen Fingernägeln, und er schloss die Augen und versuchte, zu Atem zu kommen.

... schwenkt sein Visier auf die Metallglieder eines hängenden Cafeteria-Schildes, die Art von einfachem Schuss, die er nie verfehlt ...

Das Zweite Gebot – *Wie man etwas tut, so tut man alles* – kollidierte mit der Realität und reduzierte ihn auf nichts als Verhaltensschleifen. Er wusste, dass er die Zwangsstörung in eine Schublade in seinem Kopf stecken und sie schließen musste, aber alles drehte sich zu schnell, als dass er es hätte festhalten können.

... der Herzschlag flattert in seiner Kehle ...

Er kontrollierte seinen Atem, fühlte den Boden unter seinen nackten Füßen und verdrängte den Gedanken an Fusseln und Staub an seinen Sohlen, ging zurück in seinen begehbaren Kleiderschrank und schloss die Tür hinter sich.

Darin war es dunkel – *weiße Krankenhauswände* – bis auf den Lichtstreifen an den Rändern – *die Augen des Mystery Man hinter Ray-Bans versteckt* –, so dass er all das Durcheinander und die Unvollkommenheiten nicht sehen konnte – *er redet nicht viel* – und er schob die Woolrich-Hemden auf ihren Bügeln beiseite – *eine winzige Hand greift nach einer glatten weißen Stange* –, um Platz zu schaffen, und ließ sich hinunter – *gefesselt, vergittert und angekettet* –, und der Stapel brandneuer Original-S.W.A.T.-Schuhkartons kippte um – *ein Löwe, ein Zebra* – und ein Bild von Joey flackerte über den Bildschirm seines Verstandes – *fünfzigtausend Volt* – und ihm wurde klar, dass er sie in seinen Gedanken am weitesten von all dem entfernt gehalten hatte, seine Achillesferse, seine größte Schwäche, und – *kein lebhafter Wind, keine Schatten* – er hatte sich nicht einen einzigen Augenblick lang damit beschäftigt – *du weißt, wie es ist, machtlos zu sein* –, was es mit ihr machen würde, wenn er weg wäre.

Er drückte sich mit dem Rücken an die Wand und zog die Knie an die Brust. Er kramte in einer Schublade an seiner Seite, und dann hielt er ein Ersatz-RoamZone in seiner Hand. Er hatte die Nummer eingegeben und die Anruftaste betätigt, bevor er merkte, wen er anrief.

Tommy Stojack nahm nach dem vierten Klingeln ab. »Howdy.«

Das Schmatzen der Lippen, als die Luft eingesogen wird.

Evan konnte sich die Camel Wide vorstellen, die dauerhaft unter Tommys Biker-Schnurrbart nistete, konnte das Echo seiner Stimme von den harten Oberflächen seines Waffenschmiede-Lagers widerhallen hören, einer rostigen Topografie aus Walzwerken und Drehbänken, Munitionskisten und Reagenzgläsern.

Evans Stimme klang, als gehöre sie zu jemand anderem.

»Tommy.«

»Was?«

»Ich bin da.«

»Wo?«

»Im Schmerz.«

Eine lange Pause. Ein weiteres Einatmen, das weiße Rauschen des ausgeatmeten Rauchs. »Soll ich kommen?«

»Nein.«

»In Ordnung.«

Wieder Stille. Im Hintergrund tropfte Wasser und eine Maschine summte.

»Sei verdammt noch mal demütig«, sagte Tommy. »Und bleib dankbar.«

»Okay.« Evan stellte sich die zwanzig Meter zwischen ihm und dem baumelnden Cafeteria-Schild vor. Kein lebhafter Wind, keine Schatten, keine ablenkenden Spiegelungen. Er öffnete seinen Mund. Machte ihn zu. Versuchte es erneut.

»Ich habe nicht getroffen, Tommy.«

»Was hat es dich gekostet?«

»Eine Achtelsekunde.« Evans Lippen fühlten sich trocken und rissig an. »Weißt du, wie viel das ist?«

»Es ist«, sagte Tommy, »ein ganzes Leben.«

Mehr Stille. Evan erinnerte sich selbst daran, weiter zu atmen.

»Das Alter holt sich uns alle.« Ein Quietschen und ein leises

Zischen, zweifellos drückte Tommy seine Zigarette in dem restaurierten Bullauge aus, das er als Aschenbecher benutzte. »Also lernt man.«

»Was lernen?«, fragte Evan.

»Verschiedene Muskeln zu benutzen.«

Evan konnte das im Moment nicht begreifen.

»Der Fehlschuss«, sagte Tommy. »Hat der dich so runtergezogen?«

»Nein.«

»Was war es dann?«

»Drei Black Hawks, fünf Counter Assault Teams, ein paar Dutzend LAPDler, ein Konvoi gepanzerter Geländewagen und ein Haufen Secret Service Agents.«

Tommy zollte dem ein paar Sekunden Respekt. »Und doch bist du hier.«

»Das spielt keine Rolle. Sie haben mich. Sie hatten mich.«

»Und jetzt haben sie dich nicht mehr«, sagte Tommy. »Du hast also zwei Möglichkeiten. Du kannst dich in deinem Leid suhlen und die Wunden lecken. Oder. Du gehst ganz tief in dich hinein. Findest die undichten Stellen. Und stopfst sie.«

Evan sagte: »Genau.«

Das Schnappen eines Zippos, das Knistern einer neuen Zigarette. »Du schaffst das«, beendete Tommy die Verbindung.

Evan saß mit an die Brust gezogenen Knien da und tat lange Zeit nichts anderes, als in der Dunkelheit zu atmen.

»Du bist okay«, sagte er sich. Seine Stimme war tief, stark, wie flüssiger Kies, wie die von Jack. »Du bist okay.«

16.
Vier Sekunden

In der Dunkelheit des Schranks atmete Evan vier Sekunden lang ein.

Hielt den Atem an, bis er vier Sekunden gezählt hatte. Atmete vier Sekunden lang aus.

Er hielt die Lungen für weitere vier Sekunden leer. Dann tat er es wieder.

17.
Eine sehr schlechte Nacht

Es war eine sehr schlechte Nacht.

18.
Unerreichbare Männer

Evan legte sich bäuchlings neben eine industrielle Klimaanlage auf dem nördlichsten Punkt des Luxuseinkaufszentrums Beverly Center Mall. Sein taktisches Steiner-Fernglas war über den San Vicente Boulevard auf die nach Osten ausgerichtete Fensterfront des Saperstein Critical Care Center gerichtet. Die Jalousie von Mias Fenster war halb heruntergelassen, um das Morgenlicht abzuschirmen, aber er konnte die Beule ihres Körpers unter den Krankenhauslaken ausmachen, einen Infusionsschlauch, der in einen blassen Arm führte, und den schemenhaften Umriss des Kopfes, der in ihren widerspenstigen kastanienbraunen Haarwellen auf dem Kissen lag. Sie schien zu schlafen.

In den Straßen rund um das Cedars-Sinai setzte das LAPD eine halbherzige Überwachung für den Fall fort, dass Evan dumm genug sein sollte, zurückzukehren. Es gab keine offensichtlichen Anzeichen für den Secret Service, aber ein paar dunkle Geländewagen, die in den nah gelegenen Straßen ihre Runden drehten, deuteten darauf hin, dass sie einige Einheiten zurückgelassen hatten, um die Gegend zu erkunden. Als er sich dem überfüllten Einkaufszentrum genähert hatte, hatte er auf die Überwachungskameras geachtet und einen Keilabsatz in seinen linken Stiefel gelegt, um eine mögliche Erkennung seines Gangs zu verhindern.

Er beobachtete. Und er wartete.

Die Sonne brannte ihm auf den Rücken, die träge Oktoberbrise war eher sommerlich als herbstlich. An seinem Bauch spürte er das Dröhnen des Verkehrs auf den Parkdecks unter ihm.

Das RoamZone ruhte neben dem Gesicht auf dem blendend weißen TPO-Dach. Es klingelte und warf holografische Schallwellen neben seiner Wange auf, die Anrufer-ID wurde ebenfalls in 3D projiziert.

Er hielt das Fernglas mit einer Hand fest und nahm an.

»Bist du mit deinem Gejammer fertig?«, fragte Tommy.

Evan sagte: »Ja.«

»Gut. Gestern Abend klang es so, als hättest du 'nen Klavierdraht um den Sack gehabt.«

»Ich wünschte, es wäre so angenehm gewesen.«

»Tja, verdammt, wollte dich nicht durchdrehen lassen.« Tommy stöhnte auf, als er sich erhob oder setzte, die wiehernden Gelenke eines treuen Kriegspferds. »Hast du heute irgendwelche großen Pläne?«

Evan verfolgte einen ihm bekannten Undercover-Geländewagen, der in den Beverly einbog. »Nicht wirklich. Und du?«

»Ich gehe raus, trink meine morgendliche Ladung *Halt die Fresse* und füttere die Moskitos. Erledige eine Bestellung für das Verteidigungsministerium und dann nehm ich 'ne sehr ausführliche Dusche. Heute Abend habe ich 'ne Süße zu Besuch.«

»Eine Süße?«

»Die hübsche kleine Zahnpflegerin will mich vor mir selbst retten.«

»Da hat sie viel Arbeit vor sich.«

»Ja, aber sie ist entschlossen.«

Eine seltene, peinliche Pause.

»Also gut«, meinte Tommy. »Wenn du damit fertig bist, mich zu nerven ...«

»Ich brauche einen neuen Truck.«

»Scheiße«, sagte Tommy. »Schon wieder? Was ist dieses Mal passiert?«

»Irgendwo zwischen den Agenten, den Black Hawks, Counter Assault Teams, Polizisten und gepanzerten Geländewagen habe ich ihn verlegt.«

»Das sieht dir ähnlich. Also gut, ich rüste einen neuen für dich aus. Sollte bis Samstag fertig sein.«

»Tommy?« Evan schürzte seine Lippen. Die Brise wehte warm und gleichmäßig über sein Gesicht.

»Dank mir nicht«, sagte Tommy. »Bring Cash mit.« Es klickte, als der Anruf beendet wurde.

Durch das Fernglas sah Evan zu, wie Mia weiterschlief. Bei Tagesanbruch hatte er Joey eine SMS geschickt, um sie zu bitten, alles über Luke Devine herauszufinden, was sie konnte. Jetzt, wo er frei und sauber war, war er sich nicht sicher, warum er sich die Mühe machte. Die Prioritäten von Präsidentin Donahue-Carr waren nicht seine Prioritäten. Devine bedeutete ihm nichts. Und doch konnte er nicht anders, als neugierig auf einen Mann zu sein, der als ausreichend bedrohlich für die Führerin der freien Welt angesehen wurde, um die Operationen der vergangenen Tage in Gang zu setzen.

Joeys Antwort zeugte von ihrem üblichen Taktgefühl und ihrer Offenheit: *Wo zum Teufel warst du letzte Nacht?*

Er wusste, dass er sie irgendwann einweihen musste. Sie würde endlose Fragen und alle Varianten großer Gefühle haben, und dazu hatte er noch nicht die Kraft, nicht angesichts dessen, was er mit Mia zu erledigen hatte.

Eine Bewegung an Mias Tür weckte seine Aufmerksamkeit, sein Griff um das Fernglas wurde fester. Ein Pfleger kam herein und trug eine Vase mit Blumen, ein üppiger Strauß in Blau und Gelb. Mia rührte sich nicht. Der Pfleger stellte sie leise auf die Fensterbank und zog sich zurück.

Evan wartete zehn Sekunden, bevor er auf seinem RoamZone

die Anruftaste drückte. Mia bewegte sich im Bett. Sie drehte sich leicht und rieb mit einer Faust im Auge. Durch einen betäubten Schleier blinzelte sie auf das Klingeln, das von den Begonien ausging. Evan wurde klar, dass er vielleicht den psychedelischen Effekt der Täuschung unterschätzt hatte. Mia blinzelte den Strauß noch einmal an. Evan legte auf. Und rief wieder an.

Mia starrte die Blumen misstrauisch an. Schließlich beugte sie sich vor, ließ sie auf ihren Schoß gleiten und kramte in den Stängeln herum. Zum Vorschein kam ein in einem Zipbeutel versiegeltes Wegwerfhandy. Sie betrachtete den bizarren Anblick noch einige Sekunden lang.

Dann zog sie das Handy heraus und ging ran. »Hallo?«

Evan hatte gedacht, er würde ihre Stimme nie wieder hören. Sie unter diesen Umständen zu hören, schien ein besonders böser Streich des Schicksals zu sein.

Nur ein Wort kam über seine Lippen: »Mia.«

Er sah sie durch die Linsen des Fernglases in vielfacher Vergrößerung. Ihr Gesicht verzerrte sich wie bei einem Schluchzer, aber sie gab keinen Laut von sich. Sie presste einen Fingerknöchel an ihren Mund. Glättete ihren Ausdruck. Als sie sprach, war ihre Stimme fest. »Mr. Danger.«

»Bitte entschuldige den kleinen Taschenspielertrick.«

Er hatte kaum eine Wahl. Wenn die Regierung die Verbindung zwischen ihnen entdeckte, konnte das auch jeder andere tun. Jeder einzelne Feind, den er sich in jedem einzelnen Land gemacht hatte.

»Besser als eine dieser singenden Genesungskarten«, sagte sie.

Er sah zu, wie sie die Blütenblätter streichelte. Er spürte die Schwere, die durch die Verbindung ging, von ihm zu ihr, von ihr zu ihm. Außerhalb eines Einsatzes hatte er sich selten so mit einem anderen Menschen verbunden gefühlt.

»Nach dem, was ich von dir weiß«, sagte sie, »wärst du hier, wenn du könntest.«

»Ja.«

»Ob Hölle oder Hochwasser.«

»Ja.«

»Dass du nicht hier bist ...« Sie schob das Telefon von ihrem Gesicht weg, bedeckte ihren Mund. Ihre Wange glitzerte. Sie atmete tief durch. Hielt das Handy wieder ans Ohr, ihre Stimme wieder gefangen. »Es muss schon etwas Großes sein.«

»Ja.«

»Leben oder Tod.«

»Ja.«

»Für dich.«

»Ja.«

Eine lange Pause.

»Und möglicherweise für mich und Peter.«

»Ja.«

Sie weinte leise, heimlich, in den Pausen ihres Gesprächs. Er ließ ihr die Zeit, versuchte, das Ziehen in seiner Brust zu lösen.

»Nach Rogers Tod hat mich mein Psychiater gewarnt, dass ich mich zu unerreichbaren Männern hingezogen fühle.« Sie lächelte jetzt. »Aber, Evan? Du bist wirklich die Kirsche auf der Sahnetorte.«

Ein leises Geräusch der Belustigung entrang sich ihm. Einen Moment lang lächelten sie zusammen und doch getrennt.

Sie neigte ihren Kopf zur Decke, um die aufsteigenden Tränen zu stoppen. »Peter sagte, du hättest dich um ihn gekümmert.«

»Ich habe es versucht.«

»Danke«, erwiderte Mia.

Er war sich nicht sicher, wie er darauf antworten sollte.

Sie nickte ein paar Mal. »Okay«, sagte sie. »Man sieht sich.«

Sie wartete, aber er konnte nicht die richtige Antwort geben. Egal, wie weit er gekommen war, das lag immer noch jenseits seiner Ausbildung, seines Fachwissens; eine Sprache, die er nicht fließend beherrschte.

Sie ließ das Telefon auf ihren Schoß sinken und beendete das Gespräch.

Evan lag eine Zeit lang mit gesenktem Kopf da, die Sonne brannte auf seinen Schultern.

19.
Charlie Foxtrott

Evan stand in seiner trockenen Dusche, in einer Hand hielt er einen kugelförmigen Eiswürfel, die andere schwebte über dem Heißwasserhebel. Ein respektvolles Zögern, bevor er das Siegel brach und die Schwelle in sein anderes Leben überschritt.

Ihm kam der Gedanke, dass die Verzögerung vielleicht nicht aus Respekt, sondern aus Angst vor dem Wiedereintritt erfolgte.

Bevor der Gedanke sich festsetzen konnte, ergriff er den Hebel. Eingebaute digitale Sensoren lasen seinen Handabdruck. Ein elektronisches Brummen zeigte die Durchgangserlaubnis an, und dann gab es einen dumpfen Knall, als sich die verborgene Tür öffnete, ihre getarnten Kanten deutlich hervortraten und ein rechteckiger Abschnitt gemusterter Fliesen aufklaffte.

Er betrat den Tresor.

Ein versteckter Raum, kalt und aus massivem Beton, ein Teil der Decke erzeugte ein spiegelverkehrtes Abbild der öffentlichen Stufen zum Dach. Serverregale, Munitionsschränke, ein Blechschreibtisch, vollgestopft mit Computerhardware. Drei der Wände waren mit papierdünnen OLED-Bildschirmen verkleidet, die zum Leben erwachten, als Evan sich in seinen Stuhl sinken ließ und die Maus anstupste. Er lenkte seine Aufmerksamkeit auf Vera III., seine kiefernförmige Aloe-Vera-Begleiterin, die keck in einer Schale mit regenbogenfarbenen Glaskieseln ruhte – Joey hatte sie ausgesucht. Er musste sich noch an die unordentliche Farbpalette gewöhnen, die sich von dem beruhigenden Kobaltblau unterschied, das er sonst bevorzugte. Die Schrillheit ließ seine Zähne schmerzen.

Er setzte den Eiswürfel in den Griff der fleischigen, gezackten Blätter von Vera III., um sie zu bewässern.

Sie schien gereizt zu sein, weil sie keine Aufmerksamkeit bekam. »Ich wurde aufgehalten«, beschwichtigte er sie.

Unbeeindruckt wich sie ihm aus und absorbierte launisch Kohlendioxid.

Er öffnete eine verschlüsselte Videotelefonie-App, hielt einen Moment inne, und rief Joey an. Er war mehr auf ihre Hacking-Fähigkeiten angewiesen, als er zugeben wollte. Und vielleicht wollte er auch ihr Gesicht sehen.

Joey nahm den Anruf an, doch alles, was er sah, war ein Deckenventilator. »X! Warte mal, warte mal. Ich habe Cheeto-Finger.«

Rascheln aus dem Off. Er wusste, wie sie mit den unteren Schneidezähnen den orangefarbenen Film von ihren Fingerkuppen schabte. Und sich nicht die Hände wusch. Und dann Dinge anfasste.

Plötzlich tauchte ihr Gesicht groß auf und gab ihm einen Blick auf ihre Nasenlöcher frei, bevor sich der Bildschirm in einem schwindelerregenden Manöver drehte und in einem Format stehen blieb. Sie befand sich in einem anderen Hotelzimmer und saß an einem runden Formica-Tisch inmitten der Trümmer ihrer Mittagsbestellung. Auf ihrem taillierten T-Shirt stand *Starke Frauen schüchtern Jungs ein ... und erregen Männer*. Sie hatte die Ärmel abgerissen, um ihre durchtrainierten Arme zu zeigen. Ihre Finger waren immer noch orange gefärbt, ein Rest Senf konturierte ihre Lippen. Hund, der Hund, schwebte mit der lauernden Ungeduld eines Aasfressers hinter ihr, die Schnauze sichtbar an ihrem Ellbogen, die Nasenlöcher pulsierend.

Sie warf einen Cheeto über ihre Schulter, und er verschwand. Das halbe Sandwich in ihrem Griff sackte bedenklich ab und ließ Truthahn und Salat herausrutschen. Sie knabberte an dem überstehenden Belag, drehte ihre überladene Faust, biss ein Stück Brot ab und fand dann etwas Senf auf ihrem Handballen. Sie kaute, und ihre Wangen zogen sich in die Länge.

Müde sagte Evan: »Josephine.«

»Was?« Sie sprach durch ein Massaker von halb zerkautem Essen. »Ich habe Probleme mit dem Sandwich-Verhältnis. Du weißt schon, wenn die Zutaten durcheinandergeraten und man nicht alle guten Sachen in einen Bissen bekommt. Bringt dich das nicht auch zum Kochen?«

Evan atmete tief durch.

Sie drehte ihre Hand und leckte noch etwas Senf von ihrem Zeigefinger. »Was? Passiert dir das nie?«

»Nie«, sagte Evan. »Ich habe dieses Problem nie.«

Mampfend schaffte sie es, einen Cheeto in ihren übervollen Mund zu stecken. »Nun, es geht alles an denselben Ort.«

»Stimmt«, sagte Evan. »Aber manche Prozesse sind weniger elegant als andere.«

»Excuuuuse-moi, Miss Manners. Ich wusste nicht, dass sich der Würger von Kinderhändlern, deren Blasen sich leeren, wenn er ihnen das Leben aushaucht, über den uneleganten Verzehr eines Club-Sandwiches empört.«

»Der Darm.«

»Hm?«

»Es ist der Darm, der sich entleert.«

Sie hielt im Kauen inne und starrte ihn angewidert an. Hund, der Hund, drohte mit einer erneuten Rückkehr, also warf sie einen zweiten Cheeto über die Schulter. »Du hast *TMI* echt durchgespielt.«

»Three Mile Island?«

»*Too much information*. Du bist buchstäblich hoffnungslos. Wie in: ohne jede Hoffnung.« Sie griff hinter sich und ließ das Sandwich auf den Boden fallen. Es schlug mit einem nassen Knall außer Sichtweite auf. Evan hörte das Kratzen von aufgeregten Hundepfoten. Joey wischte sich die Hände an einer Serviette ab und tupfte sich dann zart die Mundwinkel ab, vermutlich, um ihn zu beruhigen. »Also«, sagte sie. »Ich habe dich gestern Abend angerufen, und du bist nicht rangegangen. Und du gehst nie nicht ans Telefon. Also: Wo zum Teufel warst du?«

Er sagte es ihr.

Es dauerte ein wenig.

Als er fertig war, erwiderte sie: »WHAT?!«, was sie so langzog, dass ihr jeder Buchstabe einzeln aus dem Mund zu rutschen schien. »Ich weiß, dass du keine Witze machst, denn du hast keinen Sinn für Humor. Wirklich – du bist wie ein Charisma-Vakuum. Der ganze Scheiß muss dich mental ziemlich durcheinandergebracht haben.«

»Was hast du über Luke Devine herausgefunden?«

»Geschickte Umleitung, X. Aber im Ernst: Wie sehr hat es dich abgefuckt?«

»Ausdruck«, ermahnte Evan sie. »Mir geht's gut.«

»Vergiss nicht, dass du einen negativen EQ hast«, sagte Joey. »Das heißt, du weißt gar nicht, wie es dir geht.«

»Das behalte ich im Hinterkopf«, entgegnete er. »Luke Devine.«

»Nun, ich habe nicht die gesamte Hardware dabei, aber mit meinem voll ausgestatteten EuroCom Sky X9C kann ich so ziemlich alles machen. Und dieser Typ? Er ist wie ein feuchter Traum für Verschwörungstheoretiker. Alle möglichen verrückten globalen Geschäfte und Teams der besten Anwälte und VIPs tummeln sich in seinem Umfeld.« Sie lehnte sich vor und flüsterte: »Das steht für *Very Important People*.«

Seit ihrer letzten Beleidigung waren mindestens fünfzehn Sekunden vergangen. Ihre Beständigkeit war beruhigend.

»Ich verstehe also, warum Präsidentin Stock-im-Arsch so einen Film schiebt wegen ihm. Er ist so was wie ein führendes Mitglied der Il*LAHM*inati. Ich schicke dir jetzt einen ganzen Batzen anderer Informationen, die ich für deine heilige Undankbarkeit gesammelt habe, während ich mich unelegant ernährt habe.«

Überall um Evan herum liefen die OLED-Bildschirme heiß, und ein Ordner nach dem anderen wurde auf seinem Server abgelegt. Da er es schon lange aufgegeben hatte, sie von seinem System fernzuhalten, hatte er sich damit abgefunden, dass sie es von Zeit zu Zeit aus der Ferne steuern durfte. Er starrte auf die schier ausufernden Tabellenkalkulationen, Dokumente und Berichte. Es sah nach einer Menge Arbeit aus.

»Dieser ganze Geschäftskram ist mir egal«, sagte Evan. »Zwielichtig oder nicht. Wirkt irgendetwas an ihm wie …«

»Was?«

»Wie etwas, das mein Interesse wecken könnte?«

»Du? Wie in: der Nowhere Man, Retter der Verzweifelten und Verlorenen, Fürsprecher der Unterdrückten, Ausbund an weißem Rittertum?«

»Antworte einfach …«

»Tote Eltern, keine Geschwister, nie verheiratet – Devine ist sozusagen ein unbeschriebenes Blatt. Obwohl sein Sicherheitspersonal ein bisschen verdächtig ist.« Sie lehnte sich noch einmal vor und ihr Atem beschlug die Linse, während sie tippte. An der Wand des Gewölbes zu Evans Linken war eine Reihe neuer Dokumente zu sehen.

»Eine siebenköpfige Privatarmee, angeführt von diesem Kerl.«

Auf Joeys Fernbefehl kam ein Dossier zum Vorschein.

Derek Tenpenny. Eine Reihe von Fotos zeigte ihn aus verschiedenen Blickwinkeln. Es war selten, dass man einen Mann sah, der so groß und so schlank war, dass es wirkte, als stünde ein normaler Mann einem Zauberspiegel auf dem Jahrmarkt gegenüber. Er musste mindestens zwei Meter groß sein. Brauner, altmodischer Schnurrbart, schlichte Anzüge in Sondermaßen, ein seit mindestens zwei Jahrzehnten unmodern gewordener Seitenscheitel.

»Also, hier ist das Komische: Die anderen sechs? Söldner. Ehemalige Marines, unehrenhaft entlassen im Zuge eines Skandals um Trophäen-Fotos. Begnadigt von Andrew Bennett, unserem toten Lieblingspräsidenten.«

Evan klickte sich durch Tenpennys Untergebene und prägte sich Gesichter und Namen ein. »Sie haben mit feindlichen Leichen posiert?«

»Ja«, sagte Joey. »Sie haben sich ihren Weg durch ein Dorf außerhalb von Kandahar gebahnt. Bauern und Zivilisten, männliche Teenager und ein zwölfjähriger Junge. Natürlich haben sie es mit ihren Handys dokumentiert, wie die Deppen, die sie sind.«

»Nicht unbedingt Deppen.« Evan überflog die Dossiers und notierte sich die jeweiligen Einsätze der Marines. »Sie sind kampferprobt – viele Stunden auf Leben und Tod, in denen sie Höhlen und Trümmerhaufen nach hochrelevanten Zielen durchkämmt haben.« Er konzentrierte sich auf die Fotos des Anführers. »Tenpenny war also ihr Oberfeldwebel?«

»Viel bedrohlicher: Medien-Fixer. Arbeitete hinter den Kulissen einiger großer Kabelnachrichtensender, war sogar eine Zeit lang für Al Jazeera in Katar beschäftigt. Auszahlungen und Abfindungen, privater Sicherheitsdienst, so 'n Zeug. Aber wofür zum Teufel braucht ein Weltverbesserer wie Devine einen schmutzigen Kader wie diese Wichser?«

»Ausdruck«, sagte Evan. »Und die Antwort steckt in der Frage.« Zu seiner eigenen Überraschung musste er grinsen.

»Was?« fragte Joey.

»Il-*LAHM*-inati.«

»Du bist aber schnell«, sagte sie. »Und? Ist irgendetwas davon von Interesse für El Hombre de Ninguna Parte?« Ihr Akzent war auf den Punkt.

»Nein«, antwortete Evan. »Es ist nur noch mehr von demselben Chaos und derselben Korruption – Regierung, Militär, Privatsektor. Alles, was ich hinter mir gelassen habe. Ich wüsste nicht, warum mich das jetzt etwas angehen sollte.«

Ein leises Winseln ertönte hinter Joey, und dann tauchte Hunds Kopf auf. Große, traurige Augen, theatralische Wangen, gespitzte Ohren in verzweifelter Erwartung.

»Wie du siehst, werde ich vom Puparazzi zu einem Spaziergang aufgefordert.« Joey drehte sich zu Hund. »Ja, das machen wir! Wer hat Lust auf einen Spaziergang? Wer ist der hübscheste Junge, der Lust hat …« Sie schien zu bemerken, dass sie immer noch telefonierte, blickte zweimal in die Kamera und setzte wieder ihr finsteres Gesicht auf. »Ein interner Bericht des Justizministeriums aus einer gescheiterten Insider-Untersuchung listet seine anderen Geschäftskontakte auf, seine letzten Bekannten, seine Ex-Freundin, all das.« Sie beugte sich vor und legte Hund, dem Hund, ein Halsband mit Totenköpfen und gekreuzten Knochen an, was ihn vor Freude kläffen ließ. »Ich bin froh, dass du dich nicht darauf einlässt, X. Das sieht nach einem absoluten Clusterf– ähh, ich meine, einem Charlie Foxtrott aus, selbst für jemanden wie dich und dem, was du durchgemacht hast. Falls du jemals

Zugang zu deinen Emotionen finden solltest, kannst du dich gerne an eine weibliche Expertin wenden. Ich bin da, wenn du mich brauchst.«

»Das werde ich nicht.«

»Doch, das wirst du. Da bin ich einmal weg und du wirst direkt von der Regierung hochgenommen? Klingt das nach einem Zufall? Ich denke nicht.«

Mit diesen Worten beendete sie den Call.

Evan saß eine Zeit lang da und starrte auf all die Informationen, die um ihn herum aufgereiht waren. So viele Berichte und Ermittlungen, Geschäfte und Einflusssphären. Was für eine Erleichterung, dass Luke Devine und seine verworrenen Angelegenheiten nicht Evans Sache waren.

Er wollte schon die Programme schließen, als ihm ein Dokument des Justizministeriums ins Auge fiel, in dem die frühere Freundin, Echo Gabriel, zusammen mit einer Handynummer und einer Adresse in Manhattan genannt wurde. Eine unterstrichene Notiz in der Spalte lautete: *psychischer Missbrauch?* Sie hatten sich vor ungefähr zwölf Monaten getrennt.

Er erinnerte sich an das, was Naomi Templeton über Devine gesagt hatte: *Er war ein typischer aufstrebender Machtspieler, aber vor etwa einem Jahr schien er auf Hyperdrive zu gehen.*

Er fragte sich, ob Echo vielleicht irgendetwas darüber sagen könnte, was zu dieser Zeit passiert war.

Die Hand über der Maus schwebend, starrte Evan auf die Handynummer und führte ein inneres Streitgespräch. Vera III. musterte ihn vom Schreibtisch aus mit einem urteilenden Blick unter der Eiskugel, die sie wie ein pflanzlicher Atlas in die Höhe hielt.

»Gut«, sagte er. »Ein Sondierungsanruf. Dann bin ich raus.«

Er tippte die Ziffern in das RoamZone ein. Die Leitung klingelte öfter, als es Sinn ergab. Keine Mailbox. Er wollte gerade auflegen, als er das Klicken des Annehmens und das Rauschen des Windes hörte.

»Hallo?«

»Echo?«

»Ja?«

Sie wirkte jünger als ihre vierunddreißig Jahre.

»Ich hatte gehofft, Sie könnten mir ein paar Fragen über Luke Devine beantworten.« Ein leises Lachen, das von einem Windhauch über das Mikrofon davongetragen wurde.

»Ich bin gerade beschäftigt«, sagte sie verträumt.

»Es wird nur ein paar Minuten dauern.«

»Entschuldigen Sie bitte. Sie haben mich unterbrochen.«

Irgendetwas an ihrer Stimme.

»Wobei?«, fragte er.

»Dabei, mich umzubringen.«

20.
Ein Schrei nach Hilfe

Echo stand neben der hohen, schmalen Scheibe ihres offenen bodentiefen Fensters, die nackten Füße auf dem breiten Sims, und blickte elf Stockwerke hinunter auf den Broadway. Der Wind fuhr ihr durch Jeans und Sweatshirt, als wäre der Stoff gar nicht vorhanden. Sie konnte sich gut an der Innenseite des Fensterrahmens festhalten, so dass es alles in allem eine ziemlich sichere Erkundungsübung war, eine, die sie schon einige Male unternommen hatte, sich bis an den Rand dessen wagend, was ihre Nerven zuließen.

Sie hatte das Telefon in ihrer Tasche vergessen, dessen Klingeln sie fast von ihrem halbwegs sicheren Platz aufgeschreckt hätte. Sie hatte überlegt, nicht ranzugehen. Wenn sie den Sprung tatsächlich wagte, was würde ein unbeantworteter Anruf dann noch ausmachen? Doch einen Anruf nicht anzunehmen, der zufällig einging, kam ihr vor, als würde sie dem Schicksal einen Strich durch die Rechnung machen. Und wer konnte sich das schon leisten auf den letzten Metern?

Zuerst hatte sie gedacht, es könnte ihre Mutter sein, was ihr den finalen Stoß gegeben hätte. Ihre Mutter schöpfte ihr Vergnügen nicht aus irgendeinem Luxus, sondern aus der Überlegenheit, die sie empfand, wenn sie die Strenge ihrer eigenen verqueren Moral auf das Leben anderer anwandte, ein immerwährender Lackmustest, den niemand anderes bestehen konnte. Nicht, dass Echo jemals aufgehört hätte zu versuchen, ihn zu bestehen.

Die ganze Zeit nicht: Dartmouth, erste Cellistin im Orchester, Kapitänin des Ruderteams, magna cum laude, vier Jahre

Freiwilligenarbeit im musiktherapeutischen Programm des Kinderkrankenhauses. Sie war die erste in ihrer Klasse, die noch in ihrem Abschlussjahr ein Unternehmen gründete. Es handelte sich um ein Online-Start-up für Musiktherapie – oder, in Moms Worten, um einen Plan, mit dem Echo ihre *geldgierige Schnauze in den Trog der Medizinindustrie stecken* wollte.

Aber das Universum hatte sie an diesem Tag davor bewahrt, dass Mom mit ein paar scheinheiligen letzten Worten anrief, und ihr stattdessen einen Fremden geschenkt.

Der Mann am anderen Ende der Leitung wirkte angesichts dessen, was sie gerade gesagt hatte, erschreckend ruhig.

»Haben Sie einen Plan?«, fragte er.

»Sicher«, antwortete sie. »Nur ein weiterer Schritt.«

»Oh«, sagte er. »So ist das also.«

»Von Zeit zu Zeit komme ich hierher und überlege, was ich tun kann.« Sie dachte an ihr Christian-Pedersen-Cello, das unbenutzt auf seinem Ständer in der Wohnung stand. Wenn sie nicht spielen konnte, fühlte sie sich sprachlos. »Ich weiß nicht, ob ich es ernst meine oder ob das nur ein Schrei nach Hilfe ist. Aber ich wüsste nicht, wen ich eigentlich anschreie.«

Eine Windböe erfüllte den Hörer. Ein Taxi verschwand unter dem Vordach, und drüben auf der Madison hupte jemand und hielt die Hupe gedrückt, ein aggressives Dröhnen. Neben ihr ließ sich eine Taube auf dem Sims nieder, legte den Kopf schief und betrachtete sie neugierig, die stummen Taubenaugen weit aufgerissen mit dem Ausdruck des immerwährenden Taubenschocks.

»Sie wollen über Luke Devine sprechen?«, fragte sie.

»Nicht in diesem Moment«, sagte er. »Aber ich würde gerne wissen, was Sie mir über ihn sagen können, ja.«

Sie hielt inne. Was konnte sie ihm über Luke Devine erzählen?

Dass er sich auf dem schmalen Grat zwischen Brillanz und Wahnsinn bewegte? Dass es manchmal so aussah, als könnte er jeden dazu bringen, alles zu tun? Nicht sein Vermögen war berauschend, sondern die Furchtlosigkeit, die dazu geführt hatte, dass er Geld hatte. Nein, nicht nur die Furchtlosigkeit. Diese abenteuerliche Ader, die unter den heutigen Privilegierten und Zufriedenen so selten ist.

Das war es, was er ausstrahlte, ein altmodischer Funke von Genialität und Rücksichtslosigkeit. Das war es auch, was so viele wichtige Personen in sein Kielwasser spülte, was so viele unmögliche Deals in letzter Minute zustande kommen ließ, was alle zu ihm hinzog wie eine Droge, von der sie nicht glauben konnten, jemals ohne sie gelebt zu haben. Seine Überzeugung, dass jeder Augenblick das ganze Universum in sich barg, wenn man bereit war, ihm die nötige Aufmerksamkeit zu schenken.

In der kurzen, aber intensiven Zeit, in der sie zusammen waren, hatte er ihr gezeigt, wie sie in ihr Inneres blicken konnte, wie sie es nie zuvor getan hatte, mit all den Knöpfen, die in ihren Genen angelegt waren und die durch ihre Lebenserfahrung in den Vordergrund gerückt wurden. Wie sie die Aufs und Abs von Schuldgefühlen und Ängsten durch sich hindurchgehen lassen konnte, anstatt sie in sich einzusperren und an ihnen zu ertrinken.

Luke machte sie stärker, aber er pflegte mit seiner verspielten Scherzando-Stimme zu sagen, dass sie ihn besser machte. Dass sie ihn mit der Welt verband, ihn ins Gleichgewicht brachte. Er war ein unglaublich sensibles Instrument, das sie zu stimmen wusste. Ohne sie war er ein donnerndes Fortissimo, aber sie erinnerte ihn daran, auch das zarte Dolce zu leben, das die kraftvollen Töne so viel mächtiger machte.

Sie hatte sich das Cello immer als eine gespaltene Persönlichkeit vorgestellt, die von warm und tief zu hell und hoch schwang, die gelbliche Hitze von Bourbon gegen die Cyan-Kühle von Wodka ausbalancierte. Die Stimme des Cellos umspannte drei Schlüssel und verwandelte sich, um andere Instrumente zusammenzuhalten, um das Wimmern der Geigen zu erden oder das Knurren der Bässe anzuheben. Es brauchte eine seltene Seele, um dem Instrument zu erlauben, mit seinem vollen Wortschatz zu sprechen, und die Tatsache, dass sie zu dieser kleinen Gemeinschaft gehörte, war ihre größte geheime Freude. Sie glaubte gerne, dass sie das auch für Luke tat, ihn modulierte, um seine ganze Musikalität zum Tragen zu bringen.

Bis es nicht mehr ging.

In den letzten Monaten waren Lukes Arbeit und die Überlegungen, die sie begleiteten, immer umfangreicher geworden. Wenn er sprach, drängten sich die Worte aneinander, als wären zu viele Gedanken in seinem Kopf im Wettkampf darum herauszukommen, und als wäre sein Mund einen Kilometer weit zurückgefallen, unfähig, Schritt zu halten. Alles – auch sie – schien ihn zu langweilen. Er hatte ihr gesagt, dass er sich zunehmend überall gleichgültig fühlte, als wäre er in einer Szene, die er schon so oft durchgespielt hatte, dass er den Dialog für jede Rolle hätte selbst schreiben können. Dass er neue Herausforderungen und neue Grenzen brauchte. Die Energie, die in diesen Wochen von ihm ausging, war glänzend wie ein Diamant, doch ebenso hart. Er hatte sogar eine andere Haltung eingenommen, der Kopf ragte über den Körper hinaus, der präfrontale Kortex bestimmte über die Brust, das Herz, die Beherztheit, überwältigend und effektiv, in der Lage, sich selbst von allem zu überzeugen.

Sie hatte befürchtet, er würde beschleunigen. Wenn er er selbst war, war er der Beste.

Aber wenn er zu schnell war, war seine Leistung schlecht.

»Ich weiß nicht, wie ich Ihnen Luke beschreiben soll«, sagte sie zu der Taube auf dem Sims und dem Mann am Telefon. »Oder irgendjemandem sonst. Ich weiß nur, dass ich mich seit unserer Beziehung … herabgesetzt fühle. Es ist so demütigend, dass ich so schwach war, ihn das mit mir machen zu lassen.«

»Es wäre erniedrigender, wenn Sie sich deswegen umbringen würden.«

Zum ersten Mal seit langer Zeit fühlte sie sich wirklich amüsiert. »Ich weiß«, sagte sie. »Das ist ja das Problem.« Sie trat nach der Taube, die unbeeindruckt zurückflatterte und dann mit taubenhafter Selbstverständlichkeit in den Wind kackte. »Und wissen Sie, was noch schlimmer ist?«

»Nein«, sagte er. »Aber ich würde es vorziehen, wenn Sie es mir sagen, sobald Sie wieder drinnen sind.«

Sie war überrascht, sich selbst lachen zu hören. »Warten Sie kurz.«

Sie zwängte sich durch das Fenster zurück, die Wärme der Wohnung umfing sie. Ihre Füße waren an manchen Stellen bereits taub geworden. Sie ging durch das Badezimmer ins Studio und kuschelte sich in die Plüschdecke auf der Couch. »Okay«, sagte sie.

»Sagen Sie mir, was noch schlimmer ist.«

»Luke konnte alles sehen, was mit mir nicht stimmte.« Sie rieb den Saum der königsblauen Decke an ihrer Wange und starrte auf ihr Cello, das neben dem Beistelltisch an der Eingangstür verstaubte. »Er hat es bei mir gesehen, bei jedem, nur nicht bei sich selbst. Es war nicht die ganze Wahrheit. Aber es war wahr. So ist Luke nun mal. Und … Gott.«

»Was?«

»Selbst jetzt über ihn zu sprechen, fühlt sich wie Verrat an. An ihm! So etwas treibt einen doch in den Wahnsinn. Wie kann man wütend bleiben, wenn Teile von ihm so …«

»So was?«

»So gut sind.« Hitze in ihrem Gesicht, Druck hinter ihren Augen. Es entstand eine so lange Pause, dass sie sich fragte, ob der Anrufer aufgelegt hatte. »Noch da?«

»Das bin ich.« Eine kürzere Pause. »Werden Sie mir mehr über ihn erzählen?«

»Hm. Ich denke schon. Es ist nur …«

»Was?«

»Ich kann kein Instrument in Ihrer Stimme hören«, sagte sie.

»Ist das Absicht?«

»Haben denn die meisten Menschen ein Instrument in ihrer Stimme?«

»Jeder«, sagte sie. »Wer sind Sie? Wie heißen Sie?«

»Wenn ich zu Ihnen fliege, versprechen Sie mir dann, dass Sie sich nicht umbringen, bis ich da bin?«

Der Wind schlug heulend gegen das Fenster, und das Gebäude erwiderte mit einem Knarren. Eingehüllt in die Decke und die Glut ihrer eigenen Körperwärme, fühlte sie sich so sicher wie seit Monaten nicht mehr.

»Warum zum Teufel nicht«, sagte sie.

21.
Gefallener Engel

Sieben Stunden später saß Evan in Echos gehobener Einzimmerwohnung auf einem Stuhl, den er von der Küchenzeile geholt hatte. Sie lag in eine Decke eingekuschelt auf der Couch, auf die sie sich – wie er annahm – von dem Sims zurückgezogen hatte, als er heute Morgen mit ihr gesprochen hatte. Shabby-Chic-Möbel und beruhigende in Swiss-Coffee gestrichene Wände wärmten der. Ort, und doch schien alles an ihm um Heiterkeit bemüht – die Crate-&-Barrel-Deko, der Teppich unter seinen Füßen, der verzweifelte Strauß Gänseblümchen, der aus der kunstvoll verzierten Suppendosen-Vase auf einem Tresen, der als Küche durchging, herauslehnte.

Evans Reise nach Manhattan war dank der Großzügigkeit von Aragón Urrea reibungslos verlaufen. Urrea hatte Evan vor einiger Zeit ausfindig gemacht und ihn um Hilfe dabei gebeten, seine vermisste achtzehnjährige Tochter wiederzufinden. Die Mission war gefährlich und zermürbend gewesen und hatte Evan fast das Leben gekostet. Der Preis, den er für seine Unterstützung verlangte, war, dass Aragón in seinen künftigen Geschäften die Gesetze achtete. Oder zumindest die Moral. Überwältigt von Dankbarkeit ging Aragón weit darüber hinaus und stellte Evan seine kleine Flotte von Privatflugzeugen zur Verfügung, wann immer er diskret reisen musste, was immer der Fall war.

In Anbetracht des erneuten Interesses der Regierung, ihn zu jagen, war Evan froh, einen Flug nutzen zu können, der keine Sicherheitskontrollen, keine Verkehrsflughäfen und keine gefälschten oder sonstigen Dokumente erforderte.

Das Gebäude, in dem Echo wohnte, war Manhattan-winzig, aber Tribeca-ansehnlich. Abgesehen von den überquellenden Mülltonnen in der gegenüberliegenden Gasse und einem Mann, der unter einer glänzenden Thermodecke auf den benachbarten Stufen schlummerte, wirkte der ganze Block wie frisch poliert.

Es ging langsam, aber sicher auf Mitternacht zu. Echo hielt mit beiden Händen eine dampfende Tasse Tee fest. Sie hatte noch keinen Schluck getrunken; schien ihn nur zubereitet zu haben, um sich daran zu wärmen.

In unregelmäßigen Abständen hatte sie erzählt und ein Mosaik aus einer Beziehung gemalt, die sowohl wunderbar als auch schädlich war. »Vielleicht gehören diese Teile zusammen«, sagte sie, wieder in diesem verträumten Tonfall, den sie am Telefon gehabt hatte. »Ich glaube, etwas in mir liebt ihn immer noch. Haben Sie eine Ahnung, wie wütend mich das macht?«

Da Evan kein Experte für Beziehungen war, hielt er den Mund. Dampfschwaden stiegen aus ihrer Tasse auf und umrahmten ihre klaren Gesichtszüge. Sie war hübscher, als sie sich selbst zugestehen wollte, schlaffes Haar umschmeichelte die glatte, blasse Haut ihres Gesichts. Ihr schlanker Körperbau ging bereits leicht in Richtung abgemagert. Evan schloss eine Essstörung nicht aus.

»Es klingt, als hätte es eine Veränderung in ihm, in Ihrer Beziehung gegeben.«

Ihr Blick schweifte ab.

»Was ist passiert?«

»Es ist schwer … es ist schwer, darüber zu sprechen.« Ihre Lippen zitterten, aber ihr Gesichtsausdruck blieb ruhig.

»Alles geschieht zu Ihren Bedingungen«, sagte Evan. »Wenn

Sie nicht mehr reden wollen, dann tun Sie es bitte auch nicht.«

»Aber Sie sind den ganzen Weg hierhergekommen.«

»Sie sind mir nichts schuldig.«

Eine Zeit lang starrte Echo in ihren Tee hinunter. Evan rieb seine Fingerspitzen aneinander, die jeweils mit einer kaum sichtbaren Schicht Sekundenkleber überzogen waren, um seine Fingerabdrücke zu verbergen. Irgendwo im Haus polterte es in einem Wasserrohr. Die altmodische Uhr in der Küche hatte einen kräftigen Sekundenzeiger, der erst eine Minute und dann eine weitere Minute vorwärts tickte.

Sie begann zu sprechen, zögerte, rang sich durch. »Er hat aufgehört, seine Medikamente zu nehmen.« Die Worte kamen überstürzt heraus, als müsste sie sie mit Gewalt erzwingen, bevor sie die Nerven verlor. »Er sagte ... er sagte, sie würden ihn ausbremsen.«

»Medikamente gegen was?«

»Ich weiß es nicht genau. Aber sie haben ihn beschwichtigt. Sie machten ihn freundlich.«

»War er nicht nett, wenn er zu sehr beschleunigte?«

»Nein«, sagte sie. »Nein. Wenn Luke eine Gabe hat, dann die, andere Menschen dazu zu bringen, das zu tun, was er will. Er sagte immer, er könne die Marionettenschnüre sehen, an denen die Leute hingen. Er konnte sie in diese und jene Richtung ziehen. Und wenn er jemanden für unwürdig hielt, konnte er einfach ...«, ihre gestikulierenden Finger formten eine Schere. »Er ist nicht nur ein Narzisst. Nein, das wäre einfacher. Aber Luke, Luke dringt in deinen Kopf ein. Ganz und gar. Bringt einen dazu, Dinge zu tun.«

»Hat er Sie jemals geschlagen?«

»Nein.«

»Sie bedroht?«

»Nein.«

Evan brauchte einen Moment, um die Skepsis aus seinem Tonfall zu filtern. »Was dann? Wie bringt er Sie dazu, Dinge zu tun?«

Ihr Blick war durchdringend. »Wenn Sie ihn treffen, werden Sie es herausfinden.«

Er fragte sich, ob Echos Gefühle mehr über sie verrieten als über Luke.

Sie beobachtete ihn aufmerksam. »Was?«

Anschuldigung lag in ihrem Tonfall.

Evan ging behutsam vor. »Niemand kann Sie zu irgendetwas zwingen.«

»Sie verstehen es nicht.« Sie schüttelte den Kopf. »Plötzlich tust du etwas, von dem du dachtest, dass es deine Idee war. Aber das war es nicht. Es war seine.«

Vieles von dem, was sie sagte, war ausweichend, vage und frustrierend.

»Wenn er beschleunigt, gibt es nur zwei Dinge«, sagte sie. »Der Eintritt des Ereignisses, nach dem er verlangt. Und Kollateralschäden. Sein Vorgehen wird so schnell, dass er vergisst, dass andere Menschen ... nun ja, Menschen sind. Wir sind so viel langsamer, belastet mit Gefühlen und ... und Rücksicht.«

Luke Devine wirkte genauso rätselhaft, wie es das von Naomi Templeton vorgestellte Profil nahegelegt hatte. Und Evan war sich nicht sicher, wie viel mehr Klarheit er jetzt von einer Ex-Freundin bekommen konnte, die vor nicht einmal zehn Stunden noch am Rande des Abgrunds gestanden und den Sprung in Erwägung gezogen hatte.

»Wofür nutzt er seinen Einfluss?«, fragte Evan.

Sie lachte freudlos. »Er setzt Gesetze durch, die er für richtig hält. Er schließt milliardenschwere Verteidigungsverträge.

Zerstört die Existenzgrundlage von Konkurrenten, die es wagen, ihn herauszufordern. Untergräbt unbequeme Nachrichtenmeldungen. Zwingt ausländische Staatsoberhäupter, deren Interessen nicht mit seinen übereinstimmen, in die Knie.« Sie hob eine Schulter zu einem halbherzigen Achselzucken. »Wonach auch immer ihm der Sinn steht.«

Evan dachte an das Eine-Billion-Dollar-Umweltgesetz von Präsidentin Donahue-Carr, auf Eis, wartend auf die Zustimmung von zwei Senatoren, die Devine kontrollierte.

»Warum sind Sie bei ihm geblieben?«, fragte er.

»Ich habe gehofft, dass er wieder so sein würde wie früher. Und die Sache mit den Menschen, die …«

»Die was?«

»… verrückt sind. Brillant. Verrückt brillant. Wenn man mit ihnen zusammen ist, hat man das Gefühl, dass es die eigene Schuld ist, sofern man nicht stark genug ist. Du glaubst, es liegt an dir. Und …«

Evan wartete.

»Mein ganzes Leben lang«, fuhr Echo schließlich fort, »hatte ich das Gefühl, dass ich warte. Darauf, dass das Leben besser wird, dass ich … ich weiß nicht, ankomme. Dass ich glücklicher oder sicherer werde. Das ist dumm, das ist mir klar. Aber mit ihm? Es fühlte sich nicht mehr wie warten an. Es war, als wäre ich endlich ganz da. Alles war wie« – sie schloss die Augen, die Lippen zusammengepresst – »wie das erste Mal das Bach-Präludium zu spielen.« Ihre Augen öffneten sich abrupt, als ob sie die Dunkelheit nicht mehr als sicher empfand. »Bis alles anders wurde.«

Das Gespräch war noch nicht bei Dingen angekommen, die Evan über Luke Devine in Erfahrung bringen wollte. Aber er hatte von Jack gelernt, dass das, was er wissen wollte, nicht immer das war, was er wissen musste.

»Die besten Menschen sind auch die schlechtesten«, erklärte Echo weiter. »Ihre ganze Sensibilität und Einsicht konzentriert sich auf dich – auf dein wahres Ich. Es ist, als wüssten sie, welche Akkorde sie anschlagen müssen, um Resonanz zu erzeugen. Mit dir selbst, mit der Welt. Aber wenn man sie erst einmal hereingelassen hat«, ihre Miene verfinsterte sich, »können sie dieselben Akkorde mit einem Hammer anschlagen. Und dich so stark zum Vibrieren bringen, dass du glaubst, du würdest auseinanderbrechen.« Sie blinzelte und blinzelte, aber die dicken, runden Tränen fielen nicht. »Das ist es fast nicht wert. Sich zu öffnen. Verstehen Sie, was ich sagen will?«

Evan dachte an das in sich geschlossene Ökosystem seines Penthouse, seine Betonböden, die fleckenfreien Arbeitsflächen, die makellose Fassade des begehbaren Eisschranks, so kalt wie die isländische Landschaft. Er dachte an die Veras, an denen er gescheitert war, an den vertikalen Garten im Inneren, der komplementär zu ihm atmete, Kohlendioxid aufnahm und zu seinem Sauerstoff umwandelte, und wie all das ihn vor dem Chaos der Welt schützte. Der Puppenhausausblick durch die nach Osten ausgerichteten Fenster, die auf das Leben im Gebäude gegenüber blickten – ein weibliches Paar, das Karaoke sang, lateinamerikanische Eltern, die einem Kleinkind das Tamburinschlagen beibrachten, ein älterer Mann mit einer bettlägerigen Frau, der jeden Abend stundenlang an seinem Herd stand und kunstvolle französische Gerichte für zwei Personen zubereitete. Lärm, Farben, Gerüche. Das Leben in all seinem Reichtum. Ein Leben, das Evan nur durch ein Aquarienglas beobachten konnte, während er siebenfach destillierten Wodka trank, der sein Inneres reinigte und dafür sorgte, dass keine Verschmutzung der Außenwelt in ihm Wurzeln schlagen konnte.

Er sagte: »Nein.«

»Nun, Luke war so. Ein Typ mit einem Hammer. Flüchtig. Charmant. Gefährlich. Alles voll von … Zuviel. Er ging von der A-Saite zur C-Saite. Nichts dazwischen.«

»Ich weiß nicht, was das bedeutet.«

Sie schürzte ihre Lippen nachdenklich. »Dunkel und kraftvoll, voller Bedeutung. Das ist das C. Und die A-Saite ist … mal sehen, dominant. Durchdringend. Hell.«

Er betrachtete das Cello an der Tür, das wie eine Reliquie ruhte, wobei der Ständer seine Hüften wiegte und seinen Hals sorgfältig stützte. Die untere Kurve der Taille war staubgepudert. Seine Zwangsneurose kratzte an ihm. Er fragte sich, warum ein so schönes Cello nicht in einem Koffer stand. Aber Echo war kaum in der Lage, sich um sich selbst zu kümmern, geschweige denn um ein Saiteninstrument.

Er suchte nach einem anderen Weg hinein. »Sie denken in Musik.«

Sie nickte schwach, ihr Blick war distanziert und gequält. »Jacqueline du Pré hatte das Gefühl in ihren Fingern verloren. Multiple Sklerose. Können Sie sich das vorstellen? Diese Technik der linken Hand – unvergleichlich. Ein solcher Verlust. Sie muss jeden Morgen aufgewacht sein und …« Sie starrte feindselig zum Cello hinüber.

»Sie spielen nicht mehr«, sagte Evan.

Keine Antwort.

»Warum nicht?«

»Durch das Üben kann ich herausfinden, was in mir vorgeht. Wenn ich traurig bin? Bachs Zweite oder Fünfte Suite. Wütend? Schostakowitschs Achtes Quartett hilft mir. Aber ich kann nicht mehr. Es fühlt sich, glaube ich, nicht sicher an. Ganz in mich selbst zu gehen.«

»Was spielen Sie, wenn Sie Angst haben?«

Sie kaute auf ihrer Lippe und atmete ihren Tee ein. Mit ihrer makellosen Haut und den strahlend blauen Augen sah sie aus wie ein gefallener Engel. »Dann spiele ich nicht.« Sie blickte ihn durch einen wabernden Dampfschwall des Earl Grey an. »Warum sind Sie so an Luke interessiert?«

»Ich wurde gebeten, ihn zu überprüfen.«

»Weshalb?«

»Um zu sehen, ob er es verdient … zur Verantwortung gezogen zu werden.«

Sie lachte, aber es war keine Heiterkeit dabei. Mit einem Klirren setzte sie ihre Tasse auf dem Beistelltisch ab. Sie schlug ihre schlanken Beine übereinander, zog die Decke wie ein Gewand um sich und beugte sich nach vorne, um zu beichten.

»Da war dieses Mädchen, das ich wirklich nicht mochte. Auf dem College. Eine absolute Schlampe. Hat den Freund meiner besten Freundin gevögelt. Wir waren …« Ihre Stimme stockte. »Auf einer Party der Studentenverbindung. Sie war betrunken, superflirty. Ihr Kopf kippte schon immer wieder zur Seite weg, sie war kaum noch bei Bewusstsein. Und irgendwann haben ein paar von den Jungs einfach …« Sie fuchtelte mit der Hand in der Luft herum, eine sterbende Bewegung. »Haben sie rausgetragen und sie irgendwo in ein Schlafzimmer gebracht. Und obwohl ich sie hasste, tat sie mir leid. Ich machte mir Sorgen. Ich hatte selbst … ich weiß nicht, vier, fünf Drinks gehabt. Und dann sah ich zu, wie sie wegtrugen, und ich hatte Angst, etwas zu sagen – ich war nur ein dummer Ersti –, und ich weiß nicht … ich weiß nicht, ob ich meine Stimme gefunden hätte, wenn ich sie mehr gemocht hätte. Wissen Sie, wie furchtbar das ist? Ich sehe es noch genau vor mir – die alle um sie herum, fünf, sechs Typen wie Sargträger. Und ihr Arm war das Einzige, was man zwischen ihnen sehen konnte, baumelte einfach herum. Und ich war so betrunken und so verängstigt und so ein verdammter Feigling. Und vielleicht …« Sie presste sich die Fingerknöchel an den Mund, und ihr Brustkorb hob sich ein-, zweimal, lautlos. »Vielleicht war das, was mir mit Luke passiert ist, meine Strafe. Wahrscheinlich müssen wir alle zur Rechenschaft gezogen werden. Was, wenn wir alle verantwortlich sind? Für alles?«

»Das hat Sie an den Abgrund getrieben?«

Sie nickte. »Ich kriege es nicht aus dem Kopf. Wie ich für alles verantwortlich bin, was mir je passiert ist. Und … ähm, jedem anderen, den ich jemals getroffen habe. Und ich kann mich nicht erinnern, wie es ist, sich nicht so zu fühlen. Ich glaube, dass … dass ich vielleicht verrückt werde.«

Evan sah zu Boden. Seine Hände waren gefaltet, sein Körper strahlte Ruhe aus.

Sie fragte: »Kann ich Ihnen ein Geheimnis verraten?« Ihre dünnen Augenbrauen hoben sich. »Ich weiß, dass ich mich nicht umbringen werde. Ich habe nur gewartet …«

»Worauf?«

»Dass mich jemand bemerkt. Um mich wieder real zu machen.«

»Sie sind Musiktherapeutin.«

»Das bin ich.«

»Gibt es Therapeuten für Therapeuten?«

»Es gibt Therapeuten für jeden.« Sie nickte, zaghaft, anerkennend. »Richtig.« Ein Grinsen. »Entweder zurück in den Sattel oder raus auf den Sims. Und ich glaube, ich habe das, was ich auf dem Sims zu lernen habe, bereits ausgeschöpft.«

Als er sich erheben wollte, sagte sie: »Lassen Sie mich Ihnen eine Frage stellen, Mr. …«

Die Stille hielt an. Er ließ es zu.

Sie lenkte ein. »Sie sagen, Sie sind hier, um zu sehen, ob Luke zur Rechenschaft gezogen werden muss. Glauben Sie, dass er für das, was er mir angetan hat, bezahlen sollte? So wie er es müsste, wenn er mich körperlich angegriffen hätte?«

»Ich kann niemanden für die Gefühle bestrafen, die er in Ihnen auslöst.«

»Warum nicht?«

Hier war die Mission zu Ende. Evan hatte schon viele Arschlöcher erledigt, aber ein Arschloch zu sein, war für den Nowhere Man nicht Grund genug. Trotz der im Raum stehenden Begnadigung durch die Präsidentin würden Naomi Templeton und Victoria Donahue-Carr jemand anderen finden müssen, der Luke Devine für sie vom Schachbrett nahm.

»Ich weiß es nicht«, sagte Evan und stand auf. »Ich kann es einfach nicht.«

»Wenn Sie mich fragen, falls das für Sie von Relevanz ist; ich stimme Ihnen zu. Ich war nur neugierig.«

Er hatte Naomi sein Wort gegeben, sich redlich zu bemühen, und das hatte er getan. Darüber hinaus war er ihr nichts schuldig. Er konnte es kaum erwarten, nach Hause zu kommen, seine Kleidung zu verbrennen, lange zu duschen, zu meditieren, Wodka zu trinken und dann eine Woche lang zu schlafen. Bis zu diesem Moment war ihm nicht bewusst gewesen, wie erleichtert er war, dass diese Mission nicht zustande käme. Was für ein Chaos Luke auch erzeugen mochte und welches Chaos Echo der Sache noch hinzugefügt hatte, ging ihn nichts mehr an.

Als er sich zum Gehen wandte, fischte Echo ein Telefon aus den Falten der Bettdecke. »Haben Sie eine Telefonnummer?« Er nannte ihr die Ziffern, nicht die Buchstaben. »1-855-266-9437.«

»Eine gebührenfreie Nummer?«

»Ein Arbeitsanschluss.«

Sie verzog den Mund zu einer Seite. »Okay, ich habe Ihnen etwas geschickt.«

»Was denn?«

»Vielleicht hat es nichts damit zu tun. Ein Mord. Ein Doppelmord, um genau zu sein. Ein Mann und eine Frau. Mittzwanziger. Ihre Tode erregten Aufmerksamkeit und ein Freund leitete es an mich weiter. Sie werden sehen, warum. Die Frau war eine Möchtegern-Influencerin, hat Gedichte auf Treibholz geschrieben, mit Sepia-Filtern fotografiert, so was halt. Sie sind mir im Gedächtnis geblieben, weil .. nun ja, weil sie schön waren.«

»Und Sie glauben, dass Luke Devine etwas mit ihren Toden zu tun hat?«

»Das können Sie selbst beurteilen.«

»Glauben Sie, er könnte so etwas tun?«

Echo betrachtete ihn. »Sie haben kein Instrument in Ihrer Stimme. Sie sind hierhergeflogen, um Informationen über Luke zu bekommen, nicht um mein Leben zu retten. Sie legen ein freundliches Verhalten an den Tag, aber das ist alles, was es ist: ein Verhalten.« Sie streifte die Decke ab und stand auf, um ihn hinauszubegleiten. »Ich denke, dass Sie schreckliche, gewalttätige Dinge getan haben, Mr. No Name. Ich glaube, ich weiß, wozu Sie fähig sind. Aber ich habe keine Ahnung, wozu Luke jetzt fähig ist, und das macht mir mehr Angst als Sie.«

22.
Für die bin ich ein Nichts

Ein TikTok-Video im Selfie-Modus. Die Linse wurde von einem wilden Ruckeln erschüttert, die Beleuchtung war furchtbar, der Ton gedämpft, weil das Handymikrofon hin und her schwankte.

Das Erste, was Evan an der jungen Frau auffiel, war, wie deutlich ihr Kummer war, unverhüllt auf der Oberfläche ihres Gesichts.

Der Account-Tag war *@rubyanne*, und in der Bio stand: *19 sie/ ihr. Keine DMs, außer du hast wilde Mr. Darcy skills.*

Evan suchte Schutz unter dem Vordach eines Hauseingangs gegenüber von Echos Wohnung. Das Gebäude war prächtig, der Sandstein erstrahlte in goldenem Glanz, die Einfahrt war kopfsteingepflastert. Der Pförtner in voller Montur hatte Evan beäugt, ihn für wohlhabend genug gehalten und in Ruhe gelassen. Der Regen hatte zugenommen, drängte in lästigen Spritzern von der Seite an ihn heran. Er musste eine Hand darauf verwenden, den Bildschirm des RoamZones abzuschirmen.

Aragóns Jet wartete am Flughafen Teterboro auf ihn, und er wollte schleunigst an Bord gehen, an etwas Sauberem nippen und zurück nach Los Angeles fliegen.

Aber zuerst musste er sich dieses ein Jahr alte TikTok irgendeiner Neunzehnjährigen ansehen.

»Ich öffne mich hier, weil ich nirgendwo anders hinkann. Mein Bruder Johnny Seabrook wurde letzte Woche ermordet, und seine« – sie holte kurz Luft – »Leiche wurde zusammen mit der einer Frau namens Angela Buford entsorgt, die er, glaube ich, nicht einmal kannte.« Ruby war untröstlich, aber hinter ihren Worten steckte auch ein gehöriges Maß an Wut. »Und er hat buchstäblich einen Hinweis auf seinen Schuh geschrieben. *Tartarus*. Wisst ihr, was das ist? Mal abgesehen von dem ganzen Mythologie-Scheiß. Es ist der Name einer Villa in den Hamptons für dieses große Arschloch von Hedge-Fonds-Manager, der verrückte Jeffrey-Epstein-Partys und so feiert. Und ratet mal, was passiert, wenn man mit den Bullen, dem FBI oder sonst wem darüber redet. Nichts. Es geht die Behördenkette hoch … und verschwindet dann einfach.«

Sie rieb sich mit dem Unterarm über die Nase und fuhr sich mit dem Zeigefinger über die blassrosa Augenränder. »Sofern man superreich ist, muss man sich für nichts verantworten. Wahrscheinlich war ich so privilegiert, dass ich das nie erfahren musste. Bis jetzt. Aber wenn man es sieht, ich meine, wenn man es wirklich versteht, ist es erschreckend. Sobald einem gezeigt wird, dass man nicht wichtig genug ist, dass der eigene Bruder nicht wichtig genug ist, sich mit dessen Tod auseinanderzusetzen? Dass es eine andere Klasse von Menschen gibt, die machen kann, was sie will? Und für die war mein Bruder ein Nichts. Für die bin ich ein Nichts. Und kein …« Ihre Gesichtszüge verkrampften sich, eine Welle knochentiefen Schmerzes – die Lippen zu einem umgekehrten U verzogen, die Stirn verzerrt, das Kinn zu einer Walnuss geformt. Sie holte ruckartig Luft, presste die Worte heraus. »Keiner wird uns helfen. Ich hoffe, das passiert nie einem von euch, denn dieser Schmerz …« Ihr Gesicht verkrampfte noch mehr, rötete sich weiter, sie zitterte.

Das TikTok endete abrupt.

Er sah es sich noch einige Male an und versuchte, sich davon zu überzeugen, dass es sich nicht lohnte, die Sache weiter zu untersuchen.

Es war der letzte Beitrag, den Ruby Anne Seabrook – vor fast auf den Tag genau einem Jahr – veröffentlicht hatte. Er scrollte durch ihre vorausgegangenen Videos und war erstaunt, wie sehr sie sich nach dem Mord an ihrem Bruder verändert hatte. Er hatte immer wieder gesehen, wie die Trauer jemanden mit ihren Fängen gepackt und wie Beute geschüttelt hatte.

Früher war Ruby keck gewesen, mit einem offensichtlichen Übermaß an Intelligenz. Sie war ungeschminkt, was für ihr Alter ungewöhnlich war, aber sie wusste, wie man sich der Kamera nähert, so wie ihre Altersgenossen: das wasserstoffblonde Haar zur Seite gelegt, das Kinn gesenkt, die Linse leicht nach unten geneigt.

Er sah sich einen Clip von ihr mit ihrem Bruder an, eine gedankenlose Endlosschleife, in der er neben ihr saß und sich dann plötzlich auf sie stürzte, um ihr in den Nacken zu schnauben. Sie tat so, als sei sie verärgert, aber ihr Lächeln war strahlend, als sie ihn wegdrückte und einen kleinen Freudenschrei ausstieß. Im Gegensatz zu dem Flanellhemd ihres Bruders trug sie einen gelben Zopfstrickpullover, der eng an ihrem Oberkörper anlag und dessen ausgestellte Ärmel einen Hauch verschnörkelter Eleganz verströmten. Sie sah wohlhabend aus.

Johnny war ein unverschämt gutaussehender Junge mit freundlichen, umgänglichen Zügen – eine seltene Kombination.

Die Regentropfen waren so winzig geworden, dass sie sich auf Evans Wangen, seinem Nacken, seinen Händen wie Aerosole anfühlten. Er dachte an den Cirrus Vision Jet, der auf ihn wartete, und wie sein Freund dafür gesorgt hatte, dass die jeteigene Bar über Wodka des richtigen Kalibers verfügte. Er dachte an die Nadel, die in seine Schulter gestochen worden war, an das Brennen des Beruhigungsmittels, daran, wie die Würgekette seine Luftröhre eingeengt hatte, und wie ungern er wieder in das Netz fallen wollte, das die Regierung gesponnen hatte, um ihn einzufangen.

Er scrollte zurück zu Rubys letztem Appell: *Keiner wird uns helfen.*

Er murmelte: »Ach verdammt.«

Der Pförtner räusperte sich spitz. Es war Zeit für Evan, weiterzugehen. Als er aufblickte, bemerkte er den Mann, den er unter einer Wärmedecke neben Echos Wohnung hatte dösen sehen. Aber er war zu einem anderen Gebäude mit einer weniger geschützten Treppe hinübergegangen, von der aus er Evan besser beobachten konnte. Er streckte sich träge und gähnte, wobei sich die glänzende Decke bewegte, so dass Evan einen klaren Blick auf sein Gesicht werfen konnte.

Bram Folgore, einer von Derek Tenpennys sechsköpfigem Team, das für die private Sicherheit von Luke Devine zuständig war.

Joeys Dossier enthielt ein Foto von Folgore, der in einem Dorf in der Nähe von Kandahar inmitten von wie Brennholz gestapelten Zivilistenleichen döste. Während seine Kameraden für die Kamera posiert hatten, hatte Folgore im Dreck gelegen, den Kopf auf eine Leiche gestützt, den Helm über die Augen gekippt. Seine Stiefel, an den Schienbeinen gekreuzt, lagen auf der Brust eines Teenagers. Für ihn waren sie ein Kissen, eine Fußstütze.

Von allen Posen auf den Trophäenfotos war die von Folgore die grotesteste. Ohne Blutrausch oder Aufregung. Die Situation war für ihn nicht bedeutsam genug, um die Augen offen zu halten.

Folgore lehnte sich faul auf der Treppe gegenüber zurück, verschränkte die Hände, drehte sie um und streckte die

Schultern. Er sah zu Evan hinüber, als wollte er sagen: *Lass uns anfangen.*

Evan zog eine Grimasse, und die Träume vom Jetliner-Luxus verflüchtigten sich in der harten grauen Luft.

Mit einem Nicken an den Pförtner trat er aus dem Schutz der Überdachung hervor. Folgore entledigte sich seiner Bettdecke und erhob sich, wobei er ein weiteres Gähnen überspielte.

Sie nahmen noch einmal Blickkontakt auf und ließen ihn wieder abreißen.

Evan ging an den randvollen Mülltonnen vorbei in die dunkle Gasse. Folgore folgte ihm.

23.
Das macht das Ganze hier leicht

Müllcontainer und Mülltonnen. Das verwaiste Skelett eines Kinderwagens, perforiertes Nylon, das sich wie verfaulte Haut über den Rahmen spannte. Dunst aus den Rohren, Gestank aus der Kanalisation, das Klirren und Lärmen einer Hinterküche, die unsichtbar hinter einem schmutzig-blinden, hochgelegenen Fenster lag.

Das war gut. Hier gab es Zeug. Zum Verstecken, zum Werfen, um jemandem den Schädel einzuschlagen, wenn es nötig war. Evan schritt über einen von Raupen besetzten Schlafsack. In einer Pfütze spiegelte sich regenbesprenkelt ein schmaler Ausschnitt der Szenerie über ihm – hoch aufragende Steinmauern, die Feuerleiter, schwere Wolken, die vom Mondlicht durchschossen wurden.

Er konnte Folgore hinter sich hören, das Stampfen von Schritten, das Platschen einer Pfütze. Er hielt sich in der Nähe der mit Müll bedeckten Wand, um kein allzu deutlich erkennbares Ziel zu bieten. Als er sich dem Teil der Gasse näherte, in dem die Schatten tiefer wurden, hielt er inne. Weit voraus blitzte der Verkehr vorbei, Scheinwerfer bohrten sich durch die Aufwirbelungen des Regens. Zu seiner Linken quoll aufgedunsenes Füllmaterial aus einem eingeschnittenen Futon. Ein Regenschirm ohne Bespannung lag zertreten da wie eine tote Kellerspinne. Sein einst stolzer Holzgriff ragte in die Höhe wie eine Hand aus dem Grab. Seine nasse Cargohose rieb an den Beinen; seine Socken fühlten sich vollgesogen an.

Die Schritte wurden weder schneller, noch hielt Folgore inne, um zu zielen.

Evan drehte sich halb um und bot ihm ein schmales Profil. Folgore, der sich den Nacken rieb, blieb etwa eineinhalb Meter entfernt stehen und schlug seine Jacke zurück wie ein Sheriff aus alten Zeiten, der seinen Revolver unter seinem abgewetzten Mantel zum Vorschein brachte. An seiner Hüfte trug er eine kojotenfarbene M17 9mm, die bevorzugte Dienstpistole des Corps.

»Sind Sie wegen Echo hier?«, fragte Evan.

»Die ist mir scheißegal.« Folgore sah gelangweilt aus. »Ich bin wegen dir hier.«

»Woher wusstest du, dass ich kommen würde?«

Folgore zuckte mit den Schultern. »Devine weiß alles.«

»Er hat dich geschickt?«

»Das habe ich nicht gesagt. Ich sagte, er weiß alles. Was bedeutet, dass wir alles wissen.« Folgore unterdrückte ein Gähnen, die Lippen geschlossen und eine Schulter zum Ohr hochziehend. Träge deutete er mit dem Kinn auf Evan. »Hast du 'ne Waffe?«

»Im Moment nicht.«

»Das macht das Ganze hier leicht.«

Evan hob den altersschwachen Regenschirm auf und hielt ihn an seinem glatten Holzgriff in die Höhe. Die blanken Streben klapperten, ein klägliches Schlaginstrument.

Folgore spreizte die Lippen und kräuselte sie dann nach oben. »Ganz ruhig, Mary Poppins.«

»Wenn du nach deiner Pistole greifst«, sagte Evan, »werde ich dir die Schulter brechen.«

»Mit einem kaputten Schirm?« Folgore grinste, umfasste lethargisch den Holster. »Wie willst du das machen?«

Evan hakte den hölzernen Griff um die Feuerleiter und riss sie nach unten. Folgore blickte nach oben, das Ziehen seiner Waffe verlangsamte sich durch überraschte Neugierde. Die

Leiter löste sich mit rostigem Knirschen, schob sich an Folgores Ohr vorbei Richtung Boden und knallte auf das Fleisch seines Trapezius.

Das Geräusch war dumpf, als ob ein Geschoss auf ein Rinderfilet trifft.

Folgores Mündung hatte gerade das Leder verlassen, doch der Abwärtsschwung seines Arms ließ sie wieder in das Holster zurückschnellen.

Folgore stolperte zurück, seine ausgekugelte Schulter glitt an der Seite seiner Brust herab. Bestimmte Verletzungen erinnerten daran, dass die Haut in erster Linie eine Hülle für die Knochen war.

Folgore sah nicht so beunruhigt aus, wie er es hätte sein sollen. Marines hielten sich für die härtesten Kerle im Raum, und im Allgemeinen hatten sie recht. Mit dem gesenkten Kopf eines Stiers blickte er Evan an, seine Augen wild und gefährlich.

Evan sagte: »Wenn du noch einmal danach greifst, breche ich dir die Nase.«

Diesmal machte Folgore eine schnelle Bewegung und zog im Kreuzgriff mit der linken Hand. Als die Pistole an seiner Brust vorbeischnellte, stieß Evan mit dem Handballen gegen den Schlitten. Die Seite des Rahmens schlug in Folgores Gesicht, seine Nase platzte theatralisch auf. Die Pistole fiel in eine Pfütze.

Rote Striemen zogen sich über Folgores Oberlippe. Zitternd vor Wut ballte er eine Faust.

»Wenn du mich angreifst«, sagte Evan, »breche ich dir den Kiefer.«

Folgore stürmte in einem Boxershuffle nach vorne und schwang einen weiten linken Haken. Evan ging in Deckung, zog seinen Kopf ein, hob seinen Bizeps gegen die Schläfe,

Folgores Schlag prallte ab. Jetzt ließ Even selbst seine Linke hervorschießen, und zwar von unten nach oben – fester Stand, leichte Drehung der Hüfte, der Oberkörper schwang mit. Seine Fingerknöchel trafen ein paar Zentimeter über der Kinnspitze, ein solider Treffer auf den Unterkiefer. Das Knirschen war entsetzlich; er spürte die Vibration in seinen Beinen und Füßen.

Folgore war augenblicklich ausgeknockt, fiel wie ein nasser Sack auf den Rücken. Sein Hosenbein wanderte nach oben und enthüllte den Griff eines Stiefelmessers aus glasfaserverstärktem Nylon mit drei ausgeprägten Fingerrillen.

Der Regen prasselte auf den Schutt in der Gasse. Eine Drehung des Windes steigerte den Geruch der Abwässer zu einem gesundheitsschädlichen Gestank, der sich aber ebenso schnell wieder verflüchtigte.

Evan wartete geduldig.

Nach einem Moment regte sich Folgore. Er rollte sich träge in die Fötusstellung zusammen. Es sah beinahe bequem aus. Nach ein paar Atemzügen richtete er sich ohne Arme auf, hievte sich auf die Knie und stand schließlich. Er drückte vorsichtig auf seinen Kiefer, zuckte, sabberte dann ein wenig in seine Hand und betrachtete das Blut.

Sein rechter Arm baumelte nutzlos an seiner Seite, die Finger reichten unmenschlich tief bis zu seinem Oberschenkel.

»Als Nächstes ist dein Bein dran«, sagte Evan. »Ich denke, das linke.«

Folgore spannte seine gute Hand weit auf und zeigte eine blutige Handfläche. »Ich geb auf.«

»Willst du jetzt meine Fragen beantworten?«, fragte Evan. »Denn ich könnte das den ganzen Tag machen.«

»Ich muss dir etwas zeigen«, sagte Folgore, dessen Worte von der Verletzung verzerrt wurden. »Das wird deine Fragen beantworten.« Vorsichtig, immer noch die Handfläche zeigend, ging er in die Hocke.

»Bist du sicher, dass du das tun willst?«, sagte Evan.

Aber schon war das Messer von Folgores Stiefel befreit, fachmännisch im Umkehrgriff gehalten, die Klinge den Unterarm entlang nach unten ausgerichtet. Mit der Schneide am Anschlag gab es für Evan nichts zu greifen oder abzuwehren. Folgore stürzte nach vorn und hieb mit der Klinge seitwärts auf Evans Brust zu. Als Evan zurücksprang, rutschte Folgore mit der Ferse auf einem Stück feuchtem Schaumstoff aus und sein Stiefel geriet ins Schlittern. Er korrigierte zu stark mit dem Oberkörper, die gesunde Schulter drehte sich nach vorne. Er verlor den Halt, versuchte instinktiv, sich mit der funktionstüchtigen Hand abzufangen und vergaß dabei, dass sie immer noch das Messer hielt.

Sein Brustkorb knallte nach unten und dämpfte das Klirren des Nylongriffs, der auf den Asphalt unter ihm aufschlug. Er keuchte mehr vor Überraschung als vor Schmerz. Mit dem Gesicht nach unten über das Messer gebeugt, zuckte sein Körper ein paar Mal. Dann atmete er einmal lang und gleichmäßig aus und lag still.

Evan starrte ihn an. Ein glasiges Auge glotzte nach oben. Folgore sah aus, als würde er schlummern.

Evan drehte ihn um und staunte, dass die Klinge tief genug im Solarplexus steckte, um die Bauchaorta zu durchtrennen. Wie jeder anständige Söldner hatte auch Folgore nichts außer Bargeld und Waffen bei sich. Keine Brieftasche, keinen Ausweis, nicht einmal ein Telefon. Evan ließ ihn dort liegen, auf dem Rücken ausgestreckt, die Arme weit ausgebreitet, wie jemand, der beim Sonnenbaden eingedöst war.

Bevor er aus der Gasse trat, untersuchte Evan sich selbst auf Blut. Der Pförtner warf ihm einen finsteren Blick zu, und

Evan zog eine imaginäre Mütze vor ihm. Er durchsuchte die beiden Hausaufgänge auf der anderen Straßenseite, fand aber außer der Wärmedecke nichts.

Auf dem Weg zum Broadway, von wo er ein Taxi rufen wollte, schrieb er Joey eine SMS: *Ich brauche so schnell wie möglich eine Adresse von Ruby Seabrook. Dann besorg mir alles, was du über den Doppelmord an Johnny Seabrook und Angela Buford finden kannst.*

Die Punkt-Punkt-Punkt-Animation erschien augenblicklich. Dann: *Bitte + Danke?*

Evan antwortete: *Bitte und Danke.*

Es bedeutet nichts, wenn ich dir sagen muss, dass du es sagen sollst.

Er hob einen Arm, und ein Taxi fuhr vor.

Dann tu so, als ob ich von ganz allein darauf gekommen wäre. Läuft alles ⚖ in ny?

Evan dachte an Folgore, der in der mit Müll übersäten Gasse lag und dem Regentropfen auf die glasigen, offenen Augen prasselten.

Wie von selbst.

Er ließ sich in den Fond des Wagens fallen, atmete die Wärme ein, die ehrwürdigen Vinylsitze knisterten unter seinem Gewicht.

»Wohin?«, fragte der Taxifahrer mit einem angenehmen Tonfall. Südliches Afrika, vielleicht Botswana.

Joey hatte bereits geantwortet: *Ruby Seabrook ist im 2. Jahr an der UVA, aber sie wohnt zu Hause bei ihren Eltern in Wellesley, MA. Das hättest du auch mit Google oder Instagram herausfinden können, wenn du nicht vollkommen nutzlos wärst.*

»Flughafen Teterboro«, sagte Evan. »Bitte und danke.« Er tippte: *Aber dann hätte ich nicht das Vergnügen gehabt, mit dir zu schreiben.*

Du bist das Letzte, X.
Du bist auch das Letzte.

24.
Wirklich?

Ring. Ring. Ri– »Templeton.«

»Templeton, ich bin's …«

Sie erkannte seine Stimme und wartete nicht. »Was zum Teufel! Wir hatten eine Abmachung. Diese Scheiße im Beverly Hills Hotel? Meine Agenten wie Rodeo-Kälber zu fesseln?«

»Ihr Mann hat einen DNA-Abstrich von meiner Wange genommen, um ihn auf dem Schwarzmarkt zu verkaufen.«

»Bitte – was? Wer?«

»Paddy. Sie sollten zuerst Druck auf Chip ausüben. Er hat eine schwangere Freundin.«

»Ich hoffe, Sie lügen nicht.« Brodelnde Stille. Dann: »Verdammter Paddy.«

»Geben Sie ihm eins auf die Nase und sagen Sie ihm, dass er ein Arschloch ist. Außerdem haben Sie einen Maulwurf. Devine weiß bereits, dass ich hinter ihm her bin.«

»Begreifen Sie doch, was ich Ihnen schon gesagt habe«, stöhnte sie. »Es geht hier nicht um einen Maulwurf. Luke Devine ist überall. Deshalb haben wir Sie festgenommen. Deswegen sollten wir zusammenarbeiten.«

»Ich bevorzuge das hier.«

»Haben Sie eine Vorstellung davon, was die Regierung zu tun bereit ist, um Sie zu finden? Und es versteht sich von selbst, dass Ihre Begnadigung den Bach runtergegangen ist.«

»Die Begnadigung ist mir egal. Aber ich habe Ihnen mein Wort gegeben, dass ich mir Devine näher ansehen werde.«

»Sie werden es also tun?«

»Ich werde ihn beobachten. Mehr nicht. Kommen Sie mir nicht in den Weg. Ich melde mich, wenn ich Sie brauche.«

»Sie machen hier nicht die Regeln.«

»Templeton. Wirklich?« Klick.

Im Hauptquartier ging Naomi den Flur entlang, die gläsernen Büros zogen zu ihrer Rechten vorbei. Paddy blickte von seinem Schreibtisch auf, als sie eintrat. Seine Handgelenke sahen wund aus, und auf seiner Wange hatte sich ein lilaschwarzer Bluterguss gebildet.

Sie schnipste ihm gegen die Nase.

Seine Augen weiteten sich, und er zuckte in seinem Stuhl zurück.

»Arschloch«, sagte sie.

25.
Aus einer anderen Welt

Die weißen Schindeln des Kolonialstilhauses wurden durch eine rote Tür und marineblaue Fensterläden akzentuiert, die so dunkel waren, dass sie in der nebligen Suppe, die sie in Massachusetts Dämmerung nannten, als schwarz durchgingen.

Auf der anderen Straßenseite, im Schatten eines Schildes der Nachbarschaftswache, saß Evan in einem Mietwagen, den er aus einer Hertz-Werkstatt in East Boston hatte verschwinden lassen. Der Buick Regal benötigte lediglich eine kleinere Karosseriearbeit an der verbeulten Beifahrertür, aber die Werkstatt war überlastet und die Reparatur war erst für die nächste Woche geplant. In der Mittagspause hatte er sich auf den überdachten Parkplatz geschlichen und den Schlüssel von einem der zahllosen Haken an der Servicetafel genommen. Die vielen Werkzeuge machten es ihm leicht, das NeverLost-GPS auszubauen und im Kofferraum eines anderen Fahrzeugs zu verstauen, bevor er losfuhr.

Wahrscheinlich hätte er auch mit einer seiner falschen Identitäten sicher ein Auto buchen können, aber er war bereits Opfer von Naomi Templetons geballter Kompetenz geworden, bevor er ihr einen Grund gegeben hatte, seine Verfolgung persönlich zu nehmen. Er hielt es für besser, seine Sicherheitsprotokolle von *sehr vorsichtig* auf *paranoid* zu erhöhen.

Darauf bedacht, keine Fußspuren in einem Hotel zu hinterlassen, war er in den Privatjet zurückgekehrt, um eine Mahlzeit aus rotweingeschmortem Rindfleisch mit Polenta zu sich zu nehmen und ein Nickerchen zu machen. Ein Arrangement, an das er sich durchaus gewöhnen konnte.

Joey hatte ein Dossier über den Doppelmord erstellt. Die Leichen waren in Angela Bufords Mietwohnung in Mattapan, einem Bostoner Stadtteil südlich des Stadtzentrums, entdeckt worden. Vor seinem Tod hatte man Johnny Seabrook schwer verprügelt, Prellungen zeichneten sein Gesicht und ein Kreuzband war gerissen. Man hatte ihn einmal von hinten angeschossen, seine Hand war von einer Klinge durchstoßen worden, seine Kehle hatte man aufgeschlitzt.

Angela Bufords Kopf war an ihrem schwanengleichen Hals überdreht worden, wobei C2-Wirbelsplitter in ihren Hirnstamm eingedrungen waren. Selbst bei einer Frau mit so zarten Knochen wie Angela sie hatte, bedurfte es enormer Kraft und Erfahrung, ein ausreichendes Drehmoment aufzubringen, um sie auf diese Weise zu töten.

Evan hatte es schon einmal versucht, war dabei gescheitert und hatte sich mit einem wütenden Serben mit schmerzendem Nacken herumschlagen müssen.

Dem Bericht des Gerichtsmediziners zufolge ging der Todeszeitpunkt von Johnny und Angela der Entdeckung ihrer Leichen achtzehn bis vierundzwanzig Stunden voraus, so dass die Morde auf den Labor Day fielen. Devines Männer hatten den Ermittlern die Gästeliste für die Party an diesem Abend zur Verfügung gestellt, die indizierte, dass keines der beiden Opfer vor Ort gewesen war.

Joey hatte Zoom-Earth-Links beigefügt, die Devines Anwesen in Southampton zeigten. Die Villa, die auf allen Seiten von üppigen grünen Rasenflächen umgeben war, lag auf der Meadow Lane zwischen dem Atlantik und der Shinnecock Bay. Sie trug den Namen Tartarus, ein böses Wortspiel des ursprünglichen Besitzers, eines Schotten, der sein Geld mit der

Herstellung von Merino-Kilts für die Schneider der Royal Mile in Edinburgh gemacht hatte.

Wenn die Morde tatsächlich dort stattgefunden hatten, wie Ruby vermutete, hätte es einer verdammt gewaltigen Operation bedurft, um zwei Leichen über die Grenze des Bundesstaates zu bringen und die Ermittler auf eine falsche Fährte zu locken. Nach allem, was Evan von Luke Devine und seinem Sicherheitskader gesehen hatte, waren sie zu so einer verdammt gewaltigen Operation durchaus fähig.

Evan blickte von den Dossier-Fotos auf seinem Handy auf und sah noch einmal auf das Haus der Seabrooks. Es war ein Vorstadtspektakel. Der Ziegelsteinweg nahm das stumpfe Rot der beiden Schornsteine auf, die aus dem steil abfallenden Dach des zweiten Stocks ragten. Kolonialstilhäuser zeichneten sich durch eine gefällige Symmetrie aus – eine geradlinige, rechteckige Fassade mit einer säulenbewehrten Veranda, geometrischen Sträuchern, einheitlichen Fenstern unten und Zwillingsgauben oben.

Verglichen mit dem Bild auf seinem RoamZone – Johnny Seabrook, der mit gebrochenen Gliedmaßen auf dem Boden einer Mietwohnung lag – stammte das Haus in Wellesley aus einer anderen Welt. Und doch war der Tod diesen Backsteinweg hinaufgeschlendert, hatte an der Tür geklingelt und die Schrecken dieser Welt über die Schwelle gebracht.

Evan fragte sich, was es über ihn aussagte, dass er sich in einer schäbigen Mietwohnung wohler fühlte als in einem richtigen Zuhause wie dem, das vor ihm stand.

Die Seabrooks hatten vor ein paar Jahren auf ein *intelligentes System* umgerüstet, und Joey hatte Evan mit Hilfe des Ecobee-Thermostats in das Wi-Fi-Netzwerk gebracht, so dass er die Sicherheitskameras, die Video-Türklingel und sogar die Dimmer steuern konnte, falls sich die Atmosphäre einer romantischen Beleuchtung plötzlich als taktische Notwendigkeit herausstellen sollte.

Deborah Seabrook, an der Schwelle zu den Sechzigern, hatte in jüngeren Jahren in Seifenopern mitgespielt. Ihr Ehemann, Mason, war Psychologe. Dass Evan von Los Angeles quer durchs Land reiste, um vor dem Haus einer Schauspielerin und eines Therapeuten zu landen, fand er sehr amüsant.

Er war versucht, sowohl der Schauspielerin als auch dem Psychologen aus dem Weg zu gehen und allein mit Ruby zu sprechen, doch der Gedanke, dass jemand ein Problem dieser Tragweite mit Joey hinter seinem Rücken ansprechen würde, brachte ihn auf die Palme. Da war er also. Ein grüner Spross familiärer Empathie.

Über sich selbst verärgert zog er eine Grimasse.

Dann ging er zum Haus, klingelte an der Tür und beobachtete, wie sein eigenes Gesicht auf dem RoamZone erschien.

»Also – damit ich das richtig verstehe.« Deborah Seabrook faltete ihre Hände auf einem bestrumpften Knie, das aus dem Saum eines konservativen A-Linien-Kleides aus Tweed herausschaute. »Sie wollen uns nicht sagen, wer Sie sind oder was Sie tun. Ihren Nachnamen behalten Sie für sich. Aber Sie wollen mit unserer neunzehnjährigen Tochter sprechen, um bei der Aufklärung des Mordes an ihrem Bruder zu helfen, weil sie vor einem Jahr auf FlipFlop um Hilfe gebeten hat ...«

Auf diese Bemerkung hin regte sich ihr Mann. »TikTok.«

Deborah ließ sich nicht beirren. »... und wir sollen Ihnen dabei entgegenkommen?«

Im weichen Polster der Couch musste Evan sich konzentrieren, seine nervöse Anspannung zu unterdrücken. Sie befanden sich im Familienzimmer oder im Wohnzimmer – er hatte nie herausgefunden, wie reiche Leute ihre Freizeiträume nannten. Deborah lehnte sich in ihrem Sessel mit elegant geradem Rücken nach vorne, Mason hingegen hatte eine weniger straffe Körperhaltung. Leicht in sich zusammengesunken, saß er da in Denkerpose, die – nach Evans begrenzter Kenntnis der Popkultur – Therapeuten eigen zu sein schien. Er trug Bart und Brille, schwieg und hörte aufmerksam zu.

Evan antwortete: »Ja.«

Eine enge Türöffnung gab den Blick auf den Frühstückstisch in der Küche frei, über dem CNN aus einem an die Wand montierten Fernseher rauschte. Eine fächerförmige Grafik aus blauen und roten Punkten zeigte die festgefahrene Abstimmung im Senat über das Eine-Billion-Dollar-Umweltgesetz der Präsidentin. Im oberen Bildschirmabschnitt diskutierten stummgeschaltete Münder darüber. Gut die Hälfte des Küchentischs wurde von einem verwaisten Puzzle eingenommen, bei dem kaum mehr als die äußerste Rahmenreihe vervollständigt war. In der Mitte war ein Hügel loser Teile aufgehäuft, um sie längerfristig zu lagern. Abgesehen von einigen abstrakten Kunstwerken, die er nicht deuten konnte, und einer zentralen Treppe war für Evan nicht viel mehr seiner Umgebung auszumachen.

Die offenen Grundrisse Kaliforniens, an die er sich gewöhnt hatte, waren das genaue Gegenteil der klar abgegrenzten Räume in neuenglischen Häusern wie diesem hier. Zimmer hatten einen festzugeschriebenen Zweck, boten mehr Privatsphäre. Aber Formalitäten schienen im Hause Seabrook zweitrangig zu sein; sie hatten ihn hereingebeten und sich sein makabres Verkaufsgespräch angehört. Es waren ernsthafte Leute, die den Nutzen von Offenheit verstanden. Und jetzt brachte Deborah die Sache auf den Punkt.

»Sind Sie ... wie heißt das noch gleich? Offiziell?«, fragte Deborah.

»Sanktioniert«, sagte Evan.

»Das war es, genau.«

Evan nahm sich einen Moment Zeit, um über die Frage nachzudenken. In der Küche waren die Nachrichten zu einer weiteren tristen Indienstnahme eines Kampfschiffs in einer Werft in Wisconsin übergegangen, die Militärindustrie fütterte sich selbst.

»In gewisser Weise, ja«, sagte er. »Auf höchster Ebene.«

»Warum sollten wir das glauben?« Auf Deborahs linker Gesichtshälfte war die schwache Erinnerung an einen Schlaganfall zu sehen, ihre hübschen Gesichtszüge zögerten ein wenig, ihrer Mimik zu folgen, obwohl ihre Sprache kaum beeinträchtigt war. Sie war auf beunruhigende Weise gelassen. »Es ist ja nicht so, dass Sie ein Bürstenverkäufer sind, der von Tür zu Tür geht. Wie sollen wir angesichts des Ernstes der Lage und der Unbestimmtheit Ihrer Behauptungen irgendetwas von dem glauben, was Sie uns erzählen?«

Evan nahm sich einen Moment Zeit, um darüber nachzudenken. Außer dem Surren des Fernsehers gab es kaum Geräusche. Ein ehemaliger Vizepräsident quasselte hinter einem Rednerpult, und der Secret Service tat sein Bestes, um zwischen den ordentlichen Reihen von Matrosen strammzustehen.

»Dürfte ich kurz telefonieren?«, fragte Evan. Mason bejahte die Frage mit einem Neigen des Kopfes.

Evan wählte die vertraute Nummer und erreichte die Hauptvermittlungsstelle. Als die ausdruckslose Stimme antwortete, sagte er: »Dark Road.« Nach einer Pause, in der er mit einer Sicherheitszentrale verbunden wurde, sagte er: »Durchwahl zweiunddreißig.«

Die Leitung klingelte und klingelte.

Deborah und Mason beobachteten ihn regungslos.

Eine Stimme, die vor Verärgerung abgestumpft war. »Was?«

»Ich bin's«, sagte er.

Eine Pause von einer halben Sekunde, dann: »Haben Sie eine Vorstellung davon, was für eine Reaktion Ihr Handeln auslösen wird?«

»Ich bin auf meiner Mission, wie Sie es wünschen.«

»Sie können mich nicht einfach anrufen, als wäre ich eine …«

»Ich werde Sie auf Lautsprecher stellen. Sagen Sie den netten Leuten, mit denen ich zusammensitze, dass ich sanktioniert bin, damit sie mir vertrauen.«

»Sie sind nicht sanktioniert. Nicht mehr.«

»Soll ich meine Bemühungen einstellen?«

Ein längeres Schweigen. Und dann, leicht gedämpft: »Sagen Sie dem lettischen Präsidenten, er soll warten.« Zurück zu Evan: »Okay, okay.«

Er drückte auf das Lautsprecher-Symbol und hielt das Telefon in die Höhe.

Die Stimme von Präsidentin Donahue-Carr erklang aus seinem RoamZone und wurde in 3D-Schallwellen optisch dargestellt. Sie fragte: »Erkennen Sie meine Stimme?« Deborah und Mason starrten entgeistert auf das Telefon.

»Hallo«, sagte Mason stumpf, was ihm einen kurzen Seitenblick von Deborah einbrachte.

»Diesem Mann kann man vertrauen. Er ist auf« – hier klang die Stimme der Präsidentin leicht angestrengt – »der richtigen Seite.«

Deborah blieb skeptisch. »Warum sollten wir ihr glauben? Ich habe schon mit vielen Stimmenimitatoren gearbeitet.«

»Mein Gott«, sagte die Oberbefehlshaberin. »Ich habe keine Zeit für diesen Scheiß. Ich lasse Sie mit Templeton verbinden.«

Ein Klicken. Ein Summen der unterbrochenen Leitung. Dann ein Klingeln. Naomi nahm fast sofort ab.

»Entschuldigen Sie«, entgegnete Evan, schaltete den Lautsprecher aus und wandte sich ab, um ungestört zu sein. Mit gedämpfter Stimme erklärte er Naomi, was er brauchte.

Dann legte er auf und sagte: »Folgen Sie mir, bitte.«

Wie betäubt folgten Deborah und Mason ihm in die Küche und stellten sich vor den Fernseher. Evan zeigte auf die Tribüne hinter dem Podium und deutete auf den Mann im schwarzen Anzug, der am nächsten am Podium saß.

»Der Secret Service Agent wird sich an der Nase kratzen«, sagte Evan. Zwanzig Sekunden vergingen. Vielleicht dreißig. Dann berührte der Agent sein Ohr. Suchte den Blick der Kamera.

Und kratzte sich demonstrativ an der Nase.

Deborah atmete entgeistert aus: »Heilige Scheiße.«

26.
Dirtboxes

Derek Tenpenny und seine Sündigen Sechs verfügten über einen Kader von niederen Sicherheitskräften, die für die grundlegenderen Dinge zuständig waren, so dass sie sich für Mr. Devine um übergeordnete Strategien kümmern konnten. Dazu gehörte auch, den Tartarus mit all seinen versteckten Räumen und geheimen Korridoren zu managen. In letzter Zeit hatten sie den Billardraum als ihr inoffizielles Hauptquartier in Beschlag genommen. Seine gemütlichen Ledersofas und die geschwungene Bar in der Ecke machten ihn zum idealen Ort für lockere Unterhaltungen, und dort trafen sich nun Tenpenny und die übrigen fünf.

Bram Folgore war erstochen worden.

Wie immer hatte die Nachricht schnell Mr. Devine erreicht, in diesem Fall vom Streifenpolizisten über den Detective bis hin zum Kommandanten des ersten Reviers, dem Polizeipräsidenten und dem Bürgermeister von New York City, über den Tenpenny persönlich im Laufe eines verlorenen Wochenendes im letzten Herbst eine umfangreiche Akte angelegt hatte.

Diese hochrangige Position, die Mr. Devine Tenpenny übertragen hatte – teils Sicherheitstaktiker, teils Vermittler, teils Spionageagent –, schien wie geschaffen für seine Kompetenzen und sein Temperament. Tenpennys einzige Schwäche waren Frauen. Er machte sich jedes Mal an sie heran, sobald er eine fand, die willig und wohlgeformt war, und zur Not auch, wenn sie keines der beiden Attribute mitbrachte. Die Arbeit als Medien-Fixer hatte ihm diesbezüglich reichlich Zugang und viele Gelegenheiten verschafft. Nach einem

Vorfall, bei dem eine Hotel-Trockenbauwand (DoubleTree, Times Square) und ein Wangenknochen (Nutte, Thai) zu Bruch gegangen waren, hatte ein Richter angeordnet, dass er die Treffen der Anonymen Sexsüchtigen besuchen sollte, was sich als noch ergiebigerer Jagdgrund erwiesen hatte. Während des sechswöchigen Programms hatte er das Waschbecken in dem kleinen Badezimmer der Kirche fast von der Wand geholt.

Als ehemaliger Basketballspieler in der Division II war Tenpenny größer, als es sich für einen Mann gehörte, und diese Größe war ein nützlicher Eisbrecher, wenn es um die dunklen Künste der Unzucht ging. Er hatte den Vorteil, dass er den Grundstein für seine Karriere gelegt hatte, bevor der #MeToo-Unsinn Fahrt aufgenommen hatte, so dass er viel Zeit hatte, seine Methoden darauf auszurichten, dem Mob der sozialen Gerechtigkeit einen Schritt voraus zu sein.

Für Luke Devine zu arbeiten, fühlte sich an, als würde man nach jahrelanger Arbeit als Statist in die Hauptrolle berufen werden. Auf Wunsch von Mr. Devine ließ Tenpenny überall auf dem Grundstück Dirtboxes installieren, Netzsimulatoren, die stärkere Pilotsignale aussendeten als alle anderen Handymasten in der Gegend. Sie brachten alle Telefone in Reichweite dazu, auf ihr Netz umzuschalten. Dann – zack – hatte man IMSI-Nummern, ESNs und konnte in weniger als einer Sekunde Encryption-Session-Keys abgreifen. Das bedeutete, dass man eingeloggt war. E-Mails, Textverläufe, all die pikanten Dinge, die Mr. Devine nutzte, um ihre Besitzer und damit die ganze Welt auszubeuten.

Mr. Devine war, wenn überhaupt, laissez faire. Tenpenny hatte viel Spielraum, um *nebenbei* zu arbeiten. Er schnappte sich alle Informationen der Mädchen, die den Tartarus betraten. Sofern man in das Telefon einer jungen Frau kam, war man in ihrem Kopf. Das war eine Kunst für sich. Er zog sich Fotos und Kommentare von Instagram und Snapchat und stellte Informationen über ihre liebsten Eigenschaften zusammen. Bevorzugten sie ihre Ärsche? Ihre langen, langen Beine? Hatten sie wehmütige Bilder von ihren verstorbenen Vätern gepostet? Oder waren sie eiskalt und makellos, Regaldekorationen wie die Eisköniginnen aus den Kabelnachrichten, die er früher betreute und die immer das hübscheste Mädchen im Raum sein mussten?

Tatsächlich war es das, was ihn am meisten reizte – die Sammlung von Unsicherheiten, die diese Mädchen für die ganze Welt offenlegten, all die Asse, die er aus dem Ärmel schütteln konnte, um seinen Angriffswinkel anzupassen.

Tenpenny führte für sich selbst Aufzeichnungen in einem großen, altmodischen, in Leder gebundenen Buch, wie sie in europäischen Frühstückspensionen verwendet wurden. Auf den gewichtigen Seiten notierte er Beweglichkeit, Mundgefühl, Grad der erforderlichen Überredungskunst, sexuelle Stellungen. Es gab ihm eine Art von Macht, sein großes Buch der Heldentaten. Wenn er ihren Namen in das Buch schrieb, gehörte ihm für immer ein Teil von ihr.

Aber jetzt, jetzt hatten sie ein Problem. Und im Grunde war er ein Problemlöser.

Also musste er es lösen.

Die eine heilige Regel von Luke Devine: Niemand durfte sehen, was hinter der scharlachroten Tür vor sich ging.

Niemals.

Aber irgendjemand hatte es getan, und damit die Tore der Hölle geöffnet, und jetzt war Tenpenny hier und traf sich mit seinen Marines.

Vor Jahren waren sie für eine Reportage über ihre angeblichen Missetaten in Kandahar in die Stadt geflogen worden,

Tenpenny hatte den Auftrag erhalten, sich um sie zu kümmern. Er hatte sofort erkannt, dass es sich um wunderbare Wilde handelte, in ihrer reinsten Form, und er hatte darauf geachtet, dass er reichlich Gelegenheit hatte, ihr Fachwissen auszunutzen. Im Laufe der Operationen hatte er viel über ihre Temperamente gelernt.

Wie das von Craig Gordon, der gerade auf der Couch saß, mit gespreizten Oberschenkeln, damit sein Bauch durchhängen konnte. Gordo, ein großer, rosa glänzender Mann mit Glatze und Hotdog-artigen Fettwülsten an der Schädelbasis, war ein M240 Bravo Gunner beim Marinecorps gewesen und hatte sich in mehr Feuergefechte geschleppt, als er sich merken konnte. Auf der Vorderseite seines Hemdes befanden sich Kartoffelchipsplitter und verschiedene Streifen von Zutaten des Mittagessens, sein Schnurrbart sah nicht besser aus. Ein Spiralnotizbuch lag wie immer auf seiner Kniescheibe, und er kritzelte, wobei der Stift in seiner baseballhandschuhgroßen Hand verschwindend klein war. Er schien das Notizbuch wie eine Sicherheitsdecke bei sich zu tragen; Tenpenny hatte ihn nie auch nur eine richtige Notiz machen sehen.

An Gordos Seite stand Daniel Martinez mit einer Haltung, die aussah, als sei sie mit Betonstahl verstärkt. Auf den Gym-geschwollenen Bizepskugeln trug Dapper Dan mit Stolz sein Marine-Tattoo, den Adler, den Globus und den Anker in leuchtendem Blau, passend zu seinen stechenden Augen. Gegeltes schwarzes Haar, keine Strähne fehl am Platz. Die markanten Augenbrauen perfekt geformt. Am offenen Kragen seines Poloshirts zeigte sich die gewachste Brust, und der Duft von Creed Viking Cologne verströmte Rauch und einen Hauch von Würze.

Norris Norris – so hieß dieser Kerl wirklich – saß mit baumelnden Beinen auf dem Billardtisch. Double N hatte eine

Zeit lang als Techniker für die Prüfung von nicht zweckgebundenen Mitteln innerhalb der Force Support Squadron gearbeitet, bevor er seinen Job wechselte, um sich jenseits der Green Zone die Hände schmutzig zu machen. Er war schwarz, schlank, hatte einen ausgeprägten Adamsapfel und eine altmodische Brille mit dickem Rahmen, die seine Pupillen wirken ließ, als hätte sie ihm jemand aus dem Kopf gequetscht. Von allen Männern war er am leichtesten einzuschätzen und handzuhaben; sein einziger Antrieb war Geld. Es war fast schon schockierend, wozu er bereit war, wenn der Sold stimmte.

João Santos hockte wie ein Wasserspeier auf der Armlehne eines Sofas. Er trug einen Anhänger des Christusordens, quadratisch und symmetrisch mit ausgestellten Spitzen wie ein Eisernes Kreuz. Er war zwischen seinen Lippen eingeklemmt, und die weißgoldene Kette hing wie ein Brillenband an beiden Seiten seines Kinns herab. Er war der Kleinste und Unbeliebteste der Crew und in gewisser Weise auch der Gefährlichste. Als von Gracie inspirierter MMA-Kämpfer wurde er unterschätzt und allzu oft untergraben. Er begehrte die Kameradschaft, die die anderen genossen. Kampfsportler erhielten selten denselben Respekt wie Scharfschützen und Sprengmeister, aber wenn Sandman jemanden – egal wen – zu Boden brachte, gehörte er ihm. Während einer Kneipenschlägerei hatte Tenpenny gesehen, wie er den Ellbogen eines Mannes in einem Armhebel überdehnt und ihn dann so heftig zur Seite gerissen hatte, dass es aussah, als ob die Gliedmaße einfach abbrechen würde.

Der Letzte war Rathsberger. Er saß tief und krumm in einem ledernen Ohrensessel, der mit bronzenen Nagelköpfen beschlagen war. Rath hatte ein Bein über die Armlehne gelegt, wie ein verruchter Prinz, der den Thron ausprobierte. Er trug seine 9mm an der Hüfte, wie Folgore es getan hatte. Der weiße Phosphorkuss einer Artilleriegranate hatte seine rechte Gesichtshälfte in eine hypertrophe Schlammlawine verwandelt, aber seine dunklen, glänzenden Augen waren unversehrt und blickten aus den Tiefen des Trümmerfeldes hervor.

Rath war der Einzige, den die anderen fürchteten. Er war der Rädelsführer drüben im Sandkasten gewesen, der Kerl, der schon nicht ganz richtig war, als er ankam, und seine Zeit im Kriegstheater damit verbracht hatte, seinen schlimmsten und dunkelsten Instinkten freien Lauf zu lassen. Wenn der Mann eine gute Seite hatte, dann hatte Tenpenny sie nie zu Gesicht bekommen.

Rath hielt ein schlankes Reagenzglas in der Hand, das er wie die Uhr eines Hypnotiseurs hin und her pendeln ließ, um dessen lebendigen Inhalt aufzuwühlen. Um seine unendlich perversen Angewohnheiten zu befriedigen, warf er seine Angel oft und weit in die Untiefen des Darknets und fischte alle möglichen üblen Delikatessen heraus. Diese neueste – aus Tasmanien stammende Bulldoggenameisen – wurde bis zu vier Zentimeter groß. Ihre fiesen Scherenmandibeln waren so lang, dass Zoologen laut Rath glaubten, sie hätten sich evolutionär aus Beinen entwickelt. Die Ameisen konnten springen wie Grillen und waren dafür bekannt, dass sie sich von ihren Opfern herunterhängen ließen, sobald ihre Mandibeln im Fleisch versenkt waren.

Tenpenny hatte darum gebeten, dass Rathsberger den Stopfen im Reagenzglas behielt.

Rath hatte die Nachricht von Folgores Tod am schwersten getroffen. Er hatte die Trauer übersprungen und war direkt zur Wut übergegangen.

»Also hat er ihn getötet.« Rath rüttelte an dem Reagenzglas

vor seinen Augen. Die Bulldoggenameisen brodelten hinter dem Glas, ein Gewirr aus Gefahr. »Hat ihn wie Abfall in einer Gasse liegen lassen. Was sollen wir dagegen tun?«

»Gar nichts, Mann«, sagte Norris. »Das hier ist ein privater Job. Das wussten wir alle. Es gibt keine Fanfaren und kein Ehrenspalier.«

Raths Oberlippe kräuselte sich von seinen Zähnen weg, und Norris' Adamsapfel wippte einmal beim Schlucken. Die dicken Narben an Raths Kinn und Hals hatten zu Kontrakturen geführt. Die Haut war so straff, dass sie den rechten Mundwinkel nach unten zog und den Zahnfleischrand freilegte.

»Aber«, sagte Tenpenny, »wir müssen unsere Spuren verwischen.«

Er zündete sich eine weitere Marlboro Red an, atmete tief ein und blies sie mit zusammengebissenen gelben Zähnen aus. Er war ein unordentlicher Raucher, Aschereste hingen auf seiner Krawatte, abgestandener Tabak wehte bei jeder Bewegung von seiner Kleidung. Er hatte die Leute nie verstanden, die heimliche Raucher waren, die dem Laster frönen konnten, ohne dass es in ihre Poren sickerte.

»Ich dachte, es sei alles gecovert«, erwiderte Sandman. »Was ist nicht gecovert?«

»Entspann dich, kleiner Mann«, sagte Gordo. »Lass Tenpenny reden.«

Tenpenny nahm einen Zug, wobei der Tabak mit einem angenehmen Brennen in seinen Lungenflügeln knisterte. »Wir müssen die Heimatfront hart abriegeln. Und. Diese ganzen losen Enden in Boston, bei den lieben Verstorbenen? Die können wir uns nicht länger leisten. Nicht jetzt, wo dieses Arschloch aufgetaucht ist, um herumzuschnüffeln und jeden

Stein umzudrehen. Also. Wer hat Lust, nach Boston zu fahren und die losen Enden zu verschnüren?«

Rath schüttelte das Reagenzglas hin und her. Selbst von hier aus konnte Tenpenny die Konturen der einzelnen Ameisen erkennen, ihre roten, wächsernen Körper, die großen Facettenaugen und die schneidenden Kiefer. Ein Blatt, das mit ihnen eingesperrt worden war, hatte sich in Puzzlestücke verwandelt.

Rath rutschte vom Stuhl auf die Füße, wobei seine olivgrüne Jacke eine Brust wie ein Fass und eine kegelförmige Taille freigab. Er verstaute das Reagenzglas in einer Innentasche und rieb sich die Hände. »Es wäre mir ein Vergnügen.«

»Such dir einen Partner aus«, sagte Tenpenny.

Santos spuckte auf den Boden, richtete sich eifrig auf, blies seine Brust auf und wischte sich die Hände an seiner Jeans ab. Er war ein bisschen kleiner als ein Meter fünfundsechzig, wenn man die Absätze an seinen Stiefeln mitzählte.

Raths Blick schweifte an ihm vorbei, und Santos ließ ein wenig Luft ab.

»Ich bin raus«, sagte Dapper Dan. »Ich habe heute Abend Intervalltraining. Teil meiner Routine.«

»Oooh«, entgegnete Rath, »eine Routine.«

Dans Lächeln war so weiß und glatt, dass die Zähne wirkten, als wären sie aus einem Guss.

Rath schnippte mit dem Zeigefinger nach Gordo, der sich auf seine linke Flanke verlagerte und eine Ein-Mann-La-Ola-Welle auslöste, während er sich aufrichtete. Es kostete beträchtliche Anstrengung, und selbst als er auf den Beinen war, brauchte sein Körper einige Zeit, bis alles wieder auf seinem angestammten Platz war.

»Nehmt den Jet«, sagte Tenpenny. »Keine losen Enden.«

27.
Ich auch nicht

Vor einer geschlossenen Schlafzimmertür auf dem leicht abgenutzten kastanienbraunen Teppich im zweiten Stock wandte sich Mason an Evan und sagte mit gedämpfter Stimme: »Sie werden ehrlich zu uns sein. Ganz und gar. Oder ich ziehe der Sache den Stecker. Verstehen Sie?«

Evan sagte: »Ja.«

Deborah schob sich an ihrem Mann vorbei zu Evan. Für die Größe des Hauses waren die Flure erstaunlich eng. »Hatte Ruby recht mit Tartarus? Steckt Luke Devine dahinter?«

»Ich weiß es nicht.«

Deborah rückte näher. »Können Sie sie beschützen?«

Evan sagte: »Ja.«

»Ganz gleich, was passiert?«

»Ja.«

Durch die Tür drangen die Geräusche von Schüssen und Explosionen aus Lautsprechern. Ein Actionfilm?

»Okay«, sagte sie. »Dann soll Ruby es Ihnen sagen.«

Evan fragte: »Mir was sagen?«

»Das liegt an ihr«, erwiderte Mason zu seiner Frau. »Sie muss entscheiden, ob sie ihm vertraut.«

Deborah antwortete: »Wir sollten mit ihnen da drin sein.«

»Wir werden Ruby fragen, was sie will«, sagte Mason. »Wenn sie mit ihm allein sein will, wird sie es sagen.«

Evan passte sich an die Art, wie über ihn geredet wurde, an: »Er wird sein Bestes tun, um es ihr leicht zu machen.«

Deborah klopfte mit einem einzigen Fingerknöchel an die Tür. Eine Stimme aus dem Off: »Komm rein!«

Deborah öffnete die Tür, und die drei drängten sich an der

Türschwelle, wie Clowns, die aus einem zu kleinen Auto auszusteigen versuchten.

Ruby saß in einem Sitzsack im sterilen blauen Licht eines Großbildfernsehers und bediente einen komplizierten Controller, der sie in die Welt eines Ego-Shooters teleportierte. Ihr Gesicht war blass und schlaff. Es sah aus, als würde sie schon seit Stunden davorsitzen.

Evan brauchte einen Moment, um die Einrichtung zu verstehen. Über einem Bett mit grüner Flanellbettwäsche hingen Bilder der Sports-Illustrated-Bademode. Ein gerahmtes Red-Sox-Trikot mit Edding-Unterschriften befand sich neben einem Wimpel an der Wand. Fotos, die in den Rahmen einer verspiegelten Schranktür eingeklemmt waren, zeigten Johnny im Laufe der Jahre mit verschiedenen Freunden und Freundinnen – und seiner Schwester.

Ruby kuschelte sich noch tiefer in den Sitzsack. Sie schien sich im Zimmer ihres Bruders wohlzufühlen.

»Ruby«, sagte Deborah mit beneidenswert einfühlsamer Stimme, »Du hast einen Besucher. Offenbar im Auftrag der Präsidentin der Vereinigten Staaten.«

Sie schaute nicht hoch. Ihre Hände pulsierten um den Controller. Auf dem Bildschirm fanden mehrere zwielichtige Söldnertypen ihr Ende, ihre Köpfe explodierten in roten Wolken. Das Spiel war nicht diskreter, wenn es um ihre Todesschreie ging.

»Ach, wirklich?«

»Ja.«

»Cool.« Ruby warf ihnen einen kurzen Blick zu. »Na dann, hi.«

Deborah sagte: »Möchtest du, dass wir bleiben, Liebes?«

»Mir geht's gut.« Ruby schoss einem Soldaten, der eine Gasmaske trug, in beide Knie und trat ihn dann in den günstig positionierten Heckpropeller eines Kampfhubschraubers. Darmflüssigkeit bespritzte eine bis dahin unsichtbare Linse.

Mason nickte Evan aufmunternd zu. »Viel Glück.«

In den ersten Minuten, nachdem Deborah und Mason sich zurückgezogen hatten, sah er zu, wie Ruby einen ganzen Trupp Söldner mit einem Meat-Chopper-Geschütz auslöschte.

Sie sprach nicht und sah nicht auf.

Schließlich warf sie einen zweiten Controller herüber und deutete mit dem Kinn auf den Sitzsack neben sich. »Steh da nicht so rum. Steig ein.«

Eine Herausforderung.

Evan saß mit dem Controller da und bemühte sich, das Waffenkontrollsystem zu verstehen. Die Bewegungsmechanik war verwirrend; jedes Mal, wenn er versuchte, ein Ziel zu treffen, verfehlte er es um einige Zentimeter. Das kleine Rückstoßbrummen des Joysticks machte ihn verrückt.

Jeder seiner Versuche war ein Fehlschuss. Dann geriet er selbst unter Feuer, fraß eine Granate, schoss sich selbst dabei versehentlich ins Bein. Zweimal.

»Du bist wirklich schlecht hier drin«, sagte Ruby.

»Das scheint der Fall zu sein«, räumte er ein.

Sie hatte Mitleid mit ihm und schaltete das Spiel aus. »Du bist wegen meines Bruders hier.«

»Ja.«

»Willst du wirklich herausfinden, was mit ihm passiert ist? Ganz im Ernst? Oder spulst du nur noch mehr bürokratischen Unsinn ab, um die Wahrheit zu verschleiern?«

»Ersteres.«

»Warum?«

»Ich habe das Video gesehen, das du vor einem Jahr gepostet hast.«

»Klar«, sagte sie. »Und dann hast du einfach beschlossen zu helfen.«

»Ja.«

Sie überlegte kurz und sah, dass er keine Witze machte. »Okay. Was willst du wissen?«

»Alles, was du mir sagen kannst. Wie er so war. Mit was für Leuten er seine Zeit verbracht hat. Du hast gesagt, dass du nicht glaubst, dass er die junge Frau kannte, deren Leiche zusammen mit seiner gefunden wurde. Ging er mit schwarzen Mädchen aus?«

Ruby schaute entsetzt. »Das ist so rassistisch!«

»Warum?«

»Warum? Weil du davon ausgehst, dass es einen Typ Jungs gibt, der mit schwarzen Mädchen ausgeht. Und einen Typ, der das nicht tut.«

»Okay«, sagte er. »Ging Johnny mit Leuten aus, die er mochte, egal welche Hautfarbe sie hatten?«

Ihre Wangen kräuselten sich leicht vor Belustigung, der Effekt war einvernehmend.

»Ja«, sagte sie, »er ging mit allen aus. Und alle gingen mit ihm aus. Das war er. Das war Johnny.«

Ihr Blick senkte sich und ihr Gesicht wurde weich, so wie er es immer wieder bei Joey gesehen hatte, wenn Gefühle an die Oberfläche drängten. Evan wusste, dass er den Mund halten musste, um das Trauma in ihr nicht erneut zu wecken.

Der Raum war warm, und die Luft roch leicht nach Räucherstäbchen. Mehrere Aschewürmer lagen in einem Kirschholzbrennschälchen auf dem Nachttisch.

Evan staunte darüber, wie gut das Zimmer erhalten geblieben war, so als könnte Johnny jeden Moment hereinspazieren und sich auf das Bett setzen. Er fragte sich, wie viel Zeit

Ruby hier verbrachte, um Videospiele zu spielen, Räucherstäbchen zu verbrennen und den Platz einzunehmen, den früher ihr Bruder eingenommen hatte.

»Er war allen anderen voraus«, sagte sie. »Er hatte es immer eilig – zum Training, zu einer Party, zum Spaß. Der Erste, der trank, der Erste, der Sex hatte, der Erste, der kiffte. Aber er war auch der Naivste, irgendwie.« Sie schürzte die Lippen. »Seine Grundeinstellung war ... der Glaube an die Welt. Er dachte, das Universum sei so liebevoll, wie es sich ihm präsentierte. Die Leute denken häufig, das sei Überheblichkeit, aber, verdammt, ich würde nie so ignorant sein wollen. Also, er war mein großer Bruder. Aber er war auch so ... jung. Und irgendwie dumm. Aber durch und durch süß, weißt du?«

Sie kaute an einem Fingernagel. »Und er war ... wunderschön. Wie jemand, in den sich Lord Byron verliebt hätte. Er hatte dieses verträumte Kifferlächeln wie aus den Siebzigern. Er war unausstehlich.« Sie fing an zu weinen. »Und wenn er jetzt tot wäre, weil ihm ein Acme-Tresor auf den Kopf gefallen ist oder weil er betrunken einen Autounfall gebaut hat, dann wäre das in Ordnung. Aber wenn ihm das jemand angetan hat? Einfach so? Ich weiß nicht, wie man in einer Welt leben kann, in der so etwas unbeantwortet bleibt.«

Evan sagte: »Ich auch nicht.«

Sie wischte sich die Tränen mit dem über den Daumen gestülpten Ärmelbund ihres Pullovers weg, ohne den Blickkontakt zu unterbrechen. Es war ihr nicht im Geringsten peinlich zu weinen.

»Sieh einer an«, sagte sie. »Wir sind uns einig.«

Der Moment saß hell und erfreulich zwischen ihnen. »Deine Eltern sagten, du hättest mir etwas mitzuteilen«, hakte er nach.

Sie zuckte mit den Schultern. »Okay.«

Die Schnelligkeit ihrer Antwort überrumpelte ihn.

»Was?« Sie zuckte nur mit den Schultern. »Wenn meine Eltern sagen, dass ich dir vertrauen kann, dann kann ich dir auch vertrauen.«

»So einfach ist das?«

»Hast du meine Eltern kennengelernt?«

»Nur kurz. Aber ich verstehe, was du meinst.«

»Und glaub mir«, sagte Ruby, »ich brenne darauf, mehr Menschen zu vertrauen. Das ist der einzige Ausweg aus der ganzen Situation.«

»Du bist erschreckend scharfsinnig.«

»Das haben mir schon viele gesagt. Aber es gibt da eine Sache. Und zwar – ich habe es außer meinen Eltern noch niemandem gezeigt. Und wenn ich es dir zeige, musst du mich beschützen.«

Dies erwies sich als die einfachste Runde von Win Your Trust, die er in all den Jahren seiner Tätigkeit gespielt hatte.

Er sagte: »Okay.«

Ruby bewegte sich, um ihr iPhone herauszuholen, und hielt es hoch, damit die Gesichtserkennung greifen konnte. Sie rief die Mailbox auf und ging zu einer gespeicherten Nachricht mit der Information: *Unbekannter Anrufer.*

Sie zögerte. Eine dünne Schweißlache glitzerte auf ihrer Stirn. Sie blinzelte ein paar Mal schnell, um sich zu beruhigen. Dann drückte sie auf Play.

Eine Stimme, die durch ein Horrorfilm-Plug-in verzerrt wurde, mit tiefem Knurren und satanischem Nachhall: »Hör auf, über deinen Bruder zu reden. Hör auf, Fragen über deinen Bruder zu stellen. Oder ich werde dich holen, wie ich ihn geholt habe. Du wirst dich therapieren lassen, deine Medikamente nehmen und versuchen, dir einzureden, dass ich es vielleicht vergessen habe, dass es sicher ist, mit den Bullen zu reden, dass die Bedrohung nicht mehr real ist. Aber das bin ich. Ich werde es immer sein. Du wirst nie sicher sein vor mir.«

Es klickte ab. Ihre Lippen zitterten. Sie schloss die App und schob das Telefon zurück in ihre Tasche, dann fuhr sie mit den Lippen über ihre Zähne und biss zu.

Er fragte sich, wie stark ein neunzehnjähriges Mädchen sein musste, um eine solche Nachricht in ihrer Tasche mit sich herumtragen zu können. Er fragte sich, ob das Maß an Wut, das in ihm aufstieg, kontrollierbar war oder ob es ein Loch in die Mission brennen würde.

»Da«, sagte sie. »Ich habe es dir gesagt. Jetzt musst du mich beschützen.«

Sie sprang auf und hüpfte aus ihrem Zimmer. Evan machte sich eine mentale Notiz, sich später eine Kopie der Voicemail zu besorgen, und folgte ihr nach unten in die Küche.

Mason schnitt an der Theke Tomaten in Scheiben und Deborah saß ihm gegenüber auf einem Hocker und blätterte in einem Klatschmagazin.

»Ich habe es ihm gezeigt«, verkündete Ruby.

Die Worte hatten eine sichtbare Wirkung auf beide Eltern. Mason nickte düster und wendete sich wieder den Tomaten zu.

Ruby legte Evan einen Arm um die Schultern, auch wenn sie sich dazu ein Stück hochziehen musste. »Ich habe ihn gefunden«, sagte sie. »Und jetzt darf ich ihn behalten.«

»Was soll das heißen, du hast ihn gefunden?«, fragte Deborah.

»Ich habe ihn hierhergelockt. Mit meiner Jungfrau-in-Nöten-Energy.« Ruby strich sich mit dem Handrücken über die Stirn und tat so, als würde sie in Evans Armen in Ohnmacht fallen.

Er fing sie auf und brachte sie wieder auf die Beine. »Und jetzt? Ist er auf ewig mein treuer Lehnsmann.«

Deborah setzte die Zeitschrift ab und strich mit ihren perfekt manikürten Fingernägeln einmal über das glänzende Cover. »Ist das so, Evan Ohne-Nachnamen?«

»In meinem Beruf treffe ich eine Menge Leute«, sagte Evan. »Ihre Tochter ist die Erste seit langem, die mir Angst macht.« Mason ließ die letzten perfekten Scheiben des Burrata-Mozzarellas vom Schneidebrett auf die passenden Tomatenstücke wandern und beträufelte sie mit etwas Balsamico. »*Ewig* ist eine lange Zeit, Ruby«, sagte er, »warum fangen wir nicht mit dem Abendessen an?«

28.
Grab weiter

Der Caprese-Salat stand neben einem buchstäblichen Silbertablett mit gebratenem Perlhuhn. Das unvollendete Puzzle nahm eine Seite des Tisches ein, die vier die andere Hälfte. Ein paar zusammenhängende Teile lagen im Innenteil des Puzzles – der Ausschnitt einer Stirn, ein Haarbüschel. Genug für Evan, um zu erkennen, dass es sich um eine Art Foto handelte. Auf den in der Mitte aufgehäuften Teilen hatte sich ein dünner Staubschleier gebildet. Das Bogenfenster jenseits des Tisches gab den Blick auf einen idyllischen Hinterhof frei, ein freistehendes Büro oder Gästehaus, das von alten Eichen überragt wurde.

Wein wurde serviert, Evan lehnte ab. Gespräche bei Tisch waren eine Fremdsprache für ihn, und sie erforderten seine volle Konzentration. Außerdem: Wein.

Ruby saß neben ihm und scrollte in ihrem Handy herum. »Sophia hat sich gerade auf Instagram geoutet.«

»Gut für sie«, sagte Mason.

»Willst du mich verarschen?« Ruby führte die Gabel zum Mund. »Im Moment bin ich die einzige Hetero-Person in meiner Klasse. Ich versuche, die Leute dazu zu bringen, sich nicht mehr zu outen. Ich habe kaum noch heterosexuelle Freunde.«

»Mir ist klar geworden, dass man nicht konservativer wird, wenn man älter wird«, bemerkte Deborah in Evans Richtung. »Die Welt wird liberaler.«

»Und-oh-Gott. Colby hat mir eine DM geschickt. Schon wieder.« Ruby hielt für eine knappe Sekunde ihr Handy in die

Runde. Es zeigte ein Meme mit irgendeinem Schauspieler und der Beschriftung:

HEY GUUURL.

DU BIST SUPERHEIß.

Evan mischte sich zum ersten Mal in den Gesprächsfluss des Abendessens ein. »Colby?«

»Mein verrückter Highschool-Ex. Und ja, ich weiß. Jeder denkt, dass der eigene Ex verrückt ist. Man hört niemanden sagen: *Ich habe mit ihm Schluss gemacht, weil ich gemerkt habe, dass ich grenzwertig bin und ein Albtraum im Umgang mit ihm.* Aber Colby? Äußerst beschränkt. So, Alter, ich verstehe, dass du denkst, dass alles, was ich wirklich hören will, ist, wie schön ich bin. Aber die Sache ist, dass ich bereits weiß, dass ich angenehm symmetrische Gesichtszüge habe und die ganze Jugendlichkeit, die für mich spricht, also zeigt es nur dein eigenes Versagen der Vorstellungskraft, wenn du auf die evolutionäre Fitness-Maske hereinfällst, während das wahre Ich sich darunter verbirgt und so viel mehr ist. Und sofern du nicht damit beschäftigt wärst, über mein Aussehen zu schwärmen, hättest du erkannt, dass ich die beste Ressource bin, die du jemals haben könntest.«

Evans nächster Bissen des aufgegabelten Hühnchens schwebte nur wenige Zentimeter von seinem Teller entfernt. »Armer Colby.«

»Klar. Stell dich auf seine Seite.« Ruby gab Evan einen leichten Schlag mit der Rückhand auf die Fingerknöchel, der Anflug von Zuneigung war entwaffnend. »Und die sind alle so. Ich habe sogar eine dieser Heile-Welt-Dating-Apps ausprobiert, aber ich habe immer nur Typen namens Caden getroffen, die chillen und abhängen wollen, aber kein Geld haben, um auszugehen. Na toll. Danke, Dating-Apps. Etwas, das die Herren der Schöpfung noch fauler und unentschlossener macht.« Ihr Daumen schnipste-schnipste-schnipste. »Artsy-Caden. Try-Hard-Caden. Sportskanone-Caden.« Sie hielt das Telefon zur Seite. »Wenigstens ist Sportskanone-Caden irgendwie süß.«

»Die großen, muskulösen Männer werden immer zu Fettsäcken«, sagte Deborah.

»Deshalb datet man die jetzt, Mom.«

»Das reicht, Liebes«, sagte Deborah und erhob sich zu einer autoritären Pose. »Handy weg am Tisch.«

»Aber, Mom«, sagte Ruby mit jugendlichem Biss, »ich soll doch wieder in die Welt hinausgehen, weißt du noch?«

»Aber nicht mit Cadens.«

»Gut.« Ruby steckte das Telefon ein. »Ich habe ein Jahr Pause von der UVA gemacht. Und Dad meint, es sei nicht gut, wenn ich mich in dem *Haus, in dem ich aufgewachsen bin*, verkrieche. Aber soll ich wirklich noch einen Gedanken auf das Studium der Umweltwissenschaften verschwenden, wenn mein Bruder ermordet wurde?«

»Ich lasse das mal als rhetorische Frage durchgehen«, sagte Evan.

»Du bist erschreckend scharfsinnig.« Ruby grinste. »Du hast mich nach Johnny gefragt. Warum fragst du nicht sie? Mom? Dad? Beschreibt doch mal Johnny. Gewohnheiten, Persönlichkeit, Macken.«

Evan blinzelte ein paar Mal. Ruby hatte das Verhör an sich gerissen, ein charmanter, wenn auch rücksichtsloser Coup d'État.

»Johnny beschreiben?« Deborah ließ sich in ihren Stuhl zurücksinken und schlang ihre Hände um eine Kaffeetasse. »Er war ein Freigeist. Der … hm … der – dem wir nie trauen konnten. Außer, dass er nett war. Er war so sanftmütig und … es war so einfach, ihn zu lieben. In ihm wohnte das ganze Licht in der Familie.«

Ruby sagte: »Danke, Mom.«

»Beschwer dich nicht, Liebes. Du hast den Verstand.«

»Doppelten Dank, Mom.«

»Und das Rückgrat.«

»Grab weiter, Mère Chérie.«

Mason legte seine Hand auf Rubys und drückte sie ein wenig. »Und die Arbeitsmoral.« Ein vorsichtiger Blick in Evans Richtung. »Johnny fehlte es an Disziplin. Und doch hat er es stets geschafft, seinen Willen durchzusetzen. Ich habe beständig auf ihn eingeredet, wenn er sich angestrengt hätte, wäre er ein brillanter Anwalt geworden.«

Deborahs Lächeln gefror. »Ja. Das hast du gesagt. Immer.«

Evan quetschte sich durch die Spannung. »Wäre es typisch für ihn, in einem Partyhaus in den Hamptons zu landen?«

Mason überlegte einen Moment lang. »Ich würde sagen, ja. Er schloss sich dem Publikum an, das ihm das beste Abenteuer bieten konnte. Partygänger, die von der einen Szene in die andere wechseln.«

Deborah wurde erneut stutzig. »Mein Vater hat mir immer gesagt, ich solle nie jemanden dafür verurteilen, dass er Freude findet. Das ist so verdammt selten in dieser Welt.«

Masons Gesicht wirkte im gelben Schein der Küche lang. Sein Bart glitzerte, von grauen Sprenkeln durchzogen. Ein weises, geduldiges Gesicht. »Er hat mehr als nur Freude gefunden, Deborah. Er fand Ärger, mit dem er nicht umgehen konnte.«

Sie sah ihn an, ihr Blick war unerbittlich. Er hielt ihn aus. Es gab keine Feindschaft zwischen ihnen, nur eine grundlegende Art des Widerspruchs in ihrem Schmerz. Er war wie ein Gefäß für ihre Gefühle und sie für seine.

Ruby sagte leise: »Leute.«

Ein Unbehagen durchfuhr Evan, und er hatte den plötzlichen Drang, sich mit irgendetwas anderem abzulenken: das fettige Silbertablett abzuwischen, das unvollständige Puzzle zusammenzusetzen, die Ränder von Deborahs Zeitschriften auszurichten, die ärgerlicherweise ohne Rücksicht auf rechte Winkel gestapelt waren. Er war hierhergekommen, um Informationen über Luke Devine zu bekommen. Nicht, um eine Familie bei der Verarbeitung ihrer Trauer zu beobachten. Es fühlte sich an, als wäre er in ein altes Ritual hineingezogen worden, das er nicht verstand.

Deborah stieß sich vom Tisch ab und erhob sich, um ihre Tasse noch einmal zu füllen. »Wissen Sie, Evan, früher habe ich Kaffee gehasst, dennoch brauchte ich das Koffein, um morgens in Schwung zu kommen.« Ihr Tonfall war anders, gespielter. »Dann wurde ich süchtig nach dem Geschmack. Aber nach Johnny war die Unruhe zu groß. Also begann ich, Koffein zu hassen. Jetzt trinke ich Tag und Nacht entkoffeinierten Kaffee. Stellen Sie sich das vor. Möchten Sie eine Tasse?«

»Nein, danke.«

Sie blätterte in einer der Zeitschriften, die auf dem Tresen lagen, ohne sie anzuschauen. »Ich denke, wenn Sie Ruby beschützen, sollten wir Sie in unserem Sicherheitssystem anmelden. Es ist eines dieser modernen Systeme mit Kameras, die man auf dem Handy ansehen kann.«

»Ich bin schon drin«, sagte Evan.

Ruby warf ihrem Vater einen Blick über den Tisch zu und hob die Augenbrauen in erfreutem Erstaunen.

»Oh.« Deborah brauchte einen Moment, um ihre Fassung wiederzuerlangen. »Nun, wagen Sie es nicht, das Thermostat hochzudrehen. Frauen in einem gewissen Alter brauchen eine kühle Schlaftemperatur.«

»Jawohl, Ma'am.«

Mason sagte: »Ich kann die Couch in meinem Büro draußen für ihn herrichten.«

»Nein.« Ruby griff nach Evans Unterarm, fing sich und ließ ihn wieder los. Sie verdrängte ihre Angst unter einer pfauenhaften Zurschaustellung von Frechheit. »Ich will, dass er oben neben mir schläft. Wie ein Wachhund.« Sie bildete mit Daumen und Zeigefinger einen Rahmen und tat so, als wolle sie Evans Hals abmessen. Ein Auge geschlossen, die Zähne auf die Unterlippe gepresst, volle kubricksche Konzentration. »Wenn er sich benimmt, brauche ich nicht einmal Halsband und Leine.«

»Wachhunde, die von ihren Besitzern misshandelt werden, neigen dazu, sich gegen sie zu wenden«, sagte Evan. »Und dann muss die Spurensicherung die Blutspritzer von der Decke entfernen.«

Einen Moment lang herrschte betretenes Schweigen. Und dann lachten die Seabrooks einträchtig.

29.
Family-Bucket

Der Firmenjet setzte Rath und Gordo auf einer privaten Landebahn in Hanscom Field, knapp fünfundzwanzig Kilometer von Boston entfernt, ab.

Der nächstgelegene Baumarkt war dreizehn Minuten entfernt in Waltham. Sie kamen deutlich vor der Schließung um neun Uhr an.

Gordo wartete, mit einem Family-Bucket von KFC ausgestattet, in der Limousine. Rath ging hinein und geradewegs zu Gang zehn, Fach vier. Sein Favorit.

Er kaufte einen Fünferpack Panzertape in Industriequalität.

30.
Blick in die Sonne

Das Gästezimmer sah aus wie ein mondänes Boudoir. Blumentapeten und kunstvolle Vorhänge. Aus einer Murano-Vase auf einem tiffanyblauen Nachttisch ragten Silver-Dollar-Eukalyptuszweige. Die Matratze, die sich auf einem gewaltigen Boxspringbett zu einem pharaonischen Lager auftürmte, erforderte fast ein Trittbrett, um sie zu besteigen, und wurde von einer reichverzierten Tagesdecke und einer bauschigen, für den sibirischen Winter hergestellten Bettdecke gekrönt. Ein Schilfrohr-Diffusor verströmte eine erstickende Mischung aus Stechpalmenbeeren und Fichtenholz, deren Duft dick genug war, um einen Krapfen zu glasieren.

Überall hingen Quasten.

Evan saß auf dem Boden. Vollständig angezogen. Er lehnte sich an den Rucksack, den er aus dem Auto geholt hatte.

Es war ungefähr vierundzwanzig Stunden her, dass er Folgore in einer Gasse in Manhattan erledigt hatte. Achtundvierzig Stunden, seit sein Knöchel auf Geheiß der Bundesregierung in einen Sprengsatz geklemmt worden war.

Und jetzt? Er erstickte am Zibet eines Winterzauber-Schilfrohr-Diffusors.

Was irgendwie das schlimmste der drei Erlebnisse zu sein schien.

Am liebsten hätte er den Diffusor aus dem Fenster geschleudert. Die rote Rispentapete mit einem angenehmen Gussmetallgrau übermalt. Die Bettdecke auf den Boden gezogen, um auf einer Höhe zu schlafen, auf der die Luft noch zum Atmen reichte.

Unter ihm hörte er das Knarren von verzogenem Holz.

Er warf einen Blick auf das Ecobee-System. Die Kameras waren dilettantisch platziert worden und boten nur einen begrenzten Überblick auf die wichtigsten Bereiche.

Doch tatsächlich war eines der Küchenfenster aufgeschoben worden.

Evan war schon auf den Beinen, ging durch die Tür und stapfte die Treppe hinunter.

Seine ARES 1911 hielt er in beiden Händen und auf den Boden gerichtet. Er drehte sich in der Küche um und entdeckte Deborah, die sich auf den Polstern des Bogenfensters zusammengerollt hatte. Eine Zigarette ragte aus dem Griff einer schlanken weißen Hand, und sie lehnte sich zum Ausatmen durch den Spalt, den sie im Schiebefenster geöffnet hatte. Sie trug Pantoffeln und einen weißen Bademantel, der bis unters Kinn zugezogen war.

Der stummgeschaltete Fernseher zeigte ein junges Paar mit strahlenden Gesichtern, das sich vor einem weihnachtlich geschmückten Haus im Dunst des leise fallenden Schnees küsste.

Er steckte die Pistole ein, bevor sie sich umdrehte.

»Auf frischer Tat ertappt.«

Sie schenkte ihm ein Lächeln, ihre Lippen waren blass und leer. »Ich rauche, und mein Mann tut so, als wüsste er nichts davon. Ich muss respektvoll sein, um seine Ungläubigkeit aufrechtzuerhalten, verstehen Sie? Keine handfesten Beweise.« Sie schloss die Augen für einen weiteren Zug und schoss den Rauch gekonnt in die Nachtluft hinaus. Das gewinnende Grinsen, das auf der linken Seite leicht beeinträchtigt war. »Ich habe einen langen Weg hinter mir, wissen Sie?« Sie hatte sich einige Magazine auf das Polster am Fenster mitgenommen. *Soap Opera Digest*, *US*, *Star*. Auf dem einen Cover war sie zu sehen, wie sie das Haus verließ, in dem sie sich gerade befanden; der Wind hatte ihr Haar zurückgeworfen, das brüchig und schütter wirkte, und ihr Gesicht war in einem wenig schmeichelhaften Licht abgebildet, die Schäden des Schlaganfalls waren offensichtlich. Die Schlagzeile lautete: *Die Schöne wird zum Biest!*

Sie folgte seinem Blick nach unten. »Ah«, sagte sie. »Sie sind furchtbar, sicher. Aber es liegt nicht an ihnen. Es sind alle, die … das hier verschlingen. Das Interesse an meiner Person ist wieder erwacht, seit sie ein Reboot der Serie machen. *Winds of Time.*« Sie registrierte seine ausbleibende Reaktion. »Sie sind nicht gerade die Zielgruppe.«

»Nein, Ma'am.«

Auf dem Fernseher tauchte kurz das Logo des Hallmark Channels auf. Jetzt befand sich das Paar auf einer Art Fest vor einer Scheune, inmitten von Stadtbewohnern, die eine diverse Auswahl an Weihnachtspullovern trugen. Alles war weich und warm und beruhigend wie ein nicht zu heißes Bad. Evan konnte verstehen, warum Deborah sich in diese gut beleuchtete Welt ohne Schatten und scharfe Kanten zurückziehen wollte.

»Ein anderer Paparazzo hat mich bei Whole Foods dabei erwischt, wie ich mir Feinkostsenfsorten angesehen habe. Ich sagte ihm: *Darling, mach uns jünger. Dann habt ihr eine höhere Auflage.* Und sehen Sie?« Sie zog eine weitere Zeitschrift aus dem Stapel, die bereits aufgeschlagen war, und zeigte eine Doppelseite, auf der sie verschmitzt grinste: *Sie sieht fantastisch aus und lebt ihr Leben – und das mit sechzig!* »Um das klarzustellen: Ich bin neunundfünfzig. Die sind schockiert, dass ich immer noch *das Leben genieße* und nicht, wie es bei Frauen üblich ist, nach der Fünfzigermarke langsam zerfalle.« In ihren Augen lag eine Art seelenvolle Tiefe. »Das ist der Preis dafür, eine Ikone zu sein. Selbst wenn es nur die Billigversion davon ist. Man sieht die Enttäuschung in ihren Gesichtern, überall, wo man hingeht. Sie sind wütend auf einen.«

»Wegen des Alterns?«

Ein weiterer Zug ließ die Zigarette knistern. »Dafür, dass ich keine Fantasie bleibe.«

Etwas im Fernsehen lenkte Evans Aufmerksamkeit auf sich. Da war sie, Deborah Seabrook, inmitten der anderen Schauspieler auf dem verschneiten Fest, mit einem skurrilen Schal und makellosen Winterhandschuhen. Sie umarmte den jungen Mann aus der vorangegangenen Szene mütterlich und beugte sich dicht zu ihm, um ihm ein paar weise Worte mit auf den Weg zu geben. Als Evan ihr dabei zusah, wie sie diese fade, wenn auch zärtliche Rolle spielte, spürte er, wie sich etwas in ihm regte.

»Klingt klaustrophobisch«, entgegnete er.

»Das ist ein gutes Wort dafür«, sagte Deborah. »Man braucht ein Gesicht in der Öffentlichkeit, das persönlich erscheint, es aber nicht ist. Man will nicht, dass es wirklich persönlich ist, und es stellt sich heraus, dass sie es auch nicht wollen.«

Sie verfolgte, wohin er seinen Blick richtete, und ihr eigener wanderte zum Fernseher. Ein grausames Spiegelkabinett: Deborah, die Deborah dabei beobachtete, wie sie ihren Arm in den ihres fiktiven Sohnes legte, während sie durch den Requisitenschnee stapften.

Sie deutete auf den nächstgelegenen Küchenstuhl, und Evan setzte sich. »Und dann passiert etwas, das … ein Loch in das Universum reißt, und du merkst, dass du die ganze Zeit nur Theater gespielt hast.«

Sie drückte die Zigarette am außen liegenden Teil der Fensterbank aus und stopfte sie dann in ein kleines Marmeladengläschen, das sie wie Houdini aus der Tasche ihres Bademantels gezaubert hatte. »Als die beiden Polizisten an unsere Tür klopften, hielt ich eine Tasse Kaffee in der Hand. Ich musste mich dazu zwingen, sie abzustellen. Doch meine Hand zitterte so sehr, dass ich sie umgeworfen habe. Dann musste ich mir sagen, dass ich mir keine Sorgen wegen des verschütteten Kaffees machen sollte. Es tropfte auf den Teppich dort« – eine Geste durch die Wand – »und ich musste mir sagen, dass ich mir keine Sorgen darum machen musste, es aufzuwischen. Oder wegen des Flecks. Dass nichts, worüber ich mir jemals zuvor Sorgen gemacht hatte, mehr von Bedeutung war oder jemals wieder sein würde. Wie töricht und unbedeutend alle meine Gedanken und Sorgen waren. Der Schmerz häutete mich bei lebendigem Leib, riss mich heraus. Ich fühlte mich nackt. Und ich konnte die Welt mit all ihrer Schrecklichkeit überall um mich herum sehen.« Sie musterte ihn. »Ich könnte mir vorstellen, dass Sie das auch ab und zu erleben. Bei Ihrer Arbeit.«

»Ja.«

»Menschen in ihrer nacktesten Form? In ihrer echtesten Form?«

»Ich sehe die Menschen auf keine andere Weise.«

»Was für ein Segen.«

Er antwortete nicht.

»Und wie einsam.«

Er erwiderte nichts.

»Es sei denn, Sie haben jemanden, der Sie auch so sieht«, sagte Deborah. »Das ist das Mächtigste.«

»Verstanden werden?«

Sie schüttelte den Kopf. »Männer wollen jemanden finden, der sie versteht. Frauen wissen, dass sie nie verstanden werden.« Sie nahm eine weitere Zigarette heraus, schnupperte daran und steckte sie zurück in die Schachtel. »Nein. Sie

wollen verstanden werden. Das ist etwas anderes. Es ist ...
hm, Intimität. Und wenn man ein Kind hat, ist die Heftigkeit
der Gefühle ...« Sie schüttelte den Kopf, ratlos vor dem Un-
endlichen. »Ich bin sicher, das kennen Sie von Ihren Eltern.«
Evan dachte an die Mutter, die er für ein paar kurze Wochen
gekannt hatte. Dann an Joeys Suche nach seinem leiblichen
Vater, einem Rodeo-Cowboy, der in Blessing, Texas, Barrechnungen anhäufte. Ein Mann, der Evan noch nie zu Gesicht
bekommen hatte.
Er widerstand dem Drang, den Kopf zu schütteln.
»So zu lieben, ist eine Art Schmerz«, fuhr sie fort. »Weil man
alles Schlechte hasst, das die Welt je für sie bereithalten
könnte. Und man leidet die ganze Zeit für sie, auch wenn
noch nichts passiert ist.« Eine einzelne Träne klebte an ihrer
Nasenspitze, ein perfektes Juwel. »Und wie oft ist es nicht
passiert? Der Sturz aus dem Baumhaus. Das Verschlucken an
rohem Schinken. Der Autounfall, der bei einem Blechscha-
den geblieben ist. Und dann? Eines Tages passiert es doch.
Und es ist, als hätte man sich sein ganzes Leben lang darauf
vorbereitet.« Ihre Stimme senkte sich mit einer Art von Ehrfurcht. »Aber es ist so viel schlimmer als alles, was man sich
vorstellen kann. Es lässt einen neu über die Hölle nachdenken. Und über den Himmel. Wissen Sie, was jetzt für mich
der Himmel wäre?«
Evan blickte auf den Tisch hinunter. In dem Haufen loser
Puzzleteile erkannte er ein hellblaues Auge – das von Johnny.
»Ihn noch eine Minute länger bei etwas Alltäglichem zu
sehen«, sagte Deborah. »Etwas, auf das ich nie geachtet habe.
Wie er einen Apfel isst oder an seinen schmutzigen Fingernägeln zupft. Ihm beim Fernsehen zusehen. Das und nicht
mehr ist der Himmel. Er war genau da, jeden Augenblick
meines Lebens bis dahin. Und ich konnte ihn nicht sehen.«

In dem Wirrwarr aus verstreuten Puzzlestücken entdeckte Evan den äußeren Rand eines von Rubys mandelförmigen Augen.

»Mason hat es anfertigen lassen«, sagte Deborah mit Blick auf das Puzzle. »Eines von diesen individuellen. Er wollte, dass Ruby in der Lage ist, die Familie wieder zusammenzusetzen. Er dachte, es wäre … hmm, therapeutisch. Aber es liegt einfach da. Und liegt da.«

Sie blickte zurück in die Dunkelheit, und es war klar, dass sie mit dem Reden fertig war. Auf dem Fernseher lief das Weihnachtsmärchen mit weicher Schärfe zu Ende, der Abspann folgte im Schnelldurchlauf.

Als Evan sich schweigend erhob, um zu gehen, zog Deborahs Name an ihm vorbei, war da und wieder weg.

Er ließ sie mit ihren Gedanken allein.

31.
Steve, der weiße Zuhälter

Das Schwierigste war, dafür zu sorgen, dass der Glasstrohhalm im Nasenloch blieb. Man sollte meinen, es wären die anderen Aspekte gewesen – die Person ruhigstellen, den Kopf mit Klebeband fixieren, die Ausrüstung intakt dorthin bringen.

Aber nein.

Es ging darum, den Strohhalm so fest im Nasenloch zu platzieren, dass er nicht bei jedem rasenden Ausatmen herausflog, allerdings nicht so fest, dass er eine Blutung auslösen und davon verstopft würde.

Rathsberger hatte nichts gegen Zuhälter im Allgemeinen, aber er hasste weiße Zuhälter. Dieses Arschloch hieß Steve, der schlimmste Zuhältername aller Zeiten. Er fuhr einen 1988er Cadillac mit einer Hula-Tänzerin auf dem Armaturenbrett und trug eine glänzende Kunstlederjacke mit ausgeprägtem Revers. Er war ein ungehobeltes Großmaul, das hübsche Mädchen aus der Nachbarschaft in der Back Bay, in Cambridge und Newton zu Diensten hatte. Die Hässlichen verschiffte er nach Atlanta und Vegas.

Sein dichtes, lockiges blondes Haar hatte es erleichtert, den Kurs zu behalten. Sie hatten ihn kurz hinter den Buchsbaumhecken vor der Tür seines Reihenhauses eingeholt, Gordo packte ihn an der Mähne und trieb ihn hinein. Steve wohnte in einem Reihenendhaus. Das Haus nebenan stand leer, was eine angenehme Privatsphäre bot.

Mattapan war verdammt zwielichtig, das machte die ganze Sache einfach. Kein Bedarf an Aufklärung, Spähern, Diskretion. Der nächste Halt würde anders sein, würde Finesse erfordern.

Sobald sie die Schwelle überschritten hatten, erfuhren sie, dass Steve, der weiße Zuhälter, eine klapprige mittelgroße Hündin mit drahtigem grau-schwarzem Fell hatte. Aber sie bellte nicht und versuchte nicht, ihr Herrchen zu schützen. Ihre Rippen waren zu sehen, und sie kauerte sich zusammen und schnüffelte an ihren Handgelenken, während sie sich mit Steve herumschlugen. Rath hatte das Gefühl, dass sie ihren Besitzer nicht besonders mochte, und er konnte es ihr nicht verdenken. Welcher Hund, der etwas auf sich hielt, wollte auf einen weißen Zuhälter namens Steve hören? Rath mochte die hässliche Töle – die Hündin war wie eine lebende Flaschenbürste – und er bewunderte ihre fehlende Loyalität. Um sicherzustellen, dass Steve sich nicht zu viel bewegte, hatte Gordo auf ihm gesessen, während Rath ihm beide Kreuzbänder durchtrennt hatte, ein einfacher Ka-Bar-Schlag durch das *U* an der Basis jedes Oberschenkelknochens.

Die Haare des Achtzigerjahre-Rockers boten eine hervorragende Haftung für das Klebeband, das Rath so oft um Steves Kopf und den abgeplatzten Holztisch in der Küche gewickelt hatte, dass er es nicht mehr zählen konnte. Steves Arme waren unter der Tischplatte fixiert, seine Schuhe klebten am Boden, seine rechte Wange war flach auf die abgenutzte Oberfläche gepresst. Bahnen aus Klebeband bedeckten seinen Kopf und sein Kinn, aber sein Mund und seine Nase lagen frei, ebenso wie seine Augen. Es war wichtig, dass er sich das, was jetzt passierte, vor Augen führte.

Er weinte und der Rotz drohte den Strohhalm zu verstopfen. Die Wohnung war ein Drecksloch mit zersplitterten Dielen und zugigen Fenstern, Mausefallen und Take-away-Kartons vom China-Imbiss auf dem Küchentresen. Es roch nach

Schimmel und Hundepisse. Im Hauptraum gab es keine Möbel außer einem klapprigen Tisch und einer klebrigen Couch, die unter Schwarzlicht sicherlich fluoresziert hätte. Es gab nur zwei Stühle, von denen sie einen rücksichtsvoll an Steve geklebt hatten, um seine funktionsunfähigen Beine zu stützen. Rath saß verkehrt herum auf dem anderen, die Arme entlang der oberen Lehne verschränkt, dem Gefangenen zugewandt.

Da er keine Begegnung mit der Couch riskieren wollte, hatte sich Gordo auf dem Boden niedergelassen, war die letzten Zentimeter unkontrolliert gefallen und so hart gelandet, dass die Dielen knarrten. Er hatte ein Blatt aus seinem Spiralnotizbuch herausgerissen und war damit beschäftigt, es mit seinen Wurstfingern zu etwas zu falten. Die rattenhafte Hündin hatte sich an Gordos Seite gesetzt und beobachtete das Geschehen mit traurigen, feuchten Augen.

Mit Mühe konnte Rath die vernarbte rechte Seite seines Mundes wieder schließen, aber er spürte, wie die Unterlippe jetzt nach unten zog, feucht von Speichel. Er befingerte die Spitze seines Ka-Bars; er hatte es bereits im Waschbecken gereinigt, in dem zwei tote Kakerlaken und eine kleine Formation von Olivenkernen lagen.

»Es gibt eine Methode, jemandem ein Auge auszustechen und es so umzudrehen, dass er sein eigenes Ohr sehen kann«, sagte er. »Aber das habe ich noch nie gemacht. Ich glaube, man braucht eine gute medizinische Ausbildung, damit die Sehnerven intakt bleiben.«

Steve, der weiße Zuhälter, schnaufte. »Ich weiß nicht, was du willst, Mann. Aber ich habe Leute. Leute, die nach dir suchen werden.«

»Man sagt, dass ein enthaupteter Kopf noch zehn Sekunden lang sehen kann, aber das ist Quatsch«, höhnte Rath. »Die werden immer ohnmächtig durch den Schock. Nicht einmal ein Blinzeln der Erkenntnis. Also …« Er zog das Reagenzglas aus seiner Tasche und wackelte damit, so dass der Inhalt in einen Rausch geriet. »… haben wir uns etwas Lustigeres ausgedacht.«

»Was zum Teufel ist das? Warte … warte einfach, okay? Warte einfach kurz. Was habe ich getan? Ich kann es wiedergutmachen. Hör zu, du hast dich klar ausgedrückt, okay? Ich werde dich nicht verarschen. Wenn ich mit … mit einem Freund von dir Stress habe, einer Tochter, was auch immer, kann ich es wiedergutmachen.«

»Oh«, sagte Rath, »das interessiert uns alles nicht. Wir interessieren uns für deine große Klappe.«

Aus dem ausgerissenen Papier hatte Gordo ein Himmel-und-Hölle-Spiel gebastelt, wie man sie häufig bei Schulkindern sah, mit versteckten Klappen und Botschaften. Vor kindlichem Vergnügen grinsend, faltete er die Schnäbel mit seinen riesigen Daumen und Zeigefingern zu verschiedenen Mustern auf und zu. Die Hündin beobachtete ihn und legte interessiert den Kopf schief. Rath konnte sehen, dass er einige der Klappen bekritzelt hatte.

Gordo konnte ein richtiger Spaßvogel sein.

Steve, der weiße Zuhälter, keuchte ein wenig und lenkte damit erneut Raths Aufmerksamkeit auf sich.

»Siehst du, Steve, du redest zu viel«, sagte Rath zu ihm. »Du jammerst bei jedem, der zuhören will. Und wir hatten kein Problem damit, dass du das in deiner eigenen kleinen Kloake tust – aber nach den jüngsten Ereignissen wurde das … lästig. Also.« Er bedachte ihn mit einem hässlichen Blick. »Du weißt, wie das hier endet, oder?«

»Was …?« An Steves Mundwinkel klebte etwas Spucke, so dünn wie ein Spinnenfaden. Rinnsale aus Blut färbten seine

Jeans vom Knie bis zum Knöchel in dunklen Streifen. Er versuchte, mit den Beinen zu zappeln, aber seine mit Klebeband festgemachten Schuhe rührten sich nicht und die Anstrengung in seinen Knien ließ ihn vor Schmerz erstarren. Röchelnd sog er die Luft ein, bevor er antwortete. »Über was habe ich zu viel geredet?«

Rath entfernte den Stöpsel. »Das spielt keine Rolle mehr.«

»Aber du musst das nicht tun! Warum das alles?«

»Vielleicht hat er recht«, überlegte Rath laut.

Eine der Gefangenen hatte es aus dem Reagenzglas geschafft und kletterte nun am gläsernen Ring herum. Die scharfen Mandibeln arbeiteten vorfreudig. Vier Zentimeter. Eine ganze Menge Ameise. »Was denkst du, Gordo? Sollen wir ihm eine Chance geben?«

»Ja!« Spucke blubberte auf Steves Lippen. »Bitte, bitte, bitte!«

Rath fragte: »Was steht in seinem Horoskop?«

Gordo grinste breit. Ein Spiel. Er klappte das Himmel-und-Hölle-Spiel auf und zu, auf und zu. Die Hündin beugte sich vor und schnupperte daran. Gordo hielt inne, richtete das geöffnete Papiermaul auf Steve. »Wähle eine Zahl.«

»Was?«

»Wähle. Eine. Zahl.«

Steves sichtbares Auge wölbte sich und spannte sich an. Es war schon komisch, einen Augapfel zu sehen, der sich bewegte, während der Kopf sich nicht bewegen konnte. »D-drei.«

Gordo öffnete die passende Klappe. Er starrte sie an. »Oh-oh.«

»Was, Mann? Was?« Der gläserne Strohhalm, der aus Steves Nasenloch ragte, wippte vor Aufregung.

Gordo drehte das Himmel-und-Hölle-Spiel zu den beiden anderen Männern. Unter der Zahl war die Zeichnung einer großen roten Ameise mit gezacktem Kiefer zu sehen.

Auf Gordos glänzender Stirn erschien eine Reihe welliger Falten. »Das ist aber schade.« Stirnrunzelnd blickte er auf das Papier und hob die anderen Klappen an. »Ups«, sagte er. »Sieht aus, als hätte ich es vermasselt. Da sind überall Ameisen.«

Rath beugte sich zu Steve vor. Er griff nach dem Glasstrohhalm, um ihn zu stabilisieren, und führte das obere Ende des Reagenzglases an die winzige Öffnung heran. Ihr Durchmesser reichte nur für eine Ameise auf einmal, und nicht wenige von ihnen rieselten auf den Boden. Schließlich formte sich das lebende Durcheinander zu einem Strom. Angetrieben von der Schwerkraft strömten die Bulldoggenameisen durch den Korridor des Strohhalms.

Steve hielt ein blutunterlaufenes Auge fest auf die Seite gerichtet und beobachtete, wie sich die Parade seinem Gesicht näherte. Sein Grunzen ging in einen heiseren Schrei über, der Speichelflecken über das Holz schickte. Aber er konnte nicht wegsehen.

Obwohl es sich um eine ausgeklügelte Technik handelte, hoffte Rath, dass sie sich nicht zu weit in die Nacht hineinziehen würde.

Schließlich mussten sie ja noch nach Wellesley fahren.

32.
Mr. Harte Grenze

»Sue Anns Bio-Einläufe. Wie kann ich Ihnen heute behilflich sein?«

Evan starrte auf die vielen Quasten im Gästezimmer und zögerte, bevor er in das RoamZone antwortete: »Tommy?«

Stojacks Stimme kam klar und deutlich über die Leitung. »Heilige Scheiße, willst du mir jetzt schon den Schließmuskel aufreißen wegen des neuen Wagens? Du hast ihn doch gerade erst bestellt.«

»Nein«, sagte Evan. »Du musst ein Safe House für mich organisieren.«

»Ich dachte, die hättest du überall verstreut wie Rattenscheiße.«

»Nicht in Boston.«

»Du willst, dass ich ein Safe House in Boston einrichte? Ich bin eine Ikone der Männlichkeit und ein Scharfschütze par excellence. Kein verdammtes Reisebüro.«

Eine weibliche Stimme mischte sich ein. »Ich kann es tun.«

»Joey?« Evan war auf den Beinen und ging neben dem königlichen Bett auf und ab, der Duft des Winterzauber-Diffusors drohte ihn zu ersticken. »Was machst du hier? Das ist eine verschlüsselte Leitung.«

»Ach was«, sagte sie. »Ich bin diejenige, die die Verschlüsselungsprotokolle für dich aktualisiert hat.«

»Verlass den verdammten Anruf.«

Tommy lachte ein tiefes, raues Lachen, das in einen Hustenanfall überzugehen drohte. »Hey Jo, Joey.«

»Tommy! Hallo!«

»Ist es nicht niedlich, wie sich seine Stimme anspannt, wenn er wütend ist?«, fragte Tommy.

»Ja, oder?«, sagte Joey. »Und er macht wahrscheinlich diese Sache mit dem verkrampften Kiefer, du weißt schon, wenn die Ecken nach außen treten?«

Evan bemühte sich, seine Zähne zu lockern. »Ich kann es nicht gebrauchen, dass du in dieser Leitung auftauchst, Joey. Das ist eine harte Grenze.«

»Nun«, sagte Tommy, »ich werde euch zwei Hunde am Hintern des anderen schnüffeln lassen und hoffen, dass sich eure häuslichen Angelegenheiten klären. Zeit für mich, zu verschwinden.«

Er legte auf.

»Also«, sagte Joey. »Heißt das, du brauchst mich nicht, um einen Unterschlupf in Boston für dich einzurichten?«

»Das darfst du niemals wieder tun«, warnte Evan. »Niemals.«

»Verstanden, Mr. Harte Grenze. Vielleicht sollte das dein neuer Codename sein. Vor allem, da du Probleme hast, die Kommunikation sicher zu halten, was ziemlich wichtig zu sein scheint, wenn du herumrennst und dich der N–«

»Josephine.«

»'kay. Was brauchst du? Wo bist du?«

»Ich schlafe im Haus der Seabrooks.«

»Du tust was?«

Ein langes, kaltes Schweigen, von dem Evan nicht wusste, wie er es deuten sollte.

»Mr. Harte Grenze?« Joeys Tonfall war plötzlich sehr erzürnt. »Du übernachtest bei einer verdammten Klientin? Vor zwei Sekunden warst du noch in Gewahrsam der Bundesbehörden.«

»Ruby wurde bedroht, also bat sie mich …«

»Ach so, sie hat gefragt. Dann ergibt ja alles Sinn. Es gibt da so etwas wie das Vierte Gebot, an das du dich früher gehalten hast. *Es ist nie …«*

»Sie ist ein neunzehnjähriges Kind, das …«

»… *persönlich.* Du kannst nicht einfach deine Arbeitsprotokolle in die Luft jagen. Ist sie jetzt etwa deine Ersatztochter? Bist du sicher, dass du nicht für immer bei ihr einziehen und gemeinsam Gardinen aussuchen willst?«

»Sie hat viel durchgemacht.«

»Ja? Hat sie das Aufwachsen im Pflegefamiliensystem überlebt?«

»Nein.«

»Wurde sie von Attentätern der Regierung gejagt und angeschossen?«

»Nein.«

»Kann sie Daten über DNS- und ICMP-Pakete tunneln, so dass sie sie unentdeckt exfiltrieren kann?«

»Nicht, dass ich wüss–«

»Dann bin ich nicht beeindruckt. Ich meine, sieh dir ihr Leben an. Sieh dir ihre Ausrüstung an. MacBook Pro, iPhone – sie benutzt einen verdammten Brother-Scanner und Drucker von Staples. Sie ist so einfach gestrickt. Und in ihren sozialen Medien macht sie all diese literarischen Anspielungen. *Seht her, wie gebildet ich bin.«*

»Wovon redest du, Joey? Was ist hier los?«

»Ich habe es einfach satt. Wie sehr sich alle um einige Leute kümmern, obwohl sie es gar nicht wert sind, und andere komplett vernachlässigt werden.«

»Du weißt nicht, was jemand wert ist.« Die Tür war geschlossen, aber Evan achtete darauf, nicht zu laut zu sprechen. »Du bist ein sechzehnjähriges Mädchen. Keine moralische Instanz.«

»Nein? Wer denn dann? Die Arschlöcher, die alles leiten? Die

Politiker? Luke Devine? Die Präsidentin? Sag's mir, X. Wer macht denn einen so guten Job bei der moralischen Verwaltung der Welt, dass ich mir darüber nicht mein hübsches Köpfchen zerbrechen muss?«

»Joey. Die Kehle ihres Bruders wurde aufgeschlitzt. Das ist alles, was mich interessiert. Der Rest sind nur Worte.«

»Nein«, sagte Joey. »Scheiß drauf. Weißt du, wie viele meiner Freunde gestorben sind? Pflegegeschwister? Drogenkonsum, häusliche Gewalt, von Polizisten erschossen. Und ich bin nicht dazu gekommen, in den sozialen Medien rumzuheulen und drei Minuten später die verdammte Präsidentin der Vereinigten Staaten einzuschalten.«

»So ist es nicht …«

»Wenn denen da oben in Richville etwas passiert, ist das ein Skandal. Plötzlich heißt es: *Was? Das Leben ist vielleicht nicht fair für uns? Auch wir können machtlos sein? Unsere Kinder könnten nicht sicher sein?* Und dann kommt die ganze Welt zum Stillstand und kümmert sich nur noch um sie und vergisst alle anderen. Es ist drei Tage her, dass du gefangen genommen wurdest, und ich hätte dich fast nie wieder gesehen, und jetzt kümmerst du dich nur um –«

Sie fing sich, atmete jedoch schwer, die Emotionen überschlugen sich und drohten zu zerbrechen, und er wusste, dass sie sich schämte für das, was sie preisgegeben hatte.

»Nein«, sagte Evan. »Das tue ich nicht. Und das werde ich nicht tun.«

»Das wirst du«, sagte Joey. »Das tun alle immer.«

Ihre Wut war verbrannt. Es blieb nichts übrig als ein Leben voller Herzschmerz, ein Leben, in dem sie erneut wieder mit ihrer eigenen Bedeutungslosigkeit konfrontiert wurde. Er selbst kannte diesen Schmerz, er saß so tief, dass er die meiste Zeit vorgeben konnte, ihn zu vergessen.

Er spürte, dass das, was er ihr als Nächstes sagen würde, wichtiger sein könnte als alles, was er ihr jemals gesagt hatte.

Von unten ertönte ein durchdringendes Kreischen. Der Alarm.

In das Haus war eingebrochen worden.

Mit gezückter ARES stürmte er zur Tür. »Verdammt«, sagte er. »Joey. Ich muss los. Ich rufe dich zurück.«

»Sicher«, sagte sie und legte auf.

33.
Ineffiziente Idiotie

In ihren Bademantel gehüllt stand Deborah im Flur des Erdgeschosses, starrte auf den Hockey-Puck von Rauchmelder an der Decke und wirkte schockierend unaufgeregt.

Sie hob eine Augenbraue. »Evan Ohne-Nachnamen«, sagte sie, »wir müssen aufhören, uns so zu treffen.«

Der Detektor kreischte wieder wie ein gefräßiger Pterodaktylus. »Was zum Teufel«, fragte Evan und steckte seine Waffe in das Holster, »ist das für ein Geräusch?«

»Die Batterie muss gewechselt werden«, sagte sie.

»Das ist der Alarm für schwache Batterien?« Es war das schlimmste Geräusch, das er je in seinem Leben gehört hatte. »Es klingt wie die Sirene eines Raketenwarnsystems.«

»Ja.« Sie zog einen Stuhl aus der stillgelegten Telefonecke heran. »Und wie durch ein Wunder gehen sie nur mitten in der Nacht los, um ein Höchstmaß an psychischem Leid zu verursachen. Haben Sie keinen?«

Evan hatte elektronische Nasen mit Quarzkristall-Microbalance-Sensoranordnungen und KI-Mustererkennungssystemen in den Tür- und Fensterrahmen eingebaut, die die geringste Spur von Rauch, Krankheitserregern oder gefährlichen Gasen in der Luft erkennen und analysieren konnten. Wenn sie ausgelöst wurden, sendeten sie ein aus drei Tönen bestehendes Notsignal an sein RoamZone und warfen während der Schlafenszeit eine farbenfrohe Sonnenaufgangssimulation in den Raum.

Er sagte: »Nein.«

Deborah stieg auf den Stuhl, der ein wenig wackelte, als sie an die Decke griff. Ein weiteres lebensgefährliches Kreischen erschütterte Evans Gehirn und ließ sie fast umfallen.

Er sagte: »Warum lassen Sie mich nicht …«

Mit einem Schraubenschlüssel drehte sie die kreisförmige Einheit frei, riss die Batterie heraus und ließ beide Teile auf den Teppich fallen.

Sie atmeten die glückselige Stille.

Evan reichte ihr die Hand, und sie nahm sie zierlich und kam herunter. Sie schenkte ihm ein Lächeln. »Wenn wir schon mal auf sind«, sagte sie, »können wir auch gleich etwas essen.«

»Sie müssen Norris schicken«, sagte Rath ins Telefon.

Das Town Car rollte gemächlich auf der 1-95 in Richtung Flughafen. Gordo saß neben ihm und verschlang das zweite von zwei Nacho-Party-Paketen von Taco Bell. Er balancierte jedes Tablett auf der breiten Kante eines Oberschenkels. Während er den flüssigen Käse von seinem Daumen saugte, war er zufrieden damit, Rath die Sache mit Tenpenny zu überlassen.

»Warum könnt ihr den Job nicht einfach zu Ende bringen?« In Tenpennys Stimme lag die für ihn typische Irritation.

»Weil das Seabrook-Mädchen in einer verdammt schicken College-Stadt lebt.« Rath kratzte sich an dem verbrannten Morast auf seiner rechten Wange, den die Autoheizung wieder einmal zum Kribbeln gebracht hatte. »Die haben eine Nachbarschaftswache, private Sicherheitspatrouillen und so einen Scheiß.«

»Sie wollen also, dass ich den schwarzen Mann schicke?«

»Aber ja. Alle werden zu politisch korrekt sein, um die Polizei wegen Double N zu rufen. Du weißt ja, wie reiche Weiße sind.«

»Du bist jetzt gerade da. Ich muss das erledigt wissen.«

»Sicher. Lass Gordo reinwatscheln. Er sieht aus wie Jabba the Hutt. Und ich sehe aus wie der Sack von Jabba the Hutt.«

Gordo schnaubte. »Das sind wir, semper malus.«

»Gut«, sagte Tenpenny. »Fahrt zurück zum Jet. Ich bezahle Norris, damit er morgen früh losgeht. Bei Einbruch der Dunkelheit will ich, dass das Mädchen Vergangenheit ist.«

Deborah ließ ihre Zigarette im Aschenbecher auf dem Fenstersims liegen, die Rauchfahne wurde durch den Spalt in die kühle Nachtluft gesaugt. Sie öffnete die Türen der Gefriertruhe und des Kühlschranks, lehnte sich einen Moment hinein und atmete die Kühle. Als sie sich umdrehte, hatte sie den Arm voller Lebensmittel – braune Limonadenflaschen, einen Eiscremekarton, zwei im Gefrierfach gekühlte Salongläser.

Sie stellte sie sorgsam auf dem Küchentisch ab, nahm noch einen Zug von ihrer Zigarette, bückte sich, um den Rauch auszuatmen, und machte sich dann daran, Root-Beer-Floats zuzubereiten. »Ich habe das ganze Disziplingetue mitgemacht«, sagte sie. »Mein ganzes Leben lang. Aber jetzt? Wenn ich es am meisten sollte? Ich will es nicht. Ich will Root-Beer-Floats trinken und fett werden. Fetter.«

Sie war sehr schlank, aber Evan wusste, dass es nicht das war, was sie jetzt von ihm hören wollte. Sie schob ein Glas zu ihm herüber.

»Nein, danke«, sagte er.

»Ach, halten Sie schon die Klappe.«

Sie lehnte sich auf den Polstern des Fensters zurück und schlürfte laut durch den Strohhalm. Dann zog sie ein letztes Mal an ihrer Zigarette, drückte sie aus und ließ sie dann heimlich verschwinden.

Die nach Osten gerichteten Bogenfenster waren stark getönt, aber Evan achtete trotzdem darauf, einen Stuhl zu wählen, der von der Straße aus nicht zu sehen war. »Weckt der Rauchalarm nicht die anderen auf?«, fragte er.

»Ja, aber sie tun so, als ob es nicht so wäre«, sagte sie. »Es ist ein klassisches Spiel des Zusammenlebens, verstehen Sie? Wer es schließlich nicht mehr aushält, muss sich darum kümmern.«

Die Lichter im Nebenhof gingen an, ebenso wie eine zweite Lampe auf der Veranda. Deborah registrierte die plötzliche Beleuchtung mit hochgezogenen Augenbrauen.

»Ich habe die Timer neu programmiert«, sagte Evan. »Über Ihr Netzwerk.«

»Ah«, erwiderte sie. »Professionelle Security.«

Ein Knarren auf der Treppe lenkte seine Aufmerksamkeit auf sich, und einen Moment später trat Ruby ein und rieb sich die Augen. »Hey, Mom.«

Deborah antwortete: »Schätzchen.«

»Hallo, Wachhund.«

Evan begrüßte sie: »Schätzchen.«

»Welche Art?«, fragte Ruby und kicherte über den Tisch.

»Wie bitte?«, sagte Evan.

»Es gibt eine generationenübergreifende Seabrook-Debatte über Root-Beer-Floats. A&W. Oder Mug.«

»Ich trinke keine Root-Beer-Floats«, sagte Evan.

»Ach, halt schon die Klappe.« Ruby holte eine Flasche Mug und goss sich einen Schluck ein. Sie hielt den Eiscremekarton in Armeslänge und las die Nährwertangaben. »Eine Portion ist ein Drittel eines Bechers? Wer zum Teufel isst ein Drittel eines Bechers Eiscreme? Schlümpfe? Fick dich, Kaloriengehalt. Mach wenigstens eine ehrliche Ansage.« Kräftig löffelte sie mehrere Vanillekugeln in ihr Glas. »Ich werde jetzt die halbe Packung Hass-essen.«

»Das ist mein Mädchen«, sagte Deborah. »Zeig dem Eis, wo es langgeht.«

Evan konnte seine Gedanken nicht von Joeys Worten lassen. Hatte sie recht, dass Leuten wie den Seabrooks übermäßig viel Aufmerksamkeit zukam? Oder war sie nur sauer wegen seiner Prioritäten?

Was für eine ineffiziente Idiotie, dachte er, von den Gefühlen eines anderen beherrscht zu sein.

Es gab noch mehr Bewegung im Haus, und dann tappte Mason in die Küche, eingewickelt in einen königsblauen Bademantel. Er schnupperte in die Luft. »Wow«, sagte er. »Diese Küche. Sie ist so … gut durchlüftet.«

»Mason«, begrüßte ihn Debora.

Sein Blick fiel auf den Float, der unangetastet vor Evan stand. »A&W?«, fragte er. »Oder Mug?«

»Ich trinke keine Root-Beer-Floats«, sagte Evan.

»Natürlich nicht.« Mason stapfte zum Kühlschrank und holte die Flasche A&W heraus.

Ruby spottete über ihren Vater. »Root-Beer-Barbar.«

Er löffelte eine Kugel Eis in sein Glas und schenkte dann kräftig ein. »Ungehobelte Limo-Idiotin.«

»Johnny mochte Mug lieber«, sagte Ruby.

Die abrupte Stille war so vollkommen, dass Evan die Blasen im Schaum seines unangetasteten Floats platzen hören konnte. Die Seabrooks rührten ihre Drinks um und starrten in sie hinab.

Evan wünschte, ihm fiele etwas ein, das er sagen könnte.

»Du hast mir erzählt«, entgegnete Mason schließlich zu Deborah, »dass wir nie jemanden dafür verurteilen sollten, dass er Freude findet.«

»Mason«, sagte Deborah. »Ich glaube nicht, dass wir uns noch einmal …«

»Johnny? Alles ist ihm so leichtgefallen.« Mason sah nun Evan an, aber es schien, dass er nicht mit ihm sprach. »Mädchen, Sport. Und wenn nicht, war es ihm egal. Ich wollte, dass er etwas findet, in dem er sich auszeichnen kann. Aber er wollte sich nie für irgendetwas den Arsch aufreißen. Er musste es nie.« Im schummrigen Licht der Küche sah sein Bart herbstlich bunt aus, grau und braun und schwarz und blond. »Ich war so hart zu ihm. Erst als er nicht mehr da war, wurde mir klar, was er besonders gut konnte. Glücklich sein.« Es war selten, dass ein erwachsener Mann so bereitwillig weinte.

Deborah erhob sich und umarmte ihn, wobei sie seinen Kopf von hinten streichelte. Er umklammerte ihr Handgelenk. Ruby zog ihre Beine unter sich auf den gepolsterten Stuhl und lehnte ihren Kopf an Masons Arm. Auch sie weinte. Deborah legte ihren anderen Arm um sie, und sie umarmten sich als dreiköpfige Familie.

Evan fühlte sich völlig fehl am Platz und stand auf. »Ich mach mich besser mal für morgen fertig.«

»Was ist morgen?«, fragte Deborah.

»Wenn Ruby bedroht wurde«, sagte Evan, »ist es wahrscheinlich, dass auch Leute im Umfeld von Angela Buford bedroht wurden. Jemand hat Angst vor dem, was herauskommen könnte.«

»Buford kommt aus Mattapan«, erklärte Deborah. »Es gibt einen Grund, warum sie es *Murderpan* nennen.«

Evan sagte: »Ich werde in Wellesley nicht die Antworten bekommen, die ich brauche.«

»Ich will mit dir gehen«, forderte Ruby.

»Nein«, sagte Evan.

»Du hast gesagt, du würdest bei mir bleiben.«

»Das ist wahr«, beteuerte Evan. »Aber es …«

»Was?«, fragte Deborah.

»So funktioniert das nicht. Die Gegend ist nicht sicher für sie.«

»Sie sagten, Sie könnten sie beschützen.« Mason wischte sich mit einem Taschentuch das Gesicht. »Egal, was passiert.«

»Das ist wahr. Aber …«

»Sie ist eine fähige junge Frau«, sagte Mason. »Und das ist es, was sie will. Sind Sie hier, um ihr zu helfen? Oder nicht?«

34.
Ein überwältigendes Déjà-vu

Ruby strahlte auf dem Beifahrersitz von Evans gestohlenem Mietwagen. »Ich war noch nie in Mattapan.«

Nach dem Aufenthalt im begrünten Wellesley sahen die Blocks hier baufälliger aus. Dichte Straßen, vollgestopft mit dreistöckigen Häusern, ein paar Split-Level-Häusern aus der Mitte des Jahrhunderts und Gebäuden mit abblätternden Vinylverkleidungen, vergitterten Fenstern und morschen Veranden, die kurz davor waren, endgültig vom Unkraut erobert zu werden. Ein paar ausgebrannte Ruinen, eine Reihe weiterer mit Brettern vernagelter Häuser, an deren Türen Schilder zur Zwangsvollstreckung von Hypotheken angebracht waren, wie Martin Luthers 95 Thesen, nur ohne den reformatorischen Optimismus.

Als Evan in die Blue Hill Avenue einbog, wurde er von einem vertrauten Gefühl der Lebendigkeit und Aufregung erfasst. Eine Reihe wunderschöner ehemaliger Synagogen war zu haitianischen Baptisten- und schwarzen Pfingstbewegungs-Kirchen umfunktioniert worden. Kleine Läden warben für Möbel zum Mieten, Flechtarbeiten und Handys mit Minutentarif. Karibische Frauen mit Kopftüchern führten ihre Kinder über die unebenen Wege. Männer mittleren Alters mit Dreadlocks saugten an selbstgedrehten Zigaretten. Teenager versammelten sich in Gruppen, ihre Baggy-Hosen tiefhängend. Gangzeichen und Liebesbriefe in Form von Graffiti zierten Wände, Bürgersteige, Werbetafeln und sogar einen unglücklichen Straßenhund. Das Viertel hatte Ähnlichkeiten mit dem, in dem Evan aufgewachsen war. Andere Kulturen und Strömungen, aber dasselbe trübe Wasser, aus dem er sich herausgezogen hatte. Er fühlte sich hier wohler als in der trockengelegten Atmosphäre von Wellesley.

Die letzten paar Blocks über war Ruby sprachlos gewesen, eine nicht unwillkommene Entwicklung, und sie hatte sich auf die furchterregende neue Welt konzentriert, die sich hinter ihrem Fenster offenbarte. Ein obdachloser Mann, der ohne Hosen aus einer Gasse kam, die Zähne zu winzigen Knubbeln verrottet. Ein Mädchen, das nicht älter als sieben Jahre sein konnte, schaute ihren jüngeren Geschwistern beim Spielen in einem löchrigen Planschbecken ohne Wasser zu. Mit mütterlichem Geschick hielt sie ein Baby auf ihrer Hüfte, dessen Windel herunterrutschte. Ein alter kastenförmiger Jaguar glitt vorbei, die Motorhaube verrostet, der Bass dröhnte aus den Subwoofern. Auf der Fahrertür stand in schwarzer Farbe geschrieben: *Gibt es ein Problem, Officer?* Der Kerl auf dem Beifahrersitz lächelte Evan bedrohlich an, seine goldenen Grillz glänzten. Als der Jaguar losfuhr, klang der getunte Motor, als würde er ein Loch ins Universum reißen.

Als der Lärm verklang, sagte Ruby: »Ich kann nicht glauben, dass das eine halbe Stunde von meinem Haus entfernt ist.«

Joeys Worte wirbelten in Evans Kopf herum, und er spürte, wie seine Nackenhaare sich aufstellten. Er hatte Dutzende von Pflegebrüdern gehabt, die alle möglichen Schattierungen und Stationen repräsentierten. Er erinnerte sich an das Erste Gebot und versuchte, es zu klären. »Ist es gefährlich«, fragte er, »solche Leute in der Nähe deines Viertels zu haben?«

»Nein«, beteuerte sie. »Es macht mich so wütend. Keiner kümmert sich um irgendetwas.«

»Viele Leute hier«, sagte Evan, »kümmern sich um vieles.«

»Das sage ich nicht. Ich meine …«

Sie hatte Mühe, den Faden ihres Gedankens wiederaufzunehmen.

»Hast du das kleine Mädchen da hinten gesehen?« Ihre Augen wurden feucht. »Die sich um all ihre Geschwister kümmert? Und die Mütter, die allein mit ihren Kindern sind ...« Ihre Wut fühlte sich dünn an, eine Verkleidung, um komplexere Gefühle zu verbergen. »Warum bekommen sie keine richtige Hilfe? Es ist ... als emanzipierte Frau ... kotzt mich das an.«

»Das sollte dich wütend machen, egal was du bist.«

Sie legte die Hand an den Mund und starrte noch ein wenig aus dem Fenster. Der Anblick wurde nicht erfreulicher.

Als Evan in eine Sackgasse mit tristen Häusern einbog, überkam ihn ein überwältigendes Déjà-vu. Abgestorbenes Gras, verblasster roter Stein, badewannengroße Balkone, vollgestellt mit zerschlissenen Sesseln und verrosteten Fahrrädern. Ein weiteres trostloses Regierungsprojekt, mit dem billiger Wohnraum geschaffen werden sollte. Er hatte schon einmal in solchen Wohnungen gewohnt. Er kannte die Einsparungen, die die städtischen Bauherren vorgenommen hatten, die Toiletten, die sich nur spülen ließen, wenn man an der Kette im Tank zog, die Art und Weise, wie der Wind durch die gefängnisartigen kleinen Fensterrahmen pfiff, so dass man im Winter eine Jacke tragen musste, um schlafen zu können, und dass sich die Zimmer während der Hochzeiten des Sommers zu Glutöfen verwandelten. Er wusste, was nicht in den Kühlschränken war. Die Wasserflecken an den Decken. Die zerschlissenen Kleider, die immer eine Nummer zu klein waren. Wenn man nur darauf warten konnte, dass etwas, irgendetwas, besser wurde.

Zwei Low-Rider waren Nase an Nase geparkt und versperrten die Straße. Junge Männer saßen auf den Motorhauben und

Kofferräumen und tranken aus braunen Papiertüten. Sie trugen Baseball-Caps mit flachen Schirmen und makellose Turnschuhe. Ihre Augen waren gerötet, und sie schauten nervös, desorientiert und gefährlich aus. Sie sahen aus wie Evan und die anderen Jungs aus dem Pride House Home.

Als Evan an die Straßensperre heranfuhr, stellten sie ihre Flaschen ab und glitten von ihren Sitzgelegenheiten. Sie umringten den Buick Regal. Rubys Hals entwich ein leises Geräusch.

Er sagte: »Bleib hier«, stieg aus und ließ den Wagen laufen. Die Schlösser klickten hinter ihm, Ruby traf Vorsichtsmaßnahmen.

Der Anführer näherte sich Evan, bis er unangenehm nahe bei ihm stand. Der Junge konnte noch keine zwanzig Jahre alt sein. Er war nicht der Größte der Gruppe, aber er hatte das nötige Funkeln in seinen Augen. Gutaussehend war er auch. In einem anderen Leben hätte er ein Filmstar sein können. Sein Hemd war aufgeknöpft und gab den Blick auf ein weißes, ärmelloses Unterhemd und den Griff einer ramschigen 9mm Ruger mit türkisfarbenem Rahmen frei. Einer der Jungs, die hinter ihm standen, sah aus, als könnte er ein Starting Lineman in der NFL sein.

Der Anführer duckte sich und spähte durch das Beifahrerfenster. »Wer ist das hübsche weiße Mädchen da?«

»Eine Freundin.«

»Ja? Viele fremde Wichser wie du bringen *Freundinnen* hierher, verstehst du, was ich meine? Vielleicht unternehmen wir dieses Mal etwas dagegen.«

Evan sagte: »Kannst du das bitte klarstellen?«

»Das hier sind keine verdammten Puffs. Das sind keine Pädo-Auffangmatten. Wir leben hier, weißt du, was ich meine? Unsere Mütter leben hier. Es ist mir scheißegal, bei wem du dich hier für 'ne Stunde eingebucht hast, damit deine Frau dich nicht finden kann. Du kommst hier rein und treibst es mit irgendeiner weißen Schlampe und rate mal, wer die Konsequenzen zu tragen hat, wenn ihr lang vermisster Daddy die Polizei anruft?«

»Ich bin nicht deswegen hier«, sagte Evan. »Ich möchte in 90-2-3 ein paar Fragen stellen.«

Hausnummer neunzig, zweiter Stock, dritte Tür. Laut Joeys Bericht wohnte dort der Hausmeister, der das Gebäude von Angela Buford verwaltete.

»Fragen worüber?«, fragte der Anführer.

»Über Angela Buford.«

»Nie von ihr gehört.«

»Vergiss es, Mack«, sagte der große Junge. »Lass uns sehen, wie robust das Kinn dieses Motherfuckers ist.«

Evan starrte Mack unverwandt an. »Welchen Respekt soll ich dir entgegenbringen, damit ich hier vorbeikomme?«

Mack hob das Bein seiner weiten Baggy-Jeans hoch und zeigte seine vintage Wheat Nubuck Timberland 6 und deren offene Schnürsenkel. Er ließ ein Matinee-Idol-Lächeln aufblitzen. »Warum küsst du nicht meine Stiefel?«

Die anderen lachten und schwärmten im Halbkreis um Evan herum, wobei sie wie Autos im Leerlauf vor Energie strotzten. Ruby hatte das Fenster ein Stück geöffnet, um zu hören, und presste ihr errötetes Gesicht fast an die Scheibe.

»Frag nach etwas Echtem«, erwiderte Evan.

Er hielt Blickkontakt mit Mack, auch als all die anderen johlten und murrten.

Er wusste, dass Mack es allein durch seinen Blick verstehen würde. Dass es nicht die übliche *Sieh mich an und frag dich: Sehe ich aus wie jemand, der Angst hat?*-Nummer brauchte. Dass er keine Angst hatte, die Konfrontation so weit eskalieren zu lassen, wie sie eskalieren musste. Dass seine Bitte um sicheres Geleit mit guter Intention erfolgt war.

Mack warf den Kopf zurück und biss die Zähne zusammen. »Okay. Wir sind hier aufgewachsen. Das ist unser Viertel. Wir sind hier die einzigen, die sich darum kümmern, verstehst du, was ich sagen will? Also komm nicht her und fang Scheiße an, die wir aufräumen müssen, oder tu so, als ob was auch immer dich da draußen besser macht, dir ein Anrecht auf irgendetwas hier drin gibt.«

»Ich verstehe. Ich stelle nur Fragen. Das war's.«

Mack nickte. »Ein paar Fragen.«

»Wenn jemand Stress anfängt«, sagte Evan, »muss ich ihm vielleicht ein paar verpassen. Ist das okay?«

»Wenn die damit anfangen?« Mack nickte wieder. »Ja.«

Evan streckte seine Hand aus.

Mack starrte sie einen Moment lang an und schüttelte sie dann. Er kommandierte mit dem Kinn seine Kumpane, die daraufhin in die Fahrzeuge sprangen und sie zurücksetzten, so dass gerade genug Platz für ein durchfahrendes Auto war. Evan ging zur Fahrertür des Buick Regal und klopfte mit den Fingerknöcheln. Ruby entriegelte sie. Sie war immer noch angeschnallt.

Er fuhr langsam durch die Lücke auf das Ende der Sackgasse zu, während die Gesichter sie von beiden Seiten beobachteten.

Ruby atmete tief ein und aus. »Das war unglaublich.« Ihre Stimme war aufgekratzt hoch, das erregte Nachglühen der Angst. »Du hast den Kerl in die Knie gezwungen. Jeden von ihnen. Das war knallhart.«

»Ich habe niemanden in die Knie gezwungen. Ich habe um Erlaubnis gebeten.« Evan fuhr an den Bordstein vor Angelas

Haus. »Und außerdem bin ich überrascht, dass dich das beeindruckt hat. Ich meine, als *emanzipierte Frau*.«

»Wir wollen, dass unsere Männer modern sind«, sagte Ruby. »Wir wollen nicht, dass sie Weicheier sind.«

35.
Tatort

Der Hausmeister war ein anspruchsvoller kleiner alter Mann, dessen Wohnung mit Lagerware vollgestopft war, die er in beschrifteten Kisten gestapelt hatte. Türschlösser, Abflussreiniger, Toilettendeckel, Dichtungspistolen, Farbe. Die Wohnung roch muffig, als wäre schon länger nicht mehr gelüftet worden – oder vielleicht war er es, der so roch. Er blockierte die Tür mit seinem Körper, was Evan für eine Angewohnheit hielt, denn er konnte sich nicht vorstellen, dass er und Ruby nach Problemen aussahen.

»Angela Buford«, sagte der Hausmeister. »Der Doppelmord im Obergeschoss. Richtig. Richtig.« Er trug eine Brille mit Drahtgestell, die er abnahm und an seinem Hemd polierte. Neben dem chemischen Geruch der Reinigungsmittel roch er nach Rasierschaum und Aftershave. »Es war eine Sauerei. Ich kann ihr Zimmer nicht mehr vermieten. Es war furchtbar. Diese arme junge Frau.«

»Können wir die Wohnung sehen?«

Der Mann hatte keine Augenbrauen, aber die glänzenden Flecken über seinen Augen waren zusammengeschoben. »Du bist kein Cop«, sagte er. »Warum sollte ich dich das also tun lassen?«

Evan wollte antworten, aber Ruby ergriff sanft seinen Arm und beugte sich vor. »Der Junge, dessen Leiche dort entsorgt wurde. Er war mein Bruder.«

»Oh.« Die Augen des Mannes blickten ernst durch die runden Gläser. »Es … es tut mir sehr leid. Moment, bitte.« Er trat zurück und fuhr mit den Fingerspitzen über eine Reihe von Schlüsseln, die an kleinen Messinghaken an der Wand hingen. Er nahm einen ab und schob sich an ihnen vorbei.

»Lasst uns gehen.«

Auf dem Weg nach oben fragte Evan: »Was können Sie mir über Angela erzählen?«

»Nun, ääähhh. Sie war hier nicht wirklich als Angela bekannt.«

»Als was war sie denn bekannt?«

»Desiree.«

»Desiree?«

»Wie ich sagte.«

Evan erinnerte sich an das, was Echo ihm über Angela erzählt hatte – sie schrieb Gedichte auf Treibholz, nahm ihre Fotos mit Sepia-Filtern auf und so weiter. »War das ihr Influencerinnen-Name?«, fragte er.

Der Hausmeister kam zum nächsten Treppenabsatz und lehnte sich einen Moment erschöpft an das Geländer. »Influencerin? Das würde ich nicht sagen.«

»Was würden Sie denn sagen?«

Der Mann richtete sich vor ihm auf, die ganzen ein Meter fünfundsechzig, seine Brille beschlagen von der Anstrengung. Er drängte sich in den nächsten Stock und blieb bei der ersten Tür links stehen. »Sie hat angeschafft«, erklärte er.

Ruby schaute Evan verwirrt an, dann verstand sie.

»Sie wollte mehr sein«, sagte der Hausmeister. »Aber das ist es, was sie war.«

Er entriegelte die Tür und schob sie auf. Bedächtig traten sie ein.

Es war nicht wirklich eine Wohnung, eher ein Zimmer, wie er gesagt hatte. Die spärliche Dekoration war noch vorhanden. Eine verblasste rosa Tagesdecke über einem Doppelbett. Mottenzerfressene Seidenkissenbezüge. Ein Schubladenset aus Plastik. Die Tür zum winzigen Badezimmer stand offen, ein Föhn lag auf dem Boden, noch eingesteckt. An der Wand hing ein Poster von einem jamaikanischen Strand mit blaugrünem Wasser und weißem Sand. Evan fragte sich, ob sie jemals dort gewesen war.

In der Nähe des Fensters befand sich ein unförmiger Fleck auf dem Boden.

Evan hatte die Fotos der Spurensicherung auf seinem Roam-Zone. Angela war mit dem Gesicht nach unten auf das Bett geworfen worden, den linken Arm unter ihr verdreht. Die Schulter war posthum aus der Gelenkpfanne gerissen worden, zweifellos, als man ihre Leiche vom Tatort weggeschleppt hatte. Johnny war direkt zu ihren Füßen entdeckt worden, sein Kopf hatte da gelegen, wo nun der Fleck auf dem Boden war. Es hatte nicht viel geblutet, seit seine Leiche bewegt worden war, aber aus seinem aufgeschlitzten Hals und seinen Körperöffnungen war im Zuge der Verwesung Flüssigkeit ausgetreten.

Ruby blickte wie erstarrt auf den Fleck.

Evan fragte: »Können Sie uns einen Moment allein lassen?«

»Ich kann euch nicht hier drin lassen.«

»Nur einen Augenblick«, sagte Evan.

Der Hausmeister sah Ruby an, dann auf seine Schuhe hinunter. »Ich warte im Flur.«

Er ging ins Bad, zog den Stecker des Föhns und bewegte sich leise aus der Wohnung.

Evan schritt auf Ruby zu. Als er ihre Schulter berührte, zuckte sie zusammen. Ihre Augen waren groß und ein wenig wild. Sie blickte zurück auf den Boden. Bückte sich. Sie befühlte den Fleck, ihre Finger zitterten.

»Johnny«, flüsterte sie. »Das war Johnny.«

Evan sagte: »Ja.«

Sie sank noch tiefer und schlug mit den Knien auf den Boden.

»War er …?« Ihre Kehle schien ausgetrocknet zu sein, weshalb sie innehielt, um zu schlucken. »Wurde er mit dem Gesicht nach oben liegen gelassen? Oder mit dem Gesicht nach unten?«

»Nach unten.«

Sie ließ sich auf alle Viere sinken, den verfärbten Fleck direkt unter sich.

Dann legte sie sich flach hin und spiegelte den Fleck.

Sie lag genau da, wo Johnny gelegen hatte, vollkommen still, den Kopf gedreht.

Eine Träne quoll aus ihrem linken Augenwinkel. Sie wanderte über ihren Nasenrücken, lief unter ihr anderes Auge und vereinigte sich mit der Dunkelheit des Bodens.

Mack und seine Leute waren genau dort, wo Evan sie zurückgelassen hatte, die Straße war wieder durch die Barrikade ihrer Fahrzeuge versperrt. Evan hielt an und stieg aus.

»Desiree«, begrüßte er Mack. »Ihr Name war Desiree.«

»Oh, Mann«, entgegnete er. »Desi? Warum hast du das nicht gleich gesagt?«

»Ich wusste es nicht.«

»Sie ist Tawndas Cousine«, erklärte Mack. »Sie hat einen Trip nach New York gemacht, um sich einen echten Sugar Daddy zu suchen.«

»Sie ist nach New York gegangen?«

»Ja, genau.«

»Vor etwa einem Jahr?«

»Das ist richtig. Ihr Zuhälter ist hier einmarschiert und hat alle angebrüllt, er habe ein gutes Geschäft verloren, verstehst du? Wir haben ihr von Anfang an gesagt, dass sie zurückkommt, so wie jeder zurückkommt. Aber als sie das nächste Mal hier auftauchte, war sie tot. Mit diesem Typen.«

Mack schaute durch das Fenster auf Ruby. Ihre Augenränder und die Ränder ihrer Nasenlöcher waren gerötet. Sie starrte geradeaus auf das Armaturenbrett, auf nichts.

Macks Augen stachen wütend auf Evan zurück. »Hast du dem Mädchen wehgetan?«

»Nein«, sagte er. »Sie ist die Schwester. Von dem Toten.«

Mack griff sich an den Mund.

Er überging Macks Schock: »Hast du die Adresse von dem Zuhälter?«

»Hast du's noch nicht geschnallt?« Mack ließ sein Millionen-Dollar-Lächeln aufblitzen, und Evan dachte, dass er vielleicht der attraktivste Junge war, den er je gesehen hatte. »Ich habe alles hier.«

Evan läutete zweimal an der Tür, aber es tat sich nichts. Ruby saß weiterhin im Auto, die Augen immer noch schockgeweitet. Seit sie Angela Bufords Wohnung verlassen hatten, hatte sie kein Wort mehr gesprochen.

Er stellte sich auf den Sims eines Betonkübels und spähte durch den vergitterten Querbalken aus Glas über der Eingangstür. Dann klopfte er ein paar Mal.

Er hörte kleine Schritte im Inneren. Dann Hecheln.

Eine Hündin kam um die Ecke gewackelt. Rosa Zunge, Fell wie ein Stachelschwein, dunkel um die Schnauze.

Irgendetwas schien nicht zu stimmen.

Evan klopfte noch einmal und lockte die Hündin ein paar Schritte weiter.

Ihre Schnauze sah glitschig und verfilzt aus. Ein Tropfen fiel von ihr herunter und schlug auf dem Boden in einem Ausschnitt der aufgehenden Sonne auf.

Blutrot.

Die Hündin schlenderte weiter vorwärts und hinterließ dabei purpurne Pfotenabdrücke.

Evan stieg herunter und sah nach Ruby, die immer noch verstummt im Auto saß.

Das Schloss war robust genug, um in dieser Nachbarschaft bestehen zu können. Evan brauchte gut zwei Minuten mit seinem Lockpicking-Set, bevor es nachgab.

Der Geruch. Er kannte diesen Geruch.

Die Hündin kam auf ihn zu und kläffte ein paar Mal, wobei Tropfen aus ihrer blutigen Schnauze spritzten. Dann rannte sie davon.

Evan verfolgte die blutigen Pfotenabdrücke zurück, und das Wohnzimmer kam in Sicht.

Der Zuhälter war mit Klebeband an einen Holztisch geklebt, seine Arme waren darunter befestigt, seine Füße mit dem Boden verbunden. Ein Streifen durchtränkten Jeansstoffs an seinem Bein sah aus, als hätte die Hündin wie wild daran geleckt. Der sichtbare Teil des Gesichts des Mannes war in einem unnatürlichen Winkel verzerrt, schmerzverkrampft und bis zur Unkenntlichkeit angeschwollen. Nase und Lippen waren entzündet, das aufgequollene Fleisch wölbte die Augen nach außen, die Haut brannte von einem glänzenden Ausschlag, der zu nässen schien. Aus dem oberen Nasenloch ragte ein Glasröhrchen heraus, als sei es das Gestänge einer Golffahne.

Da er nicht in den klebrigen Fleck neben den Füßen des Mannes treten wollte, hielt Evan Abstand. Er hatte schon viele Tatorte gesehen, aber keinen wie diesen. Er fragte sich, was zum Teufel hier geschehen war.

Eine schwache Bewegung der aufgerauten Lippen erregte Evans Aufmerksamkeit. Etwas durchbrach den verklebten Mund und drang hindurch.

Eine rote Ameise.

Beinahe fünf Zentimeter lang.

Sogar aus dieser Distanz konnte Evan die gezackten Kiefer erkennen.

Er verließ den Raum, ging durch die Eingangstür und schloss sie hinter sich.

Als er sich umdrehte, erregte ein in den Buchsbaumhecken flatterndes Stück Müll seine Aufmerksamkeit, auf dessen zerknitterten Rand eine Ameise gezeichnet war. Er hob es auf und glättete es. Ein Gekritzel aus Zahlen und Bildchen.

Er drehte das Blatt Papier um.

Eine grobe Skizze auf der Rückseite zeigte einen gekochten Truthahn, plump und lächerlich, ein Flügel hing wabbelig an der Seite, Oberschenkelknochen ragten heraus. Aber das war es nicht, was Evan den Atem stocken ließ.

Anstelle eines Truthahnkopfes war ein menschlicher Kopf gezeichnet worden, die cartoonhaften Gesichtszüge blickten schockiert und verängstigt auf die Servierplatte.

Es war das Gesicht von Ruby Seabrook.

36.
Monster

»Wir sagen, dass es so etwas wie Monster nicht gibt.« Rubys Stimme war flach, klanglos.

Auf dem Rückweg nach Wellesley hatte Evan den Tacho weit über das Tempolimit hinausgeschraubt. Die groteske Zeichnung steckte zusammengefaltet in seiner Gesäßtasche. Er hatte ihr nicht genau gesagt, was er in dem Reihenhaus gesehen hatte, nur dass der Zuhälter getötet worden war. Es war klar, dass sie in Gedanken immer noch auf dem Boden von Angela Bufords Zimmer war, der Fleck wie ein Kreideumriss.

»Aber was zum Teufel ist demnach ein Bär?«, fragte sie.

»Wenn es, sagen wir, ein riesiges Reptil mit Schuppen wäre, das im Dschungel lebt, würden wir es für ein Monster halten. Dann würde ein Wissenschaftler ihm einen Namen geben. Bärius reptilius. Wir würden alle sagen: *Okay. Cool, es ist benannt. Jetzt ist es kein Ungeheuer mehr.* Aber es ist immer noch ein Monster. Es wird nicht zu etwas weniger Monströsem, nur weil wir ihm einen Namen geben.« Sie wandte ihm ihren Blick zu, und er konnte an ihrem Gesichtsausdruck das ganze Ausmaß ihres Schocks ablesen. Die Erde war unter ihren Füßen aufgerissen, und sie befand sich im freien Fall. Er kannte es, das schwindelerregende Nachspiel eines Traumas, wenn die Welt und der eigene Platz in ihr sich vergrößerten und verkleinerten, sobald die Vorstellungen von Dimensionen und Maßstäben nicht mehr galten, und man daran erinnert wurde, dass man bloß ein Körnchen war, das durch eine erlebte Unendlichkeit schwebte, die unmöglich zu begreifen war.

»Und, na ja …« Sie kratzte sich zu heftig an der Nase und riss einen Pickel auf. »Mit Menschen kann es sich genauso verhalten, selbst wenn wir ihnen einen Namen geben. Monster.«

Evan verstärkte den Druck auf das Gaspedal noch etwas mehr. »Ja«, sagte er.

Als er Masons Büro betrat, schreckte die Frau mittleren Alters von der Couch auf, als wäre sie mit einem Viehtreiber gestochen worden. Ihr übermäßiger Holzschmuck klapperte wie ein rustikales Windspiel. Eine Kleenex-Schachtel lag neben ihrem Ellenbogen auf einem Beistelltisch, ein Arrowhead-Wasserspender stand auf dem Couchtisch und daneben neigte ein einsames Gänseblümchen in einer Kristallvase den Kopf.

Mason versteifte sich in seinem Le-Corbusier-Sessel. »Ich bin in einer Sitzung«, entgegnete er mit fester Stimme. »Sie können hier nicht einfach hereinplatzen. Dies ist ein geschützter Raum.«

»Nicht mehr«, sagte Evan.

Evan hatte zwei Dinge, mit denen Devines Männer nicht gerechnet hatten.

Das Element der Überraschung.

Und das Ecobee-Netzwerk, mit dem er die Umgebung des Hauses überwachen konnte.

Joey hatte für die Seabrooks einen Unterschlupf in Form einer langfristigen Airbnb-Unterkunft unter einem von ihr erstellten falschen Konto eingerichtet; der Besitzer war sogar ein Superhost. Sie hatte den Job so gut erledigt, wie sie jeden Job erledigte, die Anweisungen allerdings mit passiv-aggressiver Schroffheit an Evan gesandt. Er hatte versucht, sie anzurufen, aber sie hatte nicht abgenommen.

Nachdem er die Seabrooks zu ihrem neuen Standort gebracht hatte, hatte er die Kameraperspektiven im Haus in Wellesley optimiert, um sicherzustellen, dass er vor dem Angriff, mit dem er bei Einbruch der Dunkelheit rechnete, maximale Sicht hatte.

Er hatte den Wohnzimmersessel auf dem Teppich verschoben, um von ihm aus auf die Haustür blicken zu können.

Die Dämmerung entzog dem Himmel die Farbe und färbte die zugezogenen Vorhänge erst blassgelb und dann gespenstisch grau. Als die Nacht hereinbrach, schaltete er die Innenbeleuchtung aus. Auf dem einen Knie hielt er das RoamZone, das die verschiedenen Blickwinkel anzeigte, auf dem anderen seine ARES 1911.

Er wartete und atmete, richtete seine Aufmerksamkeit zuerst auf seine Fußsohlen, seine Waden, seine Hüftbeuger. Dann stieg er seinen Körper hinauf, atmete in jeden Raum hinein, lenkte den Sauerstoff, löste Knoten und Unbehagen. Die Faszien seiner rechten Wange blieben angespannt, und er atmete ein paar Mal voll durch. Beim dritten Ausatmen lösten sie sich und sandten ein Stechen in seinen Nacken, durch seine Schulter und bis zur Spitze seines kleinen Fingers. Die Welt verlangsamte sich, verwandelte ihn von Materie in Fokus und verband ihn mit sich selbst.

Spirit. Abgeleitet vom lateinischen und altgriechischen Wort für Atem.

Ohne Atmung gab es nichts. Und mit ihr wurde er zu nichts. Das war der Grund für alles – die Meditation, das Yin-Yoga, mit dem er seinen Körper in den meisten Nächten öffnete. Er benutzte den Atem wie einen Blasebalg, um sich über den Schmerz hinweg zu dehnen, um in neue Räume vorzudringen, wobei sich seine Rippenzwischenräume nach außen wölbten, der Lendenbereich sich auftrennte, sein Brustkorb aufbrach und die Rippen sich nach vorne ausbreiteten.

Er dachte an Joeys und Rubys Empörung über die Welt. Die Ungerechtigkeit; prägend auf den Straßen von Mattapan, im Gesicht von Mack und seiner Gruppe verlorener Jungs. Wie von Johnny Seabrook nichts weiter übriggeblieben war als ein Fleck auf dem Boden einer Mietwohnung und wie Angela Buford Namen und Ansprüche gewechselt hatte, um eine bessere Version ihrer selbst zu finden. Evan kümmerte sich nicht um den Secret Service oder Präsidentin Donahue-Carr oder Luke Devine. Sie hatten ihre eigenen Hebel zu betätigen, ihre eigenen nicht-nachverfolgbaren Nummern zu wählen.

Eine Gestalt erschien auf dem RoamZone auf Evans Knie und riss ihn aus seiner Trance. Sie war vorher nicht da gewesen, und er hatte nicht gesehen, wie sie in das Blickfeld der Kamera getreten war; sie war einfach an der Grenze des Vorgartens der Seabrooks aufgetaucht wie eine Erscheinung.

Eine schlanke männliche Gestalt, die am äußeren Rand der Reichweite der Straßenlaterne stand und von einer Seite scharf beleuchtet wurde, wodurch ihre Kontur wie eine Mondsichel leuchtete.

Über ihm schwebte das Schild der Nachbarschaftswache, auf dem eine bedrohliche Gestalt mit den wesentlichen Elementen – Hut, Trenchcoat, Augen – abgebildet war.

Die Gestalt darunter – Hut, Trenchcoat, Augen.

Es war, als wäre er dem Schild entstiegen, eine lebende Verkörperung des bösen Treibens. Die Hände schienen weiß zu leuchten. Latex-Handschuhe.

Atemlos betrachtete Evan die unbewegliche Gestalt.

Wer auch immer es war, er strahlte Ruhe aus. Was er vorhatte, erschreckte ihn nicht im Geringsten. Eine Motte flatterte unweit der Linse, ein Taumel im Infrarot, und verschwand dann. Die Gestalt zog ein Telefon aus einer tiefen Tasche und starrte darauf, wobei der Bildschirm für einen Moment sein Gesicht erhellte.

Norris Norris. Double N.

Eine unsichtbare Wolkenbank verschlang den Mond und hüllte die Nachbarschaft in Dunkelheit. Kein einziges Geräusch, kein Auto, keine Bewegung.

Nur ein Raubtier, das draußen auf das Haus starrte, in das es eindringen wollte.

Und ein Raubtier im Inneren, das ihn erwartete.

Ein Schauer der Vorahnung lief Evan über den Nacken, eine Horrorvision, dass der Tod wieder einmal vor der Haustür der Seabrooks stehen würde.

Wenigstens hatte er die Kameras und das Überraschungsmoment auf seiner Seite.

Norris' leuchtende Hand berührte das Handy, und die Überwachungsfeeds auf Evans RoamZone wurden dunkel.

37.
Schlachterschenkel

Evan spähte durch die Reihe der winzigen quadratischen Fenster, die oben in der Eingangstür eingelassen waren.

Niemand auf dem Rasen.

Es war, als hätte Evan es geträumt.

Lautlos bewegte er sich durch die Küche, um einen Blick in den Seitenhof zu werfen, wobei er sich vom Bogenfenster fernhielt. Nur der leere Rasenstreifen starrte zurück, glitzernd vom Tau. Die Wolken blinzelten auf, strohfarbenes Mondlicht fiel auf den Haufen von Puzzleteilen auf dem Tisch, den Messerblock auf der Theke, die obsidianschwarze Scheibe des montierten Fernsehers.

Er streifte durch das Erdgeschoss und überprüfte die anderen Fenster. Ein Knirschen von Steinen kündigte sich irgendwo in der Dunkelheit draußen an, aber es war kaum zu lokalisieren.

Er duckte sich tief und schlich sich in ein kleines Bad mit Blick auf den nach Osten ausgerichteten Hof. Ein ausgedienter Schuppen stand windverkrümmt auf einer Böschung aus Flusssteinen.

Die Reibung von Holz auf Holz, mehr eine Vibration als ein Geräusch.

Deborahs Raucher-Fenster?

Das Haus war stockdunkel. Evan hatte die Sicht der Überwachungskameras verloren, aber er hatte immer noch die Oberhand. Norris glaubte, dass er ein neunzehnjähriges Mädchen und zwei Eltern töten würde.

Evan zog seine Stiefel aus und verließ das Bad, wobei er zuerst die Zehen, dann die Fußballen und schließlich die

Ferse absetzte. Leise Erkundungsschritte, die Füße gerade nach oben hebend, die Zehen nach unten gleiten lassend, als würde man sie unter einem Teppich eingraben – die seltene Ninjutsu-Technik, die er beherrschte. Lange, gleichmäßige Atemzüge durch die Nasenlöcher, die Knie leicht gebeugt, die Hüften auf einer Höhe.

Die Räume des Erdgeschosses bildeten einen Kreis um den Kern des Treppenhauses. Als Evan sich mit seiner ARES lautlos in Richtung Küche bewegte, nahm er aus einem der angrenzenden Zimmer das leiseste Geräusch von Schritten wahr.

Norris war sich wahrscheinlich nicht bewusst, dass er verfolgt wurde.

Evan ging durch den Raum, in dem er zum ersten Mal mit Deborah und Mason zusammengesessen hatte, in Richtung der Rückseite des Hauses und achtete dabei auf das Geräusch von Norris' Schuhen, die leise den Boden berührten. Sie umkreisten sich gegenseitig in dem Ring von Räumen um die Treppe. Es schien, als würde Norris das Erdgeschoss sichern, bevor er nach oben ging.

Der geschlossene Grundriss machte das Haus nachts fast stockdunkel, da die vielen Wände das Umgebungslicht blockierten. Im Einklang mit dem Dritten Gebot hatte sich Evan den Grundriss eingeprägt.

An der chinesischen Porzellanvase mit ihren Fangarmen aus Weidenzweigen vorbei gelangte er durch die Hintertür in die Vorratskammer. Die Fensterscheibe war einen halben Meter hochgezogen, der Spalt reichte gerade dafür aus, dass ein schlanker Mann hineinschlüpfen konnte.

Mit schnellen Schritten bewegte sich Evan durch das Esszimmer und glitt ums Eck in die Küche.

Die schien leer zu sein, aber er konnte weder hinter den

Tresen noch den Tisch dahinter sehen. Er tastete den Raum über das Visier seiner 1911 ab und ging weiter.

Zentimeter für Zentimeter verlagerte er sein Gewicht und spitzte die Ohren. Norris' Schritte waren verstummt. Evans Besorgnis stieg.

Norris war nicht nur irgendein Schläger. Er war ein ehemaliger US-Marine mit umfassender Einsatzerfahrung.

Mit seiner Pistole in der Hand lehnte sich Evan um den Tresen herum – niemand war da.

Er bückte sich, um unter dem Küchentisch nachzusehen.

Und erhob sich schweigend, nur hoffend, sein rechtes Knie nicht knacken zu lassen, wie es oftmals geschah.

Als sein Kopf die Höhe des Tresens erreichte, bemerkte er den fehlenden Knauf im Messerblock.

Das Filetiermesser.

Er erstarrte. Das Pochen seines Herzens drang in sein Bewusstsein, kaum hörbar durch das Rauschen von Blut in seinen Ohren.

In einer Nachbarschaft wie dieser würde Norris ein Messer einer Schusswaffe vorziehen, um alles ruhig zu halten. Die Verwendung einer Waffe aus dem Haus führte in eine forensische Sackgasse und würde das Bild eines schlecht gelaufenen Hauseinbruchs zeichnen.

Noch immer in halber Hocke, legte Evan den Kopf schief und starrte durch das Foyer.

Am Fuß der Treppe befanden sich zwei ziegelsteingroße Erhebungen. Er blinzelte schnell, um seine Nachtsicht zu stimulieren. Als sich die Erhebungen auflösten, zog ein Schauer seine Haut zusammen.

Ein Paar Schuhe.

In seinem peripheren Blickfeld sah er eine blitzartige Bewegung, die sich auf dem schwarzen Bildschirm des Fernsehers spiegelte. Er drehte sich, um hinter sich zu zielen, aber ein Schlag traf ihn am Handgelenk und schleuderte die ARES aus seinem Griff, ein Querschläger löste sich. Er sprang zurück, sein Hemd blähte sich nach vorne, als die Klinge listig tief auf seinen Bauch zu schwang.

Evans Hüfte schlug gegen den Küchentisch und ließ eine Gischt aus Puzzleteilen aufsteigen. Sein Hemd klaffte weit über seinem Solarplexus, horizontal zerschnitten durch das Filetiermesser.

Norris' Kopf zog sich leicht zurück – hatte er Evan erkannt? – und er holte erneut aus, wobei er diesmal mit der Spitze der Klinge arbeitete. Ein hinterhältiger Stich, wie er mit Knastmessern üblich war und der Evan nichts anderes als die Schneide zu greifen gab.

Evan schlug mit seinem Unterarmknochen nach unten und erwischte Norris' Arm knapp oberhalb des Handgelenks. Mit seiner linken Hand umklammerte Norris Evans Nacken und zog ihn zur Klinge, während er weiter gegen den Druck von seinem Arm anstach. Mit schreienden Muskeln versuchte Evan, das Messer in Schach zu halten, aber jeder Stich brachte die Spitze näher, bis er spürte, wie sie seinen Bauch berührte und die Oberflächenspannung seiner Haut durchstach.

Als Norris seinen Arm wieder zurückzog, strich Evan mit seiner Hand über Norris' Unterarm bis zum Handgelenk und fixierte es. Die meisten Messerkämpfer erstarrten an dieser Stelle.

Aber nicht ein US-Marine.

Norris ließ seinen Griff um Evans Hals los, die nun freie Hand nach unten peitschend, um der gefangenen Messerhand zu helfen, und riss das Messer aus seinen eigenen verkrampften Fingern.

Jetzt hatte er es frei und sauber.

Er stach nach Evans Seite, aber Evan krachte nach vorne in Norris' Deckung, Brust an Brust, die Klinge zischte direkt hinter seiner Niere vorbei. Ein doppelter Schlag gegen die Wandöfen, Norris' Schulterblätter trafen auf Metall, Evan senkte sein Kinn für einen Kopfstoß, seine Stirn stauchte Norris' Kinn. Der stieß heftig die Luft aus, als sein Hut zu Boden segelte, wo das Messer bereits eine Macke in die Fliesen geschlagen hatte.

Als Evan sich zurückzog, griff er nach dem Strider in seiner Cargohose, wobei er die Haifischflosse auf der Klinge so am Rand seiner Tasche einhakte, dass das Messer aufschnappte. Evan drehte das Strider über seinen Handrücken, wechselte zu einem umgekehrten Griff und rammte die Klinge in Norris' Oberschenkelarterie.

Wie viele von Evans Lieblingen hatte auch diese tödliche Verletzung einen Spitznamen: Schlachterschenkel.

Norris riss sich los, wobei das Messer stecken blieb. Er taumelte ein paar Schritte zurück, und Norris stöhnte und wankte gegen die aufeinandergetürmten Öfen. Beide nahmen sich einen Augenblick, keuchten von der adrenalinüberschüssigen Anstrengung. Evans Bauch, gezeichnet von Einstichen, brannte. Sein aufgeschnittenes Hemd flatterte idiotisch darüber wie zitternde Lippen.

Sie starrten sich an, Norris' dunkle Haut war in der Nacht noch dunkler, seine Augen leuchteten hell und seine latexbewehrten Hände waren noch heller.

Norris blickte nach unten. Das Strider ragte geradewegs aus dem Oberschenkel seiner Jeans, die Spitze war gut fünf Zentimeter tief eingedrungen.

Aber etwas stimmte nicht. Er hielt sich immer noch auf den Füßen.

Norris sah wieder zu Evan auf. In der Dunkelheit erschien die Zahnreihe der Grinsekatze aus dem Wunderland.

Norris griff nach unten, packte das Strider und zerrte es nach oben. Die oxidschwarze Klinge schnitt durch den Jeansstoff wie durch Butter. Das Messer schnitt einen vertikalen Reißverschluss durch die Hosentasche und kam zum Vorschein. Es hatte ein dickes Bündel Hundertdollarscheine aufgespießt, das einmal gefaltet war und von einem Gummiband zusammengehalten wurde.

Lachend hielt Norris das Messer hoch und wedelte mit dem immer noch aufgespießten Geld wie mit einem riesigen Lolli. »Na, ist das nicht ein –«

Evan ging in den Seitschritt und setzte zu einem Yeop-Chagi-Tritt an, der Unterkörper drehte sich seitlich um die linke Hüfte, das Bein durchgedrückt, der Knöchel hoch, die Zehen nach hinten gezogen und leicht nach unten geneigt. Da er nur eine Socke trug, führte er nicht mit der Fußkante, sondern mit der Ferse.

Sein Fuß traf den Griff des Striders am Knauf, das Messer bohrte sich in Norris' Brust. Es knackte, als der Knochen nachgab, das Geldpolster war nun bis zum Übergang, wo die Klinge auf den Griff traf, eingedrückt.

Zehn Zentimeter S35VN-Stahl steckten in Norris' Solarplexus. Der schreckliche Gestank von rohen Innereien erfüllte die Luft.

Norris' feuchtes Gesicht schimmerte in dem schwachen Licht.

Er umklammerte den Griff des Messers, doch seine Finger konnten sich nicht darum schließen.

Die Unterseite von Evans Fuß schmerzte von dem Aufprall. Wenigstens war er auf der richtigen Seite des Messers gewesen.

Jetzt ging es nur noch um Minuten. »Warum wurden Johnny Seabrook und Angela Buford getötet?«, fragte Evan.

Norris starrte auf seine nassen Hände, weißer Latex, in Purpur getaucht. Sein Adamsapfel wippte, während er ein ungläubiges Glucksen von sich gab.

»Wart ihr alle eingeweiht?«

Norris' Augen rollten nach oben und wurden weiß, dann rollten sie wieder nach unten, als ob sie neu hochfahren würden, der Effekt wirkte übernatürlich und grauenhaft.

»Hat Luke Devine ihren Tod angeordnet?«

Norris beugte sich nach vorne, die Arme wie in einer Umarmung ausgebreitet. Evan erwischte ihn unter den Achseln, spürte den kalten Schaft des versenkten Messers an seinem eigenen nackten Bauch. Norris' Beine brachen weg, aber er griff um Evans Nacken und zog ihn mit nach unten. Er hob sein Gesicht, um in Evans Augen zu sehen.

Ihre Nasen waren nur Zentimeter voneinander entfernt. Evan konnte Norris' Atem schmecken, der aus den geöffneten Lippen quoll, bitter und trocken.

Er setzte ihn unsanft auf den Boden. Einer von Norris' bestrumpften Füßen zog lose Kreise auf den Küchenfliesen. Seine Wange kam an Evans Bein zur Ruhe, sein Arm hing über dem Knie und klammerte sich mit dem bisschen Kraft, das seine Finger noch hatten, fest. Es war eine dürftige Art der Umarmung. Schweiß und Blut machten seine Haut klebrig.

Der Tod kam heran wie ein galoppierendes Pferd. Sein ganzer Körper zitterte. Sein Atem ging stoßweise. Die Lippen bebten, die Kehle saugte sich voll, ein pechschwarzer Hohlraum. Er blinzelte lange, blinzelte noch länger, seine Augen waren nach oben zu Evan verdreht. Er wollte keine Absolution oder Vergebung.

Er wollte einfach jemanden dabeihaben.

In der Dunkelheit der Küche ausgestreckt, hielt Evan ihn, bis sein Atem verstummt war.

38.
Die hohe Kunst des Leichenverschwindenlassens

Ring-Ring.

»Was jetzt?«

»Ich muss eine Leiche entsorgen.«

Evan hatte die verirrte Patrone aus der Küchendecke gezogen und das Einschussloch mit Material, das er in der Garage gefunden hatte, geflickt und gestrichen. Er hatte die Puzzleteile vom Boden aufgesammelt, sie wieder auf den Küchentisch gelegt und den verbogenen Rahmen repariert. Er hatte Norris auf ein Bett aus Müllsäcken gerollt, das Blut vom Boden gewischt und die Küche gelüftet. Er hatte sein Strider-Messer geborgen und es ausgiebig mit heißem Wasser und Bleichmittel abgewaschen. Er hatte sein zerschnittenes Oberteil ausgezogen, seine blutigen Klamotten eingepackt und geduscht. Einen einzigen Blutstropfen hatte er auf dem weißen Teppich des Gästezimmers hinterlassen, den er zunächst mit Wasser und dann mit Waschmittel geschrubbt hatte – ohne Erfolg. Er hatte die winzigen Einstichwunden an seinem Bauch mit Reinigungsalkohol betupft, was größere Schmerzen verursacht hatte, als es bei kleinen Wunden erlaubt sein sollte.

Dann hatte er Orphan V angerufen, eine Virtuosin in der hohen Kunst des Leichenverschwindenlassens.

»Fang mit einer Bügelsäge an«, sagte Candy, »vorzugsweise aus leichtem stranggepresstem Aluminium mit einem gummierten Griff, um Blasen zu vermeiden. Du brauchst eine Zehnerpackung Ersatzsägeblätter, mindestens zwölf Zoll mit vierundzwanzig Zähnen pro Zoll. Für die Beine bevorzuge ich eine Handaxt, damit es schneller geht. Eine Schutzbrille, zwei industrielle Mixer, eine feste Polyplane, mindestens dreiundzwanzig Millimeter dick, um Risse und Auslaufen zu vermeiden. In letzter Zeit habe ich die Finger von Flusssäure gelassen und mit konzentrierter Schwefelsäure herumexperimentiert. Das Wasserstoffperoxid muss tropfenweise zugegeben werden – das ist der Trick. Man nennt es Piranha-Lösung. Hinterlässt nichts als schwarzen organischen Schlamm und Gallensteine.«

»Lecker.«

»Sei kein Baby. Gallensteine sind eigentlich ganz hübsch.«

»Ich lasse Ohrringe für dich machen.«

»Ich brauche nur Grün, um meine Sammlung zu vervollständigen.«

»Ernsthaft?«

»Nein«, sagte Candy. »Man muss die Leichenteile in einem Fass für Sondermüll kochen lassen. Etwa zweihundert Liter sollten ausreichen.«

»Wo soll ich das denn hernehmen?«

»Jede anständig große Autowerkstatt hat so was. Wenn es erledigt ist, schüttet man den Schlamm in einen Fluss und es ist, als hätte der Körper nie existiert.«

»Ich habe keine Zeit für all das. Gibt es eine Möglichkeit, dass du nach Boston kommst und das für mich erledigst?«

»Kannst du überhaupt irgendetwas allein machen?«

Evan starrte auf Norris' Körper hinunter. Er lag auf dem Rücken, der Trenchcoat unter ihm flatterte auf wie die Flügel einer Motte. Der kreisförmige Blutfleck in seiner Körpermitte sah aus wie die Einschusswunde einer Kanonenkugel.

»Offenbar nicht«, sagte er.

»Ich weiß, wie das ist. Ich bin da, um zu putzen und den

Haushalt zu schmeißen, während du dich rund um die Uhr vergnügst und Leute umbringst.«

»Ich habe dich gebeten, mich aus den Fängen der Bundesregierung zu befreien.«

»Gut«, sagte sie. »Schick mir die Adresse.«

»Eine Sache noch.«

»Was?«

»Wie bekomme ich einen Blutfleck aus einem weißen Teppich heraus? Ich habe es mit Waschmittel versucht.«

»Du bist ein moderner Mann«, sagte sie. »Finde es heraus.«

39.

Der Long Island MacArthur Airport, ein regionaler Flughafen in der Stadt Islip, lag nahe der Spitze von Long Island, fünfundvierzig Minuten östlich von Luke Devines Anwesen.

Evan sonnte sich an den *geliehenen* Hertz-Mietwagen gelehnt, den er in die Mitte des Langzeitparkplatzes gestellt hatte. Aber sich zu sonnen war nicht seine einzige Mission. Er war auf der Suche nach einer neuen Unterkunft. Angesichts der Reichweite von Luke Devine und des verstärkten Interesses des Geheimdienstes an ihm konnte er weder ein Hotel noch eine Frühstückspension riskieren.

Ein vielversprechender Minivan fuhr auf den Parkplatz, rollte heran und parkte zwei Reihen weiter. Ein leerer Fahrradträger, ein individuell gestalteter Aufkleber, der eine fünfköpfige Familie zeigte. Die 3D-Version entstieg dem Van, die Frau blond und hell, der Mann wahrscheinlich Inder, die Kinder eine unglaublich schöne Mischung aus beiden.

Evan bereitete sich auf seine vierte Erkundungstour an diesem Nachmittag vor und schlenderte an ihnen vorbei, als sie eine ganze Flotte von Koffern auspackten. Während die Eltern sich um das größere Gepäck kümmerten, hantierte das mittlere Kind, das etwa sechs Jahre alt zu sein schien, mit zwei Hartschalenkoffern, die mit Action-Helden verziert waren, und einem winzigen Satz Golfschläger.

Sie zückte einen Driver und wedelte damit herum wie ein Haudegen, und ihr kleiner Bruder lachte und klatschte in die Hände. Die anderen Schläger purzelten auf den Asphalt, und als sie sich bückte, um sie aufzusammeln, rollte der Koffer in Richtung Evan weg. »Entlaufener Droide!«, rief sie.

Mit einem Mal war die Familie in Alarm versetzt – wie eine Herde aufgeschreckter Rehe.

Evan hielt den entrollenden Koffer am Griff fest, sein Daumen verfing sich am Gepäckanhänger. Mit einem Blick nach unten prüfte er die Stadt im Adressfeld, bevor er ihn zurückrollte.

»Entschuldigung!«, rief die Mutter.

»Danke!«, sagte der Vater.

Das Mädchen lachte fröhlich und schleuderte Evan ihren zweiten Koffer entgegen.

»Asha!«, rief die Mutter. Evan stoppte ihn mit seinem Schienbein.

Während Mutter und Vater Asha tadelten, hievte das älteste Geschwisterchen, ein Junge in Peters Alter, den Jüngsten hinter ihrem Rücken auf seinen mittelgroßen Koffer. Er schubste Passagier und Transportmittel in Richtung Evan und schrie: »Entlaufener Padawan!«

Das Kleinkind kicherte auf dem Rollkoffer, der auf Evan zuraste, und die Luft kräuselte sein dunkles Haar.

Die Eltern schrien.

Evan fasste das Kleinkind um die Taille, hob es von seinem rollenden Untersatz, stellte es auf die Füße und hielt den Koffer mit dem Absatz fest. Der Junge sprang auf und ab und klatschte in die Hände.

Während die Geschwister ausgelassen feierten, schimpften die Eltern abwechselnd erfolglos mit ihnen und bedankten sich ausgiebig bei Evan. Dann sammelten sie ihr Gepäck ein, wobei der Vater den Minivan mit seinem Autoschlüssel hupen ließ. Mit den Koffern beladen, trudelten sie in einem vorgetäuschten Joggingschritt, der nicht schneller als ein flotter Spaziergang war, in Richtung Terminal.

Sobald sie außer Sichtweite waren, kehrte Evan um und entfernte ein Relais-Diebstahlgerät und einen speziellen Transponderschlüssel, der das elektronische Signal aufgefangen hatte.

Er schloss den Minivan auf, kletterte hinein und betätigte die schlüssellose Zündung. Das Fahrzeug war tadellos sauber, kein Abfall in den Getränkehaltern, und im Innenraum roch es noch immer nach Neuwagen. Er rief das GPS auf und tippte auf den Eintrag für *Zu Hause*.

Eine künstliche Stimme mit leichtem britischen Akzent wies ihn an, den Parkplatz zu verlassen und auf die 27 East abzubiegen. Sie war streng und ein wenig aufdringlich. Er beschloss, sie Pleasant Boss zu nennen.

Pleasant Boss wies ihm den Weg zu einer ruhigen Straße in der Ortschaft Hampton Bays, fünfzehn Kilometer von Devines stattlichem Vergnügungspalast Tartarus entfernt. Das Haus selbst war ein hoch aufragendes Queenslander mit strahlend weißer Wandverkleidung und einer weitläufigen überdachten Veranda. Der erste Knopf in der Sonnenblende des Minivans öffnete das Garagentor. Evan fuhr hinein.

Das Main Access Panel für die Hausalarmanlage befand sich hinter einer unverschlossenen Wandkonsole in der Garage neben der Waschmaschine und dem Trockner. Er zog den Netzstecker, benutzte einen Hook aus seinem Lockpicking-Set, um die Plastikabdeckung zu entfernen, und trennte die Drähte ab, die mit der Blockbatterie verbunden waren.

Dann betrat er seinen vorübergehenden Wohnsitz.

Licht fiel durch hölzerne Torbögen und über Schränke im Shaker-Stil, sandfarbene Stein-Arbeitsplatten und enteneiblaue Wände. Verschiedene Schul- und Sportporträts schmückten den Kühlschrank, meist mit breitem Grinsen, das freudig aus den Kindern herausquoll. Es schien unmöglich, ein Foto von den Kindern mit geschlossenem Mund zu machen. Über ihnen war ein großer Monatskalender magnetisch angepinnt, der über das häusliche Leben Auskunft gab. Evan studierte ihn mit Faszination. *Geburtstage, Anruf beim Heizungsinstallateur, Feiertage, Familienfilmabend, Fußballtraining, Abholung Rezept, Zeiten für den Bauernmarkt, Zitronenhühnchen-Pasta, Fahrpläne für Fahrgemeinschaften.*

Er mochte diese Familie.

Der Computer auf dem Küchentisch hatte kein Passwort. Eine der geöffneten Registerkarten war bei Instacart angemeldet, der Spirituosenladen die Straße hinauf führte Kauffman Vintage, und sie boten eine kontaktlose Zustellung auf die Veranda an. Der Cursor schwebte über dem Bestell-Button. Aber er hielt sich zurück.

Er warf seinen Rucksack auf den Amish-Knotenteppich im Wohnzimmer und ließ sich auf die riesige Shabby-Chic-Couch plumpsen. Die entsprach optisch zwar nicht seinem Geschmack, würde sich aber hervorragend zum Schlafen eignen. Das Haus roch schwach nach Lavendel.

Er war mit seiner Auswahl zufrieden.

Jetzt musste er sich um Joey kümmern. Er brauchte sie als operative Unterstützung. Deshalb war es sinnvoll, sich an sie zu wenden. Nicht etwa, weil er sich Sorgen machte. Er machte sich keine Sorgen um sie. Ganz und gar nicht.

Er war unsicher, wie er es angehen sollte. Sie war schon früher wütend auf ihn gewesen, aber nicht so.

Nach ein paar Minuten des Nachdenkens lud er eine Emoji-App auf sein RoamZone herunter. Er schickte ihr eine Taube mit Olivenzweig im Schnabel. Ein bisschen schmalzig, aber es war die einzig passende Option.

Ihre Antwort kam sofort: *Ich glaube, du wolltest das schicken:* 🖕

Er tippte: *Verstehe ich das richtig, dass deine einzige Forderung bedingungslose Kapitulation ist?*

Meine einzige Forderung ist, dass du dich für das Auflegen entschuldigst, nachdem du vorher so »du bist so wichtig für mich« warst.

Sie schoss zwei weitere SMS in schneller Folge ab: *i'm mad @ u, X.*

Dann: *irl.*

Eine rasche Google-Suche ergab, was *irl* bedeutete.

Können wir reden?, war seine Antwort. *Die rationalisierte Orthografie erschöpft mich.*

Ich bin nicht dein heimlicher Liebhaber aus dem Poesieclub.

Evan suchte nach einem verärgerten Emoji, fand aber keins, das ihm gefiel.

Bevor er antworten konnte, tauchte Joeys nächste SMS auf: *Scherz! ups. ich meinte schrz. aber wenn du dich entschuldigen willst, ist es nicht die beste Methode, auf Grammatiklehrer zu machen*

Evan schrieb: *ich bin so obersorry + pls lass reden hdgdl <3!*

Was? aaargh! gut!

Er wählte.

»Du bist der nervigste Onkel-Mensch aller Zeiten!« Der Hauch von Belustigung in ihrer Stimme unterstrich den scharfen Ton. »Was willst du?«

»Ich bin in den Hamptons. Fünfzehn Kilometer von Luke Devine entfernt.«

»Und?«

»Ich werde Verstärkung brauchen. Fang an, sein Netzwerk im Tartarus zu knacken. Die Verschlüsselung wird intensiv sein.«

»Intensive Verschlüsselung? Mich schaudert's in meinen Adiletten. Ist das alles? Ich meine, ich will dich nicht aufhalten. Ich muss sicherstellen, dass ich deine harten Grenzen respektiere.«

»Joey.«

Schweigen. Dann: »Ist Ruby Seabrook mit dir in die Hamptons gekommen? Ich meine, da deine berühmten harten Grenzen für sie nicht zu gelten scheinen?«

»Sie ist bei ihren Eltern im Safe House geblieben. Sie war ziemlich aufgewühlt, nachdem ich sie zu der Bruchbude gebracht habe, wo man die Leiche ihres Bruders gefunden hatte.«

Eine lange Pause. Er konnte sie atmen hören. »Verdammt, X. Ich bin nicht sauer auf sie.«

»Auf wen dann?«

Eine viel längere Pause.

»Josephine«, sagte er leise.

»Ich bin wütend auf meine Mutter und meinen Vater dafür, nutzlose Teenager zu sein, die niemals ein Baby hätten bekommen dürfen. Ich bin wütend auf meine Tante dafür, dass sie gestorben ist. Ich bin wütend auf die Pflegeeltern dafür, dass sie mich wie Scheiße behandelt haben, und ich bin wütend auf die anderen Arschlöcher, die mich misshandelt haben, nur weil ich da war und klein und die richtige Anatomie hatte. Ich bin wütend auf das Programm und die verdammte Welt, die sich einen Dreck um Leute wie mich schert, und ich bin wütend darüber, wie unfair es ist und wie hart es ganz unten ist und wie sich niemand oben darum kümmert, bis sie ihre perfekten Leben bedroht sehen. Wenn man in diesem Land etwas Geld hat, ist das Leben so verdammt einfach. Ich meine, einfach, verglichen mit der gesamten Geschichte unserer Spezies. Es ist sicher. Es gibt Essen. Man kann sagen, was man will, tun, was man will, dummes Zeug billig kaufen. Man wird nicht von Hunnen vergewaltigt oder stirbt an einer Blasenentzündung, weil es keine Antibiotika gibt, oder wird von Pterodaktylen gefressen …«

»Ich bin mir ziemlich sicher, dass es keine Pterodaktylen gab, als –«

»– halt deine Fresse und lass mich ausreden. Tu nicht so, als ob du von Ungerechtigkeiten geplagt wärst und das Leid der Welt dich unendlich schmerzt. Tu es einfach nicht. Denn wenn du ganz unten bist? Die Scheiße ist wirklich hart. Und es ist uns egal, wie sich die da oben fühlen. Völlig egal. Wir wollen nur, dass sie etwas tun, um zu helfen, oder aufhören, den ganzen Sauerstoff zu verbrauchen.«

Sie atmete schwer von der Schimpftirade, und Evan war sich nicht sicher, ob sie fertig war. Sie war da draußen allein mit dem Schmerz, der aus seinen Verstecken hervorkroch, und der überall war, überall um sie herum. Sie befand sich in seinem Magen, und es gab keinen Ausweg. Er würde sie verdauen, bis er mit ihr fertig war oder sie mit ihm.

»Große Worte«, sagte Evan schließlich, »von jemandem mit Zugriff auf einen Treuhandfonds.«

»Ja, X«, entgegnete sie mit einem Lächeln in der Stimme. »Aber den Scheiß haben wir uns verdient.«

Er lachte.

Sie stimmte in sein Lachen ein. Er lachte nicht oft, und sie freute sich, wenn sie der Grund dafür war.

»Weißt du noch, was dir deine Tante immer gesagt hat?«, sagte er. »Tiene dos trabajos. Enojarse y contentarse.«

»Verwende nicht die Sprache meines Volkes gegen mich. Und dein Akzent. Oh, Gott. Ohrenvergewaltigung.«

»Entschuldigung.«

»Vielleicht …«

Evan sagte: »Was?«

»Vielleicht fängst du dein Leben damit an, dass du denkst, alles sei eine große Sache, die nur für dich bestimmt ist, und niemand sonst versteht, wie besonders du bist, und wenn die Welt nur sehen könnte, wie großartig du bist, wäre alles toll, oder? Und dann: Passiert es einfach nicht. Du wirst nie perfekt sein wie Katy Perry.«

»Wer?«

»Die Leute werden älter und denken: Scheiße, das war's? Also reden sie darüber, jeden Moment zu schätzen und in der Gegenwart zu leben und dass das Heute alles ist, was man hat, denn was sollen sie sonst sagen?«

»Ich glaube, das habe ich mal auf einer Grußkarte gelesen.«

»Ich meine ja nur. Es gibt kein großes Geheimnis im Leben. Es ist nur das, was wir entscheiden, was es ist. Wir können uns darüber ärgern und alles zum Kotzen finden, weil wir denken, wir hätten es verdient, oder wir können ...« Die Worte kamen jetzt etwas härter. »Lernen, damit umzugehen. Und – wenn wir Glück haben – sogar, ich weiß nicht, versuchen, es manchmal zu feiern. Mit Menschen, die uns etwas bedeuten.« Ihre Stimme sank bis knapp über ein Flüstern. »Uns selbst vielleicht.«

Evan dachte darüber nach, was Deborah gesagt hatte, dass man nie jemanden verurteilen sollte, der Freude fand. Johnny Seabrook war diese Art von Kind gewesen, offenherzig, großzügig im Geiste. Sein Verlust war mehr als nur das Fehlen eines Menschen; es war ein Affront gegen das hart erkämpfte Gute im Universum.

Er hörte Joey noch ein wenig atmen.

Ihr Tonfall war jetzt weicher. »Sind Ruby und ihre Eltern gut im Safe House angekommen?«

»Ja. Und Candy ist in Boston, falls sie etwas brauchen.«

Ihre Stimme schoss eine Oktave höher. »Was? Echt jetzt?!

Ruby Seabrook bekommt Orphan V? Ich musste ewig warten, bis –«

»Auf Wiederhören, Joey.«

»X! Du bist das Letzte.«

»Du bist auch das Letzte.«

Er legte auf und warf das Telefon neben sich.

Die Dämmerung trübte den Himmel, verschob die Schatten des Hauses und zog sie lang über den breiten Dielenboden. Mit einem Ausatmen suchte er nach einem Moment der Entspannung, aber stattdessen wurde er von einer Flut der Wut überrumpelt. Joeys Empörung hatte seine eigene ausgelöst.

Seit dem Moment, in dem er die Mailbox abgehört hatte, die Ruby terrorisieren sollte, hatte er nicht mehr registriert, wie wütend er war. Dass Johnny Seabrooks Kehle so tief aufgeschlitzt worden war, dass die Wirbelsäule frei lag. Dass Angela Bufords Kopf um hundertachtzig Grad gedreht worden war. Dass ein ganzes Rudel von Männern auf Devines Geheiß am Werk gewesen war. Dass die Seabrooks deswegen in Stücke gerissen worden waren. Dass einer von Devines Männern in das Haus dieser guten Menschen gekommen war, um sie zu töten.

Evan hatte alles fein säuberlich verstaut. Bis jetzt.

Allmählich verdunkelte die Nacht die Fenster. Es war Zeit, den Tartarus zu besuchen.

40.
Fackeln und Heugabeln

Die Billionaire's Row an der Meadow Lane war eine Parade von Villen, die auf massiven Fundamenten direkt in den Sand gebaut worden waren. Zweifellos zum Leidwesen der Grundbesitzer war der Strand selbst öffentlich geblieben, und Hinterwäldler kamen in rostigen Pickups von den Lagerfeuern weiter westlich herauf, um zu angeln oder sich auf den seidigen Dünen in Atemweite des schimmernden Wohlstands zu vergnügen. In der Tat konnte der gemeine Pöbel ungestört am Ufer entlang bis zum Leuchtturm von Montauk spazieren.

Vielleicht nicht ganz ungestört.

Private Sicherheitspatrouillen kreisten wie Elektronen um die Dünen eines jeden Anwesens und grenzten die Grundstücke ab. Ein Wachposten in jeder Einfahrt und dunkle SUVs in jedem Hof. An den anderen Häusern, an denen Evan vorbeigekommen war, wachten private Sicherheitsleute mit nicht allzu penibel versteckten Waffen. Jeder Tycoon schien seine eigene Kriegstruppe zu haben.

Außer Luke Devine.

Der Tartarus hielt sich zurück und schien die elektronische Überwachung vorzuziehen. Die unzähligen Objektive schwarzer Kameras ragten in Stapeln in alle Richtungen wie Cartoon-Wegweiser auf.

Außerhalb der Reichweite von Devines Überwachung ließ Evan den ungefährlichen Minivan im Leerlauf halten und sog die Meeresluft durch das heruntergekurbelte Fenster ein. Auf dem Weg hierher hatte er die Nummernschilder mit denen eines ähnlich aussehenden Minivans getauscht, den er auf einem Parkplatz hinter einem Antiquitätengeschäft in Art Village aufgespürt hatte.

Es dauerte weniger als eine Minute, bis ein Geländewagen zu ihm heranfuhr.

Evan machte eine Show daraus, mit einer altmodischen Straßenkarte herumzuhantieren.

Ein Sicherheitsmann in hellbraunen Cargohosen und einer Jacke mit Firmen-Aufdruck sprang heraus. »Hey, Kumpel, kann ich dir irgendwie helfen?«

Gemütliches Auftreten, dicker Bauch, lokaler Akzent. Eine Oakley-Sonnenbrille baumelte vergessen an einem Brillensicherungsband aus Neopren um seinen Hals. Evan hielt ihn für einen Polizisten im Ruhestand.

»Ja, ich halte Ausschau nach einem guten Platz, um meine Angel auszuwerfen«, sagte Evan. »Ich komme aus San Diego. Polizist im Ruhestand.«

»Ach, ja? Ich auch. Suffolk County. Siebtes Revier. Was führt dich her?«

»Die Mutter meiner Frau leidet an Alzheimer, also wechseln wir uns ab. Du weißt ja, wie das läuft.«

»Das tue ich in der Tat.«

»Ich kann keine Schwiegermutterwitze mehr machen, ohne mich schuldig zu fühlen«, sagte Evan.

Der Wachmann lachte. »Das meiste Glück hast du am Ende der Straße, wo sie auf das Shinnecock Inlet trifft. Ich würde sagen, am frühen Morgen. Du kannst direkt von den Felsen aus angeln. Nimm ein paar Muscheln oder pack einen Streifen Tintenfisch an den Haken, und vielleicht holst du ein paar Blaufische oder Streifenbarsche heraus.«

»Ortskenntnis ist das einzige Wissen, das sich lohnt.« Evan deutete mit dem Kinn auf das nächstgelegene Herrenhaus, Devines Nachbarn im Westen. Der Nebel hatte sich um das

Grundstück herum verdichtet und blähte sich zu aufkommenden Nebelbänken auf. »Nette kleine Zweitwohnung.«

»Nun, Hedge-Fonds-Typen brauchen auch ein Plätzchen für den Sommer. Wo sonst sollen sie ihre Dukaten zählen?«

»Ist es das Haus von deinem Typen?«

»Ja. Er ist gar nicht so verkehrt.«

»Warum so viel Sicherheit? Um ein Auge auf die Strandpenner zu haben?«

»Sie machen sich Sorgen über Entführungen für Lösegelderpressung und so weiter. Seit der Hurricane 38 die Brücke über das Inlet zerstört hat, ist diese Straße der einzige Weg hinein oder hinaus. Ein natürlicher Engpass an der Kreuzung von Halsey Neck und Meadow Lane. Also treffen sie Vorsichtsmaßnahmen, lassen Wachen patrouillieren. Für den Fall, dass die Antifa sie mit Fackeln und Heugabeln angreift, bevor sie ihre privaten Hubschrauber in die Luft bringen können. Aber meistens sind wir nur glorifiziertes Personal.«

»Solche Arbeitgeber, die bezahlen wenigstens gut.«

»Ich habe zwei Kinder auf dem College, ein drittes fängt in einem Jahr an. Alles, was von mir kommt, ist also: *Ja, Sir! Wie hoch, Sir?* Meinem Arbeitgeber ist letzte Woche mitten in der Nacht die Toilette übergelaufen und alles hat sich auf seinem Holzboden ausgebreitet, der aus einer Amish-Scheune oder so stammt. Ich bekomme den Anruf um zwei Uhr morgens, er total am Ausflippen. Also werfe ich mir ein paar Klamotten über und fahre hin. Gehe rein wie ein Held und drehe einfach das Abstellventil zu.« Er schüttelte den Kopf. »Was nützt ein Haus von hundertsiebenundzwanzig Millionen Dollar, wenn man nicht mal ein Leck stopfen kann, das es ruiniert.«

»So ist heutzutage die Welt.«

»Besser hätte ich's nicht sagen können.«

Evan klappte die Karte zusammen und nickte der Straße zu,

die vor ihm lag. »Und das Ungetüm nebenan sieht noch größer aus.«

»Ah. Eigentum von Luke Devine.«

»Nie von ihm gehört.«

»Er ist der, der die ganzen anderen Hedonisten hier wie Chorknaben aussehen lässt. Er veranstaltet diese verrückten, dekadenten Partys. Morgen Abend werden wir sogar Action bekommen.«

»Warum das denn?«

»Jedes Jahr veranstaltet er diese riesige Halloween-Kostümgala. Das diesjährige Thema? Himmel und Hölle. Morgen werden hier alle möglichen Leute vorbeikommen. Privilegierte reiche Schwachköpfe, die denken, die Regeln gelten nicht für sie. Wir halten sie einfach von unserem Rasen fern, stellen sicher, dass niemand eine Überdosis am Strand nimmt und so weiter.«

»Das vermisse ich nicht«, sagte Evan.

»Nein, Sir.«

»Danke für die Tipps zu den Blaufischen. Pass auf dich auf da draußen.«

»Alles klar, Kollege. Mach's gut.«

Evan kurbelte das Fenster hoch und fuhr ein Stück vorwärts, bevor er vor dem Tartarus wendete. Er warf einen Blick auf die Fassade des Anwesens. Die Fenster im Obergeschoss schimmerten dunkel. Irgendwo dahinter ruhte Luke Devine im Herzen seines verbotenen Reiches.

Die Zeit für ein persönliches Gespräch war endlich gekommen.

Morgen Abend.

Eine Halloween-Kostümgala.

Und Evan würde mittendrin sein.

41.
Proleten-Poet

Ring. Ring. Ri– »Tante Hildas Secondhand-Vogelkäfige.«

»Tommy. Ich bin's, Joey.«

»Hallo, Kleines.«

»Müssen wir uns Sorgen um X machen?«

»Nein.«

»Ich glaube, es ist ernst.«

»Nun, dann. Wie alt bist du jetzt? Zwölf?«

»Tommy. Ich meine ja nur. Er scheint abwesend zu sein. Ich meine, seitdem sie ihn erwischt haben.«

»Abwesend? Ist das ein medizinischer Begriff oder deine mädchenhafte Intuition?«

»Sei nicht so männlich. Das schränkt dich ein.«

»Entschuldigung. Weibliche Intuition.«

»Clever.«

»Wie fühlst du dich gerade? In deinem Kopf?«

»Total abgefuckt.«

»Okay, dann krieg dich erstmal wieder in die Spur.«

»Was, wenn er nicht in Ordnung ist? Er scheint … anders zu sein.«

»Wir sind alle anders. Jeden Tag. Das ist der Punkt.«

»Aber nicht X.«

»Alle. Schau mal. Evan ist zwischen zwei Orten. Verstehst du?«

…

»Joey? Bist du noch da?«

»Ja. Ich habe nur nachgedacht.«

»Worüber?«

»Das bin ich auch, denke ich. Zwischen den Orten. Es fühlt sich an wie … als wäre man nirgendwo.«

»Der Sturz in den Abgrund.«

»Das bedeutet, dass er auf den Boden aufschlagen wird. Mitten in einer Mission!«

»Oder zu etwas anderem übergeht.«

»Das können wir nicht riskieren.«

»Wir riskieren gar nichts.«

»Wir müssen ihn dazu bringen, zu sehen …«

»Kiddo. Du bist verdammt schlau. Aber du bist eine Besserwisserin. Und du bist nicht so verdammt schlau wie die Leute, die schon länger dabei sind als du.«

»Was soll das heißen?«

»Du hast zwei Ohren und einen Mund. Lerne, sie proportional zu benutzen.«

»Das ist ein ausgezeichneter Ratschlag. Ich bin definitiv noch nicht bereit, ihn anzunehmen.«

»Natürlich bist du das nicht.«

»Das war's?«

»Was willst du? Ich habe gerade eine halbe Flasche Beam getrunken und mir die Leitungen isoliert. Du willst ein Referat? Dann brauche ich Vorlaufzeit und ein aufgeblasenes Selbstbild.«

»Tommy, du bist ja ein richtiger Proleten-Poet. Das hätte ich nie gedacht.«

»Nun. Wie der weise Mann sagt, man weiß nie, wer wer ist im Zoo.«

»Und wer war dieser weise Mann?«

»Ich, abgerundet mit dem richtigen Maß an Bourbon.«

Klick.

42.
Zerstörerischer Engel

Als Evan die kreisförmige Quarz-Auffahrt zum Tartarus inmitten eines Stroms von Partygästen hinaufschlenderte, erblickte er sich selbst im polierten Fenster eines gepflegten Rolls-Royce-SUV mit Suicide Doors.

Ein schwebender Schädel, freiliegende Zähne auf die Lippen gemalt, zu einem makabren Grinsen erstarrt. Er trug ein schwarzes Hemd und schwarze Jeans, sein Körper verschwand in der Dunkelheit der Nacht.

Er hatte die Gesichtsfarbe auf Wasserbasis mit der gleichen Präzision und Strenge aufgetragen, die Jack ihm beigebracht hatte, um Tarnmuster zu erstellen. Schwamm, Pinsel mit flacher Kante, weißer Stift, um die Form des Schädels zu skizzieren, sogar ein paar asymmetrische Risse, die sich durch die Wangenknochen schlängelten.

Er fühlte sich geradezu furchterregend. Ein zerstörerischer Engel.

Die Villa schien sich zu vergrößern, als er sich ihr näherte, ein Gemisch aus mehreren Etagen mit Decks, Terrassen und Innenhöfen. Die weiß gefärbten Schindeln, die mit breiten Lichtkegeln beleuchtet wurden, gaben dem Tartarus das Aussehen einer geisterhaften Hochzeitstorte.

Es waren viele Sicherheitsleute zu sehen, die sich durch ihre tristen Anzüge und Gesichter von den kostümierten Feiernden unterschieden. Sie überprüften die Namen am Einlass, also machte Evan einen Umweg durch die gepflegten Gärten und schlüpfte durch den Bedienersteteneingang, wobei ihm seine dunkle Kleidung half, unsichtbar zu bleiben.

Ein kurzer Flur gab den Blick auf eine Küche frei, die eine

ganze Brigade ernähren konnte. Der Korridor mündete in das Hauptfoyer, das sich wie eine Kuppel einer Kathedrale drei Stockwerke in die Höhe schraubte. Ein Wasserfall dominierte die Innenkurve einer Sunset-Boulevard-Treppe. Von hinten mit glühendem Karminrot beleuchtet, ergoss er sich so kontrolliert, dass er wie eine gefrorene Welle aussah. In der wogenden Beleuchtung tummelten sich die Gäste in allen möglichen Kostümen und nippten an Drinks und zogen Lines. Es gab sexy Nonnen und Teufel in roten Tutus, Zombie-Bischöfe und Dessous-Engel mit flauschigen Heiligenscheinen, gehörnte Fürsten der Finsternis und bissige Vampire. Auf Silbertabletts zirkulierten Champagner mit verschiedenen Tinkturen, Pillen und Schnupftabakdosen, japanische weiße Erdbeeren, jede auf ein eigenes Satinkissen gebettet. Ein Streichquartett bot auf einem Podium eine verspielte klassische Version von *Monster Mash* dar. Jemand schrie »Happy Halloween!« und verfiel dann in ein so lautes Hexengegacker, dass Evan zusammenzuckte.

Er entdeckte Tenpenny, dessen Kopf die Menge der Feiernden überragte und das Treiben mit geschultem Blick absuchte. Er war groß genug, um die Illusion von Schlankheit zu vermitteln. Diese langen Knochen sahen zerbrechlich aus, aber Evan hatte schon mit genug hochgewachsenen Männern gekämpft, um zu wissen, dass diese weiteren Zentimeter mehr Gewicht und Kampfkraft bedeuteten und das zusätzliche Gewicht die Knochen stärkte. Trotzdem stand Tenpenny leicht gebückt, den Kopf etwas geduckt. Er war die ewige rechte Hand, die nie gelernt hatte, aufrecht zu stehen. Als er sich entfernte, stieß Evan mit einem Mann zusammen, der weiß angemalt war wie ein Friedhofsengel. Seine Wangen waren von Tränen aus Blut befleckt. Seine Pupillen waren von MDMA oder Koks geweitet. Er ließ seine matt lackierten Fingernägel vor seinen langen, schneeweißen Wimpern flattern, streckte eine blassrosa Zunge heraus und sprach mit einem mädchenhaften Gackern in der Kehle. »Sind wir überhaupt wirklich hier?«

Evan sagte »Nein« und ging einfach weiter.

Er umrundete das Erdgeschoss, in der Hoffnung, sich einen Reim auf das Haus zu machen, aber es drehte sich in alle Richtungen, ein Wirrwarr von Gängen und Gesellschaftsräumen mit pumpender Musik und flackernden Lichtern. Sogar das Klima wurde dem Thema angepasst: Verschiedene Apparate verbreiteten Hitze und Frost, Nebelmaschinen, die Dunst spien, Regenstangen, die das Wasser von der Decke in saubere Gräben an den Wänden schütteten.

Der Tartarus fühlte sich an wie ein Geisteszustand, eine Verzauberung, eine Träumerei.

Das war genug, um das Dritte Gebot zu vereiteln: *Beherrsche deine Umgebung.*

Craig *Gordo* Gordon saß in der Ecke einer Loggia mit Blick auf den Hinterhof und war nicht zu übersehen. Er war so fett, dass es seine Wangen hatte aufgehen lassen wie einen Hefekloß, was seine Lippen wiederum so verzerrte, dass der untere Rand seines buschigen Schnurrbarts waagerecht stand.

In der Hoffnung, den Aufenthaltsort von Devines noch lebenden Schwerverbrechern zu erfahren, suchte Evan nach *Dapper Dan* Martinez, *Sandman* Santos und Rathsberger, jedoch ohne Erfolg. Als Evan zurück zur Haupttreppe ging, löste sich ein Mädchen, das nicht älter als achtzehn sein konnte, von einer Wand und tanzte vor ihm. Sie trug einen quecksilberfarbenen Slip, Engelsflügel aus echten Federn und Jeansshorts, die so hoch geschnitten waren, dass die weißen Unterseiten der Taschen frei auf ihre Oberschenkel fielen. Ohne ihn auch nur eines Blickes zu würdigen, wand sie sich gegen ihn, hüpfte von oben nach unten, um sich dann an der nächsten Passantin zu reiben.

Tenpenny war dort, wo Evan ihn zurückgelassen hatte, und hielt Wache an der Treppe, um den Verkehrsfluss in den zweiten Stock zu beobachten. Aber jetzt war er abgelenkt und beugte sich vor, um einen Arm um die Taille einer zierlichen jungen Frau zu legen, die wie ein *sehr ungezogenes* katholisches Schulmädchen gekleidet war – geblümter Rock, oberschenkelhohe Strümpfe, aufgeknöpfte Bluse. Sie war groß und wohl proportioniert, hatte schlanke, gleichmäßig gebräunte Beine und langes schwarzes Haar, das so sehr glänzte, dass man darin sein Spiegelbild sehen konnte. Sie kicherte, ihr zierlicher Kopf wippte auf einem langen Hals. Sie sah aus, als würde sie zerspringen, wenn jemand in ihrer Nähe nieste.

Als sie auf ihren hochhackigen schwarzen Lackschuhen strauchelte, nutzte Tenpenny die Gelegenheit, seinen Griff um sie zu verstärken, und beugte sich weiter vor, um an ihrem Haar zu schnuppern. Und Evan wiederum nutzte den Moment, um an ihm vorbei auf die Treppe zu schlüpfen.

Er sah sich mit einer Gouverneurin konfrontiert, die ein Gefolge von Teufelinnen die Treppe hinunterführte und Sushi aus einer echten Jakobsmuschel aß, die als Vorspeisenteller diente. Mit gespieltem Entsetzen wich sie vor Evans bemaltem Gesicht zurück und rief »Spooky!«, wobei sie eine halb zerkaute Sushi-Rolle zeigte, die in ihren Backenzähnen klebte.

Evan wich zur Seite und ließ die Satinkostüme an sich vorbeiziehen. Auf einem Vorsprung aus japanischem Zelkovenholz, wie er vermutete, thronte eine Schnitzerei der drei weisen Affen, die nach der Inami-Chokoku-Tradition angefertigt war: *Mizaru, Iwazaru, Kikazaru* war in Kanji in den breiten Sockel gemeißelt.

Auf dem oberen Treppenabsatz drängten sich die Gäste und genossen den Blick aus der dünnen Luft auf die Lobby. Evan bog nach links in den Hauptflügel des Hauses ab. Die Menge war hier ausgedünnter, nur gelegentlich wuselte das Personal umher oder ein Gast stolperte aus den Toiletten, eilig darauf bedacht, das Kostüm zu richten.

Eine merkwürdige, in einem kräftigen Karmesinrot gepolsterte Tür hatte weder einen Griff noch sichtbare Scharniere. Davor stand *Dapper Dan* Martinez und kaute eifrig Kaugummi, wobei sich die Muskeln seiner glänzenden, glatt rasierten Wangen kräuselten. Er trug fluoreszierende, limonenfarbene Turnschuhe, die sogar an einem Teenager lächerlich gewirkt hätten.

Er wurde sofort auf Evan aufmerksam, und anstatt ihm auszuweichen, ging Evan auf ihn zu.

»Hier kommt niemand rein«, sagte Dan. »Nie.«

Evan winkte ab. »Kennst du den großen Kerl da unten? Noch so ein Sicherheitskerl.« Seine Verkleidung war ausreichend; er spürte, wie die Schminke auf seinen Lippen aufplatzte.

»Ja.« Dan bewegte sich verärgert, sein Anzug war so geschnitten, dass man die im Fitnessstudio aufgepumpten Brustmuskeln sehen konnte. »Was ist mit ihm?« Er verschränkte seine Hände vor seinem Schritt, den Kopf hochmütig nach hinten geneigt. Typen wie Dapper Dan beachteten andere kaum. Was auch immer jenseits deiner linken Schulter geschah, war grundsätzlich interessanter.

»Er wurde zusammengeschlagen«, sagte Evan. »Jemand hat ihm eine verpasst und ihn ausgeknockt.«

Ein paar Schritte weiter öffnete sich eine schmale Tür, und eine Angestellte kam aus einer Art Dienstbotentreppe heraus. Sie hielt ein silbernes Tablett in der Hand, auf dem ein grüner Smoothie balancierte, den sie Dan reichte. Der nahm ihn, ohne auch nur einen Blick in ihre Richtung zu werfen. So plötzlich, wie sie gekommen war, verschwand sie die Treppe hinunter.

Evans Bemerkung hatte Dans Aufmerksamkeit auf sich gezogen. »Ohne Scheiß?«

»Ich würde da runter gehen, Mann. Er wurde ziemlich übel zugerichtet.«

Dan und sein Smoothie joggten los.

Evan prüfte die scharlachrote Tür, seine Fingerspitzen tasteten den Stoff ab. Sie rührte sich nicht.

Doch sie brummte förmlich vor Bedeutung, hinter ihr lag etwas Wichtiges verborgen.

Er ging weiter.

Die architektonischen Doppeltüren am Ende des Flurs standen weit offen und gaben den Blick frei auf eine riesige Master-Suite. Eine dezente Beleuchtung fiel auf ein eigenes Foyer, eine Garderobe und ein privates Büro von der Größe eines kleinen Restaurants. Evan erblickte sich selbst in einem messinggerahmten Spiegel, ein enthaupteter Schädel schwebte durch die Luft. Als er weiterging, kam der Raum immer näher und zeigte das wahre Ausmaß seiner Dimensionen.

Hinter einem massiven schmiedeeisernen Aufstellgitter brannte ein Feuer in Ocker und fruchtigem Orange.

Ein Mann stand davor, die Hände auf dem Rücken verschränkt. Das gedämpfte Licht beleuchtete eine schüttere Stelle an seinem Hinterkopf. Er drehte sich weniger, als dass er mit der Geschmeidigkeit eines Balletttänzers eine Pirouette vollführte.

Die Schultern nach hinten gezogen, die Wirbelsäule aufgerichtet, eine würdevolle, zierliche Haltung wie die des Kleinen Prinzen. Die riesige Feuerstelle ragte mindestens drei Meter in die Höhe und überragte ihn, so dass er die Flammen wie eine lebendige Robe zu tragen schien.

»Die Hölle ist leer und alle Teufel sind hier.« Luke Devines Lächeln schien so warm zu sein wie die Glut, die ihn umgab. »Willkommen, Mr. Nowhere Man. Ich habe schon auf Sie gewartet.«

43.
Auf eine düstere Art schön

Evan stand etwa sechs Meter von Luke Devine entfernt am Rande eines teuer aussehenden, modernen Seidenteppichs, der sich bis zum Kamin erstreckte. Im Herzen des Teppichs standen zwei Loveseats einander gegenüber. Dazwischen befand sich ein rechteckiger Glasquader, der wohl ein Tisch sein sollte. Im Inneren des Quaders war eine nackte männliche Schaufensterpuppe gefangen, ein Stück, das Devine für Kunst halten musste. Eine Reihe von Bogenfenstern gab den Blick auf eine gefühlt endlose Dunkelheit frei, in der kein Schimmer der Hinterhofparty zu sehen war. Evans innerer Kompass war außergewöhnlich, aber er hatte kein Gefühl dafür, in welche Richtung er oder der Raum ausgerichtet waren; es war, als würden sie in der Finsternis schweben.

Einen Moment lang sahen sich die beiden Männer an, keiner blinzelte. Das Inferno tobte hinter Devine, Flammen sprangen aus seinen Schultern.

»Woher wussten Sie, dass ich kommen würde?«, fragte Evan.

»Dazu kommen wir noch.«

»Woher wissen Sie, wer ich bin?«

»Auch dazu kommen wir noch«, sagte Luke.

Evan hatte das beunruhigende Gefühl, überfordert zu sein und nicht mithalten zu können. Er fühlte sich an den Schuss erinnert, den er auf dem Krankenhausplatz aus sechs Metern verfehlt hatte. Kein lebhafter Wind, keine Schatten, keine ablenkenden Spiegelungen …

… eine Nadel sticht durch sein Hemd …

… Windschutzscheibe aus Spinnweben …

… Fehlschuss aus sechs Metern …

Er fühlte sich verletzlich.

Er hasste es, sich verletzlich zu fühlen.

»Bitte«, sagte Luke mit einer kunstvollen Handbewegung. »Setzen Sie sich.«

Sie nahmen auf den breiten Sesseln Platz und starrten einander über den Glastisch hinweg an.

Lukes Blickkontakt war direkt und unablässig. Es gab keine Anzeichen für die Manie, vor der Echo Evan gewarnt hatte, und er fragte sich, was nötig wäre, damit Luke seine Zurückhaltung verlor. Oder hatte Echo sich das nur ausgedacht, seine Schwächen durch das Prisma ihrer eigenen Unzulänglichkeiten vergrößert?

»Ich bin fasziniert von Menschen, die etwas Außergewöhnliches leisten«, sagte Luke, sein Tonfall so ruhig wie immer. »Denn durch hervorragende Leistungen gelangen wir zu Bedeutung und – wenn wir Glück haben – zu Weisheit. Tanzen, Denken, Malen ...« Er warf einen Blick auf Evan, durchscheinend blau wie isländisches Wasser. »Töten.«

Die Schaufensterpuppe starrte nach oben, ihr glattes, merkmalloses Gesicht vermittelte Angst, die Plastikhandflächen waren an das Glas gepresst, der Mund zu einem stummen Schrei aufgerissen.

»Ich will wissen, was Sie wissen«, sagte Luke. »Ich möchte fühlen, was Sie fühlen. Ich bewundere Menschen wie Sie. Die Gnadenlosigkeit, die nötig ist, um das zu tun, was Sie tun – ich kann mir vorstellen, dass Sie einen schrecklichen Preis dafür zahlen. Ich kann mir vorstellen, dass Sie viele Teile von sich selbst abschalten müssen. Man muss so viel weniger sein, um so viel mehr zu sein. Es ist ein wahrhaftiges Opfer. Aber Sie sind dafür geschaffen. Wenn die Gerüchte wahr sind, sind Sie ... ein Halbgott.«

»Nein«, sagte Evan. »Nur ein Typ, der keine Geduld für Theatralik hat.«

»Amüsant, das von jemandem zu hören, der wie ein Racheengel gekleidet ist«, sagte Luke. »Sie ziehen das Gewand an, aber wollen nicht wissen, was darunter ist. Das verstehe ich. Nichts ist erschreckender, als das anzunehmen, was in einem wahrhaft großartig ist.«

»Ich bin mir nicht bei vielem sicher«, sagte Evan, »aber ich bin mir sicher, dass das, was ich tue, nicht großartig ist.«

Luke legte den Kopf schief. Seine Aufmerksamkeit auf sich zu wissen, war, wie in einen Scheinwerfer zu starren. »Ihre Bescheidenheit scheint echt zu sein.«

»Mir wurde beigebracht, mir bewusst zu machen, wie viele Möglichkeiten es gibt, mich zu verbessern«, sagte Evan. »Aber ich bin nicht an mir selbst interessiert. Sondern an Ihnen.«

»Viele mächtige Leute haben großes Interesse an mir. Sie halten mich für gefährlich. Niemand kann so hoch aufsteigen, ohne die Grenzen des geltenden Rechts zu überschreiten. Die Regeln ändern sich, wenn man aufsteigt. Deshalb sind Sie hier.« Das Feuer machte aus Devines Pupillen Katzenaugen. »Wegen der Macht, die ich habe.«

Evan fragte sich, warum Devine ein eine Billion Dollar schweres Umweltgesetz blockieren wollte. Geld war die offensichtliche Antwort, aber er schien sich von anderen Impulsen leiten zu lassen. Auch Evan hatte andere Sorgen als eine Gesetzesvorlage und eine Abstimmung im Senat, so was konnte ihn nicht dazu verleiten, im schwarzen Gewand des Todes vor Devines Tür zu stehen.

Die Hitze des Kamins wärmte Evans rechte Gesichtshälfte. »Sie haben ein Kind töten lassen. Und eine junge Frau.«

Er schaute die Katzenaugen an, und die Katzenaugen schauten zurück. Oder sie taten es nicht.

Lukes hellblonde Augenbrauen verschwanden, als die Flammen in eine bestimmte Richtung leckten, aber die Haut auf seiner Stirn hob sich um einen halben Zentimeter. Evan las seine Haltung, seinen Gesichtsausdruck, suchte nach vorgeschobenen Lippen oder einem anderen Zeichen von Alpha-Getue, das auf einen geheimen Plan hindeutete. Es gab keines. Luke schien aufrichtig überrascht zu sein.

»Ich habe nichts dergleichen getan.«

»Warum war Ihr Mann dann in New York hinter mir her?«

»Weil Sie hinter Echo her waren. Wir dachten, wir würden Sie dort erwischen.«

»Um was zu tun?«

»Sie hierher einzuladen.«

»Mr. Folgore schien nicht daran interessiert zu sein, mich irgendwohin einzuladen.«

Wieder schaute Luke überrascht.

»Ihr anderer Mann war in Massachusetts hinter mir her«, sagte Evan. »Und hinter der Familie des Jungen, der getötet wurde.«

»Welcher Junge? Wovon sprechen Sie?«

»Johnny Seabrook.«

Luke konzentrierte sich, seine kaum sichtbaren Augenbrauen zogen sich zusammen, sein Gesicht glänzte und glättete sich im Schein des Feuers. »Ich erinnere mich an einen Bericht darüber. Es war auch ein Mädchen dabei.«

»Wenn junge Frauen getötet werden, scheint sich niemand an ihre Namen zu erinnern.«

»Ihr Name war Angela Buford«, sagte Luke.

Hinter Evan gab es einen Tumult, und dann stürmte ein Quintett von Männern schwer atmend und mit roten Gesichtern in den Raum. Die ganze Mannschaft: Tenpenny, Rath, Dapper Dan, Santos und Gordo.

Sie entdeckten Evan und stürmten auf ihn zu, hielten erst ein, als Luke eine Handfläche hochhielt. Evan blieb sitzen.

»Verdammt noch mal«, sagte Tenpenny. »Er ist an uns vorbeigeschlüpft. Geht es Ihnen gut?«

»Wie Sie sehen«, sagte Devine.

Tenpenny kam herum, um Evan anzusehen. Er stank nach Zigarettenrauch, Asche war auf seiner Krawatte verteilt. »Du Stück Scheiße«, sagte er. »Ich habe für Al Jazeera in Katar den Schutz vor Terroristen koordiniert, für Tucker Carlson vor Antifa-Spinnern, für Rachel Maddow vor durchgeknallten Rechtsradikalen. Verglichen mit dem, was ich gewohnt bin, mit dem, was diese Männer gewohnt sind, bist du ein Stück Spinat zwischen meinen Zähnen.«

Evan sagte: »Und trotzdem haben Sie nicht gelernt, dass Ihr ganzes Namedropping bedeutet, dass Sie jemand sind, der Namedropping betreiben muss.«

»Steh auf, Arschloch. Und verpiss dich verdammt noch mal von hier.«

»Derek.« Die Stimme von Luke Devine war nicht mehr als ein Flüstern. »Lass mich dir etwas erklären. Menschen werden nie gefürchtet, weil sie bedrohlich sind oder Forderungen stellen. Sondern durch ihr Schweigen. Ihre unanfechtbare Höflichkeit. Weil sie darüberstehen.«

Tenpenny verlor ein oder zwei Zentimeter in seiner Haltung, die lange Wirbelsäule zog sich angesichts von Devines Tadel zurück. Die anderen lauerten hinter Evan oder in seinem Umkreis.

»Er hat recht«, beteuerte Evan. »Ich habe schon einige von denen getötet.«

»Steh auf«, forderte Tenpenny. »Beweg dich. Sofort.«

Evan erwiderte: »Ich bin noch nicht fertig mit Ihrem Boss.«

Devine versteifte sich in seinem Stuhl, ein erstes Zeichen des Unmuts. »Es ist mir egal, ob Sie mich umbringen wollen«, sagte er zu Evan, »aber seien Sie wenigstens höflich.« Er wischte sich die kleinen Hände ab, obwohl es nichts abzuwischen gab. »Wir sehen uns, wenn Sie bereit sind, unsere ... Gegnerschaft mit einem gewissen Maß an Höflichkeit zu besprechen. Der Sicherheitsdienst wird Sie hinausbegleiten.«

Sich kaum bewegend, schätzte Evan die Position der Männer um sich herum ein, nutzte seinen sechsten Sinn, um die Körperwärme und die unruhige Luft zu lesen. »Das könnte nicht gut laufen für den Sicherheitsdienst.«

Der breiteste Schatten bewegte sich auf dem Seidenteppich. Ein Knarren der Dielen hinter ihm.

»Ich werde dafür sorgen, dass sie respektvoll sind«, sagte Luke.

»Nett von Ihnen.«

Gordos fleischige Hand griff über die Rückenlehne des Sessels und drückte auf Evans Schulter. Evan fasste über seine Brust hinweg an der Kante des kleinen Fingers nach der Hand und drückte sie nach oben, wobei er den Ellbogen festhielt und den Arm verdrehte. Ein Grunzen, das nach Salami stank, wehte über seine Schulter, als Gordo sein erhebliches Gewicht nach innen drückte, um besser greifen zu können. Anstatt sich zu wehren, behielt Evan den Arm im Griff und ging in die Hocke, um den großen Mann mit sich zu ziehen. Er spürte, wie etwa hundertsiebzig Kilo über seinen Rücken und seine Schultern rollten. Am Scheitelpunkt gab es einen Ruck, als Gordos Masse den Schwung abbremste, und dann drehte er sich über Evans Schulterblätter und krachte durch den Glastisch, wobei er die Schaufensterpuppe zerdrückte.

Hinter Evan kippte der Sessel um und sorgte so für einen charmanten kleinen Ausklang von Gordos Sturz.

Tenpenny wich zurück, um den echten Kämpfern ihren Raum zu lassen. Rathsberger machte bereits einen Ausfallschritt, aber Evan ließ sich tief fallen und fegte ihm das Bein weg. Rathsberger schlug hart auf dem Teppich auf, sein Gesicht war verzerrt, und seine Lungen stießen ein Geräusch aus, das wie ein verärgerter Seehund klang. Dapper Dan packte Evan von hinten in einem Würgegriff, wölbte seinen Rücken, um Evans Füße vom Boden zu heben und ihn zu strangulieren. Sein massiver Bizeps drückte auf Evans Wange. Evan konnte Dans dünnes Lächeln spüren, den frischen Duft von Minz-Kaugummi.

Vor ihm hatte sich Gordo auf ein Knie gezwungen, eine Hand auf das zerbrochene Glas gepresst, um sein extremes Gewicht abzustützen. Die Seide unter seiner Handfläche war blutdurchtränkt. Evan keilte seinen Ellbogen aus, und der große Mann stürzte erneut, wobei seine Wange auf die Scherben traf. Dapper Dan drückte fester zu, und Evan erschauderte einmal, gab ein gurgelndes Geräusch von sich und wurde schlaff.

Die Mimikry des Bewusstseinsverlusts funktionierte, Dan entspannte sich gerade so weit, dass Evans Stiefel ein paar Zentimeter abgesenkt wurden. Evan stampfte mit der Ferse auf das dünne Textil des trendigen Turnschuhs und das Gewölbe von Dans Fuß, und zermalmte den Knochen, woraufhin Dan stöhnte und ihn losließ. Evan schleuderte seinen Ellbogen hart zurück in Dans Solarplexus, was ihm den Wind aus den Segeln nahm, aber die freie Rippe verfehlte, die er eigentlich brechen wollte. Dan taumelte zurück in den umgestürzten Sessel, der ihn an den Hinterbeinen traf. Er stürzte darüber, blieb in der Startposition eines Raketenpassagiers liegen und starrte mit Rücken und Beinen parallel vom Boden an die Decke. Evan wirbelte herum, um sich Santos zuzuwenden, der am wenigsten bedrohlich wirkte. Doch Sandmans Haltung zeigte, dass er alles andere als das war. Der kleine Mann hatte einen mittelbreiten Stand eingenommen, die Fersen hochgezogen, federnd auf den Füßen. Die Arme ein Stück geöffnet, die Ellbogen angewinkelt, die Hände offen und suchend. Die Wirbelsäule war gebeugt und nach vorne gewölbt, der Schwerpunkt lag leicht über dem vorderen Bein, bereit für einen Ausfallschritt.

Ein Kampfsportler.

Kampfsportler waren immer am gefährlichsten.

Es war alles so schnell gegangen – weniger als zehn Sekunden.

Die anderen lagen auf dem Boden oder zogen Glas aus sich heraus. Sie keuchten und schnauften, und ihre Atemzüge hallten in dem riesigen, harten Raum wider. Der beißende Gestank erhitzter Körper machte sich über der brennenden Zeder bemerkbar.

Wenn Santos sich bewegte, schwang ein quadratischer Anhänger des Christusordens an seiner Brust umher. Er war klein und kompakt und hatte einen niedrigen Schwerpunkt. Evan spiegelte seine schlurfenden Schritte und versuchte, seine Augenbewegungen zu verfolgen, um zu sehen, ob er mit seinem Blick Maß nahm und ihm verriet, wo er zuerst zuschlagen würde.

In diesem Moment hörte er das Klicken eines zurückgezogenen Pistolenhahns.

Tenpenny spähte über eine 9mm, die er wie ein Kaufhaus-Cop mit dem Daumen seiner Stützhand hinter dem Schlitten hielt. Evan konnte sehen, dass das Visier unter seinem linken Ellbogen lag und der Deltamuskel von Tenpennys Schussarm angespannt war, was bedeutete, dass er wahrscheinlich den Rückstoß antizipieren und den Schuss noch tiefer platzieren würde.

Wenn Evan Santos für einen Moment abschütteln könnte, könnte er in Tenpennys Reichweite gelangen und dessen Adamsapfel mit seinen Halswirbeln bekannt machen.

Aber Santos zog sich zu den anderen Marines zurück, und Tenpenny schlurfte ebenfalls hinter ihnen her. Auf dem Boden rollte sich Rath auf die Seite und hustete, sein Ärmel war von weißer Farbe von Evans Gesicht verschmiert. Ein Reagenzglas war aus seiner Tasche gerutscht, und Evan brauchte einen Moment, um die darin umherkrabbelnden Insekten zu erkennen. Er dachte an das Gesicht des Zuhälters, das auf dem Tisch in dem Saustall in Mattapan klebte. Die Haut, von der Schwellung so straff wie Zellophan, das Nasenloch, aus dem ein Glasstrohhalm hervorragte wie eine groteske Magensonde. Wie sich die geschwollenen Lippen im Mundwinkel gewölbt hatten, bevor sich die rote Ameise hindurchgekämpft hatte und herausgesprungen war.

Rath verfolgte Evans Blick zum Reagenzglas, griff danach und schnellte nach oben, seine verdrehten Gesichtszüge waren ein verschwommener Fleck aus Narbengewebe. Seine Hand fand die Pistole an seinem Hüfthalter, aber er zog nicht; sein Winkel würde seine eigenen Männer in Gefahr bringen und seinen Klienten in die Reichweite der Querschläger. Gordo war ebenfalls aufgestanden, so langsam wie eine ansteigende Flutwelle. Glas spickte seine linke Wange, Blut tropfte von beiden Handflächen. Dapper Dan war der Nächste. Tenpenny drängte sich weiter hinter seine Männer, über ihre Schultern hielt er die Pistole immer noch ungenau auf Evan gerichtet.

Devine war ebenfalls auf den Beinen, obwohl Evan nicht gesehen hatte, dass er sich bewegte; es war, als hätte er sich vom Sessel teleportiert.

Evan fiel auf, dass es in den letzten Sekunden keine Erinnerungen, keine Zweifel, keine Unsicherheit gegeben hatte. Er hatte sich ohne Ablenkung beschäftigt. Und es war auf eine düstere Art schön gewesen.

Er starrte die Männer an. Sie starrten zurück. Sie waren noch zerschundener und blutiger als er selbst, und das gefiel ihm. Er bot Devine die leichteste Spur eines Nickens an. »Bitte sagen Sie dem Sicherheitsdienst, dass ich mich selbst hinausbegleiten werde.«

44.

Und dann ließ er los

Rathsberger und Tenpenny folgten Evan die Treppe hinunter, durch die Partygäste hindurch, vorbei an dem plätschernden Wasserfall und dem Streichquartett, bis zur massiven Flügeltür an der Vorderseite, wo ein Rugby-Pulk von Stiernacken weiterhin Gesichter und Namen überprüfte. Die beiden Marines achteten sehr genau darauf, Evan nicht zu berühren. Der Kontakt war für ein späteres Datum reserviert worden.

Sie begleiteten ihn hinaus in einen feinsprühenden Regen, über die Quarzauffahrt zum Rand des Grundstücks, wo die Vorgärten auf die Meadow Lane trafen. Sobald Evans Stiefel den Asphalt berührten, blieben sie stehen und sahen ihn vom Rand des Rasens aus an.

Die unsichtbare Linie eines Wachhundes.

Einen halben Schritt hinter Rath starrte Tenpenny ihn an. Tau hatte sich in seinem veralteten Schnurrbart verfangen. Seine Augen waren braun und leicht zu vergessen.

Evan hasste ihn abgrundtief.

Er hasste seine Feigheit, wie er sich oben hinter seinen Männern versteckt hatte. Er hasste es, wie er die jüngere Frau umklammert und sich mit seinem Gesicht ihrem Hals genähert hatte, während er vorgab, sie zu beruhigen. Er hasste es, wie er mit seiner Größe umging, als wäre sie etwas Verdientes und nicht ein günstiger Wurf der genetischen Würfel.

Evan starrte zu Tenpenny auf, mit seinem besten *Sehe ich aus wie jemand, der Angst hat?*-Blick. Rath zog das Reagenzglas noch einmal heraus und klopfte damit gegen seine Fingerknöchel.

»Hat es dir Spaß gemacht«, fragte Evan, »Ameisen in das Gesicht von Angela Bufords Zuhälter einzuführen?«

Als Rath lächelte, sah es aus, als würde eine Wunde wieder aufreißen.

Tenpenny antwortete: »Angela Buford? Nie von ihr gehört.« Die Stirn hob sich, die Augenlider verengten sich, ein nur teilweise unterdrücktes Grinsen zuckte um seine Mundwinkel – Mikroausdrücke, die mit Täuschung korrelierten. »Hier gibt es so viele Mädchen.« Er hielt Raths Masse zwischen sich und Evan. »Ich kenne deinen Typ. Ich habe Leute wie dich in- und auswendig gelernt, weil ich ein Leben lang als Fixer gearbeitet habe. Du bist bloß einer dieser Typen, die sich selbst für gut halten, die glauben, über allem zu stehen. Dabei wissen wir doch beide, dass du dir bei jeder Gelegenheit den Schwanz schmutzig machen würdest, wenn du den Zugang hättest, den ich habe.« Der Schimmer eines Lächelns. »Genau wie ich.«

Der Regen war jetzt leichter, kaum mehr als ein Sommerdunst, der sich in den Nebel rührte. Evans Haut fühlte sich kalt und rau an, und er spürte, wie die Farbe an seinen Wangen herunterlief. Die Villa ragte in Tenpennys Rücken empor, schien direkt aus ihm herauszuwachsen, ein Gebäude der Macht, der gesichtslosen Dominanz.

Ein Echo von Joeys Worten kehrte zu Evan zurück und schnitt durch die schwüle Luft: *Ich bin wütend auf die anderen Arschlöcher, die mich misshandelt haben, nur weil ich da war und klein und die richtige Anatomie hatte.*

Er dachte daran, wie viel größer die anderen Waisenkinder gewesen waren – und auch der Mystery Man. Wie er einmal ein Zwölfjähriger gewesen war, der sich nach einem heftigen Schlag auf Händen und Knien gesammelt und Blut auf den rissigen Asphalt eines Handballfeldes gesabbert hatte.

Einen Moment lang fühlte es sich an, als ob es keinen Boden gäbe. Dass es niemals enden würde. Nur ein immerwährender Kreislauf der Macht, ausgeübt über diejenigen, die nicht mehr hatten als ein Gebet und die Kraft, die sie aus dem Nichts heraufbeschwören konnten.

Tenpenny schien seine Gedanken zu spüren. »Weißt du, was am meisten Spaß macht?« Sein Grinsen hing schief in seinem Gesicht. Seine Koteletten waren grob und ungestutzt. »Zu wissen, wie man jemanden auszieht, der überzeugt werden muss. Das ist ein hartes Geschäft. Die Jeans auszuziehen. Die bleiben an den Schuhen hängen. Man will sie vögeln, wenn sie munter sind, verstehst du? Sobald man sie dazu zwingen muss, werden sie desorientiert. Das ist weniger lustig. Also lässt du sie abwägen. Wird es mehr wehtun, wenn sie ein bisschen herumgeschubst werden? Sofern sie in der Hitze des Gefechts leicht gewürgt werden? Wenn sie mit dem Gesicht gegen das Kopfteil geschlagen werden? Sie sollen verstehen, dass es für alle Beteiligten am angenehmsten ist. Wenn sie. Einfach. Aufgeben.«

Evan blinzelte gegen den Regen an. Seine Gedanken sammelten sich, dunkel und wütend.

»Wir riegeln das Anwesen ab«, sagte Tenpenny. »Du kannst dich nicht mehr einfach mit deiner Halloween-Verkleidung hineinschleichen, so niedlich sie auch ist.«

Die rechte Seite von Raths Kinn glänzte von Regen oder Sabber, der durch den Verschluss seiner missgebildeten Lippe gesickert war.

»Ich überlasse euch beiden das Plaudern.« Rath legte den Handballen auf den Kolben seiner Pistole im Halfter. »Und ich überlasse Mr. Devine den abgehobenen Blödsinn. Aber ich möchte, dass du weißt: Ich bin ein Mann der Messer und Kugeln. Genau wie du. Nur besser.« Er schlurfte einen halben

Schritt vorwärts, nah genug, dass Evan seinen Schweiß riechen konnte. Seine Augen waren ziemlich blau, eines klar geformt, das andere stach durch einen Morast aus nekrotischem Fleisch. Seine Stimme war ein Grollen, das durch seinen missgestalteten Mund drang. »Du weißt, wie das endet, nicht wahr?«

Der Satz klang einstudiert, wie etwas, das ein Sheriff in einem billigen Western gesagt hätte.

Der Regen wurde stärker und seine harte Schräglage verwischte die Szenerie. Die Männer zogen sich weniger zurück, als dass sie einfach im Haus verschwanden, und dann war Evan allein am trostlos extravaganten Rand der Billionaire's Row.

Er stand da, das Gesicht nach oben gereckt, und spürte, wie es die Maske von ihm herunterwusch. Die Dynamik in Luke Devines Reich fühlte sich surreal und desorientierend an. War er ein Nationalstaat, wie Naomi befürchtete? Sein eigenes Gravitationszentrum, um das sich andere Machtspieler drehten? Das verrückte Genie, das Echo beschrieben hatte? Er strahlte eine Art von Einfluss aus, die sich nur schwer in Worte fassen ließ. Es war, als hätte er ein Verzerrungsfeld um sich herum, das die Perspektive manipulierte. Evan konnte ihn nicht in den Griff bekommen.

Evan hatte sich dem Tartarus und Devine genähert, wie er es in der Vergangenheit bei ähnlichen Zielen getan hatte. Aber diese Mission war anders als alles Bisherige. Und Devine – in seiner unbestechlichen Glattheit, seiner undurchschaubaren Art, den Informations- und Überwachungskanälen, die ihm zur Verfügung standen – war anders als alle, denen Evan bisher begegnet war.

Das bedeutete, dass Evan, um ihm gegenüberzutreten, selbst anders sein musste.

... ein Baby-Mobile läutete ein Kinderlied ...

Das Wasser lief kalkig und undurchsichtig an seinem schwarzen Oberteil herunter. Er zog es aus und wischte sich damit das Gesicht ab. Darunter trug er ein im Labor entwickeltes Hemd mit einem taktischen Muster, das die Algorithmen des maschinellen Sehens verwirren und die Gesichtserkennungssoftware aushebeln sollte.

... ein raues Schluchzen aus einem anderen Raum ...

Die Luft roch nach Salz, Parfüm und Champagner. Die Vorderseite des Hauses war überraschenderweise frei von Gästen, eine friedliche Unterbrechung des Sturms, nachdem die Nachzügler hereingetröpfelt waren. Zwei Reihen exotischer importierter Autos drängten sich auf der Veranda. Die massive Eingangstür war geschlossen, Wächter und Diener schützten sich drinnen vor dem Regen.

... seine winzige, winzige Hand griff nach einem glatten, weißen Geländer und dann ...

... ließ ...

... er ...

... los.

Der Regen prasselte auf Evans nacktes Gesicht, als er in den zerrissenen Himmel blickte. Er ließ das schwarze Hemd, das von der Schminke weißverschmiert war, in den Schlamm fallen, schritt zurück auf das Grundstück und klingelte an der Tür. Selbst über den Lärm der Party hinweg hörte er ein kehliges Läuten, tief wie Orgelpfeifen.

Die hoch aufragende Flügeltür öffnete sich gähnend, ein Schlund in der blanken Visage des Herrenhauses.

Ein halbes Dutzend Wachleute bildete einen Halbkreis im Foyer. In ihren Anzügen sahen sie aus wie die Empfangsreihe bei einer Hochzeit. Hinter ihnen pulsierte und brüllte die

Party. Tenpenny und die überlebenden Marines waren nirgends zu sehen.

»Der Nowhere Man ist hier, um Mr. Devine zu sprechen«, sagte Evan. »Bitte fragen Sie ihn, ob er mich empfangen kann.«

Die Wachen wichen instinktiv von ihm zurück, vergrößerten ihre Abstände, hielten aber die Linie ein. Einer tastete Evans Kleidung ab, und seine Hand erstarrte, als sie die Umrisse der ARES-Pistole im Kydex-Appendixholster berührte. Als er die 1911 herausnahm, verbreitete sich eine Anspannung unter den Männern, als wären sie darauf gefasst, dass eine Interkontinentalrakete durch das Dach einschlagen würde. Als Evan seine Waffe aushändigte, atmete der Wachmann erleichtert aus.

Einer der anderen drückte den Zeigefinger auf den Hörer, wandte sich ab und murmelte etwas mit slawischem Akzent. Eine Schweißperle zog sich von seiner Kotelette bis zu seinem Kragen. Die ganze Zeit über behielt er Evan im Auge. Der Wachmann nickte der Stimme am anderen Ende der Leitung zu, dann ein weiteres Nicken.

»Bitte«, sagte er zu Evan. »Kommen Sie herein.«

Als er ein paar Schritte in das riesige Foyer ging, pulsierten die Lichter – der gigantische Kronleuchter, die Wandleuchten, die dezenten Spots – alle auf einmal. Das Streichquartett hielt mitten im Ton inne. Die Regenstangen stellten die Strömung ein, ihr letzter Regenguss verschwand im Boden. Das Personal hielt inne – die Wachen, die Kellner, die Helfer des Caterers mit ihren silbernen Tabletts – und einen Moment später auch die Gäste. Eine Stille breitete sich im Tartarus aus, alle waren in einer Art Ehrfurcht gelähmt.

Dann klatschten die Mitarbeiter zügig mit ihren weißen Handschuhen und die Partygäste strömten hinaus, einige noch mit Gläsern und Vorspeisentellern in der Hand. Das Streichquartett beendete seinen Auftritt mit der Eleganz von Straßenmusikern. Das Personal verließ Servierplatten und Stationen. Die Menge drängte zum Eingang, quetschte sich an Evan vorbei und durch die riesige Tür in seinem Rücken. Er blieb an Ort und Stelle stehen, stemmte sich gegen die Strömung.

Als die letzten Gäste das Haus verlassen hatten, nahm Evan oben auf dem Treppenabsatz im zweiten Stock eine Bewegung wahr.

Luke Devine stand am oberen Ende der Treppe, die Handflächen auf das Geländer gestützt. Er trug einen gutsitzenden Anzug – ein Kostümwechsel? – und Evan fiel auf, dass er Devines Kleidung vorher nicht beachtet hatte, ein untypisches Versäumnis.

Devine strahlte herab; er sah erfreut aus.

»Ich wollte nicht den ganzen Abend unterbrechen«, begrüßte Evan ihn.

»Dafür war die Party gedacht«, sagte Devine. »Für Sie.« Seine Stimme hallte von den Wänden und der Decke wider und kam mit der Stärke einer Legion zurück.

»Sollen wir weiter schreien wie Romeo und Julia?« Seltsamerweise hallte Evans Stimme nicht, wie die von Devine es tat. »Ich bin eingerostet in meinem jambischen Pentameter.«

»Natürlich nicht.« Devine nickte der Treppe zu. »Wenn Sie sich mir anschließen wollen.« Er machte eine großmütige Geste nach Osten in Richtung des Hauptflügels. Das Gebäude war so gewaltig, dass man sich an den Himmelsrichtungen orientieren musste; es war wie auf einer Gebirgskette oder in der offenen Prärie.

Evan ging die Treppe hinauf, vorbei an den drei Affen. Seine

Stiefel waren das einzige Geräusch, sie klopften hohl gegen die Holzstufen, als ob sie um Einlass bäten.

Devine stand oben auf dem Treppenabsatz, im Gegenlicht, das so stark war, dass er nur noch als Umriss eines Mannes zu erkennen war. Irgendwie, auf magische Weise, hielt er die ARES 1911 in der Hand, obwohl Evan nicht gesehen hatte, dass seine Waffe während des Massenexodus nach oben gebracht worden war.

Die unendlich lange Treppe schien noch länger zu werden, als Evan sie hinaufstieg. Devine hielt die Pistole an seiner Seite. Tenpenny schien sie an sich nehmen zu wollen, starrte Evan an und zog sich dann aus dem Blickfeld zurück, nur eine Rauchfahne seiner Zigarette hinterlassend.

Endlich war Evan oben angekommen, und Devine wartete geduldig mit einer Haltung, die an ein militärisches Porträt erinnerte. Über die Schulter des kleinen Mannes hinweg warf Evan einen Blick auf die verlockende scharlachrote Tür. Er fragte sich, was er wohl tun müsste, damit er hinter die Kulisse blicken konnte.

»Willkommen zurück«, sagte Devine.

Er glitt sanft über den Calacatta-Marmor. Lautlos lief er an Evans Seite.

Sie erreichten die Tür. Die Polsterung war aus getufteter Seide mit großen glänzenden Knöpfen.

»Warum kommen Sie nicht rein?« Devine berührte die zuvor verschlossene Tür, die auf geölten Scharnieren lautlos nach innen schwang. »Ich würde Ihnen gerne zeigen, was genau ich tue.«

45.
Das Auge Gottes

Die Innenseite der Tür war ebenfalls gepolstert, was den Knall dämpfte, als die Tür sich hinter Evan und Devine schloss. Devine verriegelte sie mit einem Schiebebolzen, so dick wie eine .50-BMG-Hülse. Aus der Weite des Herrenhauses kommend, fühlte sich der fensterlose Raum beengt an.

Scharlachroter Plüschteppich. Zwei barocke Chaiselongues an gegenüberliegenden Wänden, die Holzelemente vergoldet, die Polster scharlachrot. Vor scharlachroter Tapete verziert mit stilisierten Lilien.

In der Mitte befand sich ein faradayscher Käfig von der Größe eines Eisenbahnwaggons, dessen vergitterte Tür angelehnt war.

Innen: Ein Schreibtisch mit kabelloser Tastatur und Maus. Ein Stuhl.

An der Wand montierte Regale für Festplatten.

An der hinteren Seite des Käfigs befand sich ein ununterbrochener Bildschirm in den Ausmaßen von fünf großen, übereinander gestapelten Fernsehern, der von der Decke bis zum Boden reichte.

»Ich habe schon so lange darauf gewartet, mit Ihnen zu sprechen«, sagte Devine. »Ich habe Ihnen so viel zu erzählen.«

Evan sah ihn an.

»Bitte.« Devine deutete auf den Stuhl. »Setzen Sie sich.«

Evan setzte sich.

Auf den dunklen Monitoren konnte Evan sein eigenes Spiegelbild vor Devines sehen. Selbst im Stehen war Devine nur ein wenig größer als Evan und stand wie der Schatten eines Schattens hinter ihm.

Dann war Devine verschwunden. Er hatte sich lautlos auf eine der Chaiselongues außerhalb des faradayschen Käfigs neben einem Beistelltisch zurückgezogen, der als Ladestation diente.

»Wenn Sie bereit sind.« Devines Worte hallten in dem privaten scharlachroten Raum wider.

Die schlanke, ergonomische Maus lag gut in Evans Handfläche. Er stupste den Bildschirm an, um ihn zum Leben zu erwecken, wie er es in seinem eigenen Tresorraum, seiner eigenen Festung getan hätte.

Kacheln mit Überwachungsansichten vereinnahmten seinen Blick und zeigten jeden erdenklichen Winkel des Tartarus. Ein Zeitstempel zeigte das aktuelle Datum und die Uhrzeit an. Leere Korridore. Das Personal räumte die Reste der Party weg. Tenpenny und seine Männer waren in einem Raum versammelt, der wie ein Billardzimmer aussah. Unzählige Gästezimmer. Badezimmer von der Größe eines Studios. Pool. Gärten. Zwischendecke. Dachboden. Eine Garage mit zehn Autos darin. Eine Kachel war sogar dem scharlachroten Zimmer selbst gewidmet, in dem Evan saß und sich dabei beobachtete, wie er sich selbst beobachtete. Oder, genauer gesagt, er beobachtete die Stelle, an der sein Kopf – durch sein Hemd zu einem kubistischen Wirrwarr sich überlagernder Unsichtbarkeiten verzerrt – ein anderes kubisches Wirrwarr sich überlagernder Unsichtbarkeiten beobachtete. Und so weiter.

»Sehen Sie.« Devine hielt nun ein ausgeklügeltes Steuerungsgerät in der Hand, das teils Joystick, teils Tastatur war. Ein dickes Kabel führte durch die Gitterstäbe des Käfigs.

Das Kachelmosaik drehte sich, und nun zeigte der Zeitstempel eine Stunde vorher an. Gäste tranken, aßen, schnupften. Fickten auf Betten. Betrunkene, die im Badezimmer mit dem Bidet hantierten. Ein fettleibiger Mann ließ sich hinter dem Gartenschuppen einen runterholen.

Die Software zur Gesichts-, Biometrie- und Gangerkennung identifizierte die Personen trotz ihrer Kostüme und öffnete separate Fenster, die mit Wikipedia-Seiten, Social-Media-Plattformen, Strafregisterauszügen, Dating-Website-Profilen, Bankkonten und iPhone-Videos verknüpft waren. All das wurde direkt von ihren Geräten gezogen. Evan sah die Gouverneurin, die ihm auf der Treppe entgegengekommen war, sie zog in der Vorratskammer Koks vom nackten Rücken einer ihrer Untergebenen.

Devine klickte und zoomte, die Darstellungen tauchten tief in die Profile ein und sammelten öffentliche Aufzeichnungen. Die flackernden Bilder zeigten Evans Gesicht, seinen Körper, Dutzende Skandale, die in Echtzeit passierten. Die schiere Menge an Informationen war schwindelerregend, das Auge Gottes, das den Raum selbst zu drehen schien.

Evan blieb sitzen und hielt sein Gleichgewicht.

»Das hier« – Devine breitete seine Arme aus, als wolle er den Tartarus umschließen – »ist die Vergnügungsinsel. Meine Gäste werden vor die Wahl gestellt. Sie rennen zu dem, was sie am meisten begehren. Alles, was ich tue, ist einzufangen, wer sie bereits sind.«

Evan drehte sich in seinem Stuhl. »Und es gegen sie zu verwenden.«

»Ist das nicht das Reinste, was man gegen Menschen einsetzen kann? Sie selbst?«

Evan hatte keine Antwort parat.

»Sie wollen mich also ermorden, weil ich persönliche Daten gestohlen habe? Hauptsächlich aus Beiträgen und Bildern,

die die Leute mit Begeisterung in die Welt hinausposaunen?«
Das Tempo seiner Worte hatte sich beschleunigt, die erste
Spur der mentalen Geschwindigkeit, die Echo beschrieben
hatte. »Wenn das auf Ihren Kodex eines fahrenden Ritters
zutrifft, sollten Sie besser alle umbringen.« Ein Schimmern
der Zähne. »Die Drahtzieher hinter den Social-Media-Plattformen, dem E-Commerce: die NSA, das FBI, Ihre freundliche
Nachbarschaftspolizei.«

Das Fünfte Gebot: *Wenn du nicht weißt, was du tun sollst, tu
gar nichts.* Evan tat nichts.

Devine hatte kein Problem damit, den vorhandenen Raum
zu füllen. »Oder ist es vielleicht der Sex, der Sie beunruhigt?
Die Freizeitdrogen? Ich lasse niemanden durch meine Türen,
der nicht mindestens einundzwanzig ist, denn, seien wir
ehrlich, das Alter der Einwilligungsfähigkeit ist nicht das
Alter der Reife. Sie kommen als Erwachsene hierher – oder
zumindest als ihre beste Version davon. Ich habe Sanitäter in
Bereitschaft. Nicht eine einzige Überdosis. Ich nehme selbst
keine Drogen. Ich nehme noch nicht einmal irgendwelche« –
ein Schulterzucken – »Medikamente.«

»Es ist nicht der Sex«, sagte Evan. »Oder die Drogen.«

»Dann muss es die Macht sein, die ich von anderen, die sich
korrumpieren lassen wollen, erlangt habe. Wollen Sie mich
dafür hinrichten? Warum nicht auch die Präsidentin töten,
die Sie geschickt hat, dies zu tun? Den Secret Service ebenfalls, wenn Sie schon dabei sind. Sogar die nette Agentin, die
Sie erwischt hat. Da draußen gibt es so viele Machtspieler, die
ihre Hände an den Hebeln haben.«

»Nicht alle von ihnen können eine Abstimmung im Senat
beeinflussen.«

»Ah.« Devines Augen leuchteten mit einer dunklen Freude.
»Das Umweltgesetz.«

»Wie viel würden Sie gewinnen, wenn es untergeht?«

»Nicht einen Cent.«

Devines Blick war unerschütterlich, und Evan war überrascht, dass er ihm glaubte. »Warum dann?«

»Weil«, sagte er, »dieses Gesetz Unsinn ist. Es geht nicht um das Klima. Es geht darum, Victorias Wiederwahl zu sichern und gleichzeitig eine Billion Dollar in die Taschen staatlicher Auftragnehmer mit Wettbewerbsverbotsklauseln zu leiten.« Die Verwendung des Vornamens blieb bei Evan nicht unbemerkt.

»Dieselben Militärindustrie-Schweine mit ihren Rüsseln in einem anderen Trog«, sagte Devine. »Haben Sie den Gesetzentwurf gelesen?«

»Natürlich nicht.«

»Die Maislobby setzt hundert Milliarden Dollar an Subventionen für die Förderung von Maisethanol durch, obwohl Zuckerrohr billiger und siebenmal effizienter ist. Der Hauptauftragnehmer für Windenergie ist erst im letzten Quartal in Erwartung des Gesetzentwurfs aus der Luftfahrtbranche umgeschwenkt. Keinerlei institutionalisiertes Fachwissen. Die Sechskantschrauben für die Turbinen kosten in der Herstellung zweiunddreißig Dollar – sie planen, 1432 Dollar pro Schraube zu verlangen. Jeder Windpark hat eine Gewinnspanne von 4436 Prozent. Und das ist noch der fairste Teil der Preisabzocke. Es gibt eine massive Fehlallokation von Ressourcen, keinerlei Transparenz, weitreichende Vetternwirtschaft, geheime Absprachen zwischen Tochtergesellschaften. Es handelt sich nicht um einen freien Markt, der durch Innovation und Wettbewerb gespeist wird. Es ist ein gefangener Markt. Und ich versuche, ihn zu befreien.«

»Warum Sie?«, fragte Evan.

»Weil niemand sonst dazu bereit ist«, sagte Devine. »Kommt Ihnen das bekannt vor?«

Evan schluckte den Köder nicht.

»Es gibt immer einen größeren Tyrannen. Bis zu mir.« Devine zögerte. »Und Ihnen.«

»Warum erzählen Sie mir das alles?«, fragte Evan. »Warum wollen Sie von mir verstanden werden?«

»Weil …« Devine pausierte bei einem Bild von Evan von vorhin, als er sich hinter Tenpennys Rücken zur Treppe stahl. Ein körperloser Schädel, der über schwarzer Kleidung schwebte. Die biometrischen Daten hatten ihn fest im Blick, aber alle Verknüpfungsslots und Fenster waren leer. Keine identifizierenden Merkmale, keine sozialen Medien, keine Websites oder Bilder im Internet. »Sie sind der Nowhere Man. Wenn Sie mich töten wollen, wird es Ihnen gelingen. Auf die eine oder andere Weise wird es Ihnen gelingen. Ich habe keine Chance gegen Sie. Meine einzige Hoffnung ist, Sie zu überzeugen.«

»Woher wissen Sie, wer ich bin? Woher haben Sie …«

»Ich tue gar nichts.« Devine hob eine Augenbraue und sah auf den Bildschirm. »Ich beauftrage andere, meine Arbeit für mich zu erledigen. Warum ein Ohr am Boden haben, wenn ich das stattdessen von gut platzierten Leuten erledigen lassen kann? Warum sollte ich mir die Mühe machen, ein großes Fake-News-Netzwerk zu betreiben, wenn ich den Mann besitzen kann, der das tut? Warum Zeit mit Politik verschwenden, wenn ich Kabinettsmitglieder und Richter des Obersten Gerichtshofs mit anderen Mitteln motivieren kann?«

Er lehnte sich auf der Liege nach vorne, die Fingerspitzen zwischen den gespreizten Knien zusammengepresst, so dass sie eine Kugel formten. Sein Gesicht war gerötet, und seine

Sprache hatte sich zu einem Galopp beschleunigt. »Sie fürchten die Art von Macht, die ich habe. Genauso wie sie Ihre fürchten. Deshalb wollen sie mich loswerden. Aber dafür gibt es keinen rechtmäßigen Weg. Sie brauchen Sie. Das ist der Grund, warum wir dieses Gespräch führen. Ich glaube, wenn Sie das verstehen, werden Sie mich in Ruhe lassen.«

Evan wollte antworten, aber Devine hielt eine Hand auf. »Lassen Sie uns das irgendwo fortsetzen, wo es bequemer ist. Ich habe immer gedacht, dass es nur wenige Dinge im Leben gibt, die man nicht besser bei einem Glas gekühltem Wodka besprechen kann.«

»Endlich«, sagte Evan, »sind wir uns über etwas einig.«

Devines Mund formte sich zu einem Lächeln, das sagte, dass er das irgendwie bereits gewusst hatte.

46.
Mir wurde gesagt, es würde Wodka geben

»Seit wir vorgeben, der Religion zu entwachsen, haben wir aufgehört, Demut, Vergebung und Hingabe zu schätzen. Und was haben wir jetzt? Eine arrogante Generation, die nicht weiß, wie man vergibt oder aufgibt. Und von wem lassen wir uns den Weg weisen?« Devine stand Evan hinter einer geschwungenen Mahagoni-Bar gegenüber, die groß genug war, um einen Broadway-Chor zu bewirten.

Der Raum, eine Art Salon, war mit Bücherregalen, Wandvertäfelungen und einer spektakulären Reihe von Flaschen ausgestattet. An der Wand zu Evans Seite war das Gesicht eines großen libanesischen Dichters in einer riesigen Bleistift-Aquarell-Lasur zu sehen, dessen berühmte Worte in ästhetischer Kalligrafie geschrieben waren:

Euer Schmerz ist das Zerbrechen der Schale, die euer Verständnis umschließt.

»Durch Milde ausgeweidete Bürokratien? Mediengeile Schreihälse? Führungspersönlichkeiten, die sich mit der Ideologie der Linken oder der Rechten wappnen und kalkulierte Gefühle äußern, um über ihren jeweiligen Misthaufen zu herrschen?«

Der geschwätzige Gastgeber hatte in den letzten zehn Minuten ununterbrochen geredet, und seine Worte kamen so schnell, dass sie sich zu überschlagen begannen. Keine Spur mehr von der bedächtigen Rede oder der unergründlichen Fassade, die er zuvor präsentiert hatte. Es war, als ob er, sobald er seine Gedanken losließ, diese nicht mehr kontrollieren konnte; er musste einfach weitermachen und sie sich ihren Weg durch den Porzellanladen bahnen lassen. Evan ahnte, dass die Beschleunigung etwas mit dem Verständnis zu tun hatte, nach dem Luke sich bei denen sehnte, die er für würdig hielt – diese Tonnage an Worten, die sich vor ihm auftürmte wie die Schaufel eines Bulldozers, die seine Handschrift in die Topografie schaufelte. Es genügte ihm nicht, die Fäden in der Hand zu halten; er musste für das, was er war, was er sah, was er tun konnte, verehrt werden.

»Mir wurde gesagt, es würde Wodka geben«, sagte Evan.

Devine drehte sich halb um, um mit dem Finger fürsorglich über die Spirituosen zu streichen, und fuhr fort. »Die wollen den Blutdurst aus dem Geschäft nehmen.« Sein Finger fuhr über eine Flasche Beaufort, eine Sonderanfertigung für die Bar im Savoy in London. »Die Härte aus der Erziehung.« Als Nächstes ein gedrungener Black-Cow-Behälter, der einer Milchflasche nachempfunden war; ein Milchbauer aus West Dorset hatte aus Molke einen reinen Milchwodka gewonnen. »Den Biss aus der Kunst.« Devines Finger glitt am Wyborowa mit seiner von Frank Gehry entworfenen, verdrehten Glasflasche vorbei. Als er die nächste Flasche erreichte, dick und rund mit einem laufenden Wildschwein darauf, nickte Evan. Er war noch nicht in der Lage gewesen, Atomik Vodka in die Hände zu bekommen, der mit Wasser aus einem Grundwasserleiter in Tschernobyl und mit Getreide hergestellt wurde, das auf einem Grundstück innerhalb der Sperrzone angebaut wurde. Durch den Destillationsprozess wurde die Strahlung auf fast null reduziert. Fast.

Devine sagte: »Die versuchen, die Welt umzugestalten, um jegliches Leiden zu vermeiden. Aber wir können das Leiden niemals ausschalten. Ohne Leid gibt es keine Weisheit. Das ist eine Geschichte, die so alt ist wie die Zeit.«

»Und Sie sind gut genug, um diese Dienstleistung zu erbringen?«, fragte Evan.

»Nein. Ich habe nur keine Angst davor, es zu tun.«

»Sie halten sich für ziemlich großartig«, sagte Evan.

»Nur im Vergleich zu allen anderen.« Devine grinste nicht, es war ihm todernst. Er schüttete zwei Fingerbreit in ein Kristallglas.

»Ein Stück Eis«, sagte Evan. »Würfel oder Kugel.«

Devine gab eine Eiskugel in Evans Glas und goss sich dann gut fünf Unzen Macallan No. 6 ein. »Sollen wir nicht Männer und Frauen aufziehen, die wissen, wie man Druck aushält, die durchhalten, die unverschämt denken? Haben wir vergessen, dass man einer Bedrohung mit Willen begegnen muss? Dass wir im Wettbewerb mit anderen Nationen stehen? Dass wir gemeinsam für die Zukunft eines Planeten verantwortlich sind?« Er lehnte sich auf der Mahagoniplatte vor wie ein altmodischer Barmann. »Wir sind so weit von unseren tierischen Instinkten entfernt, dass wir uns anfällig dafür gemacht haben, von den schlimmsten von ihnen beherrscht zu werden.«

Evan nippte. Atomik war abgerundet, aber immer noch verdammt stark, eher ein Korn als ein echter Wodka. Die Wasserbasis hatte die Eigenschaften ähnlicher Kalkstein-Aquifere in Südengland oder der französischen Champagne.

Er war von Atomik fasziniert, seit er davon gehört hatte. Ein reiner Geist, beschworen vom verseuchtesten Ort der Welt. Dort lagen die Dinge von größtem Wert: *In sterquiliniis invenitur – Im Mist wird es gefunden.* Ein von einem Drachen bewachter Schatz. Das Juwel des Alchemisten im Kopf der Kröte. Die Perle im Mund einer Auster.

Die letzte Freiheit, die er in sich selbst gefunden hatte, begraben in Höhlen, die er aus seinem schlimmsten Selbst gehauen hatte.

»Ich habe das nicht«, sagte Evan, als er wieder zu Atem kam.

»Was?« Devine schien von der Unterbrechung überrascht zu sein, als ob er sich gerade daran erinnerte, dass er nicht allein war.

»Vergessen, dass ich ein Tier bin.«

»Deshalb spreche ich ja mit Ihnen.« Devine stürzte die Hälfte des Whiskeys hinunter, ein Fünfhundert-Dollar-Schluck. Er lehnte sich unbeeindruckt und ungebremst an die Bar. »Sie und ich, wir verstecken uns nicht vor der Hitze der Realität unter dem Sonnenschirm der neuesten Ideologie. Wenn man keinen Stamm, keine Partei oder keine Doktrin hat, in die man sich hüllen kann? Wenn man nicht vom Glauben gefangen ist? Wenn man frei ist? Es ist verdammt einsam.«

Sein durchdringender Blick fühlte sich wie ein Übergriff an. Instinktiv senkte Evan seinen Blick auf sein Getränk, was er sofort bereute.

Devine fuhr fort. »Die meisten Menschen brauchen ihre Leitplanken. Sie bauen sich ihre eigenen Gefängniszellen, Gedanke für Gedanke. Milton verbrachte die 1650er Jahre damit, bei Kerzenlicht zu lesen. Latein, Griechisch, Hebräisch, Französisch, Spanisch, Niederländisch, Italienisch, Altenglisch – jedes bekannte Buch, das es gab. Er wurde blind. Weil er zu viel las? Nein. Weil er zu viel wusste. Er schrieb *Das verlorene Paradies* aus den Tiefen seines blinden Geistes. Können Sie sich das vorstellen? Das erdrückende Gewicht jahrhundertealter Traditionen auf sich zu nehmen, um seinen eigenen Himmel und seine eigene Hölle zu erschaffen?«

Seine Augen waren glasig, aber präsent, ein beunruhigender Effekt, als ob er durch Evan hindurch, quer durch den Raum und auch noch die gegenüberliegende Wand durchdringend auf etwas blicken würde, das für das menschliche Auge nicht wahrnehmbar war.

»Aber heute? Wir entscheiden, was wir glauben, Minute für Minute, Ton für Ton, Tweet für Tweet. Und wir gehen davon aus, dass es das Moralischste, das Gerechteste ist. Und warum? Weil es das Neueste ist. Unsere Überzeugungen haben keine Zeit zu altern. Wir haben keine Zeit, den großen Bogen zu spannen, der uns hierhergebracht hat, in diesen Augenblick der Geschichte. Und jeder rennt so schnell – versucht, mitzuhalten – dass keiner begreift, wie tückisch das ist. Wenn unsere Kultur so krank wird, so unausgewogen, dann muss man den Mut haben, sie zu heilen.«

Nun stürzte Devine die zweite Hälfte seines Glases hinunter. »Vielleicht ist das alles, was der Teufel ist«, fuhr er fort. »Vielleicht umarmt er nur das Schlimmste, was in jedem steckt« – eine boshafte Pause – »in jedem. Damit wir es nicht vergessen. Überall, wo wir hinschauen, drängen sich die Menschen, um uns zu erzählen, wie unfehlbar moralisch sie sind. Politiker. Prediger. Popstars. Journalisten. Unternehmen, um Himmels willen. Deshalb braucht es jemanden wie mich – einen Lasterhändler, einen Sündeneintreiber. Jemanden, der sie nicht ungestraft davonkommen lässt.« Devine brummte vor Energie. »Nennen Sie mich böse, wenn Sie wollen, aber Menschen, die bereit sind, böse zu sein, sind notwendig. Nur sie können uns wachrütteln, damit wir später die Kraft haben, noch schlechtere Menschen zu vermeiden.«

Evan kostete noch einmal den Wodka, spürte, wie das Brennen seine Kehle hinunterlief und seinen Magen überzog. »Vielleicht ist es das, was sich schlechtere Menschen einreden, wenn sie nur noch böse sind.«

»Sie wurden geschickt, um mich zu töten«, sagte Devine. »Also, wie man es in jeder noch so schwierigen Situation tun sollte, habe ich mich gefragt: Was ist die Chance, die sich mir hier bietet? Wie könnten wir zusammenpassen?«

»Gar nicht.«

»Jemand muss hier oben tun, was Sie da unten tun.« Devine suchte in den Regalen hinter sich nach seinem nächsten Drink. »Sie neutralisieren Leute nur aus gutem Grund. Ich kontrolliere sie nur aus solchem. Was macht mich zu einem größeren Schänder von menschlichem Recht und Sitte als Sie?« Er fand einen Glenfiddich Reserve, der ihm zusagte, und schüttete sich schlampig ein, ohne sich die Mühe zu machen, sein Glas vorher auszuspülen. »Ich erpresse Senatoren. Sie erstechen jemanden in einer Gasse. Die Frage ist nicht, was ich tue. Sondern warum. Was, wenn es darum geht, ein von Lobbyisten geschriebenes Gesetz zu torpedieren, das es Unternehmen erlaubt, radioaktive Abfälle in Reservatgebieten indigener Gruppen abzuladen, weil sie von bundesstaatlichen Umweltvorschriften ausgenommen sind? Oder um ein heuchlerisches Gesetz zu Fall zu bringen, das die Umwelt nur dem Namen nach schützt?« Ein kräftiger Schluck. »Sie könnten einen Verbündeten wie mich gebrauchen.«

»Das Letzte, was ich brauche«, sagte Evan, »ist ein Verbündeter wie Sie.«

Devine blinzelte ihn an. Er sah weniger beleidigt als überrascht aus wegen Evans Mangel an Vorstellungskraft.

»Ich bin die einzige Art von Verbündetem, die Sie brauchen.«

»Warum das denn?«

»Ganz einfach. Wir sind uns nicht ähnlich.« Luke hielt seinen Blick auf Evan gerichtet und leerte den Scotch in ein paar schnellen Schlucken. Der Alkohol schien ihn überhaupt nicht zu beeinflussen. »Sie und ich haben unterschiedliche Gaben. Wir sind mit Ihrer vertraut. Meine?« Er stellte das leere Glas hart ab. »Wenn mein Gehirn auf Hochtouren läuft, fühlt es sich an, als würde sich der Rest der Welt in Zeitlupe bewegen. Und je weniger ich schlafe, desto weniger Schlaf brauche ich, bis ich nur noch ein Körper bin, der an das Netz meiner Gedanken angeschlossen ist.«

Während er schneller sprach, neigte sich sein Körper nach vorne, das Gewicht verlagerte sich auf die Fußballen, der Kopf war leicht nach vorne geneigt. »Wissen Sie, wie es sich anfühlt? Sich so schnell zu bewegen, während alle anderen durch Schlamm waten?«

Evan fragte sich, ob Devines Superkraft nur darin bestand, die Leute zu zermürben.

»Ich verstehe Ihre Zurückhaltung«, sagte Luke. »Ab einem gewissen Punkt macht die Welt keinen Sinn mehr. Das soll sie auch nicht. Das liegt daran, dass Sie über sie hinausgewachsen sind. Sie brauchen meine Expansionsfähigkeit. Ich brauche jemanden, der dafür sorgt, dass ich ... den Durchblick behalte. Stellen Sie sich nur vor, was Sie tun könnten, wenn ich meine ganze Kraft, meine Reichweite, meine Ressourcen hinter Sie stellen würde. Stellen Sie sich vor, wer Sie sein könnten, sobald wir uns zusammentun. Ich biete Ihnen ein Bündnis an, das uns beiden das Universum öffnen wird.« Er griff unter die Theke und holte eine Pistole hervor. Evans ARES 1911.

»Was soll es denn sein?«, fragte Devine. »Die Regeln, nach denen Sie immer gelebt haben?« Er legte die Waffe auf das Mahagoniholz zwischen ihnen »Oder das, was dahinter liegt?«

Ohne den Blickkontakt zu Luke abzubrechen, nahm Evan seine Pistole, legte seine linke Hand über den Schlitten, wobei sein Mittelfinger die Rückseite des Auswurffensters berührte, und zog es zurück, bis er die Patronenhülse an der Verschlussfläche spürte. Die Kammer war geladen. Er ließ den Schlitten los, entsicherte ihn mit dem Daumen, warf das

Magazin in seine Handfläche aus und drückte die oberste Patrone mit dem Zeigefinger fest nach unten. Keine Regung.

Er setzte das volle Magazin mit einem Klicken wieder ein und legte die geladene Pistole zurück auf die Bar, den Lauf auf einen Punkt zwischen sich und Luke ausgerichtet, ein Weisungspfeil, der überlegte, wohin er zeigen sollte.

Überprüfung des Waffenstatus durch Berührung, weniger als drei Sekunden.

Devines Blick war unverwandt – wie der eines Falken. Evan spürte die Hitze so sicher, wie er das Glühen des Kamins an der Seite seines Gesichts gespürt hatte.

»Johnny Seabrook«, sagte Evan. »Angela Buford.«

Devines Seufzer roch nach verkohlten Eichenfässern und warmen Gewürzen. »Sie sind«, erwiderte er, »so verdammt enttäuschend.«

Sie starrten sich gegenseitig an. Zehn Sekunden vergingen. Dann dreißig. Eine ganze Minute war eine lange Zeit, um feindseligen Blickkontakt zu halten.

»Ethik«, sagte Luke säuerlich, »ist die Moralversion eines guten Jungen. Es ist ein Ausmalen innerhalb der Linien. Machen Sie sich keine Sorgen. Eines Tages werden Sie da rauswachsen.«

Evan gönnte sich noch einen Schluck.

Lukes Konzentration hatte nicht nachgelassen. Die Intensität war wie ein Scheinwerfer, der auf Evans Gesicht gerichtet war. Eine dunkle Art von Wut brodelte unter seinen Zügen. Evan beobachtete, wie sich die Frustration aus Devines Magengrube bis zu seinem Mund hocharbeitete; es war, als könne er sich nicht zurückhalten zu sprechen. »Sie sollten nicht hier sein wegen eines toten Jungen, den ich nie kennengelernt habe.«

»Und eines Mädchens«, sagte Evan. »Warum sollte ich denn hier sein?«

»Weil ich als inoffizielle vierte gleichberechtigte Regierungsinstanz eine Bedrohung für Präsidentin Donahue-Carr und das gesamte verrottete System bin, das sie repräsentiert.«

»Das ist mir alles egal.«

»Was dann?« Lukes Tonfall war scharf wie eine Klinge. »Was kümmert Sie dann?«

Evan dachte an das unfertige Puzzle auf dem Küchentisch der Seabrooks. Ruby, die sich in den Sitzsack ihres Bruders fläzte. Deborah, die ihre tabuisierten Zigaretten rauchte. Masons herbstbunter Bart, glitzernd vor Tränen. Er dachte an eine junge Frau, die Gedichte auf Treibholz schrieb, die ihren Namen in Desiree geändert hatte, deren Kopf auf ihrem Halswirbel weiter gedreht worden war, als Knochen und Sehnen es zuließen.

»Nichts, was Sie verstehen würden«, sagte Evan.

»Vielleicht haben Sie recht«, sagte Luke. »Sie kümmern sich um die Kleinigkeiten. Ich versuche, die Welt aufzuwecken.«

»Die Welt ist bereits perfekt, Devine. Es sind die Menschen, die kaputt sind. Und all Ihr Gerede wird das nicht ändern. Es ist zu abstrakt, es gibt zu viele Möglichkeiten, sich zu verirren. Man lernt nur beim Handeln etwas.«

»Ich weiß, dass Sie das glauben«, sagte Devine. »Aber ich biete Ihnen ein seltenes Geschenk an. Die Möglichkeit, sich zu irren.«

Evan nahm einen weiteren Schluck und stellte sein halbvolles Glas ab. »Labor Day«, sagte er. »Vor einem Jahr und einem Monat.«

Devine blinzelte dreimal in schneller Folge. »Was?«

»Das ist das Datum, an dem Johnny Seabrook und Angela Buford ermordet wurden. Ich glaube, es geschah hier im Tartarus. Auf einer Ihrer Partys. Sie haben Ihre umfangreichen, mit Zeitstempeln versehenen Überwachungsvideos vorgespielt. Also. Zeigen Sie es mir.«

»Gerne.«

»Ich schlage Ihnen einen Deal vor«, sagte Evan. »Wenn ihre Tode nichts mit Ihnen oder diesem Ort zu tun hatten, dann werden wir die Diskussion fortsetzen.«

Luke fragte: »Und wenn doch?«

Evan griff nach der ARES und verpasste ihr eine Drehung. Eine träge Rotation, dann kam der Lauf vor Luke zum Liegen. Evan nahm die Pistole und schob sie in sein Holster. Er stand auf.

Luke folgte ihm nach draußen.

47.
Diese Art von Hirnfickerei

Tenpenny blieb in der Tür stehen, sein Kopf streifte fast den oberen Rand des Rahmens. »Sie haben ihn hier reingelassen? Keiner darf hier rein. Niemals.«

Er war in den scharlachroten Raum gerufen worden und wurde durch den Anblick von Evan im faradayschen Käfig mit Luke aus dem Konzept gebracht.

Luke zeigte auf den Computer. »Labor Day letztes Jahr«, sagte er. Tenpenny schlurfte widerwillig hinüber und begann mit dem Geschick der Routine mit der Arbeit an der Datenbank. Er sah aus wie ein Organist, seine langen Finger flitzten über die Bedienelemente und riefen verschiedene Programme auf dem großen Bildschirm auf.

Evan und Luke standen Schulter an Schulter und beobachteten Tenpenny dabei, wie er das richtige Datum aussuchte. Obwohl der große Mann keine Zigarette hatte, roch seine Kleidung nach abgestandenem Rauch, dessen trüber grauer Geruch nach kurzer Zeit den fensterlosen Raum färbte.

Schließlich fand er die Datei für den Labor Day und klickte sie an.

Eine Vielzahl von Kameraperspektiven füllte die Bildschirme und zeigte den Tartarus in der Stille des frühen Morgens. Sie sahen zu, wie das Anwesen zum Leben erwachte und Gärtner und Hauspersonal sich auf den Tag vorbereiteten. Tenpenny spulte im Schnelldurchlauf vor, wobei der Zeitstempel durch den Morgen rotierte. Am beschleunigten Nachmittag kam die handfeste Arbeit – Tische wurden an ihren Platz gestellt, Barstationen eingerichtet, Außenbeleuchtung aufgehängt. »Sie werden mit eigenen Augen sehen, dass Ihre Bedenken unberechtigt sind«, sagte Luke zu Evan. »Dieser junge Mann und diese Frau waren nie hier. Dann können wir uns wieder dem widmen, was wirklich …« Das Filmmaterial wurde unscharf.

Tenpenny versteifte sich. Seine Bewegungen wurden frustriert. Er klickte energischer mit der Maus und tippte so fest auf die kabellose Tastatur, dass die Tasten kleine Schnappgeräusche von sich gaben.

»Was«, sagte Devine, »ist los?«

Evan hatte noch nie so viel kalte Wut in drei Worte gepackt gehört.

»Sieht aus wie eine Art Dateifehler.« Tenpennys Stimme klang gedämpft, obwohl es keinen Grund dafür gab. »Ich verstehe das nicht.«

An den Flügeln von Lukes Nase hatte sich eine leichte Färbung eingeschlichen, und seine Augen weiteten sich vor lauter Überraschung.

Evan griff nach seiner Tasche. Luke und Tenpenny erstarrten. Evans Hand tauchte mit dem RoamZone auf. Er wählte die Aufnahme, die er gemacht hatte, aus. Und drückte auf Play. Die verzerrte Stimme ertönte tief und knurrend: »Hör auf, über deinen Bruder zu reden. Hör auf, Fragen über deinen Bruder zu stellen. Oder ich werde dich holen, wie ich ihn geholt habe. Du wirst dich therapieren lassen, deine Medikamente nehmen und versuchen, dir einzureden, dass ich es vielleicht vergessen habe, dass es sicher ist, mit den Bullen zu reden, dass die Bedrohung nicht mehr real ist. Aber das bin ich. Ich werde es immer sein. Du wirst nie sicher sein vor mir.«

Tenpenny drehte ihm den Rücken zu und konzentrierte sich auf den Computer, der nicht gehorchte.

Lukes Gesicht hatte sich verzogen, seine Lippen waren ein blutleerer Strich. Er sah wütend aus.

Evan sagte: »Klingt nach Ihnen.«

»Nein. Das klingt nach einem Feigling. Ich hatte noch nie Angst, mit meiner eigenen Stimme zu sprechen.«

Devine drehte sich zu Tenpenny, der vor Angst ganz klein aussah, gebeugt, die Schultern von der Wirbelsäule nach vorne gesunken. »Um dich kümmere ich mich später.«

Tenpenny rieb seine Handflächen aneinander. Sie machten ein trockenes, kratzendes Geräusch. Unbeholfen wich er Devine aus, der sich nicht rührte, und ging kleinlaut hinaus. Devine ging zur Chaiselongue hinüber und setzte sich, die Hände auf den Knien, sein heftiger Atem blähte seine Nasenflügel.

Evan ging zu derjenigen auf der gegenüberliegenden Seite. Sie starrten sich im scharlachroten Schein des Zimmers an.

»Das wird in Ordnung gebracht werden«, versicherte Devine.

»Das ist ein Fehler. Und das wird korrigiert werden. Sie werden sehen. Ich werde der Sache auf den Grund gehen.«

»Ich auch«, versprach Evan.

»Es ist eine unvorhergesehene Hürde. Mehr nicht.«

»Das ist das Problem, wenn man sich zu schnell bewegt. Man verpasst Sachen.«

»Nein«, sagte Luke.

»Dann schauen Sie nicht genau genug hin.«

»Wohin?«

»Überall. Auf alles. Nehmen Sie eine Sache, die sie getan haben. Starren Sie sie an. Und folgen Sie ihr nach unten. Den ganzen Weg nach unten.«

»Das habe ich getan«, sagte Luke. »Ich habe jede Selbsttäuschung, jeden blinden Fleck, jede Voreingenommenheit ausfindig gemacht …«

»Nicht bei Ihnen selbst«, widersprach Evan. »Bei den Leuten, die Sie wie Schachfiguren herumstoßen. Wenn Sie sich wirklich ansehen würden, was Sie getan haben und wer Sie sein mussten, um es zu tun, würden Sie sich fühlen, als wären Sie im freien Fall durch die Dunkelheit. Für immer.«

»Wie kommen Sie darauf?«

Evan sah ihn nur an.

»Sie wissen nicht das Geringste darüber, wo ich gewesen bin oder wohin ich gehen muss.« Devines Gesichtsausdruck blieb ruhig, aber hinter seinen Worten lauerte eine Bedrohung. Er tippte mit dem Finger auf den faradayschen Käfig. »Glauben Sie, ich könnte Sie nicht so eindeutig lesen, wie diese Software es tut, wenn Leute auf dem Bildschirm auftauchen? Es steht Ihnen ins Gesicht geschrieben. Dass Sie Ihr Innenleben verloren haben, bevor Sie eins hatten. Dass Sie zu sensibel waren, um den Schmerz der Realität zu ertragen, und sich deshalb in etwas anderes zurückgezogen haben, in einen Archetyp. Dass Sie das gewöhnliche Leben nicht ertragen, so dass Sie immer größere Extreme suchen, nur um zu fühlen. Dass Sie ein Leben lang diese Toleranz aufgebaut haben, indem Sie versucht haben, sich einzureden, dass Sie nicht wirklich menschlichen Emotionen und Schwächen unterliegen wie alle anderen. Die Wahrheit ist, dass Sie zu schwach sind, um sie unter Kontrolle zu halten. Wer sind Sie ohne Ihre Missionen, ohne die unglücklichen Opfer, die Sie zwanghaft retten? Ein Nichts. Der Nowhere Man. Ein verängstigter kleiner Junge, lebenslänglich in einer Rüstung, der mit seinen Waffen und seinem Kung-Fu in einer Art Entwicklungsstillstand lebt. Sie haben noch nicht einmal gelernt, wie man altert. Wie man sich selbst älter werden lässt. Wie kann jemand so ein Kind im Körper eines Mannes respektieren?«

Die Worte kamen scharf und hart wie Schrotkugeln. Der Raum schien mit ihnen gefüllt zu sein.

Evan atmete und atmete dann noch mehr. »Sagten Sie *Kung-Fu*?«

Aber Devine biss nicht an.

»Die Sache ist die«, erklärte Evan, »ich bin immun gegen diese Art von Hirnfickerei. Wissen Sie, warum?« Er erhob sich. »Weil ich keine Angst habe, missverstanden zu werden.«

»Aber es ist offensichtlich, wovor Sie Angst haben«, sagte Devine. »Die Kontrolle zu verlieren.«

Evan überlegte einen Moment. »Nein«, widersprach er. »Wenn ich die Kontrolle verliere? Bin ich es nicht, der Angst haben sollte.«

Devine stand auf. Körperlich war er nicht furchteinflößend, aber seine Haltung – als wäre er aus Stahl gehämmert – und die Worte, die in ihm darauf warteten, ausgesprochen zu werden, verliehen ihm eine Energie von gezügelter Bösartigkeit. »Tun Sie, was Sie tun müssen.«

Evan nickte ihm respektvoll zu und ließ ihn im Raum stehen. Tenpenny war nirgends zu sehen, aber Rathsberger wartete am Fuße der geschwungenen Treppe auf Evan. Im ernsten, nüchternen Licht des Foyers war sein Gesicht kaum zu ertragen.

Ein paar Bedienstete räumten am Rande des gewaltigen Zimmers auf, fegten und wischten und sammelten Gläser ein. In dem riesigen Raum roch es nach Reinigungsmitteln und verschüttetem Champagner.

Rath trat zurück, als Evan sich näherte, und begleitete ihn hinaus, wobei er sich wie eine Kampfjet-Eskorte eineinhalb Meter hinter Evans Schulter hielt.

Es waren keine Wachen mehr zu sehen. Als Evan die riesige

Tür aufriss, wehte ihm ein Hauch von kühler, feuchter Luft entgegen, die nach Salz und dem Gestank der Ebbe roch.

Rath blieb stehen und hielt großen Abstand zu Evan. »Ich schätze, wir werden uns wiedersehen.«

Evan drehte sich um. »Das ist ein Versprechen.«

»Wir werden bereit sein. Du wirst niemals durch diese Tür kommen. Du wirst es nie wieder in den Tartarus schaffen. Nicht unter unserer Aufsicht.«

»Wir werden sehen.«

Zwei Drittel von Raths Gesicht grinsten. »Du weißt, wie das endet, nicht wahr?«

Evan sagte: »Glaub mir, du willst keinen Schlagabtausch.«

Das Grinsen wurde noch intensiver, und das harte rote Narbengewebe an Raths Kinn zog seine rechte Lippe nach unten, bis das feucht glänzende Zahnfleisch seines Unterkiefers zu sehen war. »Warum nicht?«

»Weil ich weiß, was mit Typen passiert, die sich mit Worten aufplustern.«

Evan schritt hinaus in die Nacht. Der Minivan wartete auf den Quarzfelsen, mit dem Schlüsselanhänger auf dem rechten Vorderreifen. In seinem Rücken schloss sich die Tür mit dem Gewicht eines Tresors. Als er im sanften Regen stand, hörte er durch das massive Holz nichts als Stille. Kein Scharren von Füßen, kein Klirren von Tabletts oder Tellern, überhaupt keine Geräusche des Lebens.

Er lauschte noch eine Weile, aber es war nur das Prasseln des Regens zu vernehmen, der sich durch seine Kleidung arbeitete. Es war, als wäre er aus einer Welt in eine andere getreten und das Portal hätte sich hinter ihm geschlossen. Aber er wusste jetzt, was er hier draußen zu tun hatte, bevor er zurückkehrte.

Er würde das Erste Gebot einhalten. Die Antworten finden, die er brauchte.

Und die Mission zu Ende bringen, koste es, was es wolle.

48.
Ein Hauch von Freiheit

Evan reinigte alles, was er in dem Haus in Hampton Bays angefasst hatte, als er sich darauf vorbereitete, seinen vorübergehenden Wohnsitz zu verlassen. Er nahm zwanzigtausend Dollar in gebündelten Hundertern aus seinem Rucksack und legte das Bargeld auf den Küchentisch. Um den Minivan würde er sich später kümmern, die Original-Kennzeichen wieder anbringen und ihn mit halb gefülltem Tank auf den Flughafenparkplatz zurückbringen, so wie er ihn vorgefunden hatte.

Devines Worte verfolgten ihn immer noch, krochen unter seine Haut, schlängelten sich um die Basis seines Gehirns und würgten, ließen seine Gedanken in die eine oder andere Richtung ausschlagen. Er dachte an die Menschen, über die Devine sich erhob, die nach etwas Besserem in sich selbst strebten, die nach einem verborgenen Weg suchten, der sie eine weitere Sprosse aus dem Chaos zur Ordnung hinaufziehen konnte.

Er empfand keine Geringschätzung für sie.

Wo Devine ihr Streben bemitleidenswert fand, fand Evan es tapfer und schützenswert.

Genau wie es etwas in ihm gab, das es wert war, geschützt zu werden. Diesen ersten reinen Eindruck von sich selbst, allein in einem Zimmer, das von einem Kinderlied und entferntem Schluchzen erfüllt wurde, mit einem Baby-Mobile, das Muster an die Decke warf, und dann mit rot blinkenden Lichtern.

Das war es, das Leben in einem Mikrokosmos. Das Festhalten an dem Rahmen.

Und dann das Loslassen.

Das Gewürzregal auf der Theke war nicht richtig geordnet, die Flaschen standen wahllos in den hölzernen Schlitzen. Zimt unter Kreuzkümmel, Thymian neben Dill. Es war ein verdammtes Durcheinander.

Evan starrte sie eine Zeit lang an und unterdrückte seine ordnungsschaffenden Instinkte. Er hielt seine Hände still und ordnete sie gedanklich nach Größe, dann nach Farbe der Kappe und dann nach Grad der Süße und Würze. Die ungarische Paprika stand schräg, und er erlaubte sich, sie so anzustupsen, dass der Schriftzug wieder waagerecht stand.

Auf dem großformatigen Kalender, der an den Kühlschrank geklebt war, zeigte der blau markierte Vermerk *Urlaub!*, dass die Familie auch in der nächsten Woche verreist sein würde, was für den Fall seiner Rückkehr nützlich war. Er ließ seinen Blick über die anderen Einträge schweifen. Geburtstage und soziale Verpflichtungen, Logistik und koordinierte Familienzeit, Feste und andere Termine.

Er fragte sich, wie es wohl wäre, einen solchen Zeitplan einzuhalten und seine Stunden in den Fluss verschiedener Leben einzubinden. Dann dachte er an die kurze Liste der sozialen Pflichten, die er zu berücksichtigen hatte.

Vera III. füttern.

Die Bewässerung der Kräuterwand überprüfen.

Joey.

Der Pilot von Aragón Urrea befand sich auf seinem Heimatstützpunkt in Eden, Texas, aber er und Evan hatten sich für den Morgen am Flughafen Teterboro verabredet. Tommy hatte ihm eine SMS geschickt, dass sein neuer Truck fertig sei und er sich verdammt noch mal beeilen solle, ihn zu holen und auch Dukaten mitzubringen. Evan hatte sich mit Candy und den Seabrooks abgestimmt und die nächsten Schritte geplant. Es fühlte sich gut an, Leute zu haben, mit denen man sich absprechen konnte, wenn es darum ging, Dinge abzuhaken.

Mit dem Rucksack über der Schulter zögerte er auf dem Weg zur Garage und warf einen Blick auf den ordentlichen Geldstapel auf dem Tresen. Es könnte sie erschrecken, diese nette Familie, wenn sie das zu Hause vorfand.

In einer Schublade fand er einen Dokumentumschlag, schob die gebündelten Hunderter hinein und ließ sie auf die Fliesen des Foyers direkt vor den Briefschlitz der Eingangstür fallen.

Er hoffte, dass sein Dankeschön dadurch weniger unheimlich geworden war.

Echo fühlte sich schuldig.

Das war ihre Standardeinstellung. Sie wusste und hasste es, dass sie zu den Frauen gehörte, die zu oft *Entschuldigung* sagten. Wenn sie jemanden bat, die Klimaanlage herunterzustellen. Wenn sie in einem Geschäft ihren rechtmäßigen Platz in der Schlange einforderte. Wenn jemand anderes sie anrempelte.

Sie fühlte sich schuldig, weil sie die Dusche so lange laufen ließ, wenn man bedachte, wie weit manche Frauen auf anderen Kontinenten mit einem zwanzig Kilo schweren Krug zum Wasserholen laufen mussten. Sie fühlte sich schuldig, wenn das Essen in Styroporschachteln geliefert wurde, von denen sie wusste, dass sie fünfhundert Jahre brauchen würden, um sich zu zersetzen. Sie fühlte sich schuldig, weil sie einen Cappuccino für sieben Dollar kaufte, obwohl das die Hälfte des durchschnittlichen Stundenlohns für Arbeiter in Amerika war. Sie fühlte sich schuldig, weil sie zu viele Halloween-Süßigkeiten gekauft hatte, die im Müll landen würden, da es nicht viele Kinder im Gebäude gab. Sie fühlte sich schuldig, weil sie ein neuntausend Dollar teures Cello besaß, das auf seinem Ständer vor sich hindümpelte, eine lackierte Schande. Sie fühlte sich schuldig, Luke Devine in ihr Herz und ihren Kopf gelassen zu haben. Und sie fühlte sich schuldig, sich deswegen schuldig zu fühlen, was eine emanzipierte Frau nicht tun sollte.

Es tat ihr leid.

Alles tat ihr leid.

Ein großes, blutendes Herz, das den ganzen Tag lang schmerzte, außer wenn sie mit Kindern arbeitete und ihnen half, über die Musik Zugang zu ihren Gefühlen zu finden und sich mit Melodien auszudrücken. Kinder wie sie, die alles zu intensiv fühlten. Das war die Lösung, die sie gefunden hatte. Sie tat etwas dagegen, wo sie konnte, und versuchte, sich alles andere so gut wie möglich zu verzeihen. Das war ihre Versicherungspolice, damit sie nicht zu einer Person wie ihrer Mutter wurde, die ihre Schuldgefühle auf alle anderen lenkte und sie überhaupt für unzulänglich hielt.

Es war erschreckend.

Während sie auf Mr. No Name wartete, brauchte sie eine Pause von all dem. Lärm und Bewegung und Farbe. Der Fernseher war an, und ihr Finger zappte schon länger, als ihr bewusst war, und klickte sich durch das endlose Rad der Kanäle.

Eine Heimwerker-Sendung.

Achtziger-Jahre-Sitcom.

Düstere Nachrichtensprecherin.

Friends, die Regenschirme im Springbrunnen spannten.

Oprah oprahte vor sich hin.

Keanu mit Glatze, der mit tausend futuristischen Akupunkturnadeln gestochen wurde und fragte: »Why do my eyes hurt?«

Es läutete an ihrer Tür. Als sie durch den Türspion schaute, stand er so weit entfernt, dass sie ihn in Gänze sehen konnte, was einer alleinlebenden Frau eine gewisse Sicherheit gab.

Sie ließ ihn herein und machte sich eine Tasse Tee. Er lehnte wie zuvor schon ab.

Sie nahmen Platz, sie eingewickelt in ihre Plüschdecke auf der Couch, er auf dem Stuhl aus ihrer Küchenzeile. Als er ihr die Details seiner Interaktionen mit Luke erzählte, kam es ihr unwirklich vor, als würde sie einer fantastischen Geschichte, einem Mythos, einem Gleichnis lauschen: das Märchen von der aus den Angeln gehobenen Ex.

Sie fragte sich, wie viel von der Geschichte Mr. No Name ausgelassen hatte.

Als er geendet hatte, schüttelte sie den Kopf und sagte: »Das hört sich an, als hätte sich Luke seiner eigenen Manipulation überlassen.« Sie wärmte sich die Hände an der dampfenden Tasse. »Danke, dass Sie es mir gesagt haben. Sind Sie deshalb vorbeigekommen?«

Mr. No Name schüttelte den Kopf. »Ich brauche Ihre Hilfe.«

»Wie das?«

»Glauben Sie, Devine wusste von Johnny Seabrook und Angela Buford?«

Sie starrte nach unten und beobachtete, wie der Nebel von ihrer Tasse aufstieg. »Der Punkt bei Luke? Er kann auf alle Arten wunderbar sein. Und auf alle Arten schrecklich. Aber ich habe noch nie erlebt, dass er lügt.«

Mr. No Name nickte.

»Er umgibt sich mit diesen Exzessen und extremen Menschen«, sagte sie. »Aber er ist auf diese Weise seltsam … rein. Ich weiß nicht, ob das immer noch der Fall ist. Aber so habe ich ihn immer erlebt. Es tut mir leid«, sie hüstelte, »wenn das nicht hilfreich ist.«

»Das ist es aber.«

»Okay. Ich verstehe es nicht wirklich. Warum ist das, was ich über all das denke, für Sie nützlich?«

»Weil Sie Dinge sehen, die andere Leute nicht sehen.«

»Warum glauben Sie das?«

»Ich glaube es nicht. Ich weiß es. Genauso, wie Sie es wissen.« Er hielt ihren Blick fest, aber er war nicht bedrohlich, ganz und gar nicht. Es war eher so, dass er bereit war, in sie hineinzuschauen, wenn sie bereit war, in sich hineinschauen zu lassen. Sie atmete einen Hauch von Kamille ein und beschloss, dass es vielleicht in Ordnung sein könnte.

Sein Gesicht war nicht besonders interessant. Er sah so einfach aus. Eigentlich gab es nicht viel zu sehen. Und doch war er so präsent, als wäre er genau da, wo er war, und nirgendwo anders.

»Ich lebe in Angst«, sagte sie. »Die ganze Zeit.«

»Entweder tun Sie das«, sagte er, »oder Sie tun es, während Sie daran arbeiten, es nicht mehr zu tun.«

Sie dachte sehr lange nach. Und dann nickte sie. Er bewegte sich, um aufzustehen.

»Ich habe gesagt, dass da keine Musik in Ihrer Stimme ist.« Sie hatte den Gedanken schon ausgesprochen, ohne es zu merken. »Aber ich glaube, sie ist da. Sie ist einfach uralt, sehr tief. Vielleicht ist es eine Tonlage, die die meisten Menschen nicht mehr hören können. Wie eine Hundepfeife.«

Mr. No Name grinste ein wenig. »Wenn das stimmt«, sagte er, »bin ich froh, dass Sie sie hören.«

Sie verlor sich in dem Nebel, der von ihrem Tee aufstieg, in ihrer Decke, in einer Welle von Gefühlen, die sie nicht verstand. Als sie wieder zu sich kam, war er verschwunden.

Er hatte den Stuhl an den Tisch in der Küche gestellt. Als wäre er nie da gewesen.

Sie starrte auf den leeren Stuhl. Und dann auf ihr Cello, das auf dem Ständer neben der Eingangstür ruhte.

Schon war sie auf den Beinen, glitt durch das Studio, und danach blickte sie auf das schmale Gesicht ihres Cellos aus feingemaserter Fichte hinunter, die Saiten mit Stahlkern, die sich vom Hals über die schönen breiten Hüften erstreckten, jeweils eine Quinte auseinander. Sie waren da und warteten, bereit, der Empfindung eine Stimme zu geben, in Sprachen zu sprechen, das Universum zu umspannen.

Musik überflutete ihren Geist. Ihr Muskelgedächtnis ließ ihre Hände zucken. Zum ersten Mal seit langer Zeit fühlte sie einen Zug zurück zur Helligkeit, eine Öffnung des Herzens, die sie als einen Hauch von Freiheit erkannte.

Sie griff nach ihrem Instrument.

49.
Den ganzen Weg nach unten

Luke Devine hatte einen Traum, in dem er all seine schlimmsten Seiten verkörperte.

Und sonst nichts.

Nehmen Sie eine Sache, die Sie getan haben.

Als er wieder zu sich kam, waren die Laken wie ein Strudel um ihn herumgeschlungen und zogen ihn nach unten. Er kämpfte dagegen an, aber sie klebten an seinem nackten, schweißnassen Körper. Er lag da und sah zu, wie sich seine Gedanken wie Gewitterwolken zusammenzogen, bis sie aufhörten zu treiben. Bis sie sich übereinanderlegten und den blauen Himmel seines Geistes auslöschten.

Er kämpfte sich aus den Laken und stürzte aus dem Bett. Seine Füße klatschten auf die kalten Marmorfliesen. Es fühlte sich an, als würde etwas auf ihn zukommen, eine Ahnung von der anderen Seite seines Selbst.

Es war ein anstrengender Tag gewesen. Er hatte sich erfolgreich in ein Vizegouverneursrennen in Virginia eingemischt, in die feindliche Übernahme eines globalen Telekommunikationsunternehmens aus Taiwan, das sich auf umfangreich eingreifende KI-Technologie spezialisiert hatte, und in die Auktion einer Hackergruppe für den Zugang zu kompromittierten iranischen Sicherheitsnetzwerken in einem Dark-Web-Forum. Aber nichts von alledem war vergleichbar mit seiner Konfrontation mit dem Nowhere Man.

Er zitterte, seine Zähne klapperten.

Starren Sie sie an.

Er zog sich einen Bademantel an, ging zum Barwagen und trank einen Scotch und dann noch einen. Die Wärme zog den Schleier auf der Trennlinie zwischen seinen beiden Ichs zurück, und er erhaschte einen Blick auf die andere Hälfte, der sein geistiges Auge versengte.

Und folgen Sie ihr nach unten.

Er stapfte durch sein Schlafzimmer und stieß die Flügeltüren auf, seine unruhigen Gedanken sehnten sich danach, aus ihm herauszubrechen. Seine Handflächen umfassten das schmiedeeiserne Geländer, wo ihm das Donnern der Wellen entgegenschlug und der Nebel ihm in Nase und Augen drang, während der verschwommene Fleck des Mondes wie ein Auge auf ihn herunterglotzte und der blanke Gestank des Meeres ihm entgegenwehte, Fäulnis und Seetang, Salz und Leben. Er dachte an die Grenzüberschreitung, die er unter dem eigenen Dach zugelassen hatte, erahnte die unausweichlichen Schrecken, die sie mit sich bringen würde. Spürte das Blut in seinem Hals pulsieren, fühlte die Worte, die aus seiner Brust in ihm hochstiegen und das Innere seiner Kehle zerkratzten, sein in Aufruhr versetztes Selbst, reflektiert von dem Krachen der Wellen in der Ferne und dem verschwommenen Auge Gottes über ihm.

Das dunkle Firmament war zu viel – die endlose Nacht, die in ihn hineinblickte, leer und allwissend –, also füllte er noch ein Glas und eilte zum Aufzug, um tiefer und tiefer zu fahren. Der trockene Weinkeller roch nach Rotholz und einem schwachen Hauch von Schimmel. Es beruhigte ihn, hier unten zu sein, die alten Flaschen zu drehen, die staubigen Etiketten vergangener Jahre. Es gab ihm ein Gefühl von Weite, von Geduld, von dem langen Spiel – das einzige Spiel, das zu spielen sich lohnte. Aber heute Abend zitterten seine Hände zu sehr, als dass er sich am Klirren der Flaschen hätte erfreuen können. Er fühlte sich schwach und unbeweglich, schwankte auf wackeligen Beinen, und dann …

Den ganzen Weg nach unten.

Der Boden war eisig an seiner Wange, grobe Kerkersteine. Er hatte sich auf die Seite gerollt wie ein Embryo. So lange hatte sich sein Kopf schnell bewegt, so schnell, über die Wolken in den Himmel gestreckt, aber jetzt spürte er auch die Wurzeln, die seinen Aufstieg verankert hatten. Sie waren dünn und spinnenartig, aber sie reichten den ganzen Weg nach unten. Er könnte sie bis zu seinem früheren Selbst zurückverfolgen, doch sein Gehirn ließ die nötige Ruhe nicht zu. Tausend Gedanken schossen wie Hamster im Rad durch seinen Schädel, tausend Dinge, die er sich wünschte, die er fürchtete.

Nicht zuletzt auch wegen des Blutes, das nun vergossen werden müsste.

50.

Versuch es gar nicht erst

Evan fuhr mit dem leidgeprüften Buick Regal, den er auf dem kostenlosen Parkplatz am Hanscom Field abgestellt hatte, zum Haus der Seabrooks.

Auf dem Gehweg angekommen, nahm er sich einen Moment Zeit, um das behäbige Kolonialstilhaus zu bewundern. Es sah genauso aus, wie ein Haus aussehen sollte, ein guter, sicherer Ort, um eine Familie zu gründen.

Candy öffnete die Tür, bevor er klingeln konnte. Ihr langes blondes Haar war geglättet und zu einem Knoten hochgesteckt, der von einem einzelnen schwarzlackierten Stäbchen aufgespießt war. Ein Bustier zeigte ihre Brust und einen Teil ihres nackten Bauches. Der Saum des Rückenteils war tief ausgeschnitten, verdeckte aber ihre Narben. Ein glasierter Farbton überzog ihre vollen Lippen; ein Schimmer aus Beeren und Bronze.

»OxiClean«, sagte sie.

»Was?«

»Um Blut aus dem Teppich zu bekommen.«

Sie eilte an ihm vorbei, roch nach Süße und Sonnenlicht, und Evan fragte sich, wie sie es geschafft hatte, sich innerhalb weniger Stunden nach der Beseitigung einer Leiche so zurechtzumachen. Sie war auf halbem Weg zu seinem Auto, als er sie einholte.

»Soll ich immer noch ein Auge auf das Safe House werfen?«, rief sie über ihre Schulter.

»Nur ganz kurz.«

»Wo wirst du in der Zeit sein?«

»Ich denke über meinen nächsten Schritt nach.«

Evan entriegelte das Auto und hielt ihr die Beifahrertür auf. Sie hielt inne, bevor sie einstieg, ihre Gesichter waren sich sehr nahe.

»Bin ich da mit einbezogen?«

»Kommt darauf an, wie gewalttätig es wird.«

Sie stieg in den Wagen, ihre Wimpern senkten sich verschmitzt. Sie war eine schwer zu durchschauende Frau – die am schwersten zu durchschauende –, aber Evan hätte schwören können, dass sie sich geschmeichelt fühlte.

Der Unterschlupf der Seabrooks, den Joey arrangiert hatte, war ein historisches Sandsteingebäude in Jamaica Plain. Evan stand im Sichtfeld der Videoklingel, Candy hinter ihm. Sie wurden über den Summer hereingelassen, während die drei Seabrooks sich wie angewiesen vom Foyer fernhielten. Candy hielt sich im Hintergrund und überprüfte die Schlösser an den vorderen Fenstern.

Evan kam um die Ecke und fand Ruby, Mason und Deborah nervös auf Hockern an der Frühstücksbar, die an die hässlich gekachelte Küchentheke angebaut war. Mason war für den Tag gekleidet, aber Deborah trug immer noch ihren Bademantel und Hausschuhe, und Ruby hatte ein zu großes Wellesley-High-Baseball-Sweatshirt an. Da Evan sie angewiesen hatte, ihre Telefone zu Hause zu lassen, hatte er ihnen ein Wegwerfgerät zur Verfügung gestellt, das vor ihnen auf dem Tresen lag. Die Regale waren kahl, der Ort spartanisch, zweckmäßig, bereit für schnelle Anpassungen. Ein ausreichender Raum, aber sicher kein Zuhause. Die Seabrooks sahen ebenso provisorisch aus wie die dekorativen gläsernen Mehl- und Zuckerkanister, die leer unter der eingebauten Mikrowelle standen.

»Ist alles in Ordnung?«, fragte Deborah.

»Ja«, sagte Evan. »Ich bin noch dabei, die Dinge zu untersuchen. Ich werde jemanden beauftragen, auf Sie aufzupassen, bis es erledigt ist.«

Candy trat ins Blickfeld, die Hüften zur Seite geschoben, das linke Bein leicht angewinkelt und leicht gespreizt. Bei ihrem Anblick erhoben sich alle drei Seabrooks, ihre Gesichter erstaunt.

Candy überprüfte die Fenster und die Hintertür und nahm kaum Notiz von der Familie.

Sie schritt an ihnen vorbei, griff in Deborahs Bademanteltasche, zog die versteckte Packung Glamour Super Slim Amber 100s heraus und schnappte sich mit einer Handbewegung eine einzelne Stange. Sie drehte an einem Knopf auf dem Herd, beugte sich zur Flamme und zündete sie an. Als sie sich wieder aufrichtete, überprüfte sie den Verschluss des Fensters über der Spüle, und ihr Gesichtsausdruck machte deutlich, dass er ihr nicht gefiel. Sie strich sich mit dem Zeigefinger über die Vorderzähne, um zu prüfen, ob ihr Lippenstift verschmiert war, drehte sich dann zu den Seabrooks um, einen Arm quer über ihre Sanduhrtaille gelegt, den anderen Ellbogen darauf gestützt, die Zigarettenhand seitlich an die Wange gelegt.

Die Seabrooks hatten sich noch immer nicht bewegt. Oder gesprochen.

»Ihr schafft das schon«, versicherte Evan. »Füttert sie mit rohem Fleisch und geht ihr aus dem Weg.«

»Ich liebe sie«, sagte Ruby atemlos. »Ich möchte sie sein.«

»Oh, Schätzchen …« Candy blies einen Rauchring und schoss einen weiteren, kleineren durch ihn hindurch. Mit einem schlanken, kardinalroten Fingernagel machte sie eine Delle die Oberseite des zweiten Rings, als dieser nach vorne schwebte, und verwandelte ihn in ein Herz, bevor er sich anmutig auf der Haut zwischen Rubys Augen auflöste.

Ruby sah aus, als würde sie an einem Anfall von ekstatischer Begeisterung sterben.

Candy lächelte. »Versuch es gar nicht erst.«

51.

Man kann die Mythologie nicht aus dem Menschen streichen

Als Evan vor Tommy Stojacks Werkstatt anhielt, stand ein neuer Ford F-150 auf dem unbefestigten Streifen, der als Einfahrt diente. Ein rostiges Autoreparaturschild, frisch von Schrotkugeln durchlöchert, hing knarrend an den Ketten über der Metalltür. Eine der Neonröhren war durchgebrannt. Auf dem Stückchen Land, das vor dem Laden lag, waren Motorhauben, Autotüren und Motorblöcke in den Wüstensand hineingerostet, sodass sie der typischen Landschaft von Las Vegas zwischen Rot und gebranntem Siena noch ein frisches Orange hinzufügten. Die Autoteile waren mit dem Gestrüpp und den Kakteen verschmolzen, so wie Tommy mit dem geheimen Versteck eins geworden war, das sie verbargen.

Hier, in keinem Verzeichnis erfasst, arbeitete Tommy für verschiedene von der Regierung genehmigte Gruppen, von der Beschaffung von Waffen über die Entwicklung von Prototypen bis hin zu ersten Gebrauchstestungen.

Evan umrundete seinen Ersatz-Truck. Der F-150, seit langem das meistverkaufte Fahrzeug des Landes, war – wie Tommys Laden und Evan selbst – kaum einen zweiten Blick wert. Und doch verfügte er über zahllose versteckte taktische Funktionen – laminiertes Panzerglas, Kevlar in den Türverkleidungen, selbstdichtende Reifen, die auch platt einsatzfähig blieben. Ein speziell angefertigter Stoßfänger an der Vorderseite schützte den Kühler vor Explosionen oder einschlagenden Geschossen. In den rechteckigen Tresoren auf der Ladefläche konnte reichlich Artillerie gelagert werden. Tommy hatte die Aufhängung verstärkt, die Airbags entfernt und die Trägheitsschalter in den Stoßfängern deaktiviert, die im Falle eines Unfalls die Stromzufuhr zur Kraftstoffpumpe unterbrachen.

Die Maschine war so konstruiert, dass sie trotz der Schläge, die sie einstecken musste, weiter funktionierte.

Evan schätzte sie dafür.

Hinter ihm hörte er das Schlurfen und Knirschen von Stiefeln im Kies. »Ich vertraue Buddha allein«, knurrte Tommy. »Alle anderen, zeigt mir eure leeren Hände.«

Evan breitete die Arme aus und drehte sich um. Tommy hielt die Benelli-M1-Kampfschrotflinte zur Seite gerichtet, doch seine Körperhaltung war schussbereit, die Knie gebeugt, um den Rückstoß abzufangen, die Stiefel schulterbreit auseinander, dabei einer leicht vorgeschoben, das Gewicht auf den Fußballen.

Als er Evan sah, senkte er die Schrotflinte, lächelte breit und schoss einen Strom von Tabaksaft durch die Lücke in seinen Vorderzähnen. Ein paar Tropfen blieben auf seinem Biker-Schnurrbart zurück, also wischte er sie mit dem Ärmel ab und spuckte noch einmal in den Dreck. »Wie der Krieger sagt: *Sei höflich, sei professionell, aber habe einen Plan, um jeden zu töten, den du triffst.*«

»Schön, dich zu sehen, Tommy.«

Tommy schlurfte ein paar Schritte vorwärts. Seine Stiefel schleiften leicht und wirbelten Staub auf. Er blinzelte Evan an. »Hast du dich aus der Triple-S ausgegraben?«

»Triple-S?«

»Shit-Show Supreme.«

»Größtenteils.«

Tommy nickte nachdenklich und musterte Evan mit seinen Hundeaugen. Dann deutete er mit seinem Kinn auf den Truck. »Sie ist bereit.« Ein weiteres Aufblitzen der Zähne unter dem hufeisenförmigen Schnurrbart. »Ich nehme Bargeld, Bitcoin oder Eichhörnchenfelle.«

Evan reichte ihm einen mit Hunderterbündeln gefüllten Umschlag und Tommy steckte ihn in die Vorderseite seiner Tarnhose, ohne auch nur zu zählen, bevor er die Truck-Schlüssel von dem Stummel seines Fingers baumeln ließ, den er am ersten Knöchel verloren hatte. Er roch nach Kautabak und Old Spice.

»Kannst du den ein paar Tage in der Garage aufbewahren?«

Evan nickte zu seinem Ersatzwagen, einem verbeulten Civic aus dem Diamond-Bar-Safe House. »Ich hole ihn ab, wenn es vorbei ist.«

»Dann mach dich mal auf den Weg«, sagte Tommy und wandte sich zum Gehen. »Hopphopp, zurück an die Arbeit.«

»Eine Sache noch.«

Aus einer Cargotasche zog Evan einen kleinen schwarzen Samtbeutel, der vielleicht sein einziger wirklich persönlicher Besitz war. Er hatte einen Zwischenstopp zu Hause eingelegt, um ihn aus seiner Kommode zu holen, wo er ihn unter einem Stapel präzise gefalteter Boxershorts und einem falschen Schubladenboden versteckt hielt. Er ließ den Gegenstand herausfallen, um ihn in Tommys schwieliger Handfläche schimmern zu lassen.

»Immer langsam mit den jungen Pferden«, sagte Tommy. »So einen fragilen Scheiß mache ich nicht.«

»Du bist doch feinmotorisch begabt«, sagte Evan. »Und ich vertraue dabei niemand anderem.«

»Was brauchst du?«

Evan erzählte es ihm.

Tommy knirschte hörbar mit den Zähnen. Sein Achselzucken war auf der linken Seite ausgeprägter, zweifellos wegen eines eingeklemmten Nervs. »Bis wann brauchst du es?«

»Ich werde eben warten.«

Tommy rollte mit den Augen zum Himmel. »Herr, gib mir Geduld. Denn wenn du mir Kraft gibst, brauche ich auch Geld für die Kaution.«

Er machte auf dem Absatz kehrt und stapfte hinein.

Evan folgte ihm. Das Innere war kerkerartig dunkel und roch nach Waffenöl. Waffenkisten und Maschinen standen herum: Teströhren und altmodische Banktresore, Schneidbrenner und Drehbänke für Waffenschmiede. Durch das Durcheinander der Geräte waren schmale Gänge gebahnt worden, die von den schmierigen Schleifspuren von Tommys Bürostuhl gezeichnet waren.

Tommy ließ sich mit einem Stöhnen in einen Aeron fallen und bahnte sich einen Weg durch das Labyrinth zu einer Werkbank. Er schob sich eine an einem Clip befestigte Lupe mit Beleuchtungsvorrichtung vor das Gesicht – sein Auge vergrößerte sich auf die Maße eines Frisbees – und untersuchte, was Evan ihm gegeben hatte.

»Gibt es hier einen besseren Wodka als SKYY Watermelon?«, fragte er.

»Nein.«

Evan stolperte über eine Palette chinesischer Stabgranaten und griff unter den Hexenkessel von Kaffeekanne, der auf einem restaurationsbedürftigen Schrank guckerte. »Deshalb habe ich etwas eingelagert.«

Er holte Kauffman Vintage aus dem Schrank, wo er ihn hinter einer Plastikwanne mit durchtränkten Waffenöltüchern versteckt hatte. Die Flasche war von höchster Eleganz, silberne und gläserne Kurven, die an die Silhouette eines Pinguins erinnerten. An diesem Ort stach sie hervor wie eine Royal-Delft-Vase auf einem Schrottplatz.

»Du hast nicht zufällig Kristallglas?«

»Ich habe 'nen Becher.« Tommy nahm einen roten Plastikbecher in die Hand, schnupperte daran und blinzelte dann hinein. Er hatte sich eine Schweißerbrille um den Hals gehängt, die an ihrem Gummiband baumelte. »Nö. Der hier ist voll mit Tabakspucke. Irgendwo bei den Gewehrreinigungsstangen sollte ein Kaffeebecher stehen. Du kannst ihn im Bad auswaschen.«

Evan zog eine Grimasse.

»Tut mir leid, dass der Service nicht deinen Vorstellungen entspricht.« Tommy griff unter seine Werkbank, holte eine Flasche Beam hervor und nahm einen Schluck Bourbon. Er schloss die Augen.

»Tommy?«

»Hm.«

»Glaubst du, dass Männer wie du und ich, dass wir Archetypen sind?«

»Wo hast du denn so etwas gehört?«

»Von dem Kerl, mit dem ich es zu tun habe. Sehr schlau.«

»Ich traue den Intellektuellen nicht«, sagte Tommy. »Die denken zu viel.« Das Vergrößerungsglas warf einen dämmrigen Schein, der die Hautfalten unter seinen Augen hervorhob. »Außerdem ist tief im Inneren – auf irgendeine Weise – jeder ein Archetyp. Die meisten Leute ziehen es nur vor, sich hinter modernem Blödsinn zu verstecken und so zu tun, als ob es nicht so wäre.«

»Wie meinst du das?«

»Es gibt keine neuen Geschichten. Wir sind alle den alten Wegen verfallen. Nimm das …« Tommy hielt die Flasche hoch und schwenkte sie so, dass das Licht den satten, bernsteinfarbenen Schimmer einfing. »Wenn ich dir nun sagen würde, dass wir eine Getreidemischung mit einundfünfzig Prozent Mais nehmen, sie in verkohlten Eichenfässern – aber es müssen Fässer für den Erstgebrauch sein – ein paar Jahre lang lagern, dass wir diese Fässer an verschiedenen Stellen in einem Lagerhaus rotieren lassen, und dass wir dann, wenn es fertig ist und wir es getrunken haben, unsere Gesichter verziehen und sagen, dass wir einen Hauch von Vanille und Karamell schmecken, dann würdest du mir sagen, ich sei so verrückt wie so 'n Hexendoktor, der von Nashornpulver und Molchaugen faselt.« Er schüttelte den Kopf. »Man kann den Menschen aus der Mythologie streichen, aber man kann die Mythologie nicht aus dem Menschen streichen.«

Evan nahm einen leichten Schluck aus seiner Flasche, und der Kauffman ging mit mehr Anmut und Geschmeidigkeit hinunter, als es nach den Regeln des physischen Universums möglich schien. »Tommy, wenn du dich entschieden hättest, Akademiker zu werden«, sagte Evan, »wärst du ein intellektuelles Schwergewicht, das seinesgleichen sucht.«

Tommy kippte sich noch einen Schluck Bourbon hinter die Binde, setzte seine Schweißerbrille auf und ließ sich für die Dauer der Arbeit an seiner Werkbank nieder. »Jungchen«, sagte er, »nicht einmal einer vom All Souls College in Oxford könnte mir das Wasser reichen.«

52.
Einzigartig

Als ersten Akt seiner Heimkehr brachte Evan Vera III. einen Eiswürfel und steckte ihn in ihre fleischigen, gezackten Blätter. Anstatt sich zu bedanken, starrte sie ihn nur vorwurfsvoll aus ihrer mit Regenbogenkieseln befüllten Schale an. Sie war emotional noch anspruchsvoller als Veras Vorgängerin, obwohl alle Aloe-Pflanzen sehr geschwätzig waren.

Als er den Tresorraum verließ, lief er an seinem schwebenden Bett vorbei, wobei er kurz innehielt, um einen Fussel von dem Laken zu zupfen. Er ging durch den großen Raum in die Küche und richtete sich an der Kochinsel ein.

Dann setzte er sich auf einen der Hocker und wartete.

Seine Rückkehr hierhin war das erste Mal, dass er einen Schritt allein auf der Grundlage emotionaler Logik unternommen hatte. Es kam ihm in den Sinn, dass es nicht unwahrscheinlich war, dass er sich geirrt hatte.

Eine Stunde verging, und dann noch eine, während die Schatten auf dem Gussbetonboden schwächer wurden. Er hatte die diskreten Panzerjalousien hochgezogen, und die Fenster des gegenüberliegenden Gebäudes warfen magentafarbene und orangefarbene Interpretationen des Sonnenuntergangs zurück. Es war ruhig und still in seinem Penthouse, und er konnte Minze von der Wohnwand her riechen. Er dachte über Luke Devines verdrehte Denkweise nach, sein starkes Urteilsvermögen, untermauert von einer hinterhältigen Logik. Er fragte sich, ob Devine offen gelogen hatte oder ob er einen Weg gefunden hatte, seine Schuld am Tod von Johnny Seabrook und Angela Buford zu verdrängen. Er dachte über vorsätzliche Unwissenheit, Abstufungen von

Verantwortung, glaubhafte Bestreitbarkeit, Grade moralischer Verbindlichkeit nach.

Und aus Respekt vor dem Ersten Gebot nahm Evan seine eigenen Annahmen unter die Lupe und suchte nach Schwachstellen. Die Fakten bildeten unterschiedliche Muster, je nachdem, wie er das Kaleidoskop drehte. Wenn es um Devine ging, wusste er noch nicht genug, um das zu tun, was er tat. Und Devine wusste das irgendwie. Was bedeutete, dass er tiefer graben musste, um an das Mark der Wahrheit zu gelangen.

Es wurde dunkler.

Evan kam sich dumm vor, dazusitzen und nichts zu tun.

Er war gerade dabei, seinen Plan für den Abend aufzugeben, als er ein leises Scharren an seiner Haustür hörte.

Er hatte die Tür unverschlossen gelassen. Sie schwang auf.

Und da war Joey.

Es war die längste Zeit, in der er sie nicht gesehen hatte, seit ihrer Zeit im Schweizer Internat. Sie sah müde, aber unverdrossen aus. Ihr Undercut war strenger, auf der rechten Seite höher geschnitten als sonst, und das dichte, gewellte schwarzbraune Haar fiel in Kaskaden über ihr Gesicht. Ein winziger grüner Stein durchbohrte ihr Nasenloch und hob das leuchtende Smaragdgrün ihrer weit auseinanderstehenden Augen hervor. Sie trug Jeans, die an einem Knie zerrissen waren, abgewetzte Doc Martens und ein Tanktop, das ihre kräftigen Arme zur Geltung brachte. Das rot-schwarze Flanellhemd, das um ihre Taille gebunden war, ähnelte einem verwaschenen Kilt.

Sie blieb in der Tür stehen, das Lockpicking-Set in der Hand, den Rucksack über eine Schulter geworfen, Hund, der Hund, eng an ihre Seite geschmiegt. Sie starrten Evan an. Einer von ihnen wedelte mit dem Schwanz.

»Was machst du denn hier?«, staunte Joey.

Evan sagte: »Sollte ich das nicht dich fragen?«

Auf ihrer rechten Wange zeigte sich das Grübchen. »Na ja, du hast mir erspart, dein bescheuertes Schloss zu knacken.«

Seine Eingangstür mit den umfangreichen inneren Sicherheitsstäben, dem Wasserkern gegen Rammböcke und dem bohr-, pick- und stoßsicheren Riegel war nicht gerade bescheuert. Aber die meisten Arten von Widerstand neigten dazu, vor dem Willen von Josephine Morales zu zerbröckeln, also hielt Evan es nicht für lohnend, darüber zu streiten.

»Los«, sagte sie und ließ Hund los. Er schlitterte vorwärts, ohne dass seine Pfoten auf dem glatten Boden genügend Halt fanden. Evan blieb stehen, als der fünfundfünfzig Kilo schwere Rhodesian Ridgeback auf ihn zustürzte und seine Schnauze in seinem Schritt vergrub.

Evan nahm die innige Begrüßung in sich auf und kraulte den Ridgeback hinter den Ohren. Der Hund hielt seinen Kopf zwischen Evans Beinen, sein Schwanz wedelte hin und her, schlug gegen den Barhocker und brachte ihn fast zum Kippen.

Joey war einen Schritt hineingegangen, die Tür schwang hinter ihr zu. »Ich bin nur zurückgekommen, weil Devines System kompliziert ist und ich bessere Hardware brauche.«

»Aha.«

Joey ging nicht weiter auf ihn zu. Fummelte nur an ihrem Totenkopfarmband herum. »Und ich bin nur hierhergekommen, weil ich dir im Tresorraum dieses kranke neue wassergekühlte Rechenzentrum aufgebaut habe. Das hat mehr Pferdestärken als das bei mir zu Hause.«

Evan streichelte Hund weiter.

Joey sagte: »Was?«

»Ich habe nichts gesagt.«

Hund trottete im Kreis über den Beton und trat imaginäre Grashalme platt. Dann legte er sich wuchtig auf den Boden nieder und rollte sich auf die Seite, wo er seine Zunge heraushängen ließ.

»Warum bist du nach Hause gekommen?« Sie beherrschte die jugendliche Kunst, jede Frage in eine Anschuldigung zu verwandeln.

»Ich wollte dich sehen.«

Sie blinzelte ihn an. »Woher wusstest du, dass ich hier sein würde?«

»War nur eine Vermutung.«

»Wie auch immer, X. Ich habe kein Heimweh, okay?«

»Okay.«

»Ich bin gut allein zurechtgekommen.«

»Das weiß ich.«

Sie kratzte sich an der Nase, schlenderte noch ein paar Schritte hinein und zog ein zu großes Flanellhemd an. Sie schaute sich in dem großen Raum um, nahm die Ledersofas, die Trainingsstationen, die Wohnwand und die Aussicht in Augenschein. »Vielleicht dachte ich, es wäre an der Zeit, wieder hier zu sein.« Ihr Gesicht war weicher geworden, was sie jünger aussehen ließ. »Hast du …?«

»Was?«

Sie befeuchtete ihre Lippen. »Weißt du, was heute ist?«

Evan stand auf und ging um die Kücheninsel herum, wo er zwei Militärmahlzeiten aufgestellt hatte. Von den verzehrfertigen Mahlzeiten war Chili Mac die am wenigsten beschissene, die Vorspeise wurde durch Cracker und Jalapeño-Käseaufstrich, Instant-Fruchtpunsch und Vanillekuchen ergänzt. Er hatte die zerknitterten Servietten glattgestrichen und das braune Plastikbesteck daraufgelegt, um ein ordentliches Gedeck zu haben. Das Zubehörpaket enthielt Streichhölzer, und er hatte eines aus dem Kamm gebogen und das Briefchen auf den Kuchen gelegt, so dass das einzelne Streichholz gerade nach oben ragte.

Er schnippte den Streichholzkopf gegen die Reibefläche. Das Streichholz wippte wieder hoch.

Eine behelfsmäßige Kerze.

»Herzlichen Glückwunsch zum Geburtstag, Josephine.«

Sie stand auf dem kalten, harten Betonboden und starrte ihn an, und ihre Lippen zitterten, ihre Wangen bebten und ihre schönen, großen Augen schimmerten. Ihre Hände waren an den Seiten, und plötzlich sah sie nicht mehr so hart aus; sie sah aus wie ein Mädchen an ihrem siebzehnten Geburtstag. Sie ging langsam auf ihn zu, benommen, wie in einem Traum. Dann beugte sie sich vor, wobei ihr Haar ihre Wangen umspielte und sich fast bis unter ihr Kinn wölbte. Sie schloss für einige Sekunden die Augen, wünschte sich etwas und blies dann das Streichholz aus.

Er warf die beiden flammenlosen Herdplatten an und mischte Magnesium und Natrium in das Wasser, um es schneller zu erwärmen. Sie saß einfach nur da und beobachtete ihn.

Sie wischte sich die Nase, schaute nach unten, schaute auf das Essen, schaute an die Decke. Es war, als wäre es zu viel für sie, um es auf einmal aufzunehmen.

»Was ist mit der Mission?«, fragte sie schließlich.

»Das kann einen Tag warten.«

Sie wischte sich mit einer Flanellmanschette, die sie wie einen Fäustling über ihre Hand gezogen hatte, über die Wangen. Er achtete darauf, sie nicht anzuschauen.

»Was ist …« Ihre Stimme wurde brüchig. »Was ist das?« Sie deutete mit dem Kinn auf den schwarzen Samtbeutel, der auf ihrem Gedeck lag.

Evan wärmte weiter die Vorspeisen auf. »Warum findest du es nicht heraus?«

Sie öffnete die Kordel und spähte hinein. Ein scharfes Einatmen. Evan schwor, er konnte das gebrochene Licht in ihren Augen sehen.

Sie griff hinein. Und zog eine klassische Solitär-Halskette mit einem Rundschliff-Diamanten heraus, der in einer fast unsichtbaren Zackenfassung gehalten wurde und an einer filigranen Platinkette hing, die so zart war wie ein Spinnenfaden.

Der Edelstein schien das Licht des gesamten Penthouse einzufangen und es in seinem lebendigen Herzen zu halten.

»Das Besondere an natürlichen Diamanten ist, dass sie einzigartig sind«, sagte Evan. »Wie ein Daumenabdruck. Eine Iris.«

Joey wandte sich ab, damit er ihr Gesicht nicht sehen konnte, aber ihr Ellbogen ragte hervor, als sie ihre Hand wieder an die Wange legte.

»Weißt du, was Jack immer gesagt hat?«, fragte Evan.

Noch abgewandt, nickte sie. »*Ein Diamant ist nur ein Klumpen Kohle, der mit Druck umzugehen weiß.*«

»Tief unten, direkt über dem flüssigen Kern. Temperaturen von über tausend Grad Celsius, ein Druck von etwa neunzehn Komma fünf Millionen Kilogramm pro Quadratdezimeter. Genug, um kristallinen Kohlenstoff auf atomarer Ebene zu verändern. Genug, um ihn in etwas Reines zu verwandeln.«

»Wie dein Wodka.« Sie sah ihn jetzt endlich an. Sie war gefasster, aber ihre Wangen waren gerötet und ihr Gesichtsausdruck zeigte diese offene Verletzlichkeit, die sie bekam, wenn sie ganz bei sich war. Sie sprach atemlos. »Woher kommt er?«

»Er gehörte einem persischen Monarchen. Er wurde mir von einem iranischen Admiral geschenkt, dem ich einmal einen Gefallen getan habe.«

»Wirklich?«

»Irgendwann werde ich dir die Geschichte erzählen.«

»Nein, wirst du nicht.«

Sie hielt ihn hoch, und er funkelte übersinnlich, ging mit ihren Augen eine Verbindung ein. Ihr Mund war leicht geöffnet und zeigte die haarfeine Lücke zwischen ihren Vorderzähnen.

Evan erinnerte sich daran, wie Deborah über die Momente gesprochen hatte, in denen sie vergessen hatte, auf ihren Sohn zu achten. *Wie er einen Apfel isst oder an seinen schmutzigen Fingernägeln zupft. Ihm beim Fernsehen zusehen. Das und nicht mehr ist der Himmel. Er war genau da, jeden Augenblick meines Lebens bis dahin. Und ich konnte ihn nicht sehen.* Der Diamant drehte und drehte sich vor Joeys Gesicht. Ihr Mund verzog sich zur Seite. »Ich hoffe für dich, dass er nicht verwanzt ist, X!«

Sie lachte mit offenem Mund, anmutig in ihrer Unvollkommenheit, Joey pur und nichts anderes. Dann reichte sie ihm die Kette, drehte sich um und strich sich das Haar aus dem Nacken, damit er ihr die feinen Glieder umlegen konnte.

Sie drehte sich abermals und hielt den Diamanten behutsam in ihrer Handfläche unter ihrem Kinn. Dann öffnete sie ihr Chili Mac, grub mit der Plastikgabel und schaufelte sich einen Bissen hinein. Sie sprach durch einen vollen Mund. »Iss lieber auf, damit ich dich in Ruhe lassen kann.«

»Es ist schon ziemlich spät«, sagte Evan. »Vielleicht solltest du hier schlafen.«

»Ich? Und Hund?«

Bei seinem Namen hob Hund seinen Kopf vom kühlen Beton,

runzelte kurz interessiert die Stirn und legte ihn dann mit einem Klirren seines Halsbands wieder ab.

Evan sagte: »Warum nicht.«

»Weil es, wenn er anfängt zu heulen, die Castle Heights Not Happy Hour sein wird.« Ihre Augen lächelten. »Und wegen all der harten Grenzen, mit denen du immer so prahlst.«

Sie lächelte in sich hinein und richtete ihren Blick auf das spartanische Menü. Sie beendeten das gemeinsame Essen und genossen die angenehmste Stille, an die sich Evan erinnern konnte.

Als sie fertig waren, räumte er auf und sie ging nach oben ins Lesezimmer, um sich einzurichten. Dort gab es ein Sofa und ein kleines Bad, in dessen Schrank Bettwäsche und Toilettenartikel verstaut waren. Oben gingen die Lichter an und warfen einen Schein durch die gewundenen Stufen hinunter, der das spiralförmige Muster in Schatten auf den Boden warf, so dass es aussah, als sei die Treppe eine Bohnenstange, die aus einem Strudel emporwuchs.

Hund hob seinen Kopf und sah Evan müde an, wobei er abwog, ob es sich lohnte aufzustehen, um seinem Herrchen näher zu sein. Evan sagte: »Das liegt an dir, Kumpel«, und Hund senkte seinen Kopf mit einem Klirren seiner Marken wieder. Wenige Augenblicke später hörten sie Doc Martens die Treppe hinunter poltern. Joey rannte durch den großen Raum, ein Kissenbezug flatterte in ihrer Hand. »X! OMG! Du hast Bettwäsche mit Totenköpfen gekauft? Das ist so süß.«

»Es war das einzige Muster, das sie noch hatten.«

»Niemals. In dieser ganzen Wohnung gibt es kein einziges Muster. Du bist irgendwie allergisch gegen Muster – ein musterloser Mensch.« Sie schüttelte den verräterischen Kopfkissenbezug. »Du hast gehofft, ich würde kommen. Du hast gehofft, ich würde kommen.«

»Ich habe gerne eine Reserveausrüstung«, sagte er. »Das ist alles.«

Sie war dicht bei ihm, hüpfte auf den Fußballen, die Kette glitzerte auf ihrem weißen Feinrippmuskelshirt. Sie schlug scherzhaft mit der Handfläche nach ihm. Er konterte mit einem Pencak-Silat-Schlag mit einem Innenblock, aber sie fing ihn in einem Handgelenkhebel, und er ließ zu, dass sie seinen Ellbogen durchdrückte und ihn herumwirbelte.

»Gnade«, sagte er und klopfte ihr zur Sicherheit gegen den Arm, woraufhin sie lachte und ihn losließ.

Als er sich wieder gesammelt hatte, stürzte sie sich auf ihn, die Wange an seine Brust gepresst, die Arme fest um seine Taille gelegt. Er konnte ihre Vanille-Lotion riechen, das Zitrusshampoo in ihrem Haar, und ihr Atem hatte den Geschmack von Dr. Pepper. Ihre Schultern hoben und senkten sich, hoben und senkten sich. Die raumhohen Fenster boten einen unvergleichlichen Blick auf den Wilshire Boulevard, der sich durch die Innenstadt schlängelte, auf Autos, Lichter und Geschäfte. Eine pulsierende, gefährliche, wundersame Stadt, und sie waren hier in einem winzigen Teil davon.

Sie zog sich zurück und durchquerte den großen Raum, ohne auch nur einen Blick zurück zu werfen. Als sie die Treppe hinaufging, hielt sie auf halbem Weg inne. Ihre Augen funkelten und der Diamant über ihrem Herzen auch. »Du bist das Letzte, X.«

Seine Stimme war belegter, als er erwartet hatte. »Du bist auch das Letzte.«

Aber sie war bereits hochgegangen.

53.
Gestraft und gedemütigt

Evan erwachte durch ein Poltern im Tresorraum. Er setzte sich in seinem schwebenden Bett auf und war kurzzeitig verwirrt.

Er war zu Hause. Da waren menschengemachte Geräusche in seinem Penthouse. Und doch hielt ihn ein halb erinnerter Impuls davon ab, seine ARES 1911 zu ergreifen und den Eindringling zu neutralisieren.

Dann hörte er: »Hund! Runter da! X flippt aus, wenn du deine Pfoten da draufstellst.«

Mit einem Seufzer legte er sich wieder hin.

Raus aus dem Bett, rein in die Cargohose, T-Shirt anziehen und durch die Dusche in den Tresorraum.

Joey saß an seinem L-förmigen Schreibtisch, die nackten Füße hochgelegt, die Tastatur im Schoß, den Diamanten um den Hals, und hackte sich in Devines System. Auf den OLED-Bildschirmen an den Wänden flimmerten Codes und verschiedene Fortschrittsanzeigebalken. Hund, der Hund, stand neben ihr, beide Pfoten auf dem Schreibtisch, und trank Wasser aus einem Dorset-Kristallglas, das sie locker an dessen Boden festhielt.

Evan stürzte herbei und griff nach dem Glas. »Was machst du da?«

Joey und Hund schauten ihn mit dem gleichen enttäuschten Gesichtsausdruck an. »Ich konnte keinen Napf für sein Wasser finden.«

»Und da hast du es ihm einfach in handgeschliffenem Bleikristallglas aus Südwestengland serviert?«

»Was sollte ich denn nehmen?«

»Ich weiß es nicht. Einen Eimer?«

»Nun, ich wusste nicht, dass ich meinen Hund lieber zu Tode dehydrieren lassen sollte, als mich an einer Bar zu bedienen, die du nie benutzt.«

Er atmete in sich hinein und versuchte, den Griff des Zweiten Gebots zu lockern. Hund, der Hund, nahm die Schuld auf sich, mit traurigen gelben Augen und einem tragischen Stirnrunzeln. Er drängte sich an Evan vorbei und ließ sich in der Ecke neben den Waffenschränken nieder.

Evan atmete durch die Zähne aus und wandte seine Aufmerksamkeit wieder den Bildschirmen zu. Die rechte Wand des Hufeisens zeigte eine Reihe von Überwachungskameras aus dem Umkreis des Gebäudes; Evan hatte das System von Castle Heights infiltriert, damit die Gesichtserkennungssoftware kontinuierlich den eingehenden Verkehr überwachen konnte. Die Ansicht des Software-Overlays sah Luke Devines Einrichtung im scharlachroten Raum unheimlich ähnlich, eine Parallele, mit der sich Evan nicht weiter beschäftigen wollte.

Im Moment war die Lobby leer, abgesehen von Joaquin hinter dem Sicherheitsschalter, der geröstete Maiskörner in die Luft warf und versuchte, sie mit dem Mund zu fangen. Seine Leistung war unterdurchschnittlich.

Eine Bewegung an der Tür zur Tiefgarage erregte Evans Aufmerksamkeit.

Bei ihrem Anblick erstarrte er, und Gefühle durchzuckten ihn.

Mia ging langsam hinein, Peter an ihrer Seite. Einen Arm über seine Schultern gelegt, bewegte sie sich vorsichtig auf den Aufzug zu, ihre Muskeln waren noch steif von dem Krankenhausaufenthalt. Mit einem müden Lächeln nahm sie den vertrauten Anblick der Lobby in sich auf. Tante Janet eilte hinter ihnen her, gefolgt von Wally, der wie ein Packesel mit verschiedenen Taschen und Lebensmitteltüten beladen war. Peter huschte aufgeregt voraus und gestikulierte zu Joaquin, der sich aufrappelte, um Mia zu begrüßen.

Während die Familie auf den Aufzug wartete, griff Evan über Joey hinweg, um die Überwachungsvideos des Gebäudes zu deaktivieren. Es fühlte sich unhöflich an, sie zu beobachten. Sein Finger fuhr zögernd über die Maus, als er Mia einen letzten Blick zuwarf – ihre schöne Haltung, der wilde Sturm kastanienbrauner Locken, das feine Muttermal auf ihrer Schläfe. Und Peter, der ihre Hand festhielt, als würde er sie nie wieder loslassen.

Evan spürte ihre sichere Rückkehr wie flüssige Wärme in seiner Brust. Aber dort war kein Platz für ihn. Schweigend verabschiedete er sich von ihnen.

Und schloss das Fenster.

Das Bild schob sich horizontal zusammen, wurde von Dunkelheit verdrängt. Er spürte Joeys Blick auf der Seite seines Gesichts. »Es ist scheiße«, sagte sie. »In einem anderen Universum wären du und Mia ein tolles Paar gewesen.«

Evan sagte: »Ich gehe jetzt duschen.«

»Gut.« Sie sah verärgert aus. Oder vielleicht war das nur ihr Gesicht.

Sie fuhr mit der Tastatur fort, als wäre sie ein wilder Mustang, der gezähmt werden müsste. Evan konnte sich sehr gut in ihre Lage hineinversetzen.

Er zögerte auf halbem Weg durch die verborgene Tür, einen Fuß im Tresorraum, den anderen in der Dusche. »Bitte lass die Tür geschlossen.«

»Natürlich. Ekelhaft. Das braucht kein Mensch. Dich nackt zu sehen wäre das Schlimmste, das jemals passieren könnte.«

»Danke.«

»Ich würde mir die Augen mit Göffeln ausstechen, wie Ödipus.«

»Ich glaube, er benutzte goldene Haarnadeln …«

»Das wäre wie eine lebenslänglich wirkende Verhütungsmethode.«

»Verstanden.«

»Im wahrsten Sinne des Wortes, ich würde wahrscheinlich nie –«

»Verstanden, Joey.«

Er schloss die Tür und dämpfte damit ihre nächste Antwort.

Frisch geduscht kehrte Evan in den Tresorraum zurück.

Joey blickte nicht von ihrer Tastatur auf. »Hat die Dusche deine rasende Zwangsneurose abgekühlt?«

Evan starrte auf ihre schmutzigen Zehen, die sich um die Schreibtischkante krümmten, der eine Fuß in der Nähe der Mausunterlage, der andere in der Nähe von Vera III., die Evans Unbehagen zu genießen schien. Er stand hinter Joey und schaute auf die Bildschirme, wobei er nur wenig von dem verstand, was sie tat.

»Devines System ist ziemlich robust«, sagte er. »Der faradaysche Käfig, plus –«

»Kann ich uns etwas Zeit sparen?«

»Sicher.«

»Cool-cool.« Joey schnalzte mit ihrem Kaugummi und klapperte weiter auf ihren Cherry MX Blues. Es schien unmöglich, dass sie bei dieser Geschwindigkeit präzise tippte, und doch gehorchte das System weiterhin jedem ihrer Befehle. »Stell dir vor, ich erkläre dir einen Haufen technisches Zeug. Dann bist du verwirrt und sagst *Hä* und tust so, als hättest du eine Ahnung, wovon ich rede. Danach mache ich mich über dich lustig, und zwar auf eine Art und Weise, die du nicht verstehst, weil du beschränkt bist. Dann sagst du mir, dass ich nicht in dieses Netzwerk eindringen kann, dass es unmöglich ist. Und ich sage: *Ja. Du hast recht.* Aber dabei denke ich mir etwas ganz Tolles aus. Ich zeige dir, wie ich den Tag retten werde. Und dann bist du gestraft und gedemütigt im Licht meines überlegenen Verstandes.«

Er gab nur ungern zu, dass die meisten ihrer Gespräche so verliefen.

»Also, X?« Wieder ein Kaugummischnalzen. »Geh mir einfach aus dem Weg und ich sage dir, wenn es Zeit ist, die bösen Jungs zu jagen.«

Vera III. schien das alles sehr amüsant zu finden.

»Hör zu«, sagte Evan, »ich muss mir ein Bild davon machen, was du da tust.« Joeys Hände hielten inne, die abrupte Stille war einschüchternd.

»Warum? Vertraust du mir nicht?«

»Doch.«

»Was dann?«

»So … du weißt schon … halte ich mich damit auf dem Laufenden.«

Joey kippte vorwärts und sprang auf die Füße. »Ooch, X. Das ist ja total süß. Fällt es dir heutzutage schwer, mit den Kray-Kray-Kidz mitzuhalten?«

»Josephine.« Er packte sie an den Schultern, drehte sie herum und setzte sie wieder auf den Stuhl.

Sie tippte weiter, als ob es keine Unterbrechung gegeben hätte. »Wenn reiche Leute wie Devine schicke Sicherheitsleute fürs Digitale einstellen, vergessen sie manchmal irgendwelchen Mist, der mit dem Internet verbunden ist. Wie, sagen wir, Bidets.«

»Bidets?«

»Weißt du noch, was ich darüber gesagt habe, wie leicht du

zu verwirren bist? Versuch, ein bisschen weniger vorhersehbar zu sein, X. Ja, Bidets. Von der japanischen Sorte. Die ID des
Automatikgeräts, das den Ausguss, den Reiniger, das Licht,
den Trockner – all das – steuert, hat keine lange Kette. Es sind
nur etwa fünf Hexadezimalziffern, leicht zu bezwingen, und
es ist zufällig das Standardpasswort für die API, das sie so
hilfreich in durchgesickerten internen Dokumenten festge-
halten haben, die ich von einem Freund auf IRC erhalten
habe. Und es holt sich Firmware-Updates über das Internet.
Also rate mal, wer seine eigene Firmware mit einer Hintertür
gebaut und sie über das Internet an das besagte Gerät geschickt hat?«

Sie bewegte die Daumen in Richtung ihrer Brust, wobei der
baumelnde Diamant eine funkelnde Zielscheibe bildete.
»Diese Legende hier. Dann habe ich es als Ausgangspunkt für
alles andere benutzt und bin in Devines privates Netzwerk
eingedrungen. A-ma-zing, richtig? Oh, und außerdem habe
ich als nette Geste an die Bidet-Nutzer auf der ganzen Welt
die Firmware der Bidet-Firma, die sich – ohne Scheiß – *Pee-*
Pee-Fresh nennt, gepatcht, um sie sicherer zu machen als
vorher, denn ich bin Robina Hood.«

»Ich habe gehört, dass Robin auch die weibliche Form von
Robin ist.«

»Wie auch immer. Auf jeden Fall ist es der feuchte Traum
eines Hackers. Etwas in Besitz nehmen und es besser hinterlassen, als man es vorgefunden hat. Bis auf das, was den
Arschloch-Hedge-Fonds-Managern mit dem Gott-Komplex
gehört.«

»Beeindruckend«, sagte Evan. »Aber du kommst trotzdem
nicht an dem faradayschen Käfig vorbei. Das System ist mit
einer Luftschleuse versehen ...«

»Es sei denn, dein ach so genialer Freund lädt die drahtlose

Tastatur außerhalb des Käfigs auf dem Beistelltisch neben der Chaiselongue auf, auf der er sich gerne räkelt, wenn er mit dem Verstand von beeinflussbaren alternden Orphans spielt. Und es sei denn, diese Tastatur benötigt nicht auch gelegentlich ein Software-Update. Welches ich vielleicht gerade noch aufgespielt habe, bevor er sie zurück in den faradayschen Käfig gebracht hat. Während du also den ganzen Morgen damit beschäftigt warst, auf deinem schwebenden Bett in dein Kissen zu sabbern, habe ich seine Dateien durchgesehen.«

»Und was hast du herausgefunden?«

»Die Labor-Day-Dateien sind vollständig gelöscht. Sichere Löschungen, überschrieben, nicht wiederherstellbar.«

»Scheiße.«

»Aber.«

»Aber?«

»Natürlich, aber. Hast du nicht zugehört? Das ist der Teil, in dem ich mir etwas Tolles ausdenke, dir zeige, wie ich den Tag rette, und du im Licht meines überlegenen Verstandes gestraft und gedemütigt wirst. So. Bist du bereit für Strafe und Demütigung?«

»Das bin ich.«

»Nichts kann von dort wegkommen, was nicht auf einem Stick oder auf einem physischen Laufwerk ist. Aber das Zsh-Protokoll zeigt zufällig an, wann zuletzt eine physische Kopie erstellt wurde. Und eine wurde gemacht. Vor etwas mehr als einem Jahr.«

»Kurz nach dem Labor Day.«

»Jemand hat die Ereignisse dieser Nacht gesichert. Jemand hat eine Kopie gemacht.«

»Tenpenny«, sagte Evan.

Joey breitete die Arme aus und ließ die Hände zur Seite flattern. »Voilà.«

Sie registrierte seinen Gesichtsausdruck. »Was?«

»Ich dachte, du könntest das Material hier abrufen. Und ich könnte es mir einfach ansehen.«

Ihre Lippen verzogen sich zu einer festen Linie der Enttäuschung, die den Ausdruck von Vera III. widerspiegelte. »Weißt du was, X? Du wirst mit dem Alter langsam faul. Du fliegst in Privatjets, lässt mich die ganze Laufarbeit digital erledigen und vergisst die analoge Welt, in der du aufgewachsen bist. Du bist X! Geh und brich in das Haus dieses Wichsers ein und sieh nach, was los ist.«

Sie sah so verdammt verärgert aus, dass er trotz aller Gegenbemühungen bezaubert war.

Sie sah ihn finster an. »Was?«

Er schüttelte den Kopf. »Ich habe ein Monster erschaffen.«

54.
Unbekanntes Terrain

Als Evan durch die Klapptür in den Cirrus Vision Jet im nördlichen Hangar des Santa Monica Municipal Airports einstieg, wartete in der zweiten Sitzreihe ein stämmiger Herr auf ihn. Aragón Urrea richtete sich auf. Er war auffällig und unscheinbar zugleich, ein Grinsen erhellte seine breiten, kräftigen Züge. Sein wilder Schopf aus dickem, gewelltem Haar neigte sich jetzt mehr zu Salz als zu Pfeffer, und sein bärenhafter Körperbau war um die Mitte herum etwas stämmiger geworden, seit Evan ihn zuletzt gesehen hatte. Trotzdem sah er herzlich und robust aus. Wenige Tage alte Bartstoppeln zierten sein Gesicht. Evan fiel auf, dass er den Mann noch nie glattrasiert gesehen hatte.

Aragón umarmte Evan, stemmte die Arme in seine Seiten, hob ihn hoch und drückte ihm einen Schmatzer auf die Wange. Er stellte Evan wieder auf die Beine, und sie nahmen nebeneinander auf den Ledersesseln Platz.

»Danke, dass du gekommen bist«, sagte Evan.

»Was zur Hölle soll ich denn sonst tun? Du verbietest mir, ein internationales kriminelles Superhirn zu sein. Und außerdem« – eine Geste in Richtung der gut gefüllten Bar – »kann ich dich nicht allein trinken lassen.«

Es war kurz nach sieben Uhr morgens.

Evan fand eine Cocktailserviette und wischte sich die Wange ab, was Aragón noch mehr zu erfreuen schien.

»Wie geht es dir?«, fragte Evan.

Aragón schüttelte erschöpft den Kopf. »Ich habe das Alter erreicht, bei dem ich in den Spiegel sehe und mir nicht vorstellen kann, dass dieser Körper jemals zu mir gehört hat.«

»Du siehst gut aus.«

»Ich bin bekleidet.«

»Und ich danke dir dafür.«

Aragón lächelte. »Wenn der Nowhere Man einen Sinn für Humor entwickelt, ist es für diejenigen von uns, die mit ihm um unser Selbstwertgefühl konkurrieren, nicht mehr gerecht.«

»Ich nehm's zurück«, sagte Evan.

»Ich habe daran gearbeitet, einen Teil von mir nach und nach loszulassen.« Aragóns breite Schultern hoben und senkten sich. »Man muss weitermachen, bevor man bereit ist. Das tut verdammt weh, kann ich dir sagen. Man muss Teile von sich selbst abtöten, damit der Rest von einem wachsen kann. Wie beim Beschneiden eines Baumes.«

Evan dachte an den offenen Schuss, den er aus sechs Metern Entfernung verfehlt hatte.

Die Schlinge der Geheimdienstagenten, die sich um ihn zog. Der Stich der Nadel durch sein Hemd und Naomi Templetons Hand an seiner Wange, als sie ihm half, sich auf den Boden zu legen. Es gab Teile von ihm, die ihn loslassen würden, ob er nun so tat, als ob er dies erwiderte oder nicht. Der Gedanke traf ihn in seinem Innersten.

Er lenkte ab. »Wie geht es Belicia?«

»Meine Frau ist immer noch wahnsinnig scharf, nicht wie ich.«

»Und Anjelina?«

»Sie hat uns eine wunderschöne Enkelin geschenkt. Und das ... das hat alles verändert.« Aragón hielt inne und grübelte. Er war ein unvergleichlicher Grübler. »Ich habe meinen Vater nie gekannt. Also habe ich mein Leben damit verbracht, ein Bild davon zu suchen, was es bedeutet, ein Mann zu sein. Ich wünschte, ich hätte ihm nur einmal ins

Gesicht sehen können, um zu erkennen, wonach ich strebte. Oder wovor ich weglief.«

Evan musste an die Akte denken, die Joey über den Mann angelegt hatte, von dem er glaubte, dass er sein Vater war. Diese Ansammlung von Tankstellen- und Barrechnungen in der Stadt Blessing, Texas. Gab es etwas zu erfahren, wenn er Jacob Baridon in die Augen sah? Etwas, das er sich zu eigen machen oder loslassen musste?

Nein.

Jack war der einzige Vater, den er je gekannt hatte oder der ihm etwas bedeutete. Es gab nichts, was er von einem Mann brauchte, dem er nie begegnet war. Diese Mission hatte schon genug angerichtet, um ihn Stück für Stück seiner Rüstung zu berauben. Er war nicht erpicht darauf, noch mehr zu riskieren.

»Eine Enkelin zu haben, ist das Gegenteil davon«, sagte Aragón. »Als ich sie das erste Mal im Arm hielt, wusste ich genau, wer ich sein sollte. Ich habe viele harte Jahrzehnte durchgemacht, um zu so einem Verständnis zu gelangen.«

»Wie ist ihr Name?«

Aragón warf ihm einen bösen Blick zu, aber darin lag auch Humor. »Xochitl. Anjelina nennt sie X. Kannst du dir das vorstellen? Endlich habe ich eine Enkelin, und mein Kind benennt sie nach so einem weißen Arschloch?«

Evan lachte. »Trotz der Beleidigung weiß ich deine Hilfe zu schätzen.«

Aragón blickte finster drein, unbeeindruckt von sich selbst. »Ich bin so reich, dass es mir auf den Sack geht. Weißt du, was der Sinn von Geld ist? Dafür zu sorgen, dass niemand, den man liebt, jemals Not leiden muss, die man mit Geld verhindern kann. Und dann? Man versucht, dasselbe für andere zu tun. Deshalb helfe ich. Wie alle … Philanthropen« – er ließ dem Wort amüsiert ein wenig Raum – »muss ich all die schreckliche Scheiße wiedergutmachen, die ich getan habe, um so weit zu kommen, dass ich überhaupt ein kleiner Philanthrop sein kann.« Sein schiefes Lächeln war breit und ansteckend. »Also, warum wolltest du mich sehen?«

»Ich versuche zu entscheiden, ob ich einen Mann töten soll oder nicht.«

»Passiert das oft?«

»Nur einmal zuvor.«

»Wer war's?«

»Du.«

Nach einer zweisekündigen Verzögerung setzte Aragóns Lachen ein, das sich aus seinem Bauch aufbaute, ein großes freudiges Grollen. »Okay«, sagte er, als er sich wieder beruhigt hatte. »Erzähl mir von ihm.«

Evan tat es. Aragón hörte mit großer Aufmerksamkeit zu.

»Ist er ein Psychopath?«, fragte Aragón, als Evan fertig war.

»Das wäre viel einfacher.«

»Er liebt es, dieses ganze Himmel-und-Hölle-Gesülze zu erzählen.«

Evan schmunzelte. »Gesülze?«

Aragón zuckte verlegen mit einer Schulter. »Mein Anwalt.« Er fuhr sich mit den Fingern durch sein dichtes silber-schwarzes Haar. »Er macht alles kompliziert, dein Mann. Aber es ist ganz einfach. Der Himmel ist, wenn du eine Romanze mit deiner Frau, deinem Job und deinem Haus hast – und deine Kinder dich zum Lachen bringen.«

»Und die Hölle?«

»Die Hölle, nun ja, die Hölle ist kompliziert. Sie sieht für jeden anders aus. Diese Mission ist ein einziges Chaos. Viele Tentakel.«

Evan entgegnete: »Ich weiß, wo sie für mich anfängt und aufhört.«

»Mit einem jungen Mann«, sagte Aragón. »Und einer jungen Frau.«

»Wenn sie durch seine Hand oder auf seinen Befehl hin gestorben wären, wüsste ich, was zu tun wäre.«

»Ja«, sagte Aragón. »Das wäre eine einfache Geschichte. Wir wissen, wie die Geschichte ausgeht.« Er schenkte Evan einige Augenblicke des Schweigens. »Aber du glaubst nicht, dass das der Fall ist?«

»Ich bin mir nicht sicher, was ich denken soll. Es gibt so viel, was man beachten muss. Es hat … so viele Dimensionen.«

»Dieser Mann, er klingt wie eine Kraft, mit der man rechnen muss. Und es scheint … es scheint, als hätte er seine erste Kostprobe der Weisheit bekommen. Das kann berauschend sein. Es gibt so viel zu sehen, wofür man vorher blind war. Und das Problem? Er denkt, er hat sie. Weisheit. Aber niemand hat sie. Wir tragen sie nur von Zeit zu Zeit in uns, wenn wir Glück haben.«

»Er weiß Dinge, die ich nicht weiß«, sagte Evan. »Er sieht Dinge, die ich nicht sehe.«

»Und das beunruhigt dich?«

Evan überlegte. »Ich bin klug genug, um Angst vor ihm zu haben. Und klug genug, um mich nicht davon in dem, was ich tun muss, beeinflussen zu lassen.«

»Was musst du tun?«

Evan biss sich auf die Lippe, merkte, was er tat, und hielt inne. Er schüttelte den Kopf und schüttelte ihn noch mal.

Aragón sagte: »Vielleicht ist das in Ordnung.«

»Was?«

»Nicht zu wissen, wie die Geschichte enden wird. Bis man dort ankommt.«

Eine schwache Vibration in der Kabine zog Evans Aufmerksamkeit auf sich. Der Pilot stieg die Treppe hinauf, bückte sich auf dem Weg durch die Tür und salutierte lässig mit zwei Fingern. »Sind wir abflugbereit, Patrón?«

»Ich bleibe in Los Angeles und kümmere mich um einige Geschäfte. Arturo wird mich heute Abend mit der Embraer Lineage 1000 abholen.« Ein Zwinkern zu Evan. »Mein neues Spielzeug.« Aragón gab Evan einen kräftigen Klaps auf das Knie, erhob sich und hielt am Cockpit inne, um den Piloten anzusehen. »Aber passen Sie bitte gut auf mi hermano auf.« Sein Gesicht war rau und patrizisch zugleich, mit Falten und königlichen Wangen. In seinen dunkelbraunen Augen lag große Zuneigung, vielleicht sogar Bewunderung. »Er begibt sich auf unbekanntes Terrain.«

55.
Eine Skyline der Verkommenheit

In der obersten Nachttischschublade befand sich ein Sammelsurium von Sexspielzeug.

In der Mitte waren Gerten, Paddel, Peitschen und andere S&M-Utensilien.

Aromatisierte Kondome füllten die unterste Schublade bis zum Rand.

Aromatisierte Kondome schienen Evan ungefähr so subtil wie aromatisierter Wodka, aber er war nicht in Derek Tenpennys Wohnung eingebrochen, um über Verhütungsmittel zu urteilen.

Als er sich aus der Hocke erhob, stieß er sich fast den Kopf an der Sexschaukel, die mit stählernen Ankerbolzen an der Decke befestigt war. Flaschen mit verschiedenen Gleitmitteln bedeckten die Oberseite des Nachttisches wie eine Skyline der Verkommenheit.

Er hatte die Zwei-Zimmer-Wohnung gründlich durchsucht und nichts gefunden. Hier zu sein, löste eine intensive Ekelreaktion in ihm aus, nicht wegen der Utensilien an sich, sondern weil es sich nicht wie ein Zuhause und eher wie ein Veranstaltungsort anfühlte. Dieser Lebensraum war rationalisiert und erinnerte ihn an Menschenhändlerhöhlen, die er auseinandergenommen hatte.

Auch die Zielstrebigkeit trug zu seiner Abneigung bei. Es gab nur wenig Dekoration – abgesehen von der verspiegelten Decke. Weißes Porzellangeschirr und ein Set Edelstahlbesteck in der Küche. Seife, Shampoo, Spülung, Badspray. Große Anzüge hingen im Schrank über einem Satz schwarzer Tumi-Koffer.

Er hatte einen gepolsterten Schemel benutzt, um sich durch die Luke in den Kriechgang zu hieven, durch den die Lüftungsrohre verliefen und in dem sich sonst nicht viel befand. Das zweite Schlafzimmer, ein behelfsmäßiges Arbeitszimmer, war spärlich eingerichtet: Schreibtisch, Computer, kein nennenswerter Papierkram. Leere Schubladen, leerer Schrank, und auch das angrenzende Bad schien unbenutzt zu sein. Der Computer hatte weder ein Passwort noch waren irgendwelche Dokumente darauf. Der Suchverlauf des Browsers war so eingestellt, dass er jeden Tag automatisch gelöscht wurde; das Protokoll der letzten vierundzwanzig Stunden zeigte Pornoseiten und sonst nichts.

Alles war nüchtern und funktional; die ganze Extravaganz war in die Jagd nach erotischen Heldentaten geflossen. Es war seltsam, sich in dem Raum eines Mannes aufzuhalten, der sich nur einem Teil seiner selbst hingab, einem einzigen Urtrieb.

Keine brauchbaren Beweise, keine belastenden Dokumente, kein USB-Stick mit gestohlenen Aufnahmen vom Labor Day. Frustriert suchte Evan noch einmal das Hauptschlafzimmer ab. Es roch nach Weichspüler und Lysol mit Zitronenduft, aber der Gestank von Zigarettenrauch hing im Zimmer. Das Nachmittagslicht drang durch die Stoffrollos. Die Klimaanlage blies ihm Luft in den Kragen. Er schloss die Augen und stellte sich vor, in diesem Raum als Derek Tenpenny zu sein. Zunächst einmal wäre er fast dreißig Zentimeter größer, was ihm eine andere Sichtweise bieten würde.

Und verschiedene Möglichkeiten.

Evan öffnete seine Augen. Die wabenförmige Messinggitter-Lüftung über ihm, die waagerecht knapp unter der Decke eingelassen war, trocknete seine Augen. Er studierte die Rändelschrauben, eine auf jeder Seite.

Dann begab er sich in die Küche und suchte die Trennwand ab. Ähnliche Elemente aus Messing bliesen gleichmäßige Luftströme aus.

Er behielt die Gitter im Auge und ließ sich ins Arbeitszimmer treiben. Ein identischer wabengemusterter Messingauslass über dem Schreibtisch. Eine der Schrauben war locker.

Evan stellte sich auf die Zehenspitzen und streckte seine Handfläche nach oben. Der Luftstrom war spärlich.

Interessant.

Zurück zum Schlafzimmer, um den gepolsterten Schemel zu holen. Er brauchte ihn; Tenpenny würde ihn nicht brauchen. Die Rändelschrauben ließen sich leicht mit der Hand herausdrehen. Auf dem Schemel balancierend, entfernte Evan das Lüftungsgitter. Er spähte hinein.

Nichts. Nur ein schwarzer Schlund.

Er wollte gerade das Gitter wieder einsetzen, als ihm ein glitzernder Faden an der Seite auffiel. Eine Angelschnur, die am Ende zu einer Schlaufe gebunden war.

Ein Griff.

Er zog daran. Was auch immer am anderen Ende war, es war schwer und kam nur widerwillig.

Ein großer Gegenstand in den Maßen eines Brettspiels, aber schwerer, eingewickelt in ein Waffentuch.

Evan zog es aus dem Schacht und wickelte es aus.

Ein altmodisches Buch mit Seitenrändern, die einen goldenen Schimmer in sein Gesicht warfen, als er es aufschlug.

Auf dem Boden sitzend blätterte er es durch.

Namen von Frauen. Daten. Beschreibungen. Es war, als würde man einen Katalog mit Wein- oder Spirituosenrezensionen lesen; alles nüchtern und ästhetisch wiedergegeben, die Themen auf wenig mehr als die physische Materie reduziert. Gekritzelte Randbemerkungen dokumentierten Begegnungen: *Hab sie runtergedrückt, beide Handgelenke mit einer Hand; weinte ein wenig, machte aber keinen Lärm; ziemlich laut und viel Dirty Talk.*

Evan blätterte die umfangreichen Seiten durch und fuhr mit dem Finger an der Datumsspalte entlang.

Da war er. Labor Day vor einem Jahr.

Angela Buford.

Neben der Auflistung ihrer ungefähren Größe, ihres Gewichts, ihrer Maße und ihrer sensorischen Merkmale gab es eine Liste verschiedener sexueller Stellungen, die mit *coitus interruptus* endete.

Evan erinnerte sich an Tenpenny, der im strömenden Regen vor dem Tartarus auf ihn herabblickte: *Angela Buford? Nie von ihr gehört.*

Er blätterte durch die anderen Seiten. All diese Begegnungen, viele von ihnen Vergehen unterschiedlichen Ausmaßes. Etwas löste sich vom hinteren Umschlag und fiel Evan buchstäblich in den Schoß.

Ein USB-Stick.

Ziegelrot, ohne Kappe, abgesehen von einer drehbaren Abdeckung. Ein weiterer Punkt für Joey Morales.

Evan ging zum Schreibtisch, schloss den USB-Stick an den Computer an und setzte sich in den Sessel. Hunderte von Einträgen, geordnet nach Datum.

Evan klickte sich durch ein paar. Ein paar waren ausreichend.

Tenpenny in vollem Gange mit verschiedenen Frauen, wobei die Kameraperspektiven auf heimliche Aufnahmen hindeuten. Viele waren in dieser Wohnung, aber ein paar waren aus Clubs und privaten Orgien. Evan scrollte nach unten und fand das Datum, das er suchte.

Tenpenny hatte den Clip bereits kuratiert, wie er es auch mit den anderen getan hatte. Da war er im Tartarus, draußen am Pool, und tanzte mit Angela Buford. Ihr Haar war natürlich, ein mittelgroßer Afro mit Bantu-Knoten an den Seiten. Sie trug ein ockerfarbenes Sommerkleid mit tiefem Ausschnitt. Sie war von ihm weggedreht und presste ihr Hinterteil im Takt des Lieds an ihn. Tenpennys Gesicht war gerötet; er wirkte wie in einem Rausch.

Dann waren sie drinnen und knutschten in den verschiedenen Gängen, während die Party vor dichtgedrängten Feiernden fast zu platzen schien. Tenpenny probierte unterschiedliche Türen aus und fand die meisten Plätze mit anderen Paaren besetzt, die ihnen zuvorgekommen waren.

Er hielt Angelas Hand und führte sie die Treppe hinauf. Die Menge teilte sich für ihn, aber sie drehte ihren schlanken Körper zur Seite, um sich durch den Strom zwängen zu können. Tenpenny suchte das Badezimmer auf, das belegt war, den Salon, der überfüllt war, und das Gästezimmer, das von einem Dreiergespann belegt war. Er bewegte sich jetzt schneller, getrieben von etwas, das wie Verzweiflung aussah, und zerrte Angela fast mit sich.

Zurück auf dem Korridor im zweiten Stock, den Kopf hin und her schwenkend, auf der Suche nach etwas Privatsphäre. Dann stieß er mit Rathsberger zusammen, der aus dem scharlachroten Raum kam. Sie hatten einen kurzen Austausch, Tenpenny gestikulierte.

Beide Männer warfen verstohlene Blicke den Flur hinauf in die Richtung von Luke Devines Master-Suite.

Und dann zog Tenpenny Angela in den Raum, und die Kameraauswahl wechselte die Perspektive, um ihnen zu folgen.

Keiner darf hier rein, hatte Tenpenny gesagt. *Niemals.*

In seiner Eile schob Tenpenny die Verriegelung zu früh vor

und bemerkte nicht, dass sie außerhalb der Verschlussvorrichtung landete.

Angela sah überrascht auf das Setup, aber er packte ihr Gesicht mit aller Kraft, drehte es von den Bildschirmen weg und presste seinen Mund auf ihren. Sie stolperten in den faradayschen Käfig. Dann fickten sie auf dem Schreibtisch, gegen die Gitterstäbe gepresst, auf dem Boden.

Er landete auf dem Stuhl mit Angela auf den Knien, die ihn bediente.

Nach einiger Zeit schwang die Tür nach innen.

Johnny Seabrook stand gebückt in der Tür, mit glasigen Augen und betrunken. Er starrte ungläubig auf die Wand aus Monitoren und alles, was sie anzeigte.

Tenpenny drehte sich mit dem Stuhl um, Angela hielt sich an seinen Knien fest. Er sah wütend aus. Aber Evan sah, dass unter der Oberfläche seines Gesichts Panik arbeitete.

Mit einer einzigen Bewegung erhob sich Tenpenny, Angelas Kinn von oben packend und ihren Kopf herumreißend. Johnny drehte sich um, griff nach dem Türrahmen, verfehlte ihn und schwankte auf den Füßen. Tenpenny wühlte in seinem Kleiderhaufen, holte die 9mm hervor und schoss ihm in den Rücken.

Johnny stolperte in den Flur.

Sich eilig seine Kleidung anziehend, folgte Tenpenny Johnny nach draußen.

Ein weiterer Perspektivwechsel zeigte den Korridor vor der Tür, aber keine Spur von Johnny. Die wenigen Partygäste, die vorbeischlenderten, wirkten völlig abwesend.

Rathsberger rannte ins Bild, sprach kurz mit Tenpenny, um ihn zu beruhigen, und rannte dann in Richtung der Treppe zum Foyer. Tenpenny stützte seine Hände auf die Knie, seine Brust hob sich panisch. Sein Blick blieb an der Tür rechts hängen, die zur Bedienstetentreppe führte. Als Evan sich nahe heranlehnte, konnte er einen dunklen Fleck auf dem Holz erkennen.

Blut.

Tenpenny schritt durch die Tür und wischte den Fleck im Vorbeigehen mit dem Ärmel weg.

Die Tür glitt hinter ihm zu. Der Korridor war leer.

Die Einstellung wechselte zurück in den scharlachroten Raum. Angela Buford lag nackt auf dem Rücken im Inneren des faradayschen Käfigs, den Kopf zur Seite gedreht. Beinahe friedlich.

Niemand durfte den scharlachroten Raum betreten. *Niemals.* Aber Tenpenny hatte gebraucht, was er gebraucht hatte. Er war über eine einzige Sünde gestolpert.

Und das hatte einen kleinen Teil des Universums aus den Angeln gehoben.

56.
Ein Überblick über die Lage

Evan stapfte durch den Sand, genau da, wo das Meer endete, der Nachtwind blies ihm Körner in die Augen und auf die Zähne. Die Luft fühlte sich nass und schwer an und verfilzte sein Haar. Er trug einen Mantel aus Ölzeug und eine Sweatshirt-Jacke über einem Flanellhemd, und er schleppte eine Angelrute und eine Angelkiste mit sich. Die Lichter der Villen über ihm waren hell und strahlten ein unwirkliches Licht aus. Er war von der Engstelle am Halsey Neck aus die Küste entlanggefahren, hatte sich einen Überblick über die Lage verschafft und darauf gewartet, dass der Nebel um die Dünen so dicht wie möglich wurde. Die privaten Patrouillen waren wieder in großer Zahl unterwegs, aber jetzt gab es auch eine starke Präsenz von Uniformierten. Tenpenny wollte eindeutig, dass die Ordnungshüter vor Ort und in höchster Alarmbereitschaft waren. Entlang der Meadow Lane waren in regelmäßigen Abständen Streifenwagen geparkt, die Polizisten quatschten mit den privaten Sicherheitsleuten.

Als Evan auf den Tartarus zuging, traf ihn ein Scheinwerfer, etwa fünfzehn Meter entfernt vom Anwesen. Ein Officer, dessen Schirmmütze im Gegenlicht schimmerte, rief zu ihm herunter. »Sir, wir müssen Sie bitten, sich zu entfernen.«

»Ach was, Mann«, sagte Evan und schüttelte den Angelkasten. »Das ist öffentliches Gelände.«

»Es liegt eine glaubwürdige Bedrohungslage vor. Und wir haben eine Abriegelung des Gebietes veranlasst.«

Evan blinzelte in das grelle Licht. »Bedrohung? Was für eine Bedrohung?«

»Ich bin nicht befugt, diese Information preiszugeben.«

Evan schüttelte den Kopf wie ein weltmüder Einheimischer. »Du weißt es nicht einmal, oder?«

»Einer der Anwohner hat Grund zu der Annahme, dass eine eindeutige und gegenwärtige Gefahr besteht.«

»Und?«

»Er zahlt mehr Steuern als Sie.«

Evan blickte finster drein und wandte sich zum Gehen. »Diese Milliardäre?«, fragte er. »Sicher nicht.«

Zurück im Haus in Hampton Bays saß Evan auf der Shabby-Chic-Couch. Er starrte lange auf sein RoamZone, bevor er wählte.

Sie nahm nach dem ersten Klingeln ab. »Templeton.«

Evan sagte: »Ich bin's.«

Ein langes Schweigen. Er stellte sich vor, wie sie verzweifelt versuchte, den Anruf aufzuzeichnen, oder wie sie einem Kollegen zuwinkte. Aber das war ihm egal. Sie würden das Dutzend virtueller Software-Telefonvermittlungsstationen niemals zurückverfolgen können, und außerdem hatte er den Telefonanbieter vor kurzem zu einer Pop-up-Telekommunikationsfirma in einer Ecke von Skopje gewechselt, die keine Protokolle führte.

»Ist die Mission abgeschlossen?«, fragte Templeton.

»Nein.«

»Haben Sie Kontakt mit der Chefin aufgenommen?«

»Ich habe mir alles angesehen.«

»Stimmt Ihre Neugier mit den … Zielen der Präsidentin überein?«

Evan kaute auf seiner Lippe. »Etwa das Ziel, ein Eine-Billion-Dollar-Werbegeschenk für Unternehmen durchzusetzen, um die Wiederwahl zu schaffen?«

Eine kurze, hitzegeladene Pause. Dann: »Werden Sie verdammt noch mal erwachsen, X. Es gibt Korruption im System? Ohne Scheiß. Die Dinge könnten effektiver sein? Ohne Scheiß. Ob wir nun in den Krieg ziehen oder die Infrastruktur aufbauen, so funktioniert es nun mal. Es ist hässlich und schmutzig, und niemand bekommt hundertprozentig, was er will. Aber es ist der einzige Weg, etwas zu erreichen. Haben Sie einen besseren Plan, um eine dreiundzwanzig Billionen Dollar schwere Wirtschaft zu führen?«

»Nein«, sagte Evan. »Aber Devine denkt, er tut es.«

»Klingt, als würde er Sie für sich gewinnen.«

»Nein«, erwiderte Evan. »Ich denke, er ist genauso voller Scheiße wie die Präsidentin.«

»Ersparen Sie mir diesen moralischen Relativismus. Wenigstens ist sie demokratisch gewählt.«

»Ist sie das?«, sagte Evan. »Ich glaube mich zu erinnern, dass sie das Amt übernommen hat, nachdem ihr Vorgänger vorzeitig verstorben ist.«

»Werden Sie die Mission zu Ende bringen?«

Evan rief sich in Erinnerung, wie Ruby in der Wohnung in Mattapan auf dem Boden gelegen hatte, die Umrisse ihres Bruders auf dem blutgefärbten Holz unter ihr. »Wenn ich es tue«, sagte er, »dann nicht wegen des Gesetzes.«

Das Schweigen dehnte sich immer weiter aus. »Ich wurde angewiesen, Sie daran zu erinnern, dass die inoffizielle Immunität für Sie nicht wiederhergestellt wird, wenn die Mission nicht zu den festgelegten Bedingungen abgeschlossen wird.«

Evan lächelte sanft, blickte auf seine nackten Zehen auf dem Knüpfteppich hinunter. Die weiche Beschaffenheit fühlte sich beruhigend an. »Sie sind besser als das, Naomi.«

»Sie sind dran, X. Was werden Sie tun?«

Evan trennte die Verbindung.

Es war Zeit zu meditieren.

Der morgige Tag sollte ein großer werden.

57.
Klebrige und nicht zu bewegende Ladung

Es war schwieriger als gedacht, einen Kipplaster bis zum Anschlag mit Altreifen zu beladen.

Aber nicht unmöglich.

Den Lkw umzukippen, war nicht einfach, aber wenn man in taktischem Fahren geübt war und wusste, wie man gegen einen seitlichen Bordstein zu fahren hatte, um ins Schleudern zu geraten, war es auch nicht ganz so schwer.

Sicherheitsgurt empfohlen.

Das Anzünden war natürlich ein Kinderspiel. Ein Streichholz, während man in die immer dichter werdende Nacht entschwand, und alles machte *bumm*.

Die Feuersbrunst aus klebriger und nicht zu bewegender Ladung war ein hervorragendes Hindernis für eine Engstelle wie zum Beispiel die zwischen Halsey Neck und Meadow Lane.

Es würde wahrscheinlich eine Reaktion hervorrufen, die nicht ohne weiteres von aufgerüsteten privaten Sicherheitsteams und der örtlichen Polizei geregelt werden konnte.

Man sollte es einmal ausprobieren.

In der Meadow Lane brachen Schreie und Tumulte aus. Aufgeregte Beamte brüllten in ihre Funkgeräte und bekamen ebenso aufgeregtes Gebrüll zurück. Streifenwagen leuchteten auf und fuhren mit heulenden Sirenen von den Bordsteinkanten. Sicherheitsteams, die die Absperrungen verschärften. Gebrüllter Austausch zwischen den Wachleuten und den Streifenpolizisten, alle waren in hellem Aufruhr.

Man hätte meinen können, sie hätten es zum ersten Mal mit

einem brennenden, umgestürzten Kipplaster zu tun, der mit Reifen beladen war.

Vom Meer her war tiefer Nebel aufgezogen, dessen bauschige Fetzen und Schwaden die Sicht einschränkten und die Unruhe verstärkten. Als die Polizisten die Strandpromenade hinaufeilten und sich der Kreuzung am Halsey Neck näherten, schlängelte sich eine Polizistin in einer gutsitzenden Uniform durch die Vorgärten des Tartarus.

Candy hatte die Krempe ihrer Schirmmütze tief über die Augen gezogen und das langärmelige Uniformhemd leicht, aber noch nicht verführerisch aufgeknöpft.

Sie läutete, was im ganzen Haus widerhallte.

Rathsberger riss die massive Tür auf, eine kojotenfarbene M17 9mm zielte durch den Spalt auf ihre Stiefel.

»Was machen Sie da?«, sagte Candy. »Ich bin von der Polizei.«

Raths Gesicht zitterte vor Wachsamkeit, sein rechtes Auge war unter Nabengewebe verschwunden.

»Zeigen Sie mir Dienstausweis und Papiere. Ausweis und Papiere oder niemand kommt rein.«

Candy schluckte und machte einen untypisch nervösen halben Schritt zurück. »Sir, ich muss Sie bitten, Ihre Waffe ins Halfter zu stecken ...«

Wie aus dem Nichts tauchte ein Polizist aus Southampton Village auf, der sich ihr von der Seite näherte und schrie. »Hände hoch! Hände hoch!«

Er trug eine ordentliche Uniform mit der vorgeschriebenen Kopfbedeckung und einer taktischen Vermummung, die sein halbes Gesicht verdeckte. »Zeigen Sie mir sofort Ihre verdammten Hände!«

»Scheiße«, sagte Candy leise durch zusammengebissene Zähne, scheinbar zu sich selbst. »Wir haben ein Problem.«

»Treten Sie zurück«, sagte der Polizist zu Rath. »Schließen Sie die Tür.«

Während Rath den Spalt verschmälerte, tastete der Polizist Candy erst grob ab und legte ihr dann Handschellen an. Er bemerkte, dass sie einen Ohrhörer trug, und riss ihn heraus. Er passte zu seiner eigenen Kommunikationsanlage, die er jetzt einschaltete. »Wir haben eine Betrügerin. Ich wiederhole: Wir haben einen Einbruchsversuch im Tartarus. Holen Sie Verstärkung her. Vier Einheiten. Vier Einheiten. Sofort. Ich habe sie in Gewahrsam und bringe sie zu meinem Partner.«

Eine harte weibliche Stimme meldete sich über das Funkgerät. »Verstanden. Einheiten auf dem Weg.«

Der Polizist machte ein paar Schritte von der breiten Veranda und stieß sie dann in den Nebel. Candy stolperte fast auf dem Quarzstein. »Was zum Teufel?«, sagte sie. »Ich bin eine Stripperin, okay? Es war nur ein Scherz.«

»Hast du sie?«, rief der Polizist seinem Partner durch den Nebel zu. Er drehte sich wieder um und eilte zur Haustür.

»Haben Sie das Grundstück gesichert?«

Rath sagte: »Wir haben überall Kameras …«

Der Polizist drängte sich an ihm vorbei ins Foyer. »Sichern Sie diese Tür. Wir werden die Umgebung abriegeln.«

Rath schob den gewichtigen Bolzen vor und versiegelte damit den Tartarus. Er huschte um den Polizisten herum zurück in die Lobby. »Tenpenny, setz dich an die Überwachung. Wir sichern die Etagen von unten nach oben. Vorwärts.«

Tenpenny stolperte zum Treppenabsatz im zweiten Stock, die Hände ausgebreitet und nach unten starrend. Santos war bereits auf halbem Weg die Treppe hinunter, Gordo keuchte hinter ihm. Dapper Dan stand vor dem Wasserfall, der wieder unaufhörlich regnete, und spähte mit gezückter 9mm Waffe den Korridor zur Rückseite des Hauses hinauf.

Rath fing sich auf halbem Weg zur Treppe, scheinbar von einer Erleuchtung gestoppt. Er drehte sich um und sah den Polizisten an.

Evan zog die Polizeivermummung herunter. Und lächelte.

58.
Altmodisches Duell

Fünf Adamsäpfel bewegten sich synchron auf und ab.

Rathsberger starrte Evan an. Sie waren etwa zehn Meter voneinander entfernt.

Evan durchbohrte ihn mit seinem Blick. Raths Hand schwebte über dem Holster.

Evans Hände lagen locker an seinen Seiten, die ARES 1911 steckte in einem Appendix-Holster unter dem Uniformhemd. Er hatte die Originalknöpfe durch Magnetknöpfe ersetzt, damit er die Waffe im Notfall direkt durch das Hemd hindurch ziehen konnte.

Die Zeit war gekommen.

Was ein altmodisches Duell anging, so war Rath mit der Handposition um mindestens fünf Zentimeter im Vorteil. Genau wie Evan es bevorzugte.

Niemand konnte sagen, dass das ungerecht war.

Und er hatte etwas zu beweisen, nach dem Fehlschuss aus sechs Metern. Der Verlust eines Teils seiner selbst durch das Alter war nichts im Vergleich zu dem, was er noch zu gewinnen hatte.

Die anderen Männer blieben regungslos im Hintergrund, wurden zu Statuen.

Raths Finger zuckten.

»Verzeih mir«, sagte Evan. »Aber ich habe keine Zeit für die ganze Feuerameisen-Sache.«

Er beobachtete Raths Augen. Hielt sein peripheres Blickfeld frei, um jede Bewegung der schwebenden Finger zu bemerken.

Raths Hand griff nach der Pistole.

Evan zog, die magnetischen Knöpfe öffneten sich, so dass das Hemd weit aufflatterte. Der Lauf zentrierte sich. Er schoss Rath in den Bauch.

Raths Waffe hatte noch nicht einmal das Leder verlassen.

Evan spürte, wie sich der Stoff um ihn herum kräuselte, und dann fanden die Knöpfe mit einem metallischen Klirren wieder zueinander, und sein Hemd schloss sich um ihn, als wäre nie etwas passiert. Ein Kringel aus gerußtem Rauch wirbelte vor ihm auf, und Evan dachte, dass er zwar kein Archetyp sein wollte, es ihm aber nichts ausmachte, sich von Zeit zu Zeit wie einer zu verhalten.

Rath griff in das glitzernde Chaos unter seinen Rippen. Er schaffte es, die Waffe schwach zu umklammern und sie gerade so weit anzuheben, dass sie aus dem Holster auf den Boden purzelte, und dann trat Evan sie weg.

Sie glitt über den Marmor und drehte sich.

Rath ließ sich auf die Knie fallen, blieb einen Moment so und fiel dann mit einem schmerzvollen Grunzen auf sein Gesicht.

Evan sagte leise: »Jetzt, bitte.«

Die harte weibliche Stimme kam über sein Funkgerät. »Dein Wunsch ist mir Befehl.«

Joey kappte die Lutron-Lichtschalter, und der Tartarus versank in Dunkelheit.

59.
X in unendlicher Ausführung

Rath begann, sich mit den Ellbogen durch das Foyer in Richtung seiner Waffe zu schleppen und stieß dabei schmerzerfüllte Schlachthausgrunzer aus. Die anderen feuerten in die Dunkelheit, eine Dummheit, von der Evan angenommen hätte, dass sie ihnen abtrainiert worden wäre.

Aber es herrschte Panik.

Hin und her stapfende Stiefel, Gordos schweres Atmen, der Gestank von Dapper Dans Parfüm in der Luft. Aus dem zweiten Stock brüllte Tenpenny Anweisungen, die taktisch wenig Sinn ergaben, seine Stimme klang quietschend hoch vor Aufregung. »Gordo, Sandman – Einsatz! Dan, geh zu Devine. Ich übernehme das Kommando im Überwachungsraum.«

Eine Kakophonie von Stimmen antwortete: »– Strom ist abgestellt, du Weichei, es gibt keine Überwachung –«

»– wo zur Hölle ist er?«

»Rath? Mein Gott, Rath, bist du okay?«

»Kein Kreuzfeuer! Wartet, kein Kreuzfeuer!«

Zwei weitere Knallgeräusche verrieten Dans Position am Wasserfall.

Die Nachtsicht setzte ein, Schatten im Schatten, die Männer sprinteten umher. Eine Frau schrie irgendwo tief im Haus, eine Seitentür schwang auf, als das Personal floh. Das Außenlicht, das durch mehrere Türöffnungen ins Foyer fiel, reichte aus, um längliche Schatten auf den Marmor zu werfen.

Von Evan gab es keine Spur.

Gordo hatte die Küche gesichert, Santos war nirgends zu sehen und Tenpenny schien sich irgendwo oben zu verstecken, vielleicht im scharlachroten Raum. Rath stöhnte und ächzte, zog sich Zentimeter für Zentimeter mit seinen Unterarmen voran und hinterließ eine Schneckenspur aus Karmesin.

Dan bewegte sich langsam über die Fläche unterhalb des Wasserfalls und setzte vorsichtig einen Fuß nach dem anderen ab, obwohl das einschläfernde Rauschen jeden Laut seiner Stiefel übertönte. Er hielt seine Pistole mit beiden Händen fest im Griff, die Arme in einer Linie mit dem Lauf der Waffe, die Ellbogen leicht angewinkelt, ein perfektes Gleichgewicht aus Spannung und Flexibilität.

Es war taktisch professionell und sah gut aus. Beides war für Dan von gleicher Bedeutung.

Tatsächlich hielt er im Halbdunkel einen Moment inne, um sein schemenhaftes Spiegelbild in der Wasserwand zu seiner Seite zu bewundern.

Und dann geschah etwas Bizarres.

Die Wange seines Spiegelbildes verschwand, und darunter tat sich ein sauberer Streifen Dunkelheit auf.

Er blinzelte zweimal, als ein schwebendes Auge in der Schwärze hinter dem Wasserfall auftauchte, genau dort, wo sich sein eigenes Auge hätte spiegeln sollen. Die Zahnräder in seinem Kopf drehten und drehten sich und schließlich machte es *Klick*: Eine Klinge war durch das Wasser gestoßen und auf die Seite gedreht worden, um darunter einen Streifen zu öffnen.

Ein Streifen, durch den die Mündung einer 1911 erschien, so undeutlich wie das gespenstische Auge selbst.

Er sah das Mündungsfeuer, aber er hörte den Knall nicht mehr.

Evan tauchte an der Seite des hoch aufragenden Wasserspiels auf. Außer Rath, der sich seinen Weg über den Boden bahnte, gab es nichts zu sehen. Und angesichts der plätschernden Flüssigkeit gab es auch nichts zu hören.

Mit dem Rücken zur Wand bewegte sich Evan vom Wasserfall weg, um zu prüfen, welche Geräusche er aufschnappen konnte. Joey musste inzwischen zu Phase zwei übergegangen sein und die örtliche Polizei mit Fehlalarmen überflutet und durch Southampton getrieben haben, aber dennoch war Zeit von entscheidender Bedeutung.

Als er geduckt durch einen hinteren Korridor schlich, hörte er das Klacken von Billardkugeln.

Mit seiner ARES steuerte er in das Billardzimmer. Ein Boudoir-Lampenschirm war umgekippt worden. Die drei Kugeln rollten noch immer auf dem Filz.

Der Billardraum zweigte in zwei verschiedene Säle ab.

Er wählte den vom Lampenschirm angezeigten Weg und ging weiter. Breiter Korridor, viele Türen. Er überprüfte die Räume, während er ging – Arbeitszimmer, Gästezimmer, Bibliothek, Fitnessraum. Das weitläufige Haus war verwirrend, ein Wirrwarr aus Gängen und Türen, in dem die Räume ineinander übergingen.

Er zwängte sich durch eine enge Tür und ging drei Steinstufen hinunter in einen schmaleren Korridor, dessen Wände mit Mirós und Rothkos und einem gruseligen Chagall, der eine Geige spielende Ziege abbildete, vollgehängt waren. Trotz des minimalen Abstiegs schien die Temperatur um zehn Grad gestiegen zu sein. Er spürte, wie ihm der Schweiß am Haaransatz herunterlief.

Schritte waren zu hören, aber angesichts des harten Bodens konnte Evan nicht feststellen, aus welcher Richtung sie kamen. Abgesehen von der Kunst war der Flur kahl. Er schlüpfte durch die nächste Tür und fand sich in einer Damentoilette wieder.

Eine Kerze, die auf einer vergoldeten Schale stand, warf flackernd ihren Schein in den Raum. Beige-rosafarbene Marmoroberflächen, geädert mit Quarz. Die Wasserhähne waren zwei glänzende Cupidos aus Messing, einer mit einer Harfe, der andere mit einem Tamburin ausgerüstet. Engelsflügel bildeten die Rückwand des Toilettenpapierhalters. Drei der Wände waren mit Spiegeln versehen, in denen sich seine Reflexionen zu X in unendlicher Ausführung zusammensetzten.

Er drückte sein Ohr an die geschlossene Tür, hörte das Vibrieren der sich nähernden Schritte. Er machte seine Waffe bereit und ging mit dem Rücken zu der verspiegelten Wand neben der Toilette, die plötzlich nachgab und sich drehte.

Er stolperte zurück auf ein Metallpodest und hatte Mühe, das Gleichgewicht zu halten. Seine Ferse rutschte ins Leere, und dann stürzte er schmerzhaft eine steile, enge Treppe hinunter. Als er auf dem ölverschmierten Beton aufschlug, fühlte er ein Pochen in der Hüfte und fragte sich einen Moment lang, ob seine linke Schulter aus der Pfanne gesprungen war. Er versuchte, den Arm zu heben, spürte ein Knirschen von Knochen auf Knochen und begrub einen Schrei in seinem geschlossenen Mund.

Er bevorzugte seine linke Hand zum Schießen, und er konnte es sich nicht leisten, auf sie zu verzichten. Zögernd tat er eine Reihe von schnellen, tiefen Atemzügen und drückte dann seinen Arm noch höher. Der Gelenkkopf rollte kreischend durch Sehnen und Muskeln und sprang zurück in die Pfanne. Hätte er mehr Zeit gehabt, hätte er vielleicht geweint.

Die rostigen Stufen, die sich vor ihm auftürmten, waren mit perforierten Erhebungen und geprägten Löchern versehen, die dazu entwickelt waren, sie rutschfest zu machen. Er drehte den Kopf, um sich umzusehen, und ein Nerv schickte Feuer durch seinen Kiefer und über seine linke Seite.

Ein stillgelegter Heizungskeller. Verrostete Ventilhauben und Rohre, unsauber gebrochene Metallräder. Tiefer im Raum, hinter einer zerbröckelten Mauer, erhob sich das sechs Meter große Ungetüm, dessen Ruß an die Stelle erinnerte, an der es einst Feuer gespuckt hatte. Ein verrostetes Fitzgibbons-Schild lag neben Evan auf dem Boden. Seine ARES musste in der Nähe gelandet sein, aber er wusste nicht, wo.

Er versuchte, sich aufsetzen, aber sein Körper ließ das nicht zu.

Es schien unmöglich, dass das Klingeln in seinem Schädel nicht auch außerhalb seines Körpers zu hören war.

Er rollte sich auf die Seite, tastete in die Dunkelheit und kämpfte sich durch den Schmerz in seiner Schulter. Metallteile und alte Schrauben stachen in seine Fingerspitzen und brachten sie zum Bluten. Sein angehaltener Atem brannte unter den Zwischenrippenräumen seiner linken Seite. Als er sich auf den Rücken drehte und sich selbst befahl auszuatmen, ließ ihn die Anstrengung erschaudern.

Wie in einem Albtraum hörte er oben ein Knarren, und die geheime Spiegelwand öffnete sich erneut.

Durch die Perforation des Treppenabsatzes hindurch kündigten zwei große Flecken tieferer Dunkelheit an, dass sich jemand näherte. Das Metall verbog sich.

Und dann lugte Gordos runder, glänzender Kopf ins Bild.

Schweiß tropfte ihm von der Stirn. In seinen fetten Baseballhandschuh-Händen sah die auf Evan gerichtete Dienstpistole wie ein Spielzeug aus. Evan fühlte sich, als würde er vom Grund eines Brunnens nach oben starren.

Schwach tastete er weiter, seine Schulter protestierte, seine

Hand streifte zerbrochene Ziegel und alte Nägel. Seine 1911 konnte nicht weit gestürzt sein.

Gordo legte den Kopf schief, der besenartige Schnurrbart kräuselte sich zu einem Lächeln. »Ich bin gefallen«, sagte er, »und kann nicht mehr aufstehen.«

Santos erschien nun in seinem Rücken, kaum sichtbar hinter Gordos Masse. »Das ist meiner«, sagte er. »Lass ihn mir.«

»Halt dich zurück, kleiner Mann«, sagte Gordo. »Er hat Rath in den Bauch geschossen. Ich will ihn für mich.«

Er setzte ein kräftiges Bein ab, um die rostige oberste Stufe zu testen, die protestierte, aber hielt. Das Lächeln wurde breiter. Er hielt die Waffe auf Evan gerichtet. Hilflos das Dutzend steile Stufen hinaufzublicken, hatte eine schwindelerregende Wirkung auf Evan, die Entfernung dehnte sich wie Toffee. Gordo neigte seine ausladenden Hüften und ging einen Schritt weiter. Und dann noch einen. Bei jedem Schritt spreizte er die Ellbogen zur Seite, um das Gleichgewicht zu halten, was wie die lächerliche Imitation eines Huhns wirkte. Santos hüpfte geradezu hinter ihm her, aber es gab keine Möglichkeit, an dem großen Mann vorbei zur verletzten Beute zu gelangen; tatsächlich war er hinter Gordos Körperumfang kaum zu sehen. Mit vorsichtigen Schritten näherte sich Gordo der Mitte der Strecke.

Evan bemühte sich, hinter sich zu greifen, und das Feuer breitete sich in seiner verletzten Schulter aus.

Ein Nagel stach ihn. Ein Splitter grub sich in sein Handgelenk. Und dann –berührte sein Daumen den vertrauten Aluminiumrahmen.

»Oh-oh«, sagte Gordo und zielte mit der 9mm. Sein elefantöses Bein machte den nächsten Schritt, und dann schluckte er. Seine Hüften waren zwischen den schmalen Handläufen eingekeilt. Grimassen schneidend ließ er die Hände sinken, um sich zu befreien, aber dadurch konzentrierte sein Gewicht sich nur noch mehr. Er stieß einen Schmerzensschrei aus, das Metallgeländer drückte oberhalb seiner Hüfte sechzig Zentimeter tief in seine wackelpuddingartige Seite.

Er saß fest.

Evan stürzte sich auf die ARES, nahm sie in beide Hände und visierte das bedrohliche Ziel an.

Gordo hob den Kopf, seine glitzernde Stirn war von horizontalen Falten durchzogen.

Evan schoss ihm zwischen die Augen.

Gordo zuckte heftig, sein Darm entleerte sich hörbar. Er sackte nach vorne, die Arme hingen in der Luft und Blut quoll aus dem sauberen Loch in seinem Schädel.

Einen schrecklichen Moment lang dachte Evan, Gordo würde sich lösen und auf ihn stürzen, aber der Riese hing da, sein massiger Oberkörper ragte über die verbleibenden Stufen.

Bevor Evan sich neu formieren konnte, war Santos über Gordo gesprungen, schwang sich auf ein Geländer und sprang hinunter, um die unteren Stufen zu umgehen. Evan feuerte einmal, aber Santos war klein und schnell. Halb hechtete er, halb fiel er auf Evan und schlug die ARES erneut weg.

Santos' Gesichtszüge waren verzerrt, sein Nacken angespannt. »Ich bin derjenige«, knurrte er durch gefletschte Zähne. »Ich bin derjenige, der dich erledigen kann.«

Er stürzte sich auf Evan, rammte ihm die Ellbogen in den Kiefer, verschränkte seine Gliedmaßen mit Evans und blockierte seine Beine. Ihn zu schlagen, war, wie auf Teer zu schlagen. Er bog, kontrollierte, blockierte die Gelenke, der verrückte quadratische Kreuzanhänger tanzte an seiner Kette herum. Evan zappelte und schlug auf ihn ein, verlor aber schnell an Boden.

Der Gestank von Sandmans Schweiß war überwältigend. Der Schmutz des Heizungsraums überzog Evans und Santos' Haut, bis sie eine sich windende Masse aus glitschigen Gliedern waren, in der zwischen wildem Zappeln die Fäuste flogen. Sie rollten und rollten noch einmal, prallten gegen das bröckelnde Mauerwerk, und Evan, um sein Leben tretend, landete schließlich auf dem Rücken und hielt Santos mit seinen Beinen fest.

Santos schlüpfte durch die Deckung, rammte seine Knie unter Evans Beine, senkte den Kopf, um Stiche in die Augen zu vermeiden, und grub sein Kinn in Evans Solarplexus. Keuchend konterte Evan mit einem Guillotine-Würgegriff, rollte sich um Santos herum, um ihn fester zu umschlingen, umklammerte den kleinen Mann mit seinen Beinen und schloss seine Knöchel um seinen Rücken. Evan schlang seinen Arm um Santos' Kehle und legte die Kante seines Handgelenks und seines Unterarms um die Halsschlagader, um Druck auszuüben. Mit der anderen Hand ergriff er sein eigenes Handgelenk, um den Würgegriff zu verstärken, und zog Santos' Hals nach oben, um einen Hängeeffekt zu erzielen.

Aber Evan war schwach vom Sturz, seine Haut schleimig von ihrem gemeinsamen Schweiß, und er konnte den Griff gegen Santos' Konter nicht halten. Evan verlor an Kraft, aber Santos schien gestärkt. Sobald er sich befreit hatte, würde er Evan besinnungslos schlagen.

Und tatsächlich, Santos durchbrach Evans Griff und befreite sich aus der Umklammerung. Er bäumte sich auf, seine Finger verhedderten sich in Evans, schnappten, zerrten, klammerten.

Evan spuckte ihm in die Augen.

Es dauerte eine Viertelsekunde, in der Santos' Hand in Richtung seines Gesichts zuckte, bevor er den Instinkt stoppte.

Doch in dieser Viertelsekunde griff Evan nach oben, packte den baumelnden Anhänger des Christusordens und stieß eines der ausladenden Enden seitlich in Santos' Hals.

Santos hustete einen Schwall Speichel aus.

Ein Strahl von arteriellem Blut schoss sechzig Zentimeter zur Seite, das Blut prasselte hörbar auf den Beton.

Santos drehte sich um, um den Sprühregen zu sehen, und wandte seinen Kopf ungläubig zu Evan zurück. Er stürzte sich erneut auf Evan und nahm seinen verletzten Arm in einen Top-Shoulder-Lock, wobei er seine Schulter und seinen Ellbogen bis zum Anschlag verdrehte.

Der Schmerz war unglaublich. Evan schlug schwach auf ihn ein; seine Kraft war aufgebraucht.

Eine weitere Fontäne schoss aus Santos' Hals. Schockiert wich er zurück, ließ Evan los und presste seine Hand auf die Einstichstelle. Seine Finger teilten den Strahl in drei Spritzer. Er konnte nicht gegen Evan kämpfen und gleichzeitig das Blut in seinem Körper halten.

Santos ließ seinen Hals los und griff nach Evans Kehle, sackte ein wenig zusammen und griff zurück, um die Wunde erneut zu verschließen.

Evans Schulterblätter drückten gegen den Boden. Sein Kopf fühlte sich an, als wäre er mit Watte gefüllt. Er konnte kaum die Kraft aufbringen, seinen Arm zu heben, aber er versetzte der Hand, mit der Santos die Blutung stoppte, einen schwachen Schlag und bekam sie so von der Wunde weg. Noch mehr Blut spritzte heraus, verschmierte die linke Seite von Evans Gesicht und tränkte sein Hemd an der Schulter.

Santos schwankte, sein Schwerpunkt war unausgeglichen. Seine Augenlider hingen herunter, sein Kopf wackelte. Er griff erneut nach der Seite seines Halses, und wieder schlug Evan seine Hand weg.

Santos' Arm zitterte. Er beugte sich nach vorne und drückte seine Hand ohnmächtig gegen das fließende Blut. Mit großer Anstrengung hob Evan seinen Kopf und stieß mit dem Scheitel Santos' Finger weg, bevor er wieder flach zusammensackte. Einen Moment lang blieben sie so, Santos auf Evan sitzend, Evan flach auf dem Rücken, nach Luft schnappend. Und dann kippte Santos steif auf die Seite.

In die Fötusstellung zusammengerollt radelten seine Beine auf dem ölglatten Beton, das Blut kam jetzt stetig, ein vollkommen dunkler, vollkommen runder, sich ausdehnender Kreis.

Evan rollte sich auf alle Viere und hustete, bis nichts mehr in seinen Atemwegen saß. Er spuckte einen Strang karmesinroten Schleims aus und wischte sich Santos' Blut aus dem Auge. Er stellte sich auf einen Fuß, dann auf den anderen, schwankte ein wenig, bevor er sein Gewicht halten konnte. Santos lag still.

Evan hob seine Pistole auf und ging zur Treppe. Über Gordos eingeklemmte Leiche zu klettern, versprach unvergleichlich schmerzhaft und grotesk zu werden.

Aber er hatte keine andere Wahl. Es gab nur einen Weg aus der Hölle.

60.
Das Werk des Teufels

Evan lehnte sich an die Wände des Erdgeschosses und hinterließ Handabdrücke aus Blut, die denjenigen nicht unähnlich waren, die Johnny in der verhängnisvollen Nacht hinterlassen hatte. Ihm war schwindelig, aber er wurde nicht ohnmächtig. Und trotz des Pochens in seiner Schulter war sein Griff um die ARES einwandfrei.

Auf der Rückseite des Hauses wurde eine Tür aufgestoßen, und das Geräusch von zerbrechendem Glas ertönte. Evan wankte in die Richtung, aus der das Geräusch gekommen war. Abgestandener Zigarettenrauch lag in der Luft; der Geruch von Derek Tenpenny.

Eine Terrassentür schwang in der feuchten Nachtluft, die in den Rahmen eingelassene Scheibe war durch die Wucht, mit der sie aufgeschlagen worden war, zerbrochen. Evan lehnte sich in die Kälte hinaus und hörte, wie ein großer Truck in der Schwärze wendete und wegfuhr.

Die Bremslichter flackerten auf, als der Geländewagen an der Hauswand vorbeischoss und die Meadow Lane überquerte, dann über eine Sanddüne flog und verschwand.

Tenpenny war geflohen und hatte seine Soldaten dem Tod überlassen.

Evan löste sich von der Terrassentür und ging zurück ins Foyer, seine Beine wurden mit jedem Schritt stärker.

Rath krümmte sich auf dem Marmorboden und versuchte immer noch, seine Waffe zu erreichen – wie ein Aufziehspielzeug, das nicht aufhören wollte. Er wimmerte bluterstickt. Er hatte es lediglich geschafft, sich etwa drei Meter weit zu schleppen. Die 9mm glänzte unweit von ihm entfernt auf dem Boden.

Evan schätzte die Entfernung ab. Es würde eine Weile dauern.

Er ging die Treppe hinauf und tat so, als ob ihm nichts wehtäte.

Die Flügeltüren von Devines Suite waren geschlossen. Evan stapfte hindurch, seine Hand klebte am Türknauf. Der messingumrahmte Spiegel warf ein makabres Bild zurück, eine Hälfte von Evans Gesicht war verdunkelt von Santos' Blut.

Es überraschte ihn nicht, dass der Kamin knisterte.

Luke Devine saß auf einem der Loveseats und wartete, wie es schien, geduldig auf Evan.

Evan brauchte länger, als er erwartet hatte, um den großen Raum zu durchqueren. Seine Stiefel fühlten sich auf dem seidenen Teppich klebrig an. Er setzte sich auf den gegenüberliegenden Sessel, stützte die ARES auf seinen Oberschenkel und zielte auf Devine.

Der bizarre quaderförmige Glastisch mit der darin gefangenen männlichen Schaufensterpuppe war wieder da, oder, was angesichts seiner Zerstörung wahrscheinlicher war, er war ersetzt worden. Evan fragte sich, wie viele dieser verrückten Kunstwerke Devine auf Lager hatte.

Luke hatte eine 9mm Pistole auf den Tisch zwischen ihnen gelegt. Das Magazin ruhte herausgezogen an der Seite der Waffe. Der Schlitten war zurückgeschoben worden, so dass ein leeres Patronenlager zu sehen war.

»Es hat keinen Sinn, gegen Sie zu kämpfen«, sagte er. »Ich würde mich nur selbst verletzen.«

Evan starrte ihn an.

»Sie sind der Sache auf den Grund gegangen. Sie haben das Werk des Teufels vollbracht.«

»Nein«, sagte Evan.

»Natürlich haben Sie das. Meine Mitarbeiter haben sich nicht an die Regeln gehalten. Sie haben gegen meinen Kodex verstoßen. Das war inakzeptabel, und sie mussten dafür geradestehen. Ich habe es Ihnen versprochen: Das wird in Ordnung gebracht werden.«

Evan stellte nun fest, dass die passive Formulierung beabsichtigt gewesen war.

»Aber ich töte keine Menschen«, fuhr Devine fort. »Wie ich schon sagte« – dieses weiße, sichelförmige Grinsen – »ich bringe andere dazu, die Arbeit für mich zu erledigen.«

In den Bogenfenstern waren keine blinkenden Lichter zu sehen, kein fernes Reifenfeuer, nichts als Schwärze und noch mehr Schwärze. Von Anfang an war Evan vor Lukes Manipulationsgabe gewarnt worden, seiner Fähigkeit, andere dazu zu bringen, das zu tun, was er von ihnen wollte. In Echos Wohnung hatte Evan ihr die Frage gestellt: *Wie bringt er Sie dazu, Dinge zu tun?* Ihre Antwort klang jetzt in seinem Ohr, ein Nachhall, der ihrem Namen gerecht wurde: *Wenn Sie ihn treffen, werden Sie es herausfinden.*

Er hatte ihn getroffen. Er hatte es herausgefunden.

Das orangefarbene Leuchten ergoss sich über Devines glatte, jungenhafte Züge. »Ich habe Tenpenny entkommen hören.«

»Oh«, sagte Evan, »ich würde mir seinetwegen keine Sorgen machen.«

Devine nickte einmal langsam; eine ruhige Neigung des Kinns. »Haben Sie sich entschieden« – zum ersten Mal zitterte seine Stimme, aber die Vibration war so leicht, dass sie ein Produkt von Evans Einbildung sein konnte – »was Sie mit mir machen werden?«

Evan starrte ihn an.

Die ARES lag gut in seiner Hand, sie war ein Teil von ihm

selbst. Das Drücken des Abzugs – um vier Komma fünf Millimeter – würde seine Begnadigung durch die Präsidentin wiederherstellen.

»Auch Sie haben einen Kodex«, sagte Luke. »Vor Gott.«

Evan brach den Blickkontakt ab, nur für einen Augenblick, aber Luke sprang darauf an.

»Natürlich gibt es einen Gott«, sagte Devine. »Denn es gibt mich.«

Auf Evans Knie blieb die ARES auf Devine gerichtet.

Das Feuer toste und toste, und es war, als wären sie am Rande der Welt, an einer gottverlassenen Grenze, und die Flammen waren alles, was übrig war, um die Dunkelheit abzuwehren.

Evan musste sich konzentrieren, um sich aufzurichten. Mit der Pistole an der Seite stand er Devine gegenüber und betrachtete die gefangene Seele im Glastisch.

Devine war sein eigenes Gravitationszentrum, alles um ihn herum war rätselhaft und komplex, von Grautönen durchzogen. Eines war sicher: Er war bereit zu erpressen und zu manipulieren, um seine eigenen Ziele zu erreichen. Er war bereit, Soldaten zu beschäftigen, die als Mörder bekannt waren. Er beobachtete alles, was in seiner Umlaufbahn und innerhalb seiner Festung geschah. Er hatte das Spielbrett geschaffen, die Figuren aufgestellt und seinen Einflussbereich bis zur tödlichen Entzündung angeheizt. Es schien klar, dass er von den Morden, die direkt vor seiner Nase begangen worden waren, nichts gewusst hatte. Er hatte sich hinter einer von ihm selbst errichteten Mauer abgeschottet. Und da war er nun; isoliert. Es war zum aus der Haut fahren, korrupt und ungerecht auf mehr Arten, als man hätte aufzählen können.

Aber er hatte weder den Abzug betätigt noch den Befehl

dazu gegeben. Evans Hand schloss sich um den Griff der ARES, das Profil der Simonich-Gunner-Grips biss in seine Handfläche. Ein Drang überkam ihn, die Pistole zu heben und dem Mann vor sich drei Schüsse zu verpassen – zwei in die Brust, einen in den Kopf. Er ließ die Wut in sich aufsteigen und schließlich abklingen.

»Eines Tages werden Sie die Grenze überschreiten«, sagte Evan. »Und ich werde da sein.«

Luke zeigte keine Erleichterung, aber Evan sah, wie sich seine Brust entspannte, als er ausatmete. »Nichts anderes würde ich erwarten.«

Evan wandte sich von Luke Devine und der 9mm ab.

Er dachte sich, dass Luke nicht die Art von Mann war, die ihm in den Rücken schießen würde.

Seine Vermutung war richtig.

Rath hatte es noch ein paar Meter weiter geschafft, seine Fingerspitzen stießen an den Rand seiner Waffe. Er konnte sich nicht weiterbewegen. Er schluchzte trocken, erbärmlich gebrochene Schreie.

Die Blutspur von seinem Bauchschuss verdeutlichte die mühsamen Fortschritte, die er in der letzten halben Stunde gemacht hatte.

Evans Original-S.W.A.T.-Boots hallten über den Marmor des dunklen Foyers. Die Lichter waren immer noch aus, aber er konnte jetzt klarer sehen, das Umgebungslicht lockte Strukturen aus der Dunkelheit hervor. In seinem Rücken rauschte und rauschte der Wasserfall.

Evan erreichte Rath, hielt inne und starrte auf die Tür vor ihm. Raths Kopf war gedreht, und er atmete feucht, so dass der Marmor neben Evans Stiefeln beschlug. Evan stand da, sein Schatten war lang, die Reflexion des wallenden Wassers spülte über ihn und den polierten Calacatta-Marmor. Er hielt die ARES an seiner Seite parallel zu seinem Oberschenkel nach unten gerichtet, die Mündung schwebte einen Meter über Raths Schläfe.

»So endet es«, sagte Evan.

Er schoss Rath in den Kopf und ging durch die hohe Eingangstür in den wirbelnden Nebel hinaus.

61.
Eine starke Frau

Candy wartete in einem Range Rover in Yulong-Weiß, den sie eigens für diesen Anlass ausgeliehen hatte, auf einem Weg, der am Nachbargrundstück vorbeiführte. Sie hatte bereits von ihrem Stripperinnen-Cop-Kostüm in eine Garderobe gewechselt, die der stählernen Frau eines Moguls angemessen war, ein Tennis-Freizeit-Outfit, das irgendwie auch als Abendgarderobe durchging.

Er hievte sich auf den Beifahrersitz, und sie sah ihn einfach an. »Feuchttücher sind in der Konsole«, sagte sie. »Dein Gesicht.«

Er wischte sich das Blut von der Wange und dem Hals.

»Wie viel davon ist von dir?«

»Das meiste nicht.«

»Die Marines?«

Er nickte.

»Devine?«

Langsam schüttelte Evan den Kopf.

Sie startete den Motor, blinkte wie eine gesetzestreue Bürgerin und fuhr in die trübe Suppe hinaus.

Eine Weile fuhren sie schweigend.

»Danke«, sagte Evan.

»Es hat Spaß gemacht.«

»Ich meinte für das Bewachen der Seabrooks.«

Candy zuckte mit den Schultern. »Das Mädchen ist eine Hausnummer. Temperamentvoll.«

»Ja«, sagte Evan.

»Das hat sie von ihrer Mutter. Eine starke Frau.«

»Ja.«

»Und ein starker Mann in Mason, der ihnen hilft, sie selbst zu sein.«

Der Gestank von verbranntem Gummi war das erste, was ihnen entgegenschlug, und dann erreichten sie das pfützenartige Chaos am Halsey Neck. Die Einsatzkräfte hatten den Brand gelöscht und eine schmale Spur durch das Unglück gebahnt. Candy verlangsamte am Kontrollpunkt und ließ das automatische Fenster herunterschnurren.

Ein müder Polizist mit einem kaffeeverfärbten Schnurrbart sagte: »Ma'am, wo kommen Sie –?«

»Ich hoffe, dass dieses Chaos bis morgen aufgeräumt ist.« Candy fuchtelte mit ihren Händen herum. Ihre Nägel hatten in der letzten Stunde irgendwie eine französische Maniküre bekommen. »Das ganze Durcheinander. Mein Mann kommt bei Tagesanbruch aus Zürich zurück, er war für zwei Wochen weg, und er wird völlig ausrasten, dass Sie das unter Ihrer Aufsicht haben geschehen lassen. Seit wir hierhergezogen sind, haben wir jedes Jahr den Höchstbeitrag an die Southampton Village Police Benevolent Association gezahlt, und ich muss Ihnen sagen …«

Der Polizist verlagerte das Gewicht auf seine Fersen, watschelte mit so viel passiver Aggressivität, wie er sich traute, ein paar Schritte zurück und winkte sie durch.

Candy riss divenhaft den Kopf nach vorne, das getönte Fenster fuhr hoch und sie fuhr weiter. Die Reifen brummten über den Asphalt, als sie sich nach Norden zur Route 27 schlängelten. Candy warf einen Blick in den Rückspiegel, und noch einen.

Sie sahen sich an, und dann brach es aus ihnen heraus.

Er war sich nicht einmal sicher, warum er lachte, und er hätte gewettet, dass sie es auch nicht wusste. Aber sie lachte, ein Lachen, wie er es noch nie bei ihr gesehen hatte. Zum ersten Mal sah er durch Orphan V hindurch das verletzliche Mädchen, die forsche junge Dame und die vollkommene Frau, die sie war.

Sie war jede dieser Versionen.

Sie war sie selbst.

Sie war wunderschön.

62.
Root-Beer-Waffenstillstand

Evan lag auf dem Rücken auf dem Gästezimmerbett der Seabrooks und starrte Quasten an.

Vielleicht wäre es zutreffender gewesen zu sagen, dass die Quasten ihn anstarrten – von den Vorhängen, den Ecken der Bettdecke, den Zierkissen, dem Saum des Bettlakens. Sie bereiteten ihm Übelkeit.

Er hatte Ruby, Deborah und Mason vorhin in ihr Haus zurückgebracht, und alle drei hatten ihn mit einer Gastfreundschaft, die an Aufdringlichkeit grenzte, darum gebeten, über Nacht zu bleiben, bevor er in aller Herrgottsfrühe den Jet nehmen konnte.

Um ihre Gefühle nicht zu verletzen, hatte er hier gelegen und an die Decke gestarrt.

Es schien keine rationale Entscheidung zu sein, und doch hatte er sich so entschieden.

Ein Kreischen drang von unten durch den Boden. Evan seufzte.

Ein weiteres zahnschmerzenverursachendes Kreischen. Und dann noch eines.

Als er herunterkam, waren Ruby, Mason und Deborah um den Rauchmelder in der Küche versammelt. Der cremeweiße Puck befand sich hoch oben, wo die Decke schräg anstieg. Mason stand auf einem Barhocker und fuchtelte mit einem hölzernen Nudellöffel herum, während Deborah und Ruby den Sitz festhielten, damit er sich nicht drehte. Sie sprachen alle durcheinander, riefen sich Anweisungen zu und hörten nicht, wie Evan hinter ihnen auftauchte.

»Ich könnte einfach draufschießen«, sagte er.

Der Barhocker drehte sich um ein paar Grad, fast wäre Mason umgefallen. Er duckte sich unbeholfen und stieg geschlagen ab.

Zur Sicherheit kreischte der Rauchmelder erneut.

Ruby stapfte in den Abstellraum und kam mit einem Feldhockeyschläger zurück. Sie hüpfte auf den Küchentisch, wobei sie darauf achtete, das Puzzle nicht zu zerstören, und schlug den Detektor auf den Boden, wo er einen kläglichen, statisch-verzerrten Piepton von sich gab und verstummte.

Ruby hopste vom Tisch, legte ihren Hockeyschläger hin und wischte sich die Hände ab.

»Bravo«, sagte Deborah. »Bravo.«

»Tut mir leid, dass es Sie geweckt hat«, sagte Mason.

»Ich war auf«, entgegnete Evan.

»Das waren wir auch«, versicherte Deborah. »Ich habe … nicht geraucht.«

»Und ich wollte gerade Root-Beer-Floats machen.« Mason nickte zum Tresen, auf dem die Zutaten bereitstanden. Zwei Liter A&W und Mug warteten darauf, ausgeschenkt zu werden. Die Salongläser waren noch vom Gefrierschrank gefrostet, und in jedes war eine Vanilleeiskugel portioniert worden.

Es standen vier davon auf der Anrichte.

»Würden Sie sich zu uns setzen?«, fragte Mason.

Evan sah sich die vier Gläser an. Dann die dreiköpfige Familie. »Was soll's«, sagte er.

Mason griff nach dem A&W, aber Ruby sagte: »Nein, nein, nein!«

Seine Hand wanderte zur anderen Flasche. Er füllte alle vier Gläser mit Mug und reichte sie herum. Er sah seine Tochter an, hob sein Glas und stieß mit ihr an. »Root-Beer-Waffenstillstand.«

»Root-Beer-Waffenstillstand«, sagte sie, und sie stießen alle an.

Evan nahm einen Schluck.

Es war einer der besten Drinks, die er je gekostet hatte. Fast so gut wie Wodka.

Aber auch: zuckrig.

Er gönnte sich einen weiteren Schluck. Als er sein Glas auf dem Küchentisch abstellte, fiel ihm etwas ins Auge.

Das Puzzle war in den letzten Stunden fertiggestellt worden. Die vier Seabrooks saßen auf der Tribüne bei einem Baseballspiel. Johnny war in seiner Uniform und schnaubte in Rubys Nacken. Sie stieß ihn von sich und wich mit entzückter Abscheu zurück. Deborah hatte eine schauspielerische Pose eingenommen, die Arme über dem Kopf ausgebreitet, als hätte sie gerade einen Sprung in ein riesiges Martiniglas gemacht. Masons Grinsen war schwach, aber ausgeprägt, der zufriedene, wenn auch verwirrte Patriarch.

So viel Charakter, eingefroren in einem einzigen Bild, zerbrochen in tausend Teile.

Und dann wieder zusammengesetzt.

Ruby folgte Evans Blick, ihr Kinn senkte sich zaghaft. »Ich habe es fertig gemacht, als alle zu Bett gegangen sind«, sagte sie. »Ich wollte es tun, bevor du gehst.«

Ihr verletzlicher Blick war fast mehr, als Evan ertragen konnte. Er wanderte an ihm vorbei bis zum Fuß der Treppe, und dann wurden ihre Augen feucht und sie schluckte einmal kräftig.

Dort im Foyer hatte er seinen Rucksack abgestellt.

Deborah und Mason nahmen es ebenfalls zur Kenntnis, und es überkam sie eine Schwere, die Evan nicht ganz begreifen konnte, bis er merkte, dass sie auch in ihm war.

Zwischen seinen Rippen brannte es noch immer bei jedem

Einatmen, und er konnte seinen linken Arm kaum über den Kopf heben. Die Küche fühlte sich heimelig und warm an. Niemand konnte die Stelle in der Wand finden, wo er das Geschoss herausgeholt und das Einschussloch geflickt hatte. Und niemand würde ahnen, dass ein paar Nächte zuvor ein Mann auf den Fliesen unter ihren Füßen verblutet war. Evan war froh, dass sie nie etwas davon erfahren würden. Dass er dieses Haus für diese Familie bewahrt hatte, eine Familie von Überlebenden.

»Es war mir ein Vergnügen, Sie kennenzulernen.« Evan bot seine Hand an.

Deborah nahm sie mit kühlem, festem Griff und neigte anmutig den Kopf. »Evan Ohne-Nachnamen.«

Mason schüttelte seine Hand als Nächstes und nickte Evan ein paar Mal zu, als ob sie beide wüssten, was er noch sagen wollte.

Dann wandte Evan sich Ruby zu, und sie trat vor und umarmte ihn. »Ich dachte, ich darf dich behalten.«

Er umarmte sie zurück. Ließ sie los.

Sie tat das nicht.

Ihre Stimme klang dumpf an seiner Brust. »Was mache ich, wenn die Monster zurückkommen?«

Er beugte sein Gesicht zu ihrem Kopf und sagte: »Du rufst mich an.«

63.
Ein neuer Mensch

Der ältere Mann mit zerzaustem weißen Haar ging mit einiger Mühe durch Halle C des internationalen Flughafens von Dubai. Seine Nase war breit und gummiartig, seine Wirbelsäule arthritisch gekrümmt, und er stützte sich auf einen Stock, um sein rechtes Bein zu entlasten. Hinter sich her zog er einen Rollkoffer aus dem für Tumi typischen schwarzen ballistischen Nylon. Am Griff war ein kanariengelber, runder Gepäckanhänger befestigt, auf dem der Name einer Reisegruppe prangte: *Golden Years Cruises*.

Es ging nur langsam voran.

Die schöne moderne Anlage strahlte eine zeitlose Müdigkeit und Aufregung aus, den ewigen Tag und die ewige Nacht der Flughafenterminals. Zwischen den Gates C21 und C23 wartete die fröhliche, koboldgrüne Fassade von *McGettigan's Irish Pub*, dessen Leuchtreklame das unvermeidliche Kleeblatt hervorhob.

Der Flughafen diente als Tor zu den meisten der endlosen Kriege Amerikas. Einsatzkräfte und Söldner kamen auf ihrem Weg nach Bagdad, Sanaa und zahllosen anderen Brennpunkten hier vorbei. Für sie war das McGettigan's der Pub der Wahl.

Der ältere Mann betrat das Lokal und schaute sich die fröhliche Einrichtung an. Eine lange, geschwungene Bar, die von unten violett angestrahlt war, Fernseher, auf denen US-Football und europäischer Fußball liefen, eine Bibliothekswand mit antiken Büchern und eine weitere, die aus einem ordentlichen Stapel abgezogener Holzscheite bestand, auf die die Kunden mit Permanentmarkern ihre Initialen oder Liebeserklärungen geschrieben hatten. Eine Fensterfront gab den Blick auf eine Landebahn frei, die andere auf die grünen Hügel in der Ferne. Die kunstvollen Stofflampen, die von der Decke herabhingen, sahen aus wie Rosen oder zerknitterte Taschentücher, je nachdem, wie man nach Rorschach veranlagt war. Zusammen mit beleuchteten Glasregalen, in denen Spirituosen aufbewahrt wurden, tauchten sie die Bar in ein einladendes Licht.

Der Mann humpelte auf seinem kaputten Bein vorwärts und nahm an der Theke neben einem großen, schlanken Mann Platz, der nervös an einem Bier nippte. Der Alte schob sein Gepäck zwischen ihre Hocker, wo der andere Mann seins abgestellt hatte.

»Hallo«, sagte der alte Mann und reichte ihm die Hand. »Matthew Ross, aber du kannst mich Matty nennen.«

Der schlanke Mann schüttelte sie irritiert und wandte sich wieder seinem Getränk zu. »Derek Tenpenny.«

Auf dem einzigen Fernsehgerät, das Nachrichten sendete, liefen die Schlagzeilen – ein neuer Ausbruch von Gewalt im Gazastreifen, eine weitere prominente Scheidung, das amerikanische Umweltgesetz, das ins Stocken geraten war.

»Wo willst du hin, mein Freund?«, fragte der alte Mann.

»Hören Sie, ich würde es vorziehen, nicht zu plaudern, okay?«

»Ich nehme an, dann willst du keine Bilder von meinen Enkeln sehen?«

»Stimmt.«

»Wie du willst, mein Freund.«

Der alte Mann lehnte seinen Stock gegen seinen Hocker, aber er fiel neben den Handgepäckstücken klappernd auf den Boden. Mit einem Stöhnen bückte er sich und hob ihn auf.

Angesichts seines Alters dauerte es eine Weile, aber er fand den Weg zurück nach oben.

Die Musik war ein bisschen lauter, als ihm lieb gewesen wäre.

Er grüßte den Barkeeper mit zittriger Hand, und der gutaussehende Araber kam herbeigesprungen. »Was darf es sein, Sir?«, fragte er in unverfälschtem Englisch. »Wir haben kaltes Bier vom Fass.«

»Nein, danke«, sagte der Alte und blickte um den Barkeeper herum auf die sorgfältig ausgestellten Wodkaflaschen. »Ist das Kauffman Vintage?«

Der Alte schlurfte durch das Privatflugzeug-Terminal, und sein Schritt wurde schneller. Sein Gang wurde gleichmäßiger, als er sich allmählich aufrichtete und seinen Stock in einen metallenen Abfallbehälter stellte. Er rollte ein Tumi-International-Handgepäckstück, genau wie das, mit dem er das McGettigan's betreten hatte, mit demselben runden Anhänger am Griff.

Aber es war nicht dasselbe Gepäckstück.

Der identische Rollkoffer, den er in die Kneipe gebracht hatte und mit dem Derek Tenpenny gegangen war, enthielt mehrere Unzen Schießpulver für die Sprengstoffspürhunde und zahlreiche Dokumente, in denen Mitglieder des Hauses al-Falasi, der Herrscherfamilie von Dubai, der Pädophilie und des Verrats beschuldigt wurden.

Beim Einsteigen in die Embraer Lineage 1000, die er für die Langstrecke reserviert hatte, entfernte Evan die aufgeklebte Nase und knackte seinen Rücken durch.

Tenpenny hatte den Namen des in Katar ansässigen Senders Al Jazeera so oft erwähnt, dass Evan Joey gebeten hatte, Reisen in den Mittleren Osten zu überwachen. Natürlich war

Tenpennys Name in den Datenbanken aufgetaucht, ein Flug von JFK nach Dubai mit Emirates, nach dem er für die kürzere Strecke nach Doha das Flugzeug wechseln würde.

Das hieß, wenn er durch die Sicherheitskontrolle käme.

Aragón Urrea brauchte den Luxusjet zurück in Texas, aber Evan würde ihn auf jeden Fall genießen, solange er ihn hatte. Ein Queen-Size-Bett, eine durchgehende Couch, ein Seidenteppich – alles im besten Design.

Er ließ sich in einen Ledersitz fallen und atmete aus. Auftrag erfüllt.

Es war bizarr, wie es angefangen und wie es geendet hatte. Je weiter er sich vom Tartarus entfernte, desto vager wurden seine Erinnerungen an Luke Devine, als wäre er aus einem Traum.

Evans Blinzeln wurde langsamer. Er brauchte eine kurze Pause. Und danach konnte er sich entspannen und aufräumen.

Die Bar war nach seinem Geschmack bestückt. Das Flugzeug verfügte sogar über eine Dusche, in der er sich die Farbe aus den Haaren und das Alters-Make-up aus dem Gesicht spülen konnte.

Er würde ein neuer Mensch sein.

64.
Auf Tuchfühlung

Evan war über der Grönlandsee, als sein RoamZone klingelte. Er hatte das Telefon so eingestellt, dass es Anrufe über Satelliten mit niedriger Erdumlaufbahn weiterleitete, wenn er in der Luft war; sie stellten weniger Anforderungen an die Antennen.

Die Anrufer-ID war anonymisiert, und doch wusste er genau, wer es sein würde.

In der Privatsphäre der luxuriösen Kabine, die in das goldene Licht der Mitternachtssonne getaucht war, nahm er ab.

Präsidentin Victoria Donahue-Carr begrüßte ihn mit den Worten: »Zu sagen, ich sei unzufrieden, wäre eine Untertreibung.«

Evan sagte: »Damit sind wir schon zwei.«

»Darf ich Sie fragen, warum Sie abgelehnt haben? Nach all den Missionen, die Sie erfüllt haben?«

Er dachte einen Moment lang nach und erzählte ihr dann, was er Luke Devine erzählt hatte. »Nichts, was Sie verstehen würden.«

»Sie würden staunen, was ich alles verstehe«, sagte sie. »Die Komplexität, die ich für mich selbst, für das Land, für die Welt im Griff haben muss. Das Rennen um die Präsidentschaft ist der größte nicht-tödliche Wettbewerb in der Geschichte der Menschheit.«

»Nicht-tödlich«, wiederholte Evan.

»Sie können spotten. Aber Sie haben es noch nie durchgemacht.«

»Sie auch nicht«, sagte Evan. »Sie haben es nicht gewonnen. Sie wurden dorthin versetzt.«

Die Implikation, durch wen das geschehen war, hing so schwer zwischen ihnen wie eine schwarze Wolke.

»Ich dachte, Sie wären schlauer. Wir haben Sie schon einmal erwischt. Wir werden Sie wieder kriegen.« In ihrer Stimme lag ein Stahl, der ihn daran erinnerte, dass dies eine Frau war, die auf Tuchfühlung mit Putin ging. »Sie wollen nicht, dass wir Sie verfolgen.«

»Stimmt«, sagte Evan. »Aber Sie wollen auch nicht hinter mir her sein.«

»Und warum sollte das so sein?«

»Wenn ich mich auf meine eigenen Aufgaben konzentrieren kann«, sagte er, »bedeutet das, dass ich mich nicht auf Sie konzentriere.«

Es gab eine lange Pause. Oder sie hatte bereits aufgelegt. Auf jeden Fall trennte er die Verbindung und lehnte sich zurück, um die Aussicht zu genießen.

65.
Was auch immer als Schicksal durchging

Das Mixed Blessing als Spelunke zu bezeichnen, wäre eine Beleidigung für jede Spelunke gewesen.

Evan hatte immer noch nicht ganz begriffen, dass er hierhergekommen war. Es hatte sich nicht wie eine bewusste Entscheidung angefühlt, eher wie eine Unausweichlichkeit, die von einem unterbewussten Drang angetrieben wurde, der sich weigerte, seinen Kopf durch die Oberfläche zu stecken. Nachdem er zu Aragóns Haus in Eden, Texas, zurückgeflogen war, hatte er festgestellt, dass Blessing nur vier Autostunden entfernt war.

Dies war die Stadt, in der der Mann, den er für seinen Vater hielt, noch vor einigen Monaten seine Kreditkarten benutzt hatte.

Evan stand in der schummrigen Bar. Der Ventilator, dem eine Schaufel fehlte, drehte sich träge und unterhielt einen Schwarm von Fliegen. Ein paar alte Hasen spielten Billard, eine betrunkene Frau im Rollstuhl warf Darts mit überraschender Präzision, und Willie drehte sich in der Jukebox und entschuldigte sich, dass er blind gewesen sei.

Evan ging hinüber zu einem alten Barkeeper in Biker-Leder, der das lackierte Holz mit einem Lappen in der Farbe von Urin wischte. Er blickte unter einem roten Bandana hervor, das er sich um den Kopf gebunden hatte, was zweifellos zu dem Shotgun-Willie-Motiv passte.

»Ich bin auf der Suche nach Jacob Baridon«, sagte Evan.

Der Barkeeper machte eine ruckartige Bewegung mit dem Kopf. »Hat er irgendwelche Schwierigkeiten?«

»Nein«, sagte Evan. »Es ist etwas Persönliches.«

»Sind Sie ein Freund von ihm?«

»Nein«, versicherte Evan. »Aber auch kein Feind.«

Der Mann wischte weiter, aber Evan hatte keine Ahnung, was. Vielleicht benutzte er die Bar, um den Lappen zu reinigen, und nicht umgekehrt.

»Fahren Sie rechts vom Parkplatz ab. Erste rechts, zweite links, dann einfach bis zum Ende fahren.«

»Danke.«

In der knisternden Jukebox beklagte sich Willie über all die Dinge, die er hätte sagen und tun sollen.

Evan blieb noch einen Moment stehen und zog sich dann zurück.

Die lange, unbefestigte Straße endete nicht in einer Sackgasse, sondern an einer willkürlichen Stelle, an der das sonnenverbrannte Gelände seine Vorherrschaft über die Zivilisation wieder geltend machte. Das Fertighaus für zwei Parteien schien etwa zwischen fünfzig und sechzig Quadratmeter groß zu sein. Aus den Rissen in den Zementplatten trat Bauschaum hervor, das Dach war an einer Ecke teilweise eingestürzt, und der schwarze Müllsack, der ein zerbrochenes Fenster abdeckte, flatterte wütend im Wind. Das Haus war einmal blassrosa gewesen, aber der stürmische Wind hatte das meiste der Farbe gesandstrahlt. Der Briefkasten war umgekippt.

Es war niemand zu Hause.

Evan blieb einen Moment bei dem Jeep stehen, den Aragón ihm geliehen hatte, und starrte zurück auf das Haus.

Er fühlte etwas.

Er fühlte Traurigkeit.

Er stieg wieder in den Wrangler ein. Was nun?

Er hatte keine Ahnung.

Es kam ihm in den Sinn, dass er den Barkeeper hätte fragen

sollen, ob er Baridon in letzter Zeit gesehen hatte. Aber Evan wollte sich nicht unbedingt länger in Blessing aufhalten, um es erneut zu versuchen.

Vielleicht war es Schicksal.

Oder was auch immer als Schicksal durchging.

Das Wenden des Jeeps ließ den Schmerz in seiner linken Schulter noch stärker werden, aber das war ihm egal. Er raste die schmale Schotterstraße zurück. Keine Häuser in der Nähe, keine Nachbarn. Er fragte sich, was für ein Mensch so leben würde.

Als er einen herannahenden Truck entdeckte, wich er auf den Seitenstreifen aus und verlangsamte seine Fahrt. Er kam näher.

Ein alter Ford F-150, abplatzender dunkelblauer Lack, Rost an den Radkästen.

Der Fahrer wurde nicht langsamer und schaute nicht nach vorne.

Durch ein staubverhangenes Fenster erhaschte Evan einen Blick auf eine bärtige Wange.

Er hielt an und sah in den Rückspiegel.

An der einzigen Abzweigung hinter Evan bog der Truck nicht ab, sondern fuhr geradeaus auf das Haus zu.

Der Mann konnte nirgendwo anders hinwollen.

Evan starrte auf die Straße zurück nach Eden, der Jeep lief im Leerlauf.

Er war sich nicht sicher, wie lange er dort saß.

Aber dann drehten seine Hände das Lenkrad für eine Kehrtwende, sein Fuß war auf dem Gas, alles bewegte sich mit der gleichen schicksalhaften Unerbittlichkeit, die er zuvor gespürt hatte.

Er fuhr zurück.

Tatsächlich stand der leere Truck schräg vor dem Doppelhaus. Durch die unbeschädigten Fenster war kein Lebenszeichen zu sehen. Evan parkte und kletterte noch einmal hinaus. Sein Schatten legte sich über die harte, flache Erde, und als er auf das Haus zuging, verschwand er unter seinen Stiefeln.

Er fühlte sich wie betäubt, nicht ganz präsent und doch voll bewusst.

Die gesplitterten Bretter der Veranda knarrten unter seinem Gewicht. Er sammelte sich.

Und klopfte.

Danksagungen

Wieder einmal ging ich mit dem Hut in der Hand zu den langjährigen Partners in Crime von X.

Michael »Borski« Borohovski (Hacken), Kurata Tadashi (Waffen), Dr. Melissa Hurwitz und Dr. Bret Nelson (Kampfverletzungen), Stephen F. Breimer (juristische Manöver) sowie Philip Eisner und Maureen Sugden (Meister des Wortes) sind nach wie vor wichtige Akteure in Evans Welt. Vielen Dank für eure fortwährende Expertise und Großzügigkeit.

Ross Hangebrauck und Joe Musselman berieten bezüglich Finanztricksereien.

McKenna Jordan bot einem musikalisch unbegabten Autor musikalische Beratung an.

Chris Mooney und Jon Cullen gaben mir zusätzliche Einblicke in eine meiner Wahlheimatstädte – Boston.

Michael Sendlenski, der Original-Papa-Z, fügte meiner Darstellung der Hamptons und der Anwohner einige Anmerkungen hinzu.

Es bleibt schwierig, meine Wertschätzung für Lisa Erbach Vance von der Aaron Priest Agency auszudrücken, meine unvergleichlich kompetente Agentin, die es mir ermöglicht, mich auf das zu konzentrieren, worauf ich mich konzentrieren sollte: das Schreiben.

Und meine felsenfeste Managerin, Angela Cheng Caplan von Cheng Caplan Company, Inc., die eine wesentliche Bereicherung für mein Team ist.

Mit Minotaur Books habe ich ein außergewöhnliches Team von Verlagsexperten, denen ich täglich für ihre harte Arbeit, ihre Strategie und ihre Leidenschaft dankbar bin. Viele von uns arbeiten nun schon seit vierzehn Romanen zusammen, und meine Wertschätzung für euch ist ungebrochen. Und mit Michael Joseph / Penguin Group UK habe ich eine etwas Gin-zentriertere Version desselben. Sie alle schwingen eine eiserne Faust der Hingabe, umhüllt von einem Samthandschuh der Heiterkeit.

Natalie Corinne, meine Joey, komplett mit Ridgeback-Sidekicks. Und natürlich Delinah Raya, mein Anker für alles.

Über den Autor

Gregg Hurwitz schreibt neben Thrillern Drehbücher für die großen Hollywood-Studios sowie Comicbücher für prestige-trächtige Verlage wie Marvel (»Wolverine«, »Punisher«) und DC (u.a. »Batman«). Mit seinen Büchern hat er den Weg auf die New York Times-Bestsellerliste gefunden und seine fünf-zehn Thriller sind mittlerweile in zweiundzwanzig Sprachen übersetzt worden. Die Filmrechte an »Orphan X« konnte Gregg Hurwitz bereits vor Veröffentlichung an Warner Bros. verkaufen.

Weitere Titel von Gregg Hurwitz

Die ORPHAN X-Reihe
Orphan X
Projekt Orphan
Die Rache der Orphans
Die Spur der Orphans
Das Vermächtnis der Orphans
Der verlorene Sohn
Dark Horse

Tim Rackley-Reihe
Das Tribunal
Die Sekte
Die Meute
Der Ausbrecher

Andere Titel
Blackout
Tödlicher Fehler
Oder sie stirbt
Flieh um dein Leben

Nicht in deutscher Sprache erschienen
The Tower
Minutes to Burn
Do No Harm
The Survivor